目次

解説　福田宏年

櫻守

櫻守

五歳《いつつ》か六歳《むっつ》の頃、木樵《きこり》の祖父について、背山《うしろ》の九十九折《つづらおり》の道を登った。山は栗、櫟《くぬぎ》、欅《けやき》の類が多かった。いくつも谷があった。朽ちかけた危なかしい丸木橋も渡った。大岩の下をくぐることもあった。込んだ樹の下を、子供の足で三十分ほど登りつめると、急に馬の背へ出たような、陽あたりのいい平坦地《へいたんち》へきた。祖父はここで一服した。片側は高い杉山で、枝落しのすんだひょろ長な杉が、割箸《わりばし》でも立てたみたいにみえる。片側は落ちこんだ谷で、足もとまで落葉樹の巨木が茂っている。尾根のそこだけが疎《そ》林《りん》なので、褐色の肌に、薄茶の横縞《よこじま》のみえる木が目についた。なんの木だかわからなかったが、陽にぬれてひかる肌をみていると、祖父の腰につるしたどうらん（煙草《たばこ》入れ）の貼皮《はりかわ》に似ていた。これが桜だとわかるのは、祖父の死ぬ前年だから九歳の時である。花ざかりの四月半ば、やはりここへきて、

「弥《や》アよ、山桜が満開や」

と祖父がいった。はじめて山桜の名をおぼえた。桜の下へ祖父は木端《こば》の大きなのをあつめて、地べたに敷いて弁当をひろげた。桜は弥吉の手で抱えきれないほど太く、横縞の肌はみなすべすべしていた。どの木もあかみをおびた新葉が出て、花はその新

葉のつけ根のあたりに付き、細枝がたわむほど重なっている。桃色のもあり、純白にちかい空の透けてみえるようなうすいのもあった。どの木も同じ花の木ではなかった。藺《い》で編んだ弁当籠《かご》は、朝方、母が蓋《ふた》のふくれるほど抑えつけて飯をつめたもので、紫《し》蘇《そ》の紅が、これも花が咲いたように、飯の上に散っていた。

花には蜂《はち》が飛んできた。箸をつかう手にまぶりつくので弥吉は払いのけてたべた。

弁当をすませた祖父は、竹筒の水をひと口呑《の》んでから立上がると、桜をいちいち点検するように、花を掌にのせては眺めていたが、とある一本の、弥吉の腕ほどの細さの、薄紅色の花の下までくると、腰につるしていた鉈《なた》をひきぬいて、刃先を、光った木肌にたてて縦に線を入れた。木はうすみどりのもう一枚の皮をもっていて、糸のような汁をつたわらせた。弥吉は皮膚のどこかを、小刀で切られたような痛みをおぼえて眼をつぶった。

「弥ア、ゆこ」

と祖父は木挽小舎《こびきごや》の方へ歩きはじめた。

一日かかって、祖父が一本の杉を倒すのをみた。三日も四日もかかって、九十九折の谷道に一尺あまりの栗材をそろえて、木馬《きんま》道をつくるのもみた。おそくまで山で働くので、鐘がきこえないと降りなかった。学校へ入るまで、弥吉は、爺っ子といわれなかったから、祖父が死ぬ前年の春だったと思う。

母が登ってきて、祖父と仲よく話しこんでいるのをみた。まだ、尾根の桜が散ってい

るほど祖父のわきばかりにいた。家にいる時間より山にいる方が多かった。一どだけ、

父は、京の寺や神社の普請《ふしん》へ出ていたので、一と月もふた月も帰らない日があった。母は、村しもの小作田を作って、祖父と弥吉が山ばかりなので、家では独り居が多かった。田仕事のほかに、弁当ごしらえだとか、洗濯や、つぎもので忙しいので、めったに山へきたことがなかったのに、その日だけ、朝早く、ふたりのあとを尾《つ》いてきた。

祖父は小舎の前に木端をあつめて火を焚《た》いた。母とむきあって、話しこんでいた。話の様子は、父のことらしい。弥吉はのけものにされた思いがして雑木山へ入り、岩なしをとった。岩なしはゆるやかな傾斜地の、古株の下を、這《は》っていた。薄みどりのまるい実は酸《す》っぱいけれど、甘い汁が舌にのこった。口のはたが、実の色に染まるほどたべて、弥吉は小舎に走りもどった。すると、祖父と母は小舎のまわりにいず、火が消えていた。弥吉は急に淋しくなって、尾根づたいに桜山の方へ歩いた。と、不意に足もとから、母と祖父の笑う声がした。満開の桜の下だった。遠目だからはっきりしないが、かわいた地べたに、白い太股《ふともも》をみせた母が、のけぞるように寝ていて、わきに祖父がいた。家では、いつもいらいらしている母が、楽しそうにはしゃいでいる。

弥吉は、いかにも秘密めいた感じが、そこにあるような気がした。よぶのに気がひけて、しばらくだまってみていてから逆もどりした。見てはならないものをみたような、一瞬、はずかしい気持が襲った。弥吉は眼を閉じて歩いた。と、立止った所に、一本の桜があった。小菊の花でもみるような、薄紅の花びらを何枚もかさねた大輪で、一匹の蜂が花の中へ頭をつっこんでいた。蜂は蛹型《さなぎがた》の尻《しり》を小きざみに振った。蜜《みつ》をすっているのだと思った。

祖父はこの年の翌年二月、まだ雪のあるうちに急性肺炎になり、納戸《なんど》に寝ついて、十日目に死んだ。弥吉が十歳、鶴ヶ岡の小学校で四年生であった。尾根の桜が野中道から遠目にみえる四月がきても、木挽小舎で祖父のひくガンドの音がしていると思った。

母は祖父の死んだ翌年一月に、離縁になって雲ヶ畑へ帰った。理由はわからない。それから半年たって、京都から新しい母がきた。色白だったが、眼のつりあがった瘦《や》せた女《ひと》だった。冷たい感じがして、弥吉は、このひとになじめず、雲ヶ畑へ帰ったきりで消息をたった、ぽっちゃりした母の顔ばかり瞼《まぶた》にうかべていた。六年を出るころに、この母が雲ヶ畑から岐阜へ再婚したときいた。それきり弥吉は、実母の消息をきかない。

父は、あいかわらず、京都へ仕事に出ていた。新しい母が留守を守った。弥吉は孤独な気持で六年を了《お》えた。十四歳の六月、父のすすめで京都の植木屋「小野甚《じん》」へ奉公にきた。京都府北桑田《きたくわだ》郡鶴ヶ岡村大字洞戸《ほらと》。弥吉の在所は世にいう「丹波《たんば》の山奥」である。十四歳まで育ったこの在所へ、足しげくは帰らなかった。のちに異母弟が二人と妹が一人うまれたときいた。嬉《うれ》しさはなかった。ただ、春がくると、背山の九十九折の谷奥の、桜山の景色がおもいだされるだけだった。京でみるような、葉のない花ばかりの、白っぽいものではなく、やわらかい赤みをおびたうすみどりの新葉のつけ根に、大ぶりの花弁のつく山桜である。目をつぶると、尾根の土がぱんぱんにかわいて、平坦な疎林がひらけ、満開の下で祖父と母が笑っていた。

京都の植木屋「小野甚」は、むかしは門跡や禅寺の庭つくりもした由緒《ゆいしょ》のある老舗《しにせ》だった。弥吉が奉公した昭和五年は、当主の甚一郎が亡《な》くなる直前で、もう長男の甚市が継いでいた。甚市は、なまくら者で、先代の元気なころは、得意先も廻ったのに、老父が死ぬと、仕事ぎらいになり、放蕩《ほうとう》をはじめた。花背《はなせ》の山と、出町の土手下にあった苗圃《びょうほ》を売りに出し、鞍馬口《くらまぐち》堀川の角の、門のわきに石ばかりたくさんならべた本家に、遠縁筋からもらった若い嫁と娘をおき、自分は先斗町《ぽんとちょう》、祇園《ぎおん》で流連《いつづけ》をつづけた。

弥吉は、この若主人につかえて、植木のことを初歩から教わったが、主人の放蕩ぶりをみて、鶴ヶ岡の父のことを思いだしていた。左前になっても「小野甚」には昔からの職人がいた。中に橘喜七という三十すぎの、背のひくい男がいた。石のことなら何でもくわしくて、石の喜七といわれた。弥吉は喜七に庭づくりの手ほどきをうけた。約十三年間、小野甚と染めぬいた法被《はっぴ》をきて、喜七の下で精を出した。庭樹一切の移植、根廻し、掘取り、運搬、植付け、保護手入れ、みなならった。喜七は偏窟者《へんくつもの》だった。ほかの職人と馬が合わなかったが、なぜか弥吉とだけは気が合った。弥吉も無口で、陰気な方だが、喜七は何ぞというと弥吉をつれて行った。歩きながらよくしゃべった。たとえば軒下の雨だれ石一つみても、あれは物を考えとる、なんも考えとらん石の方がええ、といった。鞍馬口の門の前の、鶯《うぐいす》いろの吉野石、茶色がかった美濃《みの》石、黒ずんだ貴船《きぶね》石、弥吉にはただの大石にしか思えない一つ一つを撫《な》でて、石にも気質があるでエ、と喜七はいった。

いまの、桜山の主人の竹部庸太郎の下で働くようになったのも、もとはといえば、喜七の世話で、もっとも、「小野甚」をやめねばならない時期もきていた。日中戦争がはじまって、世間はあわただしくなり、庭仕事も少なくなった。左前になった本家の、大切なお得意を自分請負に切りかえて、独立する謀反《むほん》組も出た。甚市は、家業を省みないばかりでなく、危険なあずき相場に手を出し、大損すると、店の看板であった門前の石も売った。喜七をはじめとする律義組が眉根《まゆね》をしかめるのに、目もくれず、放蕩のあけくれであった。職人はよその庭師へ出働き、「小野甚」は日々仕事が減った。そんな店で、いつまでも辛抱していることは、ためになることではなかった。弥吉はまだ若かった。竹部のような、山持ちで働くのだったら、将来性もある。竹部は広大な桜山の持主で、桜の研究では日本でも一、二を争う在野の人であるとか。武田《たけだ》尾《お》にある二十一万坪近い演習林は、百数十種に及ぶ山桜の園である。そのほかにまだ向日町《むこう》にかなりな苗圃もあり、桜ならでは夜もあけない人だときいた。この人の下で働くのなら、桜にばかりかかりきっておればよいのだし、喜七のはなしだと、通勤でも、寝泊りでもよく、こっちが希望なら、演習林の番小舎を住居にしてよい、そこで世帯《しょたい》をもってもよいという好条件であった。勿体《もったい》ないような旦《だん》さんや。喜七が、少し前歯の出る味噌っ歯をせわしなくうごかして、竹部のことを説明するのを、弥吉は椎《しい》茸《たけ》のような耳をひらいてきいていた。

「小野甚」にいては、うだつはあがらない。それは弥吉にもわかる。しかし、はっきりした理由なしに辞めてゆくわけにゆかなかった。同じ辞めるにも、喜七ではないが、最後まで残る組にまわっていたいと弥吉は思っていた。門跡や、禅宗寺院の、雑誌のグラビアにも載る庭園など、「小野甚」の法被を着てゆけば、未《いま》だに裏口から入れる誇りも捨て切れなかったのだが、しかし、もう樹の手入れなどで、喜七がいくら講釈しても、左前の「小野甚」の職人が何をいうか、といった顔で、三時の茶も出してくれない得意先があった。ものには時機というもんがあるなア、と喜七がいうので、弥吉も思い切って竹部へつとめ替えする決心がついた。経過はまあ、そんなふうなものだ。本心をいえば桜に惹《ひ》かれた。桜のことなら日本で一、二を争う研究家、武田尾に二十一万坪もの演習林をもち、桜一途《いちず》に生きてきたという、竹部庸太郎につかわれてみたかった。だまりこくった石にも気質があると教えた喜七が、おまえのような無口な独り者《もん》のゆくとこや、ともいったのである。

背丈は五尺そこそこのチビで、顔は小造りで鼻が低く、陰気な感じだ。その顔に反比例して、生椎茸みたいな、大きな耳をもつ弥吉は、どうみても丹波の大工の子であった。その弥吉をつれ、橘喜七が、阪急電車の岡本駅を降り、山手へ十分ばかり歩いて、屋敷町にある竹部庸太郎の家を訪ねたのは、昭和十八年の六月、梅雨空のうっとうしい一日である。川沿い道を歩きながら、「まあ、会《お》うてみるとわかるが、えらい人や。調度という調度はみな桜で。灰皿から茶托《ちやたく》から、机から、本棚から、みな桜や。茶碗《ちやわん》の柄まで桜の花やった……」と喜七はいった。ついその年の春、大阪の中之島に大きな屋敷があったのを、思い切りよく竹部は空屋にし、別宅にしていた岡本へ越していた。「七条の樽橋《たるはし》さんと懇意でなア。わいも樽橋さんのたのみやで引っ越しを手つどうたんやけど、仰山の荷物で……、桜材をつこたもんばっかりうじゃうじゃしとった。……お遍路さんの杖《つえ》みたいなもんみせてもろたが、ようみると、うるし塗りで、金の蒔絵《まきえ》やな。こまかい桜の花やった……たべはる箸から、箸箱、煙草入れまで、みんな桜や」

きいていて、弥吉は、祖父が腰につるしていたどうらんのことを思いだした。あれも山桜の貼皮だったと思う。そういえば、鶴ヶ岡の家に、桜材をつかった大火鉢が一つあった。祖父の愛用した菓子盆も、桜の皮が貼ってあった。喜七はん、あんたはどこでそんな人と会わはりましてんや、ときくと、喜七は、「樽橋さんとこや」といった。樽橋というのは、七条の駅前で、かなりな旅館を経営している人で、本宅が千里山にあって、七条にはかなりな庭もあり、樹の手入れに弥吉もよくいった。その樽橋が関西財界人の集まるクラブに出入りしていて、竹部と懇親になったのだと喜七はいう。

「わいも、お寺や重役さんの家へ仕事にいって、奇人変人に会うたことはあるが、竹部はんのような人ははじめてや……」喜七はしきりと感心して、「桜好きやいうても、大学の農科出やないんやでエ。東京の赤門は出てはるけど、法科やったそうな。ふつう東大の法科出たちゅえや、出世はきまったようなもんで……官吏にならはったら、寝てても局長はんか、知事さんやろ。ところが、人につかわれるのんが性にあわん、何かするのんやったら、人のやらんことやってみよ……いうて、学生じぶんから桜の研究に没頭しやはった……ずうっとそれから、桜ばっかりやな」

変った人がいるものだと弥吉も思う。

二三ど会っただけだが、石の好きな男なので興味をもっていた京の植木職が、まだ自分よりひとまわりも小柄な若者をつれて、玄関へきた時、竹部庸太郎は、うしろでうつむいている弥吉をじろりとみて、だまって玄関横の応接間へ通している。五十七にしては恰幅《かつぷく》のいい、五尺七寸もあろう竹部の、肩の張った体軀《たいく》と、心もちへの字にひきしぼった口もとと、柔和な眼ではあるが、形のいい眉毛が、太く両瞼の上にかぶさっているのが印象的で、最初弥吉は、京のどこかの和尚《おしよう》さんの顔や、と思った。喜七が、電話していたので、弥吉をつれての目的は、竹部にわかっていたらしく、奥から五十すぎたかすぎないぐらいの小柄な女中さんが、茶を出してひきさがると、「兵隊の方はどないですか」と竹部はきいた。喜七が返事しろ、と眼で合図するので、

「丙種どす」と弥吉はこたえた。「そら、よろしな。ゆかずにすめば、こしたことがおへん」

竹部は、はじめてにっこりして弥吉をみた。永年省みなかった鶴ヶ岡の在所へ、兵隊検査で六年ぶりに帰った。洞戸の同級生とつれだって、谷しもの本校の講堂でうけたその検査で、背丈が足りないというだけの理由で丙種になり、つまり国民兵役に編入された。当時は支那にも満州にも、陸海軍が進出していて、兵隊にゆかぬと非国民のようにいわれた時節である。丙種でしたとこたえる気持に、いささかの恥ずかしさもおぼえたが、喜んでくれるような竹部の顔に、弥吉は、不思議と温かみを感じて、うつむいた。

「嫁はんは……どうですねんや」

と竹部がきいた。「へえ」喜七が、もじもじしている弥吉をみて、「もうぼちぼちもらわんとあかんいうて、わしも、すすめてますねんやけど。なにせ、小野甚が、先生もご存じのように、あんな調子どっしゃろ。本人も今日までは修業の身ですし、そこまではまだいってまへんでした。先生とこにお世話になって、一生懸命働くなら、また、どこぞに縁があって、嫁さんにしてくれという女ごはんもありまっしゃろ。けど、縁のうすいとこがおしてなア」と喜七は、誰がみても、女に好かれそうもない、影を背負った陰気な顔の弥吉を、かばうように、ふふふとわらった。竹部は、にこにこして、きいていたが、「まあ、せかんでもよろし。縁はどこにでもありますわ」といってから、

「鶴ヶ岡にはまんだ、お父さんもお母さんも健在ですか」

「へえ、それが、十一の時に、わたしを生んだ母親は離縁になって里へ帰りました。雲ヶ畑の人どしたんやけど、まなしに、岐阜の方へ再婚しまして、会うてまへん……」

と、弥吉はこたえた。家のことは、あまり人にいいたくなかった。実際、母がなぜ離縁になったか、そこのところは、誰にも説明をうけていない。父が教えてくれるはずもなかった。子供心に、母の離縁は父との不和が原因で、そのために父が京都から戻らなかったのだと思っていた。母が鶴ヶ岡で淋しい暮しをしているものだから、祖父が同情して、母と気のあった晩年をすごして死んだ。父は早く離縁したかったらしいが、祖父の面倒をみてくれるものがなかったから、祖父の死ぬまで母を鶴ヶ岡に置いたのだ、と村人からきいたことがあった。大人の噂《うわさ》は無責任なことが多くて、子供の耳に、母と祖父とは世間にいえない関係にあった、という人もいた。弥吉はふるえるほどの屈辱をおぼえてはずかしかった。だが、不思議に、母を冒瀆《ぼうとく》されたかなしみはなく、丸ぽちゃ顔の、明朗な気質だった母が、父にきらわれて、ひとり子の弥吉を

育てつつ、祖父の面倒をみているうちに、つい、越えてはならぬ不倫の道に足を入れたかと思えば、うなずけないこともない。祖父は、父よりやさしくて、人柄もよかった。母は、その祖父に大事にされた、あるいは、祖父が、母を大事にしすぎたため、父は京へ行ったきりでもどらなかったのか。そこのところの順序については、弥吉はまだ、はっきり納得していない。とにかく、いまは、父の後妻となった人がいて、子も三人あり、鶴ヶ岡の在所は、弥吉が帰るべき所ではないというだけのことである。

「雲ヶ畑やったら……わたしも再々行ったことがあります」

と竹部はいった。

「あそこに、ええ桜が一本ありました。鶴ヶ岡の法明寺どすわ。そういえば、周山の北にも、名木がおましたな。あんた、常照皇寺《じょうしょうこうじ》の知ってますか」

弥吉は在所に近い寺の名をいわれて戸惑った。鶴ヶ岡から周山へくる途中に山国という村があり、山のせまった川ぞいの谷に光厳帝の御陵のある古い寺があった。

「知りまへんか」

竹部は残念そうな顔をして、

「あんたの在所は桜どこですよ。わたしらの知らん名木がまだまだあります。いっぺん、ひまをみて、雲ヶ畑やら、山国の村を廻ってみたい思うてました」

弥吉の故郷に、桜の名木がかくれていそうだから、竹部は親しみがわく、というのであった。

「鶴ヶ岡のおうちは、百姓さんでしたか」

「母親がいましたころは、ちいとばかり小作してました。けんど、いまのおっ母《か》は、百姓はしてまへん。桜は、鶴ヶ岡の村にもありましたわ。在所は、鶴ヶ岡から二里ほど山へいった洞戸《ほらと》ちゅう字《あざ》部落どすねやけんど、……祖父《じい》が木樵《きこり》でしたで、子供のじぶんに、よう山へ入ってましたで……、桜は知ってます」

「あんたのお爺さんは木樵でしたか」

竹部は眼を炯《ひか》らした。

「へえ、木挽《こびき》どす。父は、大工でしたけど、祖父《じい》は、木挽で、年じゅう山どした。冬は炭焼き、春秋は木イ伐《き》り、木イ出し。一日家にいたことはおへんどした」

「洞戸の山にも桜ありましたか」

「背山のてっぺんの、杉伐ったあとに、桜ばっかり植わってました。祖父は、みな山桜やいうとりました……」

「まちがいおへん。あのあたりの尾根なら……山桜だっしゃろ」

「子供のじぶんやから、はっきりおぼえてませんが、山桜にも種類が仰山あんのどすな。花の色もかたちも、それぞれかわってました。花びらが仰山かさなって……牡丹《ぼたん》みたいな……色の濃いのがありました」

「八重だっしゃろな。肌が赤うて、よろしおしたやろ」

「ぴかぴかに光って……つやのある肌どしたわ」

弥吉はいつ知らず、竹部と対等に話をしている自分にかすかな面映ゆさをおぼえたが、わきで喜七が、ふんふんと独りうなずきしているので安心した。すると竹部は、

「まあ、木挽さんのお孫さんなら、木イに関係がないとはいえまへんな。植木屋にならはったんは……どういう縁ですか」

「父が宮大工でしたんで、京の寺へよう出入りしてましして、そン時に知りおうた、小野甚さんの先代さんと心やすうなって、ほれで、わしに奉公にゆけいうたんです」

「わしも、あんたのお父っつぁんは知っとった……」

と喜七がわきからいった。

「燈全寺の塔頭寺《たっちゅうじ》の普請《ふしん》やった……あすこは、小野甚のかかりつけで、毎年庭樹の手入れにもいった。瑞春《ずいしゅん》いう寺で。……たぶんあの時は庫裡《くり》の改築やった……」

喜七も小野の先代につれられて、そこへ働きにいったというのだった。

面会だけで弥吉の就職はきまった。来てみて、嬉《うれ》しかったのは、竹部が東大を出た人のような威圧感がなく、そこいらの商家の主人とちがわない気さくな人だったからである。つとめるとなれば、通勤、住込み自由ながら、なろうことなら、武田尾にも、向日町にも番小舎があるから、そこに起居してもらうにこしたことはないと、押しつけがましくもない申し出だった。正直、「小野甚」をやめたら、宿所に困った。うっうってつけの就職先だった。竹部家を出て阪急の駅まで歩くのに、喜七は話しづめで、

「……おもろい先生やろ……わきできいとって、あの先生が初対面で打ちとけて話してはんのみたのははじめてや。お前が気にいったンも、桜やな。……鶴ヶ岡の在所に山桜があったで、先生の眼エも炯った。爺さんが木挽しとったンで、親しみもたはったんやろ。先生は、ずいぶん植木職人もつこてきやはった。永年つとめてた人もどどし兵隊にとられるで、その点、お前は丙種やし、これも、先生には魅力やろ。折角、仕事を教えたわ、すぐ軍隊へもってゆかれるでは、なあんもならんでな」

喜七は、辞去する時、弥吉がひと足先に出たあとで、よろしく頼むといわれたと、この時弥吉にはなした。

「武田尾の番小舎は山ン中やけど、向日町の苗圃《びょうほ》は、なんも淋しいとこやないそうや。町から丘よりに、仰山孟宗《もうそう》が生えとる。そこの隣にある。畑の端に、便所も、流しも

ついた六畳と、三畳ぐらいの三和土《たたき》の家が建っとる。そこに寝どまりしてもええいうてくれはった」

　喜七は、羨《うらや》ましそうにいい、

「京から武田尾へ顔出そ思うと、六時起きや。けど向日町やったら、一時間はちぢまるな。どっちへゆくにしても、京に住むのんは不経済や。甘えて泊らしてもろたらどうや」

　もちろん願ってもないことであった。弥吉はもう、電車にのる時に腹がきまっていて、「よろしゅたのんます」ペコリと頭を下げて、「わいも、ええ人や思いました。あんな人やったら、一生懸命きばります」といってから、

「あの人には、嫁はんがいやはりまへんのか」

「死なはった」

　と、喜七はこたえた。

「東北のえらい大金持のお嬢さんやった。学校出てから中之島へもどって、まなしに結婚式やった。女優さんみたいなきれいな女《ひと》やったが。病身やったそうな。若い頃はふたりで、馬にのったり、ゴルフしたりして、仲睦《むつ》まじゅうしてはったそうやが、三年ほど前に、ぽっくり死なはってなァ」

「…………」

弥吉は、応接間の机をへだてて、真向いの椅子《いす》に心もち肩を落してすわっていた竹部の、グレーのホームスパンのよく似合うた無造作だが、裕福そうな、身だしなみのいい姿に、どことなく、淋しさの感じられたのは、そのためか、と思った。

「ほなら、女中さんとふたりぐらしですか」

「せや」

と、喜七はいった。「中之島じぶんからの女中さんやそうな。まあ、もう、あのお年やさかい、後妻をもらわはることもないやろ。樽橋さんもいうてはったが、嫁に死なれてみると、もうこの世に、かわいがるもンは桜以外に無《の》うなった……東京の学習院出やはった美しいひとを嫁さんにしてて、先立たれてみんか。あとの女ごは、芥《ごみ》みたいにみえるやろ。後添えももらわずに、桜の花に呆《ほう》けてはる気持も、わからんでもない……」

喜七はわけ知り顔に、ひとりうなずきして、

「せやけど、お前も先生の真似《まね》して、このまま独身《ひとり》でおらんならんことはないでエ」

と眼をむいた。弥吉はだまっていた。嫁はほしいと思う。しかし、「小野甚」にいては、候補者はおろか、浮いた話は一つも降ってこなかった。こっちが顔だちも性格

も陰気なのだから世話をしようという仲間もいなかったのだが、そのことは、何も周囲の罪でなく、女の縁薄さは、もってうまれたこっちの運だとあきらめてもいた。

しかし、いよいよ、「小野甚」をやめて、向日町の苗圃の番小舎に起居し、演習林と苗圃を守《も》りするようになると、弥吉は、生れてはじめて、恰好の相手ともいえる園《その》に会うている。園は、武田尾の、弥吉が守りする桜山に程近い、駅から降りてすぐ渓谷ぞいにひろがる鉱泉村に、料理旅館と看板を掲げた「たまや」にいた。

武田尾は武庫川《むこがわ》に沿うた古い鉱泉村で「たまや」のほかに、「河鹿荘」「武庫川館」「やまだ」といった古宿があった。駅を降りて、だらだら坂の町をはずれると、すぐ橋がかかっていたが、「たまや」はこの橋をわたって、対岸の土手を一町ほど上流へ行った所にある。いまでこそ、「武田尾温泉」などといい、大阪、神戸あたりの日泊り客でにぎわっているが、当時は、まだひなびていた。

竹部の演習林は、この武田尾の地籍になっていて、駅から近かった。桜山のてっぺんへ登ると、ななめ東に、鉱泉宿のならんだ武庫川が一望できる。山は苗を移植するに、竹部が苦心して選んだ所だけに、土質、陽あたり申し分はなかったが、一つだけ欠点といえるようなものは、通路の不便なことだった。武田尾駅にとまる国鉄は単線だったが、川際《ぎわ》すれすれに、崖《がけ》のトンネルを二つくぐっている。演習林は、このトンネルの上にあるので、一どは線路をまたがねばゆけない。竹部は、弥吉をつれてきた時に、

「汽車の時間表をようしらべといて、駅員さんにたのんで、線路を通らしてもろたがよろしおっせ」

　といった。その日も竹部は、駅を降りて、改札を出ようとする弥吉を、北さんこっちゃとよびとめ、顔見知りの助役に会釈《えしゃく》一つしただけで、煤《すす》けた枕木《まくらぎ》の積まれてある駅員宿舎の前から、ホームを歩いた。ホームが切れるとそのまま線路へ降り、枕木づたいに演習林の入口までできた。線路はゆるやかなカーブで、五分ほど歩くとトンネルに入ったが、そこは、急流で崖がえぐれていた。

「二十三番トンネルで、枕木のかずは百二十一です」

　と竹部はいった。暗がりに入ると、前方にどんぐりの実ほどの穴が光っている。百二十一の枕木を、弥吉は、背の高い主人のあとからかぞえて歩いた。一つをすぎると、すぐにまたトンネルがきた。これは二十三番より短くて、枕木のかずは九十八あった。二つのトンネルをくぐって、ようやく、山のとば口へ出たが、弥吉は、竹部が心もち猫を負って枕木をかぞえ歩く背姿をみていると、この人は、何年このトンネルを歩い

たか、と感慨をおぼえた。そのことは、やがて桜山へきて、大きな山桜が、幾千本と、滝のある渓谷をせりはさんでいるのをみた時にも感じた。

「時間表を暗記しとらんとなア。トンネルの中で汽車に会《お》うてしまうと大変です」と竹部はいった。この時、もしトンネル歩行中に列車が入ってきたら、走ったりしてはいけない、すぐに、線路から左右どっちかの壁にへばりついて、眼をつぶって列車の通過を待つべきである、と教えた。

弥吉は、向日町の番小舎から、武田尾へ通った。夏末の一日に竹部と朝から向日町の苗圃にいて、午後になって一しょに武田尾へきた。ふたりが山で添え木のくさったのなど代えて帰路につき、トンネルへ入ったのは五時だった。とつぜん、けたたましい警笛を鳴らして臨時が走ってきた。時間表にない臨時には、福知山の連隊を出たらしい兵隊がつまっていて、ふたりは、すぐに二十三番の壁へへばりついた。ところが、列車をやりすごして外へ出ると、顔も手もまっ黒だった。煤が立ち、水滴で汚れた壁へ、腹もろともしがみついたからたまらない。

「えらいことになった」竹部は、弥吉をふりかえって、「ついでや、たまやへ行ってひと風呂あびて帰りまひょ」といった。

弥吉は、はじめて竹部に鉱泉宿へ案内されている。「たまや」の経営者である佐々木賢一とは、竹部はとうからのつきあいらしく、演習林を捜しにきた当時からここに泊っているのだといった。番小舎もなかった頃は、帰りに風呂をつかったたし、桜を見にきた客と、時どき夜食もした。竹部の客は大阪の実業家だとか、新聞、放送関係の人が多かった。

「なかなか、気さくなおやっさんで」

と竹部は、橋をわたりながら、崖ぎわに、手すりのついた細長い二階のみえる「たまや」を指さし、

「鉱泉のもとを見つけはった先代が、ここの草分けで……いまのおやっさんは、若いときに、こんなとこにおるのんがいややいうて、京都の同志社へいってました。ところが、おやっさんが死んで、卒業するかせんうちに、宿の面倒みんならんようになって、つまり、学業半ばやったやさかい、つかまると、一時間も二時間も、卒業でけなんだぶんをしゃべりますわ」

竹部は、弥吉に、「たまや」には鮎《あゆ》と松茸《まつたけ》の季節は近在の農家から、女中が臨時で傭《やと》われてくるともいった。到《つ》いてみると、なるほど、草分けらしい構えで、大きな松が一本玄関前に植わっている。建物も古びていて、瓦《かわら》ぶきの本館と、青トタンをふいた離れが、くの字にまがって川岸にのびていた。四十がらみの女中が、煤だらけのふ

して迎えた。

たりをみてきょとんとしたが、竹部だとわかると、急に鄭重《ていちょう》になって、スリッパを出

「おやっさんいますか」

と竹部はきいた。女中は、折あしく大阪へ出てはりますねンといった。

「とにかく、風呂へ入れてください。えらいこっちゃ。臨時のくるの知らんと、ふたりしてトンネル歩いてて、こんなことです」

竹部は女中のあとから勝手知った玄関を上がった。

風呂をあがって、あまごの天ぷらで竹部は弥吉とふたりきりで夜食をとった。この時給仕にきた女が園といった。色は白いけれど、近在の農家の娘にちがいない。愛《あい》嬌《きよう》のある顔をしていた。鼻はややひくめだが、口もとが形よく整っていて、みるからに健康そうだった。糸のように細まる眼が、この娘の利発さと人の好さを感じさせた。

「ちょっと来《こ》んうちに、顔ぶれも変ってますな。あんたはん、どこから……三田《さんだ》でっか」

と竹部が、卓のよこに徳利をもってすわった娘の、肉のもりあがった小麦色の手首をみながらきくと、

「すぐそこの在で、切畑どす」

と娘はこたえた。竹部は、ゆっくり娘の顔を見なおした。

「へえ……」

縁のある村だった。演習林の裏側に、つまり、竹部山の尾根を南へ逆に降りた高台地に、戸数三十ほどしかない部落がかくれていた。炭焼きや木挽《こびき》の多い村で、谷川近くに、多少の田畑もある。そこから宝塚へ出る新道も出来ていた。竹部は、金銭的にはしこい鉱泉村の者を傭《やと》い人《ど》にたのむより、素朴な切畑の者の方がよいという考えから、トンネルをくぐって運ばねばならない大桜の移植だとか、年に二どほど大雨で流される土砂の改良工事だとか、何かと手の要る時は、切畑の音山という男に差配させて、村人の二、三も常連なので知っていた。遊園地のある宝塚へ働きに出るならわかるけれども、鉱泉宿へつとめた、十人並みの器量といえる園に興味をもった。

「いくつでっか」

「二十四イです」

園はちょっと顔を赧《あか》くして、

「旦《だん》さんは竹部山の御主人さんでございますね」

とあらたまってきいた。

「そうや」

と竹部がうなずくと、

「ほなら、子供じぶんから、よう桃盗《と》りにいって、叱《しか》られたことがおすわ」

片八重歯をだしてわらった。

「あんた、うちの山知ってはりますのんか」

「……小っちゃいじぶんから、トンネルくぐって、桃やらあけびやら、さくらんぼとりに。むかしは学校からすぐ、竹部山へあそびにいったもんどす」

「あんたが犯人やったんか」

竹部は奥に金冠ののぞく口をあけて大笑いした。別に、この日、園というこの女中が、ふたりに、ふかい印象をあたえたわけでもなかった。帰りしな、玄関へ送ってきた古株の女中から、

「ええ娘さんどっしゃろ、先生。……あの娘《こ》、未亡人どっしゃ」

といわれて、竹部も、弥吉も、びっくりしている。

園が、結婚後わずか一と月半の夫婦生活で、夫が召集になって、中支で戦死した、ときいたのは、弥吉が、武田尾の山にも馴《な》れた秋ぐちだった。竹部は、秋に入って、それまで山の中腹にあった研究室をかねた山荘を、滝の見える一段ひくい山の腹へうつす工事をした。その時の大工の話である。

「気の毒な娘さんで。切畑から三田へ嫁にいってたんやけど、一と月半で、おやっさんが兵隊へとられて、まなしに南京《ナンキン》で戦死やった。三田におってもしやないんで、切畑へもどって百姓してたらしおすけんど、家にゃまんだきょうだいがごろごろおるで、女中働きに出たいうてました。気性のええ娘やし。あのまま後家はんで、枯れさせてしまうのもかわいそうですわ」

大工の頭は、枝落しの途中で一服しにきた弥吉を焚火《たきび》のわきにすわらせて、

「どうやな、北さん、あんた、ひとつ男になってやったら……」

冗談のようにいった。弥吉は、一瞬、顔を赧くして、焚火の向う側で、眼鏡をかけ、野鳥のカタログをみている竹部を見た。正直、園のような顔だちは好きであった。気さくで、明るい。細い眼もとも女らしいし、物言いにもたかぶった感じはなかった。

大工の清水は竹部に、

「先生、北さんもそろそろもらわんと……」

といった。竹部はカタログをみながら耳をたてていたらしく、

「あのひとは、男好きのするところがあった」

といった。

「北さんにもろたげたらどうでっしゃろ」

この大工も、古くからの出入りで、最初演習林に番小舎を建てた時からの顔馴染《なじ》みであった。武田尾の旅館へもよく出入りしている。竹部は、弥吉がまともに顔を赧くしてだまったのをみて、ふと、清水に、この話をあたってみてくれないかとその日の夕刻にたのんでいる。清水は土地の顔役でもあり、いちおう、この男の口から、本人の意向をきいてもらい、うまくゆきそうなら、「たまや」の佐々木に、直談判《じか》してもいいと思った。

縁は不思議なものである。橘喜七にいわせると、弥吉が丙種の体格であったことは、多少の稀少《きしよう》価値があって、この当時の日本男子なら、誰もが兵隊にとられた時節に、五体そろって健康でありながら、戦争にも、軍隊にも縁のない男は、じつは当時の女たちにかくれた魅力の一つとなっていた。向日町の小舎へ、ひょっこり顔をみせた喜七に、園とのことを相談した弥吉に、喜七は眼を輝かせた。

「なあんも考えることないやないか。先生が乗気なら、お前、もらえ。後家やいうても、一と月半のことなら、生娘とそないにかわらんがな」

なるほど、こんな話はめったにあるわけのものではなかった。喜七は園にはまだ会うていないが、弥吉が、柄になく、くちびるをつき出すようにして、武田尾の「たまや」で竹部と食事をした日、園が桃を盗った子供のじぶんの話をしたというので、

「そら、ええおなごにきまったるわ」といった。「竹部山に桃やら梅を植えはったんは、接木《つぎき》の試験にしやはるためやった。毎年何貫ちゅうて収穫があるそうやが、桜の試験台と、鳥をよせるためのもんやさかい、実イには先生はあんまり関心はない。とれると、そこらじゅうの知りあいへ、ただで配らはった。けど、切畑の子供らが、学校帰りに山荒してしやない……桜の苗を踏みよるいうてこぼしてはった。その桃ぬすっとの娘はんが、山を監理するお前の嫁にくるちゅうのは縁やないか。こら、話はうまいことゆくかもしれんで、……弥吉イ」

喜七は、降ってわいた遅まきの縁談に、かすかな羨望《せんぼう》をみせて嬉《うれ》しがった。

「わいやったら、二つ返事でもらうな。なあんも、後家やいうても……古もんのように考えんでもええ。人間は生きものやし、とくに女ちゅうもんは、嫁にきて一日たってしまえや、考えようによっては古もんや。処女をもろても、ひと晩だけのはなしで、あくる日から、古手をもろたも同然やな。一と月半ぐらい経験があんのも、また結構なことや」喜七は味噌っ歯をだした。「それに、三田の何屋へ嫁にいっとったかしらんが、一と月半にせよ、しゅうとづとめした経験ちゅうもんは、銭で買えん苦労や。お前のとこへきたら、辛抱するやろ。ちいと、キズのある女をもろて、やさしゅうしてやった方が……ええにきまったる。お前は、どっちかというと、女ごに敷かれる質《たち》や、気強い女もろて、頭からなめられて暮すより、おとなしゅう尾《つ》いてくる女をもろた方が、ええ思う」

弥吉は、きいていて喜七のいうことに感じ入った。しかし、園は、自分のことをどう思うているか。気にかかった。喜七が、こっちの話次第で、いつにでも、園が嫁にきてくれるような気持でいるので、わるい気がした。

「遠慮はいらん。気イのある女なら、もろとけ、もろとけ。いまは、兵隊にゆかんでもええ男は、ざらにはない。丙種の男は、まあ、男の中の男や」と喜七はいう。

二どめに、園と会うたのは、やはり、「たまや」であったが、わすれもしない、十月十日である。竹部が持山でとれる松茸を、知人友人にごちそうしたいといいだし、大阪のクラブで懇《ねんご》ろにしている友人に案内状を出したところ、参加者は十一人にもなった。はじめは山荘で、滝の水をつかってのちょっとしたすき焼でもと思っていたのが、毎朝新聞の主筆の高田や、大阪曹達《ソーダ》の田島など、北新地の老妓《ろうぎ》の二人もまじえてやってくるというので、桜山の秋色を見物したあとで、「たまや」での小宴会になった。桜山は、なにも花の咲く四月だけが見どきとかぎったものではない、秋の桜もまた一見の価値があるというのは、竹部の持論で、何ごとにつけ、世間の常識に反撥《はんぱつ》してゆく質のこの桜研究家は、当日、切畑の村から傭《やと》い人《ど》をして、山のどんづまりにある大滝の掃除まで指示した。もちろん、職人やら傭い人と一しょに弥吉は働いたのだが、滝といえば、みごとなもので、山は前述したように、二つのトンネルを抱いているので、二つの尾根が川へ落ちこんで扇子型にすぼまる谷に、頭上二十尺もある大岩が二つ嚙《か》みあっていた。その頂上から、鶯《うぐいす》いろの晒《さらし》をかけ落したような、清澄《せいちょう》な水が落ちてくる。もとより、下は大岩があり、岩と岩は、型のよい組みあわせをみせ、何段もの瀬をつくって下方へゆるやかに傾斜している。水は、ところどころに小滝をつくり、瀬をつくり、淵《ふち》をつくりして、線路の下をくぐって武庫川へ落ちていた。この滝の腹に、竹部は、石垣を積みあげ、山荘を建てている。六畳と八畳の洋間とも和室ともつかぬ研究室であった。水しぶきをあげる滝の両側は、桜と楓《かえで》が植えてあるので、ぬれた岩面《いわも》に木もれ陽がふりかかると、春も秋も、息を呑《の》むような絶景だ。わざわざ、大阪クラブの友人連を、竹部が、危険なトンネルをくぐらせて山へ招く理由はそこにあった。まことに、人里はなれた奥山住まいの気分は、コンクリートの中で暮す都会人にとって、軀《み》を洗われるような清気であったろう。北新地の、顔馴染みの老妓が、背のたかい毎朝の主筆の高田の肩につかまりながらあがってくると、滝の下にきて、

「仙人さんのいやはるようなとこどっしゃ」

と思わず声をあげた。

「仙人やおへんでエ……こんな色けのおすとこがざらにおすかいな」

竹部は、満悦顔で、客を案内して一日をすごしたが、この日に、切畑の村からきていた炭焼男が、朝から走りまわっている弥吉の、ひと息ついて休んだところへ顔をだすと、

「あんたはん……ここの番人さんか。わいは、園の兄ですねんや」

といった。園の兄だといわれて、弥吉は面喰った。みれば、その男は二十七、八で、いまは眼の壁から一日とて消えない園の、細眼の顔と似ていた。

「虎市ちいますねや。園のことで、いろいろまたお世話になります」

男は、ペコリと頭を下げた。取りこんでいる最中だったし、弥吉はそういわれて、急に上気した顔をそのまま、主人の客たちのさざめきつどう中へもちこむわけにゆかず、竹部が、しきりと桜の品種や、楓の品種について説明してまわるわきから、助手のような立場で、実際の樹々の苗を指さしてみせたり、時には、根つぎした古木の、あるいは、新しく移植した苗木の、日本にはまだ品種のめずらしい樺《かば》なども、いちいち、葉や幹にさわってみせねばならなかった。だが、そうしていながらも、園の兄から、気やすげに話しかけられた興奮はさめず、心は有頂天になっていた。血ののぼったその眼が、竹部にもわかったとみえて、

「きょうは、あんたもしょうばんや」

といわれて、尚更《なおさら》、「たまや」で、当の園に会えるかと思うと、弥吉は真《ま》っ赧《か》になるのだった。客たちの案内で忙殺されていたので、切畑の傭《やと》い人《ど》たちが、四時すぎに帰るのを、弥吉は下まで送ったが、この時、園の兄が、「どうぞ、よろしゅ」といって、はにかんだ眼を弥吉に投げて、谷の暮れなずんだ裾《すそ》へ消えた。弥吉はだまっていた。兄のその表情では、もう弥吉とのことが話題にもなり、弥吉が相手として、遜《そん》色《しょく》のない男であることが、家一同の決定をみているのか。

竹部が漬けた十年前からの梅酒の甕《かめ》、収集した桜の細工物、古書、画帳など、十一人の客はたっぷり説明され、見物させられ、「たまや」に入ったのは六時すぎ。玄関に御仕着せではあるが、かすりの袷《あわせ》に人絹のえんじの帯をしめた女中が五人ならび、その中に園もいた。

弥吉は宴会の末席にすわって、客たちの話をきいていたが、この日ほど主人の変った一面を見たことはなかった。竹部は、正直いって、招待する側である。十一人の客は、された側だが、宴席になると、竹部がまるで、皆から招待されている雰囲気になった。あいだに入った老妓も、先生、先生、と竹部をもてはやす。気のあった者ばかりの食事会とはいい条、竹部がいかに、これらの財界、新聞界の重役連から一目おいて見られているかがわかるのであった。会は二時間もつづいたが、弥吉は酒が呑めないし、それに、話のできる人はひとりもいない。隅っこで、しゃちこばって、ただ、皆をみていた。そこへ、時どき園が顔をだした。眼があうたびに、弥吉はまごついた。園は、弥吉と視線があえば眼を伏せた。近くへきて給仕する時は、なぜかつぶらな瞳《ひとみ》をうるませていた。

竹部から園のことをいわれたのは、宴会のあった翌日で、山荘でふたりきりの時である。弥吉のつくった木切れに、一つ一つ桜の名を書き、枝にぶら下げて歩きながらのことである。

「どうやら、あの娘《こ》は、北さん、あんたが好きなようや」

見ていないようでも、見ていたのか、と弥吉は、昨日の宴会の様子を思いだしてまた赧くなった。

「園さんがええといわはるなら、はなしはすすめた方がよろしな。佐々木のおやっさんも、切畑のうちの人らも、願ってもない話やというてはるそうやし、あとは、北さん、あんたの心ひとつや」

弥吉は、竹部の温かい話しかけに、胸のつまるような、やさしさをおぼえて、熱くなった。

「女も桜の移植に似たようなとこがありまっせ」

と竹部はいった。

「まあいうてみますと、あんたの性格は、どっちかというと、砧木《だいぎ》にあつらえむき、地めんにへばりついたとこがおす。そこへ、あの女《こ》が接木されてくる。しっかり咲く木になるのも、枯れる木になるのも、砧木と接木の合目のしっくりゆくかゆかぬかできまります。性にあわんもんなら、木イになりまへんわ。ま、いうてみると、たまやはありゃ、苗圃《びょうほ》ですわ。女中は仰山おります。けんども、わたしが、接木にほしいと思うような女は、園さんぐらいですね。……」

あとは何をいおうとしているのか、竹部の心は透けてみえた。弥吉は、嬉しかった。返事しようと思うけれども、どういってよいやら、言葉が出ない。ただ、うしろに立ってじっと赧くなっていると、竹部はうしろ向きのままで、

「あのひとは、ひょっとしたら、八重にも一重にもなります」といった。「しつけ次第で一重の端正さも出ます。生かすも、死なすもあんた次第ですわ。三田の自転車屋に嫁にいってなさったときいてますが、かわって台になってやるあんたはやさしい気持で大事にしてあげんならん。いっぺん、さし損《そこの》うた接木というもんはなかなかむずかしい。けど、それも砧木しだい。ええ花育てよと思うたら、それぐらいの苦労はせ

んなりまへん」

こんなやさしい言葉をかけられた人がいたろうか。鶴ヶ岡にも、京にもいなかったと思う。

いってみれば、弥吉の結婚は、周囲の人たちの、ゆきとどいた愛情ではこばれている。かりに、不足な点があったとすれば、当人たちの間に、お互いの性格や、将来の考えについての、念の入った話しあいがもたれなかったということだろうが、それも成行き上致し方のないことであった。

正月があけて、接穂《つぎほ》の苗さがしに廻る三月がき、向日町の苗圃の方も、仕事に一段落がついた。十八日に、正式な申込みを、弥吉の方から園の在所へした。使いに立ったのは、橘喜七で、これは、竹部の案でもあった。喜七しか、この役まわりをひきうけてくれる者は見当らなかった。大工の清水が、何かと仲に立ってくれていたが、この男は武田尾の住人だから園側とみていい。「小野甚」の古い仲間でもあり、十四歳の時から、つれだって植木仕事に精をだしてきた年配の喜七は相手方を安心させる力もあろう、と竹部は慮《おもんぱか》った。切畑へいってきた喜七が、帰りに向日町の小舎の主従のところにきて、

「お父っつぁんは、木挽《こびき》したこともあるというてござったで、弥吉の爺《じい》さんも、木挽

やいうたら、もうそれで、話がとんとん拍子にゆきましてなア」と上機嫌でいった。「むこうは、何せ、キズものやというひけ目があるもんやで、こっちが、小っちゃい時から、母親にわかれて後妻の下で苦労した男やいうても、ただもう、勿体《もったい》ない、そんな苦労してきやはった人なら、きっと園を大切にしてくれはりますやろ、願ってもない縁です……まあ、人のええいうたら、あんな人のええお父っつぁん、みたことありませんわな」

喜七は、仲人口《なこうど》のような物言いで、向うの家をほめた。

「嫁にいってた先も、そこの兄貴が桐の木買いしとって、何でも、神戸の下駄屋へ桐を仲買する人やったらしおす。園さんを山でみて、ぜひ弟に世話したいいうてもろたんやそうどす。弟も、気性のええ、酒好きの、明るい人やったけんど、何せ、一と月半で、兵隊にとられて、三カ月めに南京で死んだ。園さんにしてみたら、嫁やった時間より、自転車屋でしゅうとづとめしてた時間の方が長いようなこってすわ。向うは、何ぼでもおってくれ……いうて、園さんのことをかわいがってはったそうどすけど、女ざかりを台なしにしまっしゃろ。せやで、……子のなかったのを幸いに、ひとつ、ここのところは、縁を切ってもろて、在へもどって、また、どこぞの後添えの口でもさがそかと、あきらめてつとめに出たとこどしたんやな。相手が、竹部山の御主人の口やし、そこの監理人やときいたら、もう安心やいうて、えらい、気に入りようで……」

喜七は歯ぐきを出して、

「弥吉イ、お前はえらいおそまきの果報者《もん》やでエ」

と、弥吉の肩を押した。

きけば、園の在所は、そんなに裕福でもなく、兄妹が多かった。下の妹は、十九だといったが、これは神戸の製靴会社に事務員に出ているし、次の妹は十八、宝塚の劇場で切符売りしていた。弟は二人いるけれど、まだ学校だった。兄の虎市は家にいて、五反の田圃《たんぼ》と山畑をつくるかたわら、土木工事や、山の木出しの口がかかると日傭いに出ている。父親は、右足に神経痛が出て、ぶらぶらしていた。虎市に嫁がきて、妹ふたりがどこかへ嫁《か》すまでは、病気もしておれぬと、両親がかくしだてなく家の内情を話すのをきいて、喜七は、ますます、園は弥吉の嫁になるために、この世に現われた、と思ったそうである。

「お父っつぁんの話やと、園さんは気イがつよいというてはりましたが、今日びのことやさかい、そら、少しはつようないと、心もとのうおす。かりに弥吉のとこへきて、弥吉が毎日、山へ出て働いとる、嬶《かか》アが家で淋しがってめそめそしとるようなこっては、仕事に身が入りませんしな。嬶アがしっかりした気性なら、男はまた外へ出て働けるというもんでっせ、先生」

喜七は、自分のことをいうような顔つきで、竹部へいった。

「まあ、あんまり、裕福な家の、気づよい女をもろて、弥吉が苦労するより、世間的にキズもんやといわれているような若い後家さんをあんじょう、自分の女に育てるのが、弥吉らしい結婚やと思いませんか。どうでっしゃろ」

竹部は、はにかんで、うつむいてばかりいる弥吉をみて、ぼそりとした声でいいついだ。

「どうせ、人間はみなそらキズもんやといえばキズがありまっせ。木イやってええ桜ほど、肌に傷がついてますわ。キズで寿命をちぢめるのも木なら、キズで、大きく育つのも木のおもしろさです」

挙式は武田尾の山桜が満開に近い四月十日にきまった。非常時といわれた当時のことだから、遠慮すべき風潮でもあって派手なことは望むべくもなかった。だが、竹部は、一生に一どの祝言《しゅうげん》のはずであるから、ふたりの人生の出発にふさわしい、形だけのことを考えてやりたい、と喜七にいい、双方の経済事情も考えて、ふたりが知りあう縁になった「たまや」の奥で、身内だけよんでの披露宴をしようということになった。仲人役は佐々木賢一で、大工の清水と、切畑の両親と兄弟妹が五人、それだけが園側の出席者で、弥吉の方は、喜七夫婦と職人頭の音山と竹部しかいなかった。喜七が、これでは淋しいから小野甚の仲間をつれてきまひょか、というのへ、竹部は、結婚式にサクラのお客さんもおかしおっせ、といい、こっちは貰《もら》う側でもある、弥吉が鶴ヶ岡の身内をよぶのが嫌なら、それでもう、仕方のない話である、淋しくても、気心の知れた者だけで結構やおへんか、といったので、四人だけの出席になった。佐々木の発案で村はずれにある神社の神主にたのんでおはらいをしてもらい、神前で将来の誓いをたて、午後一時から披露宴であった。山間の温泉地にも燈火管制が喧《やかま》しくて、夜の明りは自粛しなければならない時節であった。佐々木が配給の酒に、闇酒も少々足して、女中たちに給仕に出てもらい、ささやかな祝宴を張った。床を背に心もち緊張してすわった弥吉は、喜七から借りた紋付の袖《そで》たけが少し長いので、気にしていたのをのぞけば、なかなかの貫禄《かんろく》があった。園は花柄の銘仙の晴着に、黄の太鼓帯をしめ、いかにも、しっかりした新妻にみえて、好一対と思われた。喜七が味噌っ歯をだし、高砂を謡い、佐々木も詩吟をやった。竹部はにこにこして、一座のなごやかな光景を眺めていたが、わきにすわっていた喜七が、とつぜん、

「これは、京の宇多野さんの受売りどすけんど、若夫婦が接《つ》いだ桜は、よう育つといいますが、なんぞわけがあんのどっしゃろか」

と竹部にきいた。竹部は微笑して、

「さあ、そら、つまり木イにそんだけ愛情が出るからだっしゃろな」

といった。喜七が京の宇多野といったのは、竹部も懇《ねんご》ろにしている嵯峨野《さがの》の造園師のことで、桜の栽培に熱心で、京の庭づくりに力を入れている評判の人だった。なるほど、あの宇多野なら、そういうことをいったかもしれない、と竹部はひとりうなずきして、

「北さんにも、せいぜいええ苗を育ててもらわんといけまへん。夫婦しての接木は、そらええもんですが、けど新婦さんは、いろいろと大変です。木イは生きものやから、天候に気をつけんといけまへん。雨の中でも働かんならん日があります。夜なかに起きて風よけの菰《こも》かぶせせんならん。宇多野はんのいわはった心は、そこですわ」

切畑の親たちは、弥吉の風貌にも、物言いにも、安心していた。仲人の労をとった佐々木に礼をのべ、竹部にも鄭重《ていちょう》にあいさつして、どうぞよろしゅう園をたのんます、とふつつか者ですけんど、お気づきのところは、どうぞ、叱《しか》ってやって下さりませ、と竹部にとも、弥吉にともとれる謝辞をのべた。喜七夫婦がわきにいても、どっしりし

てみえる竹部が、この場合、弥吉の親代りに思えたのだろう。竹部は、素朴な園の親たちの感激ぶりをみていて、気持がよかったとみえ、

「ま、心配なんは、兵隊ですね」

といった。

「大きな声ではいえまへんけど、女子供らまでが竹槍《たけやり》の訓練せんならんようなこっては、戦争もえらいことになってます。先行きはそう明るうないとみていいですね。北さんも、丙種やというて、安閑とはしておられません。いずれは、召集がきますやろ。そらいまどき、この年頃で、兵隊にゆかんですむお方は、勿体ない身分です。召集が来ずじまいであってほしいと願うてはおります。けど、それがいつまでつづくやか。園さんも覚悟はしておかんなりまへんな。召集になった時は、なった時、それまでみっちり、苗圃の守《も》りをしてもろて、いざいう時は、北さんのかわりをつとめるぐらいの心意気やないといけまへんで。女でも、結構出来る仕事がおますさかい」

喜七がしきりと頭をうなずかせて、

「せや、せや」

といった。

「植木屋の嫁は、旦那の仕事を手つだうぐらいは当然ですわ。わしらの仲間に、嬶《かか》の

方が、根まわしも、植付けも上手なんがいます。西院の三《さ》ぶやんのおばはんはそうや。なあ、弥吉。あのおばはん、芝植えときたら、京のどこの庭師の手つだいにもゆきよって、三ぶやんにまけん銭とりよる。なんも、あんだけ働かんならんことはないけんど、子オの出けるまでは、まあ、園さんも、弥吉に尾《つ》いて仕事おぼえた方がええかもしれん。いざ、召集ということにでもなれば、生活もそれでやってゆけるのやさかい……」

竹部は、切畑の身内にむかって、

「わるいようにはしまへん」

と言葉少なにいい、自分の傭《やと》い人《ど》の妻になるのだからして、最悪の場合は、心準備もしていると、やわらかくいった。するとそれまで、だまっていた弥吉が上座にいて、

「先生、わいら、今晩は、桜山の小舎で寝さしてもらえまへんやろか」といった。

新婚初夜を、演習林の番小舎ですごしたいと、弥吉がいうのに、竹部は、ちょっと顎《あご》をひいて、だまった。正直、喜七と相談した際に、竹部は旅館代にといって、祝儀袋も手渡しておいた。それを、いま弥吉が、急に、しかも園の身内の前で、ずばり変更したのに、虚を衝《つ》かれた。竹部がだまっていると、喜七は歯をだして、

「そらええ」

といった。

「ええ思いつきや。いくら自粛やいうても、一生に一どのことやで、有馬で泊ってきたらとは思うたけんど、桜山の番小舎に泊るのも、おつなもんや」

竹部が喜七の言葉をうけた。

「好きなようにして下さい。小舎に畳は入ってます。なんなら、わしの研究室のよこの六畳に寝てもろてもええ。滝のよこの楊貴妃《ようきひ》は今晩あたり満開ですわ」

といった。園は一瞬顔をあからめて、うつむきはしたけれど、竹部にやがて上気した眼をさしむけると、「先生の山は、小っちゃいじぶんからあそびにゆかせてもらいましたさかい、うちもよう知ってます。満開の桜みて泊りとおす」といった。佐々木夫婦も、そら、ふたりがそれでええのやったら、番小舎の初夜もよかろ、桜を守りして暮さんならん夫婦やさかいに、大事な初夜を桜の下でおくるのんも、優雅やないかといった。喜七も女房のすがをふりかえって、「お前、どない思う。新婚初夜は、一生の思い出や。弥吉の発案は、門出にふさわしいやないか」すがは園をみて、「うらやましい話どすわ。有馬へいって、薄情な女中さんの出さはるつめたい茶アのんで、代用食たべてるより、よっぽど、こっちの方がよろしやおへんか。先生のおゆるしがでたんどっさかい、桜山を、あんたはんらで、ひとりじめしとみやす」

といった。すると喜七が、

「阿呆《あほ》、ふたりじめやがな」

といったので、座が大笑いになった。もとより渋い顔をする者はなかった。大工の清水も、反対どころか、「そら結構な思いつきや。ふたりなら、ちっとも淋しいことはない」といった。すると弥吉が、「先生」とあらたまった物言いで、「これを機会《しお》に、わしらを、武田尾の番小舎に住まわせてもらえませんやろか」といった。

もとより、どっちの番小舎で寝てもいい、と弥吉にはいってあった。向日町は藪《やぶ》かげの小舎だが、武田尾は、滝よこの、研究室の前から、一段ひくくなった台地の端に建ててある。以前に夫婦者も住んだことがあるし、田舎じみてはいるが、三和土《たたき》の隅にくどもある。滝からひき入れた竹樋《たけひ》の水が、外の水甕《みずがめ》に落ちている。消毒液のまじる水道などそばによれない清澄《せいちよう》な、うまい水だし、夏は手のきれるほど冷たかった。竹部も、水甕に西瓜《すいか》やサイダーをつけて冷やしたこともある。焚物《たきもの》は、雑木の枝を落したのがたまっているし、生活は向日町に比べたら安くあがる。水道代もガス代もいらない。半分ですむだろう。それに、何かの時と用意しておいたふとんも二人分はあるはずだった。竹部はどちらかというと、傭《やと》い人《ど》には向日町よりここに住んでもらう方が嬉《うれ》しかった。というのも、近ごろは、炭や薪材《まき》の不足から、薪泥棒が多かった。

園ではないが、桃や梅の果《み》をとりにくる子供なら、まあ放っておけても、大人の場合は、栗拾い、松茸《まつたけ》とりにかこつけて、背に二荷も三荷も、薪を盗んでゆく。泥棒だから、立木の枯枝を、わざわざ落してくれるわけではない。手あたり次第に、生木を切り、厚かましいのは、鋸《のこぎり》持参で、いかにも薪づくりをたのまれたかのように、朝から仕事をして帰るのがいた。何しろ二十一万坪もある山だから、桜山といっても、水の便と、陽あたりのよい、東南面の急斜面の、滝をふくむ谷の約三千坪の両面を使っているだけである。ほかは、雑木、松、杉、檜《ひのき》など、かなり大きなのを放ったらかしにしていた。泥棒は、そっちの山で仕事をした。番小舎に常住者がおれば、こそ泥はあっても、大泥棒は遠慮もしよう。それに、これは去年あたりからの特徴だが、桜の皮を剝《は》がしにくる専門のがいた。いったい、皮をはがして、いまどき何にするのだろう。考えてみると、ブリキや、なまこ板の不足は、一つは飛行機増産の余波でもあろうか。バケツに穴があけば、いかけ屋にたのんでふさいでもらうのが常套《じょうとう》なのに、廃物回収とかで、どんな金物も家から消え、家具調度は木製のものが多くなった。芥取《ごみと》りの箕《み》のへりに、ブリキ代用の桜皮をぬいつけたものがはやったが、あんなことにでもつかうのか。いずれにしろ、素人《しろうと》の皮泥棒は困ったもので、こちらが丹精して撫《な》でるように育てた山桜の、大事なのをねらい、すべすべした皮を、横にするどく削《そ》いでいった。縦につけてくれるなら、延びの生気にもなるが、横に丸ごとはがれたのでは、たまらなかった。近ごろは杣道《そまみち》の角に「桜だけには、手をふれないで下さい。皮をむかないで下さい。桜は枯れてしまいます」と、泥棒に遠慮げな一文を草した札をぶら下げている。だから竹部は、弥吉の武田尾移住は嬉しかった。だが、そこは性格で、

「こっちは、まあ、園さんの在所もちかいことやし、いっぺん住んでみるのもよろしやろな」といった。

何につけても、他人に物を押しつけるのを嫌うのが、竹部の信条らしかった。そのことは、喜七からも、よく弥吉は教えられている。向日町に住むといえば、どうぞと竹部は顔いろを変えないし、武田尾に住むといっても、また、同じ顔いろである。だが、この新婚初夜の泊りをしおに、移住を申し出る弥吉をみて、竹部は二重の嬉しさを感じたか、

「これはとっときの話で……あんまり、ひとにはいいまへんだが、ひとつ披露しまっさ」

と、酔った眼をなごめていった。

「わたしも、一どだけ、家内を山へつれてきたことがおす」

皆が一せいに竹部をみた。

「あれは、研究室が出けてまなしどした。家内は、山ゆきは好まんたちで、乗馬やゴルフは好きでしたけんど、高いとこへ登るのんは嫌やいうて、めったにきたことはおへなんだが、わたしが、小鳥の巣箱を三百ほどつくって、楽しんでおるとはなしたら、いっぺん、巣箱へ鳥が入るのンがみてみたいいいまして、つれてきたことがおした」

喜七が、ひっこんだ眼を輝かせる。

「ほなら、奥さん泊らはりましたんか」

「そら、泊らんと鳥が巣へ入るのはみえません。あとにもさきにも、ふたりきりで山へ入ったのはそれぐらいでした。わたしも、研究室はちらかしたままやし、とても、第三者を泊められるような設備はしてまへん。家内は、はじめは、顔をしかめてましたけど、花の散りかかる夕暮れ時になると、いい時にきたいうて、よろこんでいましたよ」

竹部の瞳《ひとみ》に、きらりと光るものを弥吉はみたように思う。

「先生……奥さんは、桜山の花の散るのを……生涯わすれてはおられませなんだやろ。そのお心がようわかりますわ」

弥吉はこの時、のどの口まで出かかった、母と祖父の思い出を皆に披露したい衝動におそわれたが、押えた。すると、佐々木が、「喜七さん、ええ話をきかせてもらいましたわ……」

といってわきから、「先生とつきおうて、ずいぶんになりますが、こんなのろけをきいたことはありません。そういえば、奥さまは、武田尾へいらしても、うちに泊らはるのがせいぜいで、よう山へは入らはりませんでした。虫がきらいやいうてなア……」

「虫きらいで、鳥が巣箱に入るのをみたいなんぞと、ぜいたくなことをいう家内でしたよ」

と竹部は微笑して、

「園さん。虫がいてこそ、鳥が住みます。鳥が住むからこそ、花や果が育ちます。花や果が育つと、山は美しい。このことをようおぼえておいて下さいね」

熱をこめていいついだ。

「世の人は、この道理を、あんまり知らない人が多すぎます。いまは非常時やから、濫伐《らんばつ》、濫伐で、山をはだかにしてます。かなしい時節やといえます。けど、むかしの山というもんは、鳥が育てました。鳥が果をたべて、タネをウンチにつつんで落します。タネはウンチを養分にして、地めんに根を張ります。桜の木も、みな、こうして、日本の山にふえたもんですわ。ところが、木イを伐る。伐ったままで、植林はわすれる。これでは、鳥がきまへん。山は赤むけのまま。そこのところを、何げない食事時に、わたしが家内にはなしたんですのやろ。家内はきいていて、わたしの巣箱づくりがみたいといいだして……その日、ついて来たんですわ。……臆病《おくびょう》もンどすさかいな、ここへきても、たまやはんに厄介かけるばかりで」

「せやけど、先生。奥さんは、ええお方でござりましたよ」

と佐々木がいった。

「二階の手すりにもたれなさって、先生の帰ってこられるのを、食事もせんと、待っといやしたお姿がうかびます」

竹部は、話がとんだところへそれたので困ったとみえ、苦笑しつつ、「園さん」と、わきで聞き入っている新婦にいった。

「二階の窓から、桜山をみてるような女ごにはならんで下さい。山の自然は美しいというても、これは、なかなかのことで美しいのやおへん。男が鉈《なた》もって、藤つる切って、荒れんように手を入れてこその山。美しい眺めどっさかいな。花もまあ、はたから眺めて、美しいにはちがいはありませんが、植木屋の奥さんだけは、その裏側を知っとってもらわんとかないまへんえ」

「まったく、まったく……ええはなしや」

喜七があいづちを打った。切畑へ帰るのは、山道だから、暮れては困るということで、五時すぎに身内の者は、「たまや」をひきあげ、弥吉と園が、佐々木夫婦から、料理の残り物や、ビール、酒、タバコなど包んだ風呂敷包みをもらって、谷川に架かった橋をわたったのは、夕刻ちかい時間である。

喜七が時間表をみながら、夫婦が、くぐらねばならぬトンネルが気になって、

「二十三番トンネルは百二十一。次のは九十八どしたかいな」

と、竹部にきいた。

「ようおぼえてはるはずです」

弥吉と園が、武田尾の駅をはずれて、武庫川の岸すれすれの線路へ出て、こっちへ手をふった時、先《ま》ず佐々木賢一夫婦が眼頭に手をあてた。

「ええ夫婦《めおと》が、できましたわ。先生、……ありがとうございました」

と喜七が声をつまらせると、すがも泣いた。うるんだ誰もの眼に、遠い桜山の尾根の花がかすみ、その下のトンネルの黒い穴へ、紋付をきた弥吉が、園の手をひいて吸いこまれるのがみえた。

楊貴妃は、二十年生ぐらいのもので、番小舎の屋根にとどくぐらいに枝をたれてい

た。弥吉が職人たちと一しょに日頃手入れを怠らない傾斜は、石が積みかさねてある。二十年ほど前の台風でこの山がくずれた時、竹部は、植えたばかりの若木をフイにした経験から、細長い千枚田をみるような、石積みの台地を造成した。そこに、一本ずつ、新しい名木の苗を植えたのである。したがって、下からみると、枝のひくい楊貴妃やしだれなどは、まるで、懸崖《けんがい》の鉢植えをみるような景観だった。雛段《ひなだん》にならべたような感じがしないでもなかった。桜と桜のあいだに、これも竹部の主張で花を浮きあがらせる楓《かえで》があって、手入れがゆきとどいている。四月はもう淡緑色の、うまれての蟬《せみ》の羽でもみるような若葉である。楓のほかに櫟《くぬぎ》や栗も新葉をみせている。みどりの中に、桜だけが花の衣裳《いしょう》をまとって匂《にお》うていた。おそらく、園がまだ切畑から学校に通う頃は、小さかったはずのものだが、丹精して育生された木というものは、すばらしかった。園は、大きくなってからきたこともないこの竹部山に、いま、桜が群生しているのをみて眼を瞠《みは》った。夕暮れであるから、武庫川をへだてた向い山には、温泉宿の湯けむりがたなびき、その峰の背中へ、陽が落ちかかる。空はうすあかね色に染まって、花は間近では、楓のみどりに浮いてみえたが、空を仰げば、まるでこれは朱に白綿をうかせたようであった。

弥吉は、新婚初夜を、桜の園の番小舎ですごすことを、秘《ひそ》かな計画に入れていた。

向日町から鍋釜《なべかま》、薬罐《やかん》、身廻品類の入った柳行李《やなぎごうり》など、きちんともってきて整頓していた。

「前もって、いうといたらよかったンやけど、なんやケチのように思われてもかなわんし、だまっとったんや。先生や喜七はんから、有馬で泊ってこいいわれた時は、おおきにとはいうたが、本心は、ここで寝るつもりやった。小っちゃい家やけんど、わしらの家やで。ここやったら家賃もいらん、水道代も、ガス代もいらん。一生懸命働いて、給金のうちから、せいぜい貯金して、一人前の植木屋にならんならん。わしかて、いつまでも、山番しとるようなこってはあかん。いつかは独立する。竹部先生はええ人や。桜のことなら日本一やし、そのお方から、なんでも教えてもろて、先生の一番弟子になれたら、わしかて商売の道はひらけるやろ。園、わしは、桜が好きや。小っちゃい時分から、桜が好きやった。わしは日本一の桜の植木屋になりたいねんや。……それまでは、狭い家やけど辛抱してくれな。たのむ」

弥吉は、園が、番小舎の三和土へ入って、六畳の上がりはなに腰をおろして、先刻までの儀式ばった宴席で膝《ひざ》もくずせず、緊張でつかれていたのを、ようやく解放された顔で、ほっとして眼を細めているのをみていった。

「あんたと会えたのも、桜の縁やし、ここに桜山がなかったら、わしらは、一生……

会えなんだかもしれんな」

つい、四日前に、挙式の段取りを向日町の小舎へ喜七が報《しら》せにきた時、からかい半分に、「園はまあ二どめや。それに、女中もしとったから、男にすれてもいよう。が、肝心のお前が、初夜のつとめを果せんようなこっては男の恥や。小野甚のしきたりやと、若い者《もん》が嫁もろう前夜は、五番町なと、島原なと走って、女をよろこばせる手管を習《なろ》てきたもんやが。おめは、どうするか」真面目《まじめ》な顔で問うたのに、弥吉は、「喜七はん、わいは子供やおへん。鞍馬口《くらまぐち》にいました時には、月に二日の休みは仲間と一しょにあそびにいきました。そんな泥縄みたいなことせんかてよろしわ」といった。

四日前のことを、弥吉は、いま、園を眼の前にして思いだしていたが、喜七にいったことは嘘《うそ》ではなかった。女の経験は、もっていた。しかし、それは、商売女にかぎられての、金を払ってのあそびであるから、戦局の進展で、いきおい、このところ京の花街も、浮かれた雰囲気は見られなくなり、燈火管制もきびしい。裸電球に黒布カバーをかぶせて、喫殻痕《すいがらあと》の目につく安畳へ落ちた、まるい光線の中で、感情のたかぶりもあったものでなく、名前も知らない相手と冷たく交わって終る行事である。だが、いま、眼の前に園が、世間の誰からも指一本さされぬ、自分の女になって、坐っている。勿体《もったい》なくて、弥吉は、しばらく、物が云えず、ただ、戸惑うていた。弥吉は、頑《かたくな》な緊張をほぐそうと話しかけたが、どういうわけか、その話は桜のことしかない。

「この三月はじめやったなア。先生と、伊賀にええ桜があるいうんで、接穂《つぎほ》をもらいにいった。そのかえりに、伊勢の白子《しろこ》へ廻って、鬼子母神《きしもじん》さんの不断桜見てきたんやけど、不断桜は、美濃にもあったが、白子のは花が大きかったわ。不思議なもんや。夏も秋も、冬も咲きよる。わしらの行った日イは、天気がよかったで、一本だけ枝さきに、五つほど咲いとった。きれいな五弁の花やった……うす桃色の花びらやった。そん時に、考えたことやが、桜は人間みたいに、いろいろのがある思うた。四月の十日頃から一週間ほどの短い期間を咲くだけで、すぐ風で散ってしもうて、あと一年は、くすんだ陽かげで、葉をしげらせて春を待っとるのがあるかと思うと、白子のように、年じゅう、お詣《まい》りにくる人の眼を楽しませてくれるのもある。不思議な木イや。先生も、いわはった。不断桜の虫喰い葉から白子の型紙がうまれた。桜も花ばっかりやない。虫喰いの葉の模様が、伊勢の型紙の出来るもとになったと……これも桜の力やなア」

　白子の寺の住職さんにつれられて、竹部と一しょに見物した型紙業者の家の、暗い二階には、小刀で着物の紋柄を彫る職人がいた。

「まるで、桜の葉の虫喰いみたいな柄やったけど、あれでもきものになると美しい小紋の柄に生れかわるのやろ」

　番小舎の窓をあけ放して、陽が落ちても、まだ、上がりはなにすわったまま、あかね色の空にとける花をふたりはみていた。弥吉は、憑《つ》かれたように話した。

「えらい先生や。ええ花が咲いとると、どんな遠いところでも、汽車賃つこうて、見物にいかはった。名木やったら、目じるしつけといて、来年三月に接穂もらいや。花をみてから一年間、じいーっと、その花のことを考えつめてはるわけや。接穂をもろて帰ってくると、こんどは、砧木《だいぎ》を選《え》って、接木や。さて、それがすんだら、肥料をやる。添え木をしてやる。毎日、ためつすがめつして眺めて、ようよう、しっかりしてきたら、こんどは移植や。その若木が、親桜のように、生長するのを楽しみにしてはる。毎年、毎年種類がふえてくる。この山だけでも、名木の札のつるしてあンのが、何百本とある。みんな先生が、遠いところへ旅して、接穂をもろて育生しやはったもんや。わしは時どき、先生が研究室を出て、段々道を散歩して、一本一本撫《な》でるようにたたずんではるをみることがある。そん時の先生は幸福そうや。秋の桜、冬の桜みておっても、北海道や九州の、親桜の満開の姿がうかぶのやろ。わしらとちごて、桜のうしろに思い出がいっぱいあるのやろ。先生のそんな時の顔は美しいわ。いろんな思い出がかけめぐるからやろ」

園はうなずいてきいている。

「ほんまに、竹部先生ほど、桜のこと以外に、物を考えておられん人はこの世にない。めずらしい人や」

弥吉が感心していうと、園は、

「弥吉さんは、先生に惚《ほ》れてはります」

といった。

「そうかもしれんな。惚れてンのかもしれんな。わしは、先生のいわはることやったら、何でもきくさかい」

と弥吉はいった。

「先生も孤独な人や。お金も、山も、家も、財産もある人やのに、みたところ、不自由はなあんもないようやけど、あの人と付きおうてはる人はすくないわ。大阪のクラブで、お金持の人らと、時々あわはる会があるらしけど、そこは、まあ、いうてみたら、社交場や。戦争がきびしさかい、昔のような派手なあそびもでけんようになったし、このごろは、めったに、クラブにも出んと、毎日苗圃《びょうほ》と岡本の家の往復や」

「こんだけ、仰山の桜つくって、なににしやはんのどすか」

と園がきいた。

「注文がいっぱいくるさかい、いくら植えても足りんのや。けどな、園。先生は、商売人やないど。みんなただでくれてはんのや」

「ただ……ほなら、先生なんで、御飯たべてはんの……」

「そら、礼金は多少はあるやろ。けど、商売やない。好きでしてはんのやさかい」

園は白粉《おしろい》のはげかかった丸ぽちゃ顔を、心もちくもらせて、首をかしげてみせる。

「ただやったら、損やないの」

「損も得もない。先生は自分の財産をつこうて日本の桜を育ててはんのやな」

しゃべりつかれて気がつくと、陽は向い山の背に沈んでいる。空もなすび色に変った。弥吉は園を部屋へあげた。園は弥吉のさし出した破れ座蒲団にすわった。弥吉は園の白いうなじをみた。小麦色の耳だった。弥吉は園を抱いた。園は、思ったより小さかった。腕の中で肩胛骨《けんこうこつ》の出た背中を喘《あえ》ぎながらよじった。滝の音がたかまってきた。弥吉は夢中になって園の頬を吸った。自分の軀《からだ》と、園の軀が一しょに滝壺へ落ちてゆくような、生涯忘れられない記憶になった。園の瞼《まぶた》と耳に、朱をさしたように血がのぼった。弥吉が腕をはなして、畳へ眼をやると、乱れ髪がながれて、楊貴妃の花弁が一つ、小貝をつけたようについていた。弥吉はうっとりとそれを眺めた。

短い一夜の記憶の中で、園が折詰めだの果物だのを包みから解《ほど》いて、向きあってたべた顔もかわいらしい。湯がわくと、こまめに三和土へおりて、園は茶を淹《い》れた。

「あんたが戦争にゆかはるのはいやどす。兵隊にとられるんやったら、うちは死にます」

と園はいった。先夫の戦死で、大きな悲しみを味わった園だから、二どとそんな目にあいたくないという気持なのだろう。弥吉は、園が哀れに思えた。先夫のことが頭をよぎっても、不快な気はしなかった。

「わいは丙種や。絶対にとられん」

むしろ、徴用のくる可能性はあった。床屋だとか、経師屋《きょうじや》だとかには、就業禁止令が出ていた。若者の誰もが、軍需工場で働かねばならない国民総動員の時節だった。

「ゆくのやったら、軍需工場や。けど、先生の下で働いとンのやさかい、ただの植木屋とはちがう。おとasí しの春は橿原《かしはら》神宮に仰山の山桜も植えはった。支那へもゆかはった。陥落した先々に、山桜を植えてきやはったんや。陸軍の嘱託やさかい。わいは、ただの植木屋とちがう。先生の言葉やないが、国の大事な花を育てている園丁《えんてい》や」

弥吉がそういうと、園は、

「兵隊にも徴用にもとられませんよう、神さまに祈ってます。もし、召集がきたら、うちは、たまやへもどって、あんたはんの帰らはるン待ってます」といった。

時局の逼迫《ひっぱく》は、武田尾の桜山を除外してはくれなかった。先ず、弥吉たちが丹精していた松の供出だった。二十一万坪もの山だから、相当の松はあった。これが軍用に狙《ねら》われた。灌木《かんぼく》の掃除以外は、撫でるようにしてきた松だけに、どの山よりも黒々と目立つのは当然で、どの木も自然生ではなく、竹部が三十年来、運搬のしにくい線路に貨車をとめ、苗木をはこび、ひたむきに植込みばかりしてきた山である。いかに軍用とはいい条、かんたんに供出せよといわれても渡す気はしなかった。というのも、竹部には竹部の理窟《りくつ》があった。造船材料との触れだしで、付近の松が伐《き》られているのだが、どこへもってゆくでもなく、伐採後、松は放ったらかしにされていた。竹部は、それらの松をわざわざ見にいった。造船材料になる代物《しろもの》ではなかった。接穂の旅の途中、広島でみた並木の松の伐られていた無慙《むざん》さは話にならない。どの松も、みな中身はうつろで、街道筋に野ざらしにしてあった。ことわっても、村からやかましくいってきたので、竹部は武庫川沿いの松を少し伐って渡した。二年前の冬である。案の定、用に堪えなかった。伐ったおかげで、こちらはちょっとの雨でも崖《がけ》崩れである。弥吉は、そのことを竹部からきいたが、竹部は弥吉にいった。

「日に日にほろびてゆきよる桜を、何とかしたいと思えばこそ……一生かけてきた山やないか。桜といい、もみじといい、松があってのことやな。北さん、松を伐り倒して、どこに桜ももみじもありますか」

武田尾の山だけではなかった。向日町も地目が畑地になっていたため、緊急食糧増産の国是から、竹部は不在地主といわれて、公定価格で買上げられる羽目になった。竹部はこの時も地元の役場からきた者に、「本来なら、国がやるべきはずの桜の苗を栽培しているのです。土質や環境に見込みをつけて辛苦して買うた土地ですし、この土地は金の要ることばかしで、一円ももろてまへん。全国どこへいってもない品種の親木も植えてます。それらはみな移植に弱うて動かせまへん。タカのしれた菜っ葉つくりなんぞにくらべて話にならん役目を果してますこの土地を、たまたま、わたしが傍に住んどらんいうだけのことで不在地主にして、取りあげよといいなさるのなら、どうぞ、取りあげてってもらいましょ」

官とも民とも見当のつかぬ、団体がはびこっている時代で、その時も何かの肩書にものをいわせた、いかつい利権屋としかみえぬ人がわきにいた。さしせまった時局の陰で、私利をこやした人がほくそ笑んだ季節である。皮肉なことながら出征の唄に桜の花が出てきても、桜木を守り通すということが、日に日に困難な時節であった。竹部は、弥吉と園が、初夜をあかした武田尾へ、三日ほどしてから、ゲートルまきの姿をあらわしたが、「菊桜を接いでみとうなりました」

といった。接木にしては少々季節がおそかったので、

「ちいと遅すぎませんか、先生」弥吉はいってみた。すると、「遅いのがつけめ。わたしは、ちょっと賭《かけ》してみとうなりましたんや」と竹部は口をへの字にして、わきの「八重有明」と木札のつるしてある山桜の肌に手をそえて、

「どこもかもえらい空襲騒ぎやさかい……大阪の家が焼けてしまうかどうか、ひとつためしてみよ思いましてな。菊桜の接穂があんばいよういったら、まあ助かりまっしゃろ」

竹部はそういうと、すぐ砧木の見立てに山をぐるぐる歩きまわり、一時間ほどして、午《ひる》すぎには山を降りて、

「園さんがきたら、番小舎もきれいになった」

と駅まで送った弥吉と別れしなにっこりした。

「あんたの召集も、ついでに、菊桜に賭けてみまひょ」

弥吉は、竹部の思いやりと執念に打たれた。小舎にもどると、いきなり、園に、

「まるで、桜にとり憑かれた人やで。世の中に桜の学者さんや、専門家は仰山いやはるけんど、先生のように、自分で接穂を伐って、自分で接ぎなさる人はすくない。

……本も書いて、図解やら、分類やらいうて、桜のことにくわしい博士は仰山いやはるけど、そんな人ほど、いざ実演となると、月給で匿《かく》もうてる植木職人よんで、『あんたちょっとやってみてくれんか』いうてはる。小野甚におった時、大学のえらい先生の接木の講習をうけにいったけど、みんなそうやった。竹部先生はちがう。向日町とここの山で、何百本と接木して、自分の手に自信つけはった。どこの植木屋も桜のことでは負けるでエ」

園はこっくりうなずいて弥吉をみている。弥吉はつづけていった。

「お前は知らんやろが、接木というもんは、特別の技術がいる。秘法は植木屋のおやっさんも教えてくれん。一子相伝、自分の技術は、他人に教えんというのがむかしからのしきたりや。水仙の栽培で有名な大阪の桑原知っとるか。あそこへゆくと、根つけの秘法だけは、よそへもらさん。嫁の里帰りもさせへんで。宝塚の山本へゆくと、蜜柑《みかん》やら柿の接木の名人がおるとこやが、京の小野甚から接木たのみにきたいうても、一時間も外に待たして、奥から接木したのをもってきよる。つまりは、桜の接木も、日本のどこをさがしても、専門の本一つないんや。喜七はんもいうてはったが、かりに本はあっても、そんなもンは実用にならん。早い話が、土ちゅうもんは、それぞれ場所でちがう。天候も、温度もちがう。接ぐ人の手もちがう。先生は、それを、長いあいだに、この山で何百本もの名木の苗接いで、感得しやはった」

弥吉は、接木についてはかなりな指導もうけていた。小野甚にいた時は、株分けしたぐらいで、接木は柑橘《かんきつ》類であった。で、一からの手ほどきをうけた。

竹部は、接木に関心がふかい。実生《みしょう》の苗と比較して、接木の桜が短命といわれる原因をつきとめようとしている。これも竹部の話だが、わが国で園芸技能がもっとも発達したのは、江戸時代で、その頃に接木された桜の一部はまだ残っているそうだ。昔の職人はどこで勉強したものか、技術も秀《ひい》でていたと同時に、砧木に用いた木も現今《いま》のものと少しちがっている。それで、古い桜の砧木をしらべてみようと思いたち、砧木の芽が、かろうじて採れるもの二本を育てた。そうして何を使っていたかをしらべようとしたが、惜しいことに、採取の時に芽がおとろえていたので、活着しないで終った。もう一つの話に、六七年前だったが、京都の桜研究家で、弥吉も名を知っている、著書の二三もある狭山という人から、「イギリスのイングラム氏が、いまでは日本に絶えてしまった桜の中で、最大の花といわれる『泰白』の品種をもちあわせていて、希望があれば接穂を送ろうか……といってきた。好意をうければ、桜日本の恥にも似たような気がせぬでもないし、さりとて日本にこれしきの桜がないというのもさみしい。どうしたものか」と相談してきた。竹部は即座にこたえている。「そんなものにとびつくのは見苦しいことです。桜の研究者イングラム氏に、どうして『泰白』がいまの日本になくなっているのが、イギリスにおってわかりますか。イングラム氏は何ども日本へきてはるらしいけど、しょせんはホテルのある地方を歩いたがせいぜいだっしゃろ。観賞植物というもんは案外な速度で思わぬ地方にはこばれてゆくもンです。わたしもこれまで、桜をたずねて日本じゅうを歩きましたが、全国の桜を知ってるなどとはまだ云うたことがおへん。滅びるがままに放ってあるのが日本の桜の現状だっさかい、そら桜の品種も減ってます。けど逆にいうたら、これはまた、思わぬ時に、思いがけない所で桜をみつける楽しみもあるということっとす。イングラム氏のいわれる『泰白』なら、おそらく、わたしが、去年に小さな駅の近くで見つけてます品種と同じものどっしゃろ。好意に対するあいさつはしておいてもよろしいが、そんな接穂はもらわん方がよろし」

ところが、京都では、竹部の忠告をしりぞけて、イングラム氏から接穂の恵送をうけた。そうしてこの苗を、イギリスから還《かえ》ってきた桜と謳《うた》って、解説の立札まで添え、仁和寺《にんなじ》と平野《ひらの》神社の境内に植えたのである。竹部はひそかに、寒村の駅のものを接木しておいて、これとその御室《おむろ》と平野のと比べてみた。同一の「泰白」であった。

「えらい人や。いまは戦争やから、御室にも、平野にも、イギリスからもろた木に立札なんぞつけといたら国賊や。えらい恥をかいてンのやでエ。園、先生は日本にはまだまだ、立派な桜がかくれとるのを知ってはる。わかるか。大事に守《も》りさえすれば、外国に負けん桜はいっぱいあるんや。日本は桜の国やな」

うけ売りにしても、弥吉もどことなく竹部の口調に似ていた。

竹部が菊桜の砧木を見て帰ったあと、園が急に「たまや」へ行ってきたいといって、午すぎに、山を降りていた。世話になった所でもあるし、歩いて二十分とかからぬ目と鼻の竹部山にいるのだから、あずけてある荷物のことや、同僚や主人夫婦に礼ものべさせておきたかった。一時間ほどして帰ってきて、夕食の時、何げない切り出しで、切畑のおっ母《か》がぐあいがわるい、と園はいった。腹痛がひどくて、寝たきりだという。

「お父《と》っつぁんは、あんな調子やし、おっ母《か》ちゃんが寝てたんでは、うちも大騒ぎどす。兄《あんに》やんは、山やし……」

気にかかるから、帰ってきたいといった。切畑は杣道《そまみち》を越せば一時間とかからない。食事の用意さえしておいて行ってもらえば、それでよかったので、

「そら、心配や。見舞いにゆけ」

と弥吉もいった。園はわずかな戸惑いを眼にうかべたが、

「ゆかしてくれはりますか」

と嬉《うれ》しそうにいって、

「ほなら、うち、あした、ちょっといってきます」

といった。弥吉は、ただ、園の、不在の時間の淋しさを噛《か》みしめればよいのだった。

翌朝、園は早く起き、弥吉が滝水で顔を洗って小舎へくると、もう外出着に着がえていた。早々に食事をすませて、洗い物もしまうと、上がりはなで、ゲートルをまいている弥吉のうしろへ、行ってきますといい、滝の下道を走りおりて行った。弥吉は、臨時が気になったので、線路ぎわの山の端《は》まで走っていったが、園はトンネルへ入ったかもうみえなかった。

三時すぎた頃に園は帰ってきた。母はべつに、心配したことはない、ただの腹痛で、お粥《かゆ》をよろこんでたべていた、といった。弥吉も安心した。だが、その夜、床の中で、

「うちら、向日町の方へ越したらいけまへんか」

といった。弥吉は暗がりの中で、園の顔をさがした。

「兄やんが、いつまで、あんな木小舎におるのや、初めての夜のことやから賛成もしたけど、淋しい小舎で……ずうーっと住むなんて……いくら何でも……お前がかわいそうやいいますねんや。うちはかめへんいうたら、兄やん、世間体もあって肩身がせまいいいます」

そういわれれば、弥吉も考えないではない。初夜のひと夜を、番小舎で泊るには、皆も賛成したけれど、山の小舎で世帯《しょたい》をつづけてゆくのは、園がかわいそうにも思える。ふと山仕事に出ている兄が、こんなことぐらいで肩身がせまいといったことに多少こだわったが、園をかわいそうだと思うのは当然だろう、今日まで園が、それをだまっていたことにすまなさも感じた。で、すぐ、弥吉はいった。

「向日町の番小舎やかて、似たようなとこやけど、何いうたって、町やし、買物も便利や。ここにおったら、山猿みたいなもんやさかいな」

園は暗がりの中で、鼻音をたてて、「けど、先生どないいわはるやろか」と気になることをいった。

「そら、わいが、たのんでみるわな。……もともと、向日町は、わいがおったとこやし、こっちの若木の手入れやら、灌木伐りで忙しかったさかい、こっちへ泊ったんや。永久的とは先生も思うてはらへん。向日町にかて、苗圃《びょうほ》はあんのやし、あっちも手エはぬけけん」

「うちが、こんなことというたいうて、先生にいわはんのん」

園はまた鼻を鳴らした。

「わいの意見にしてもかめへんがな」

と弥吉はいった。

弥吉は、何の不安も、ためらいも感じないで、園の主張をうけ入れた。それから二日たって竹部がきた。研究室近くの段畝《うね》にあった、用意の砧木《だいぎ》を慎重に点検して、菊桜の接穂《つぎほ》をていねいに接いだのである。

「これで賭はすんだ。あとは北さん、あんたの守《も》り次第や」

といって竹部はわらった。

この時、弥吉が、やっぱり向日町で暮すことにしますと切り出しても、竹部は表情をかえなかった。「園さんには、ここは無理かもしれなんだ。買物も不便やし、トンネルやし……」

武田尾にいささかも夫婦をひきとめるつもりのなかった眼もとであった。弥吉は、多少は云いにくい気持もあって、悩んでいた三日間の、おろかさを知らされる思いがした。向日町に移っても、三日に一回は必ず、枝落しや除虫剤の撒布《さんぷ》に詰めます、というと、「雨になりそうやったら、これに菰《こも》かけといて下さい」

と竹部は、接着直後の桜の特性で、いくらかしおれてみえる菊桜の接穂の頭に指をそわせて、しばらく瞶《みつ》めていた。

向日町の小舎は、藪陰《やぶかげ》にあったが、平地だから武田尾のように暗くはなかった。新京阪の東向日町駅から十五分ぐらいの距離である。藪をはずれて東に、町屋が望見でき、西の方に機関銃と飛行機の部品をつくる工場が、屋根にだんだらの迷彩をぬりたくってならんでいた。苗圃は、その工場と竹藪との中間に、細長くのびていて、約三千坪あった。藪びらきの丘陵地帯である。竹部が、昭和十年の春、武田尾では不便だし、土質も桜に向いて軽く、水もたれ、旱魃《かんばつ》、いずれにも憂《うれ》いがなく、恰好《かっこう》の地と思えたから手に入れたもので、畑にすれば、相当の収穫物はとれたかもしれない。竹部はここに、全国からあつめてきた名木の種子を実生させて育てた。武田尾にもいくらか接木のものはあったが、ここは数千本の山桜の苗木の園である。世間に知れわたったもののうち、造幣局の通り抜けの桜、橿原神宮参道の桜、琵琶湖畔近江舞子《おうみまいこ》の桜、根尾《ねお》の桜、みな、この苗圃で育てて運んだものである。竹部が三十年間手ずから植えた桜ばかりだ。

番小舎もつくりは武田尾に似ていたが、水道もガスもきていて、園のあこがれた都会生活も楽しめたが、しかし、弥吉の不在の日は多くなった。三日に一どの武田尾ゆきだし、陽のあるうちは、めったにいなかった。園は買物帰りに、電柱に貼紙《はりがみ》してあった募集広告をみて、付近の主婦たちもうけている、被服廠《ひふくしょう》の、軍服のボタンかがりの手内職をするようになった。まめまめしい園のかわりように竹部は、微笑したが、落ちついた夫婦に安堵《あんど》をおぼえたか、武田尾では、のぞくのも遠慮がちだったのを、しきりと立寄るようになった。もっとも、ここには、竹部の研究室はない。いっぷくはみな弥吉の小舎であった。

夏がすぎ、秋に入った。戦争は敗色が濃くて、水戸や浜松が艦砲射撃をうけたニュースが入った。十月はじめの一日、見なれない二十二、三の男が、主従のいそがしくしている苗圃をたずねてきた。園が応対に出ると、「竹部先生おられますか、根尾の宮崎いいます。……ちょっとあいさつにきましたんや」とその男はいった。

園は苗圃へ竹部をよびにきた。宮崎ときいて、竹部は、除虫剤の罐《かん》をそのまま足もとに置くと、早足で園のあとを尾《つ》いてきた。客をみて、竹部は顔にちょっと失望の色をうかべた。「根尾でお世話さまになりました宮崎の甥《おい》でござります。薄墨の桜を世話しとりました宮崎の甥でござります」と若者はいった。竹部はしばらく呆然《ぼうぜん》として若者をみていたが急に眼をくもらせると「甥ごさんですか。宮崎さんは……お元気ですか」ときいた。

「去年、死にましてございます。生前はたいへん、お世話さまになりました。じつは、わたくし、召集であした福知山へ入隊することになりましたんで、先生のことを思いだしたもんですから、ちょっと顔がみたいと思うて寄らせてもらいました。中之島のおうちへ伺いましたら、ここやと教えられましたもんで……」

奉公袋と風呂敷包み一つもったきりの若者がいま、召されていく途中だと知って、竹部は顔いろをかえて、すぐ小舎へ招いた。「園さん、茶をたのんます」

根尾の薄墨桜。いま、この若者の口から出た桜については竹部は忘れがたい思い出があった。そのことは弥吉も、いつか揖斐《いび》へ接穂の旅にいった時くわしくきいていた。若者の伯父宮崎と竹部とは桜の縁で懇《ねんご》ろになっている。その宮崎が死んだという。

宮崎由之助を知るのは、ずいぶん前で、東京にあった「桜の会」の席上だったかと思う。正直、この人を通じて竹部は根尾の薄墨桜に親しんだ。岐阜から約十里ばかり、北西に入った根尾谷に、ぽつんとある巨桜は、全国第二位といわれる太さのもので、幹周三丈九尺、枝張り東西十七間、南北二十八間の巨桜である。年数もたち、甚だしい腐朽ぶりだが、損傷が少ないのと、枝張り、花つけゆたかな点からいって、山梨県北巨摩《こま》郡下実相寺にある神代桜を負かすと、竹部もみていた。この桜の由緒《ゆいしょ》については、根尾の城主が植えたとか、南の宇津志《うづし》城主が植えたとか伝えられているが、村の出身で、横浜の実業界で活躍していた山本皓という人が、郷土研究の熱意から、巨桜の生いたちを探っていて、偶然にみつけた文献で、継体天皇のお手植えのものと判《わか》った。宮崎由之助は、この根尾村の旧家の人である。温厚篤実《とくじつ》といった形容が、そのままあてはまるような人で、竹部よりはたしか三つほど上だった。竹部が山本の紹介で、根尾を訪ねた際、川岸の宿で歓待してもらった。かくれた名桜の花ざかりを見たい念願から、奥美濃《おくみの》を訪ねて、そこで愛好の同志にあうことは楽しかった。宮崎は老桜の保護に、身代を傾ける出資も惜しまない評判だった。ちょうど、満開の日だったので、みごとな見物ができた。薄墨とは、帝《みかど》が淡く住まわれた縁でそうよんだものか、それとも花がややこぶりに白く込んでいるために、細枝のこまやかな交錯が、花に影をあたえ、薄墨をながしたようにみえるからか。千五百年も生きた巨桜は、雲のような花をのせて山裾《やますそ》の小高い地に大枝をひろげていた。

この夜の宿で、愛好者たちの集まりがあり、宮崎由之助も列席していた。「先生、年々腐朽してゆく巨桜を何とか保存したいと、いろいろとつとめておりますが、最近気にかかるのは、寄生木《やどりぎ》の繁殖です。ほとほと巨桜がかわいそうで、太いのになると、周囲一尺五寸もある黄楊《つげ》が生えてます。これを取除いて、木の負担がそれだけ軽くなるようにしたい思いますがどうでしょうか」宮崎が相談をもちかけてきた。竹部は、寄生木を取除くのはやめたがよい、といった。

「あれほどの老木です。切りとったあとの外傷が癒着すればよろしけど、みたところその見込みはおへんな。桜は外傷に弱おす。寄生木が細いならとにかく、あの太さでは除くのはやめたがよろし。人間も年とると、骨のあいまにいろんなものが生えてきて、背なかがまがります。病気やおへん。こら、自然というもんどすわ」

座にいたもう一人の男が、以前に三好学博士に相談してみたところ、寄生木は取除かないと桜は衰えるとのことだったと聞きなおすと、竹部は即座に、「テキストと現実とは必ずしも一致しまへん。テキストでは、当然、そう書かはります。が、ここの場合はそうはゆきまへん。生き物ちゅうもンは一つ一つちがいますから」

といった。宮崎由之助はわきにいて、「白井光太郎博士もそういう意見でした」とにっこりした。竹部はこの時、宮崎に親しみを感じ、いったい、このような巨桜に岐阜県は、どれぐらいの援助をしてくれてますかときくと、宮崎は、「なあんもしてくれません。天然記念物という証書はもろてますけど」といった。竹部は苦笑した。これな縁から、竹部は、宮崎と懇ろになり、文通もするようになった。この翌年だったか、宮崎から、巨桜を中心に、山の段畑一円を桜の園にしたいから、山桜の苗をわけてくれないかと云ってきた。気がすすまなかった。あれだけの巨桜があるのに、近くをゴミゴミした苗木でよごすこともあるまい、苗木を惜しむわけではないが、といった意味の返事を書いてやると、宮崎は、どうしても送ってくれといってきた。竹部は向日町の苗圃から、五年から七年苗の五百本を汽車便で送った。寒い季節なので心配だった。駅でも運送店でも、燃えているストーブのわきに置いたまま、二三日放ったらかしにする。到《つ》いた時は枯れているのが再々だ。毎日でもいいから、駅へついているか問いあわせてくれるよう速達をだしておいた。案の定、旅客駅と貨物駅とをまちがえられて、ずいぶん手間どったため、大半は枯れていたが、とにかく残りを植えたと返事がきた。竹部はこの桜の生育した姿をまだみていない。宮崎の甥は、顎《あご》の細かった由之助似の顔をほころばせて、

「先生からいただいた桜は、当時の貨物駅長がクビになるほどの騒ぎでございましたが、残っておった分はきっぱりつきましてございます。大きゅうなりました。いまは立派に花を咲かせとります」

と、美濃訛《なま》りでいった。

「伯父は、日本一の巨桜の近くにうまれて……これもよくよくつきせぬ縁や、……自分の余命を、薄墨の桜に賭《か》けたいいうて、一生桜の守《も》りで終ったのでございます」

甥は眼頭を光らせた。

「三年前に、妙心寺さんから僧名をもろて、得度もうけて居士《こじ》になりました。それを機《しお》に、あの桜の近くに寺を建てたいいいまして……古堂を買うてよそからうつしたん

ですが……その時のまつりは、大げさな稚児《ちご》行列まで出て、えらい落慶式でしたわ……いまから思うと、伯父の生涯の最良の年やったと思います」

竹部はだまってきいていたが、ああ、そんな式の招待状をもらったことがあったな、と思いおこした。折あしく、その日は地方の桜調査の仕事でゆけなかった。いま、眼の前にいる若者は、敗色濃い戦地へ召されてゆく。貴重な時間をさいて、会いにきてくれた。竹部は、宮崎の篤実だった性格や、桜のことなら、気ちがいのように、眼を輝かせて、何やかや質問攻めされた風貌《ふうぼう》を思いだした。この男がその甥にあたるのか。これも、古桜を守る仲間ならこその、縁というべきか。だが、もう、その宮崎はいない。

甥は一時間ほどいて、早々に帰った。苗圃の掘上げにひと息入れて、いつのまにか、わきにきて話をきいていた弥吉に竹部はいった。

「惜しい人がひとり死なはった……あんたにも、揖斐へいった時に、根尾の桜の話をしたことがありましたな。天然記念物やというけんど、お上はなあんもしてくれんで、宮崎さんが生涯かけて、あの一本の桜を守ってきてはった」

弥吉は話の途中だったので、

「あの人はどなたはんどす」

ときくと、

「甥ごさんや。とつぜんで、名前もきかずやったが、えろ、青白い顔してはった。福知山へ入隊やそうや」

弥吉は、表へ走り出て野中道をみた。宮崎の甥は、背をまるめて、早足に麦畑の畦《あぜ》道《みち》から、藪に吸われていた。

「もう一生会えん人やったかもしれん」

と竹部はいった。

「桜を守りしとると、いろいろな人にあいます。宮崎さんは、私も好きな人やった。薄墨の桜守りで一生おくった。うらやましいひとです。桜の横に寺建てて、生きてるうちに居士名もろて、いまは、日本一の花の横で眠ってはります」

竹部はいつになく感傷的な口吻《くちぶり》になっていたが、

「ほんなら、園さん。もうひと働きしてきます。いまのうちに草払っとかんと、冬根の草になるで」

苗圃の方へすたすたと竹部は歩き出すのである。

武田尾から向日《むこう》町に移った約二年間は、弥吉にとって、もっとも熱心に竹部から桜栽培のコツを教えられた期間である。竹部庸太郎という人は、喜七のいったように、一風も二風も変っていた。ひとが、桜気ちがいだというのもよくわかった。朝から晩まで、桜にあけくれている。弥吉は問わず語りに竹部からきいた、竹部の人となりは、だいたい次のようなものである。

大阪の中之島にある資産家に次男としてうまれ、東京の大学に学んだが、父親が変っていた。「大学へゆくのはいいが、月給取りにはなってくれるな。月給は取らずとも、一生どうにか暮せるだけの物は遺《のこ》しておく。そのかわり、お前は、どんなことでも、白と信ずれば白と云い切る男になれ。お前の母親は二つの時に死んでいる。母の顔すら知らないお前に、こんなことをいうのもわしの慈愛だと思え」竹部は卒業する前から桜にこっていた。当時はまだ珍しかった高級カメラを父から買ってもらって、ひまがあると大学の桜を写真にとって歩いた。乾板だけでも何千枚になったろうか。新しい品種を見つけるたびに、カメラに収め、花が散れば、青葉も撮った。この竹部をうしろから見ていた年配の紳士がいて、ある日、背中をたたかれた。「あいかわらずきみはやっているね。サクラがそんなに好きなのかね。見れば法科の学生のようだが、おせっかいなようだが、植物が好きなら、農科か理科へ入った方が早道じゃないか」「法科にいて桜をやったっていいでしょう」と竹部はいいかえした。「農科だの理科だのといったって、どうせ似たようなところだと思います。法科にいて桜をつづけていくつもりです」紳士は微笑した。「きみは愉快なことをいうね。しかし、どうせやるなら、一介のアマチュアではつまらない。生涯をかけろ。日本一の桜研究家になれ……」この紳士はあとでわかったが、和田垣謙三教授であった。洒落《しゃれ》のヴェテランといわれ、奇行の人として有名だった教授に、竹部はこれが機縁で心酔するようになった。桜に一生を捧《ささ》げる決意も、教授との邂逅《かいこう》で強まったのである。学校を卒《お》えて、父の持山であったいまの武田尾を、兄の了承を得て貰《もら》いうけて演習林にした。兄はのちに急逝《きゅうせい》したので、竹部は、中之島の家を継ぐ。かなりなこの財産相続も竹部がのちに三十年かけて、無報酬で山桜の育生と研究をつづける支えになった。弥吉に比べたら、恵まれた人でもあろう。ところが、その恵まれたものの一切を、無駄なく桜でぬりつぶしたのである。

弥吉は、竹部についたおかげで、全国的とはいえないまでも、諸所の名桜をみて歩いた。気づいたことだが、老桜は哀れだった。健康美に輝くのは、殆《ほとん》どなしといってよかった。桜も生き物だから、時がくれば衰えもする、枯死もしようが、生きのびられる条件を備えているのに、病虫害の侵蝕《しんしょく》のまま放置してあったり、近接している他の植物のはびこるにまかせきりの、みじめなものが多かった。害虫をたべてくれる野鳥の減ったことも加えれば、日本の老桜はただ蝕《むしば》まれてゆく一途だといえたかもしれない。中には、支え木したり石の玉垣をめぐらせて、立派な建札や、見あげるばかりの石標に、天然記念物だの、大臣指定だのと仰々しく深彫りされてあるのもあったが、これとて、肝心の木は、放ったらかしで、玉垣だの、切石だの、竹部にいわせると、害ばかりで益はなかった。四方へ張っていく力根を伐《き》られて石に囲まれているから、新しい根は生えてこない。夏季はとくに石囲いは酷熱である。老根は焼かれる。桜は天然記念物に指定されて、かえって衰えていた。

「これのいちばんええ例えが、石戸の蒲桜《かばざくら》ですわ……」

と竹部は弥吉にいった。

「だいたい、日本の役人さんは、年とった桜をみて、保存しようと考えはするが、勉強をちっともしとらんから、免状をくれるぐらいでまあお茶をにごしてはる。天然記念物にされた木はめいわくで、かりに自動車でやってきた観光さんが、そこで花をいくら眺めてくれても、木イは排気ガスで泣いてます。石戸の蒲桜は、周囲をみかげ石で囲まれ、せっかくのばそと思う根エも張れんぐあいにしばられてます。保存ということが、お役所では机の上でのことどっしゃろ、木イ自体と何の関係もおへん。関係のないどころか、かえって枯らしてしもてるのが実情ですわ」

竹部のこの持論も、まったく弥吉をうなずかせた。弥吉は、まだ有名なその石戸の蒲桜はみていないが、結婚初夜に、園にはなした伊勢の白子の不断桜なども、やはり根のまわりに高い石垣がしてあった。まったく、あれでは根も張れまい。どうして日本の役人さんはあんなことを奨励するのだろう。

「学者はんがしっかりしてはって……いろいろ指導しやはったら、そんなことがとまるのとちがいますか」

きいてみると、竹部は、小鼻をかすかにふくらませて、「学者はんはあきまへん」といった。

「学者はんは、つまり分類屋さんだす。自分の名を売りたい、そのためには新種を見《め》つけたい……それが第一義です。こんなことは桜を育て守るのとちっとも関係がおへん。学者ばっかりやおへんで。わたしらも小学校の頃から、桜を切った人のことばかり習《なろ》てきました」

竹部は笑いながら、

「その第一番は児島高徳《こじまたかのり》です」といった。「あの人は桜の皮を切って有名になりました」

弥吉はきいていてうなずかないではおれなかった。なるほど、児島高徳は、後醍醐《ごだいご》天皇が隠岐《おき》へ流された際に、院の庄という所まで迎えに出て、深夜ひそかに老桜の下へきて、皮を裂いた。肌に「天勾践《こうせん》を空《むな》しゅうする勿《なか》れ云々《うんぬん》」の詩を刻んだ。弥吉は教科書でならった。竹部が、忠臣児島高徳の悪口を巧妙にいうのに圧倒される。桜のこととなると、忠臣もへったくれもない。竹部は、児島高徳だけでなく、ジョージ・ワシントンも桜の木を切って叱《しか》られている、と教えた。

「アメリカのワシントンのポトマックいうとこに、えらい桜の園がおます。そこには東京市長の尾崎さんが贈らはった苗が大きゅうなってます。このぶんやと、桜は、アメリカに負けてしまうかもわかりまへん……」

大声でいうので、弥吉は思わず周囲を見まわしたほどだった。アメリカを敵として戦っていた当時のことである。弥吉は、敵の国で、日本の桜が丈夫に生き、肝心の日本では、死にかけていると思うと情けない気がした。竹部の物言いはみなこの調子で、話が役人や学者に及ぶと、こっぴどくこきおろす。こんな話も忘れがたい。

小野甚にいた時、京でよくみた白い花だけの染井吉野が弥吉には美しくみえて、また、その種の桜が、植えかえもよくきいたので、苗圃《びょうほ》から庭へこの種を重宝して運んだ。竹部にきいてみると、これは日本の桜でも、いちばん堕落した品種で、こんな花は、昔の人はみなかったという。本当の日本の桜というものは、花だけのものではなくて、朱のさした淡《うす》みどりの葉と共に咲く山桜、里桜が最高だった。染井吉野は、江戸時代の末期から、東京を中心にして、埼玉県の安行《あんぎょう》などもふくめて、関東一円に普及し、全国にはびこるにいたった。育ちも早くて、植付けもかんたんにゆく。竹部にいわせると足袋会社の足袋みたいなもので、苗木の寸法、数量をいえば、立ちどころに手に入る品だ。値段も安くて、病虫害にもつよい。山桜や里桜では薬害の可能性もある駆除薬剤のどんな刺戟《しげき》のつよいものにも染井は耐える。桜の管理にあたる者の何より喜んで迎えるのも当然であったろう。

「まあ、植樹運動などで、役人さんが員数だけ植えて、責任をまぬがれるにはもってこいの品種といえます」

と竹部は染井をけなした。

「だいいち、あれは、花ばっかりで気品に欠けますわ。ま、山桜が正絹やとすると、染井はスフいうとこですな。土手に植えて、早《はよ》うに咲かせて花見酒いうだけのものでしたら、都合のええ木イどす。全国の九割を占めるあの染井をみて、これが日本の桜やと思われるとわたしは心外ですねや」

竹部は、このエドヒガンとオオシマザクラの交配によって普及した植樹用の染井の氾濫《はんらん》を、古来の山桜や里桜の退化に結びつけて心配しているのであった。

「まあ、これも、役人さんや管理する人の知恵の無さからどすわ」

染井吉野に対抗して、同じように薬害につよく、根もつよい、良種の山桜を研究育生するために、交配に交配をつづけた竹部が、古来の山桜と、染井の生命力の美点をかねそなえたものを創《つく》りだす悲願に燃えてからいく久しい。弥吉は、向日町の苗圃にも、武田尾の山にも、そこに竹部の苦闘の歴史を見ないわけにゆかなかった。真に日本人にそなわる桜を創りたい気持も、古来の名桜が瀕死《ひんし》の状態に喘《あえ》いでいるのを知っているからであった。弥吉は、考えるほどに、竹部庸太郎の桜に対する執念に圧倒された。

「お金を一文もろうでなく、費用をかけて、桜を育て、ただであげてはる妙なお人。こんな人が世の中にあろか。いったい、あの人に、どうして、こんな桜気ちがいになられならんような魂が宿ったんやろ。お前、どない思うか」

園にきくと、細眼をぱちくりさせて、

「そら、桜しかかわいがるもんがおへんさかいや」

弥吉は園の顔を見なおした。

「そやろか。それだけやろか」

なるほど園のいうように、竹部には妻はいない。家には女中さんがいるだけで、孤独な生活だ。家庭では何一つ楽しみはないだろう。とすると、やっぱり、生きる楽しみは桜を育てることしかないのか。しかし、竹部は、妻を亡《な》くしてから、桜に呆《ほう》けたのではない。

「そんなことはないぜ」

と弥吉はいった。

「学生の頃から、カメラで桜ばっかりとって歩いてはった。奥さんが死なはって淋しいんで、桜気ちがいになってはんのとちがうでエ。あの人は、桜のために生れてきたような人や」

そういって、弥吉は口つぐんだ。幼年時に見た背山の、山桜の満開だった光景がうかんだからである。ひょっとしたら、竹部にも、自分と同じように、忘れられない桜についての記憶があるのではなかろうか。弥吉は、そう思うと、死んだ祖父が、怒り肩に汗をにじませて、ガンドをひいていた木挽《こびき》小舎のまわりを薄紅に染めていた山桜の春景色を思いうかべた。母の顔もうかんだ。母は、薄着の上へ縞《しま》のかるさんを履き、藁草履《わらぞうり》であった。白いむっちりしたふくらはぎをみせて、焚火《たきび》にあたっていた。その桜の木の下で寝ていた母の、だらしない、のけぞった寝姿が、花の中に浮いた。しかし、竹部先生にも、一生忘れられない、小さい時の風景があんのとちがうやろか。そうは思っても、訊《たず》ねもできないことである。〈やっぱりあの人は、桜のためにうまれてきた人や〉と思うしかなく、園には、自分のことはいわずに、

「先生はきっと、小っちゃい時分から、桜が好きやったのやろ」

といった。すると、園は、細眼を翳《かげ》らせ、

「先生も桜気ちがいなら、あんたも気ちがいに近おっせ」といった。弥吉は顔をゆがめて、「阿呆《あほ》いえ。わいは、先生の弟子を任じてるだけのことや。わいは園丁《えんてい》や」とわらった。だが、園の顔がこの時心なし曇るのをみて、弥吉は、不安になった。いつまでも、竹部山と向日町苗圃の園丁をしていることに不満なのではないか。そんな気がしたからである。

「園丁やけど、わいは誇りを持ってるぞ」

と弥吉はいった。

「桜は先生のいわはるように、国の花や。国の花なればこそ桜の模様はどこにもあった。お前がかがっとる被服廠《ひふくしょう》のボタンも桜やし、予科練も、水兵さんも、みんな桜のボタンしてはる。陸軍の徽章《きしょう》やかて、星やいうてはるが、あれは星やない。海軍が花びらを先にとってしもたさかい、のこった五枚のガクをとって徽章にしたもんや。桜の花は、いさぎよく散る、日本人の心や、と先生になろた。けど、それほど、みんな

大事にせんならん花なら、なんでもっと、樹イに咲いとる花を大事にせんのやろ。わいは不思議に思う」

弥吉は、竹部の受売りではあるが、こんな話を園にしてみせる。

「むかしは、日本じゅうに桜はあった。その証拠に、桜の火鉢、桜の机、桜の椅子《いす》、家の調度みな桜をつこうた。趣味がよいといわれた。坊さんのお経を刷った版木も桜やった。立派な経師屋《きょうじや》はんのつかわはる定規も桜やった……こらはる職人さんは、表は桜、裏は紅葉の定規やった。わしらのお爺《じい》も、腰にさげたどうらんは桜の皮やった。桜は山に仰山生えとった。わしらの生れ在所も、うしろの山へのぼると、尾根いっぱい山桜やった。そこらじゅうに彼岸桜や、八重が花を散らしとった。せやさかい、机にしたり、火鉢にしたりするほど材料があった。それが、今日になって、だんだん少のうなった。山は杉やら松やら、軍用のパルプ材に変ってしもた。桜なんぞ植えとったら銭《ぜに》にならん時代がきた。……それに公園の桜も、土手の桜も、早うに根づいて、薬につよい染井がはびこりよった。これでは、日本にほんまの桜が無《の》うなるわな。わしは、竹部先生の下で、大事な仕事をしてンのや。桜を守る仕事をしてンのや」

弥吉の眼には輝きが出ていた。園はその顔を、多少の不満と、多少の喜びをまぜた眼でみていた。〈この人も先生に負けん桜気ちがいや……〉と園は思う。

畝《うね》の土掘りや、掘りおこしのすんだ夜はひどく疲れると弥吉はいった。で、めしをすますとすぐ眠ってしまう。大きないびきをかいて寝るのだ。一日家にいて、ボタンかがりばかりしている園は先に眠る夫をみて口惜《くや》しく思った。夜なかに雷雨の音がすると、寝ていた弥吉は床をはね起きた。園は両腕をからませて、鼻をならした。弥吉は園をふり切って、

「菰《こも》や、菰や」

寝巻のまま、土間へ降りて合羽《かっぱ》をさがしている。淋しがっている園よりも、雨にたたかれて根土を失う新樹がかわいいのであった。


弥吉に徴用令書が来たのは二十年の三月だった。向日町に住民登録がしてあったので、役場から白紙に印刷されたものがきた。舞鶴《まいづる》軍需部というのが、行先であった。いつ来るか、と思っていたシロガミなので、さ程に驚きもしなかったが、その年の接《つぎ》穂《ほ》の旅が出来ないことと、三月はじめから園が少し軀《からだ》の変調を訴えていたことが気にかかった。接穂とりは、まあ弥吉がいなくても、竹部ひとりで出来ることである。竹部はこの年は、伊勢松阪から岐阜へ廻りたいといっていた。弥吉も楽しみにしていたのだが、それもしかたがない。だが、園の変調は、妊娠らしかった。正月から月のも

のがとまっていたのである。月経の不順は園によくあったので、早計に妊娠とは思えないというのが、本人の述懐であったが、いずれにしても、三月に入って食欲がなかった。もっとも、この冬頃から配給米も少なくなり、大豆と麦粉の団子やら、甘味ぬきのふかしパンでは、力仕事の弥吉でさえ、食欲減退をおぼえるほどだったから、あてにならなかった。しかし、いつもの不順に加えて、多少、妊娠らしく思われるのは、躯がどことなくけだるく、ボタンかがりしていても、眼先がかすむ、と園はいった。妊娠なら弥吉は嬉《うれ》しかった。病気なら、医者に診てもらわねばならない。そんなことを云いあっている矢先へシロガミであった。

「ま、しやない。国の命令やさかい、行ってこんならん」と弥吉は心もち落胆の色を眼にうかべて、「けど、舞鶴は京都駅から山陰線にのって、二時間ちょっとでゆけるとこや。休みの日イにはお前のとこへ帰れるかもしれん。躯の調子がいつまでもおかしかったら、切畑へ去《い》んで、養生してくれ」

といった。園は、シロガミにしろ、お上《かみ》が一方的に夫をどこかへひっぱってゆく恐怖に慄《ふる》えていたが、

「うちのことは心配せんと、きばってきて下さい。うちは、先生と相談して切畑へ去ぬのんやったら去にますし、ここにおらせてもらうのやったらおります」

とけなげにいうのだった。弥吉は、心のこりな面持ちで、

「子オが出けるのやったらええになア」

とひとりごとをいった。竹部に電話で報《しら》せると、すぐその日の夕刻、小舎に現われ、

「来ましたな」と、思ったより悠長な顔で、「舞鶴なら、まあ、日本の中やで、いのちを落すいうことはおへんわ。けど、あそこは軍港やで空襲はあるかもしれまへんな。警報が鳴ったら、穴へ入るこっとす。あんたは、わたしには大事な人やで、犬死してほしくない。つまり、あの要領どすわ。臨時が走ってきた時のトンネルの中や。べったり壁に腹つけてがまんするこっとす。いきりたって、人前に立つと、命を落しまっせ」

舞鶴なら空襲はあるだろう。たしかに、予感はあった。東京も、浜松も、横浜も、B29の襲撃で燃えている。竹部はいった。

「大丈夫です。賭《かけ》はもう勝ってます。あの菊桜が、ちゃんとついてますねや」

「ついとりましたか……」

と弥吉は眼をまるくした。手落ちなことに、武田尾へ日参しているのに、菊桜の生長をすっかりわすれていた。もっとも、弥吉は、このところ、松山の伐株跡《きりかぶ》の整理や、杣道《そまみち》の補修ばかりだった。

「ちいと遅すぎたんで、正直あかんかもしれんと思うとった。ところが、あんた、すうーっと一本、……芽を出しとるんみて……ほっとしました。大阪もえらい空襲やけど、あれが生きたなら、中之島の家も大丈夫どっしゃろ。北さん、あんたの命も、わたしが保証します。園さんは、まあ、ここにおって、調子がいつまでもわるいようなら、切畑へゆかはってもよろし。とにかく、わたしが、園さんのことは面倒みさしてもらいます」

弥吉は、竹部の親切に打たれた。けれども、園のことでは、めいわくをかけないつもりである。召集ではないのだし、舞鶴では給料ももらえるのだった。かりに、園がこの小舎にいても、給料さえ送れば、自活の道は立て得られると思った。弥吉はその点、竹部に園の生活費を出してもらわなくてすむのが嬉しかった。

早々の出発だったので、竹部とはこの小舎の前で別れて、園には、京都駅まで送らせて、弥吉は舞鶴へ向った。園は別れしな、山陰線のうす暗いホームで、

「きばって仕事してきて下さいね」

といった。ほつれ毛を乱した園は、瘦《や》せてみえた。夫をとられる恐怖に怯《おび》えた眼であった。死んだ三田《さんだ》の先夫を、戦地へ送った際にも、こんな顔をしたにちがいない、とふと弥吉は思い、もし妊娠だったら、竹部のいうように、死んではならない、子の

ために生きて帰らねばならぬと思った。

ずいぶん、悲愴《ひそう》な覚悟で弥吉は出発したのだが、舞鶴へついて、所定の集合地にきてみると、隣県各地から、同じシロガミできた三十前後から五十前後の妻帯者と思われる三百人ほどの、体格のしっかりしない、瘦せた男たちが、広場にいた。その日から、スコップとツルハシをもたされて、工廠《こうしょう》近辺の山や、海岸道路へ出て、タコ穴掘りだった。工廠だから敵の艦隊が上陸すれば、穴にかくれて、鉄砲で撃つ仕掛けだろうか。タコ穴は、人間が辛うじて入れるほどのものだったが、弥吉がその日、若狭《わかさ》境の青葉山までトラックにのせられて行くと、誰が掘ったか、大桜を一本ひき抜いたほどの穴が、山の裾《すそ》に、ハモニカの穴みたいにならんでいた。穴を掘るのは、子供の頃からの仕事だった。要領もよかった。弥吉は指揮をとる男に重宝がられた。

徴用は、監獄へ入ったようなものだと観念していたが、意外に楽な仕事で安心もした。三月中頃にきて、一カ月少し、朝から晩までタコ穴掘りばかりしていたら、鶴ヶ岡から電報で、召集がきたとの報せだった。弥吉は、ああ、これで何もかもお終《しま》いだと思った。伏見の輜重輓馬《しちようばんば》隊へ五月五日の朝九時に入隊せよとのことである。四月二十九日の朝、軍需部へ願い出て暇をもらった。入隊までに六日とないあわただしさだった。園にも会いたい。竹部にも会って征《ゆ》きたい。舞鶴から電報しておいて、とにかく、鶴ヶ岡の在所へ帰った。これが「小野甚」に出て二どめの帰省で、生家には、老《ふ》けた父と、同じように老けた義母がいた。弟妹もいたが、腹ちがいだから、弥吉の応召は、この一家に、身内の者の召されてゆくかなしみも喜びも感じられないらしくて、どことなく、空疎《くうそ》な迎え方であった。弥吉は、同日入営の者が村に二人いたので、約束だけしておいて、荷物を置くなり、すぐ武田尾へきている。

園は舞鶴への手紙では、妊娠がはっきりしたこと、向日町の苗圃《びょうほ》も代りの番人が入ったので居づらいから、切畑へ帰って出産すると書いてきていた。兄弟の多い生家で、肩身のせまい思いをしているらしい様子を、その手紙から察したが、将来のことなど会って話したかった。で、先《ま》ず、切畑へ行ったが、園は戸口でもう涙ぐみ、「とうとう来たわね」といってむくんだ顔をうつむけて、むせび泣いた。「馬の守《も》りや。前線に出んならん兵隊やないさかい、鉄砲の弾丸《たま》はとんでこん。安心せいや」と弥吉がいっても、園はそんなことは信じられないという顔をした。腹ももう目立ち、打ちしおれてみえる妻の、やる瀬なさそうな顔が弥吉に哀れであった。切畑の家はせまい上に、結婚式以来会っていない父母弟妹も大勢いるので、あいさつだけして、外へ出ると、

「どや、竹部山へいってみんか」

と誘った。身重の園を、二つトンネルくぐらせて、山の小舎までつれてゆくことは、

ちょっと惨酷《ざんこく》な気がした。弥吉は、舞鶴でもらった給金も、餞別《せんべつ》も、つかわずにもっていた。で、「たまや」に泊ってもと思った。が、よく考えると、無駄をしてはならなかった。銭はお産のために必要なのだから、と戒めて、返事をしぶっている園に、

「もう楊貴妃《ようきひ》は散ってしもたやもしれんけど、遅咲きのは一、二本盛りやもしれん」

といった。すると、園はこっくりうなずき、

「ほなら、用意してきます」

といい、家へ入るとすぐ、向日町にいた頃、外着にしていた銘仙の単衣《ひとえ》と、紺無地のもんぺに着がえてきた。

一つは谷の研究室を覗《のぞ》けば、竹部がぽつねんと、双眼鏡を肩につるして、窓から鳥のくるのを眺めているやもしれない、そんな予想もした。桜山にいなければ、岡本の家だろうが、別れの挨拶《あいさつ》だけはしておかねばならない。しかし、それにしても、入隊は五日だからまだ余裕はあった。弥吉は、舞鶴で一カ月、園の熟《う》れた軀を眼にうかべて穴掘りばかりしてきた。眼はもうギラギラしていた。切畑から桜山へ裏道を歩いてくると、どの山も新芽が出て、高い欅《けやき》も栗も、うすみどりのやわらかい葉だ。人影のない樹の下道で、弥吉は園を抱いては頬を吸った。園は召集がかなしいといった。

武田尾の番小舎には、初夜の思い出がある。もし、園が危惧《きぐ》するように、輓馬隊で

も、外地へ征かねばならぬなら、命も捨てる覚悟でなければならなかった。とすれば、尚更《なおさら》、桜山の景色は眼に納めてゆきたい。頬ずりしたり、手を握ったりして、休み休み、裏道から駅へは出ずに山へ入った。線路だけはやはりまたがねばならず、思い出ぶかい百二十一と九十八の枕木《まくらぎ》をかぞえてふたりはくぐった。

「ここを通るたんびに思い出すなア」

弥吉は園の手をひいていった。

「先生とふたりで歩いとったら臨時がきよった。壁にへばりついたら、えらい煤《すす》まみれになった。……ほれで、はじめてたまやへつれてってもろた」

「おぼえてます」

と園はいった。

「あの臨時がこなんだら、わいとお前は夫婦《めおと》になっとらんねや」

家を出る時は、兄の顔を気にしてか、多少は出しぶる感じをみせていたのが、トンネルへ入るころから浮きたつ眼もとになっているので、弥吉はほっとした。

「人間、なにが縁でこないなるかわからん」

武田尾に暮した期間は短かったが、園をいちばん美しいと思ったのは、この期間ではなかろうか。はじめて園を抱いた夕方、小舎へ舞いこんできた楊貴妃の花が、黒髪に小貝をつけたようにへばりついていた。

「お前はここの山の桃ぬすっとやった」

　と弥吉はいった。

「あれをきいた時に、先生も大笑いしやはった」

「ほんまに、うちら、ここへ桃やら梨をとりにきたんやもん」

　と園はいったが、しばらくして、

「兵隊にいかはったら、桜も見おさめどすね」

　と足をとめて山を仰いだ。

　番小舎は昔のままだった。窓をあけて、小舎の中から滝を眺めた。水は相かわらず白布をたらしたように、しぶきをあげて落ちていた。花は大半散っていたが、それでも、遅咲きの八重の一、二本が、葉の茂みの中に花を覗かせていた。二段うえの畝《うね》にある竹部の研究室は戸がしまっていた。おそらく、休みなのだろう。人夫のいない静かな桜山にしきりと鳥が啼《な》いた。弥吉は、園が心もち蒼《あお》くむくんだ顔を汗ばませて、上がりはなに坐っているのを見て、

「はじめてここで寝た日に、お前は、わいの召集になるのんがいややというたが、とうとうその日がきたな。けど、わいはぜったいに死なんぞ」

園はだまっていた。弥吉は園の手をひいて、部屋へあげ、戸を締めて、狂おしく抱いた。滝の音がきこえた。その音も弥吉は初夜にきいた音だと思った。園の軀は冷たくて力がなかった。眼尻《めじり》にたまっていた涙がいく筋も尾をひいてながれた。

正直、弥吉は、園を安心させるため、馬卒は安全だといったのだが、いざ伏見へ入れば、どうなるものやら、先は真っ暗だった。内地の教育だけで帰されるはずだと鶴ヶ岡の兵事係がいったのも信用おけない。沈む気持をかき立てて園を抱いていると、瞼《まぶた》の壁に、遠い母がうかんだ。ああ、あの時も山桜の込んだ山の傾斜に、遅咲きの八重が散っていた。母は白い足を陽なたに投げ出して、祖父の前ではしゃいでいた。弥吉は、長いあいだ、どこを捜しても、会えずじまいになっている母のことを思った。岐阜へ嫁《か》したということはきいていたので、竹部と接穂の旅で岐阜へ入るのが嬉しく、汽車がもう大垣にとまる頃から、広い野面《のづら》の走り消えるのを喰い入るように眺めたものだが、どこをたずねても行方はわからなかった。鶴ヶ岡へ検査で帰った日に、義母にも父にも母の行方をきいたが、知らなかった。雲ヶ畑へゆけば、教えてくれる人はあろう、とは思ったが、ついぞ訪れずに今日になっている。おそらく母は、どこかで新しい人生を生きているにちがいない。弥吉は、園の顔が、いま母の顔にかさなるのを如何《いかん》ともしがたかった。お前に別れるのはいややといいつつ、いつまでも弥吉は園を抱いた。

　この番小舎で、夕方まで時間をすごした記憶が武田尾を見た最後である。夫婦が山を出て、岡本の竹部家へ行ったのは夜であった。九時すぎについたが、竹部の家にはまだ灯がついていた。

　ベルを押すと、女中が戸をあけてくれた。上がりはなに竹部の姿がみえた。弥吉は召集になった旨《むね》をいった。竹部は顔いろを変え、うしろにしょんぼりしている園をみ、とにかくあがってんか、といった。女中が茶をはこんできた。竹部は「あんたは酒はどうやった」ときいた。弥吉は「無調法です」というと、

「せやかったかな。式のときには、それでも少し呑《の》まはった。水盃やおへんで。出発のお祝いです。ちいとかくしておいたのがありますさかい……」

　といって、女中のあとから奥へ入ると、間なしに徳利と盃を盆にのせて出てきて、ふたりの前に、盃をおいた。夫婦には何焼きであるかわからないけれど、盃はふたつとも淡青磁で、底に桜花の一輪が淡紅色に浮いていた。みれば、徳利も花の模様で、何一つ桜の絵柄のない調度はない、といつか喜七がいったものの一つであろう。

「馬やったら、一カ月の教育ですわ」

　と竹部は自分も盃に酒をついで、

「歩兵や工兵なら遠いとこへ持ってかれることも考えられます。けど、馬なら、あんた、いま時、輓馬をつかう戦争はおへんで、教育だけにきまってますわ」

「そんならよろしねやけど」

と園はむくんだ顔をあげて溜息《ためいき》をついた。

「いつお目出度《めでた》ですか」

竹部はやわらかくきいた。

「九月どす」というと、

「そんなら、北さんのもう兵隊からもどってる頃や。安心しとったらよろしや」

竹部の言葉には、園へのいたわりと、かすかな確信のようなものが感じられもした。弥吉は、一カ月でもどれるものならそれに越したことはないと思った。が、まだ半信半疑なものもあって、

「どうなるかわかりまへんさかい、あとのことよろしゅうたのみます」

と弥吉はいった。三十分ほどの時間だった。舞鶴の話や、竹部が昔乗馬にこってあばれ馬にてこずった話などきいていると、時間はたった。十時すぎた頃に警戒警報が鳴って、熊野《くまの》灘《なだ》にB29が現われたという。弥吉はその夜は園とどこかに泊りたいと思っていたから、宿のことも心配になった。竹部は暗がりを外まで送ってきて、

「馬をつかう要領も……桜の守《も》りとちがいおへんで」

といった。そのことは入隊してわかったことである。丹精して面倒みねば病気になるあたり馬も桜に似ていた。

五月から八月十五日まで、馬の守りばかりして暮した。徴用と違って、軍隊は辛《つら》かった。馬より早く起き、寝藁《ねわら》を干し、馬糞《ばふん》かきし、弾薬がわりの石ころの入った函《はこ》を振りわけに馬の背へ積み、練兵場を日がな行進した。それがすむと、馬舎へ馬をおさめる前に水を呑ませて、暗がりの点呼だった。軀《からだ》がくたくたになった。おかげで、新聞も読まず、ラジオも聴かなかった。大阪神戸が丸焼けになり、日本の目ぼしい都会はどこも廃墟《はいきょ》になったのを知らなかった。十五日に終戦の詔勅を聴いたが、大豆と芋のまじったスイトン腹に、飼葉まで噛《か》みくだいてたべていたので、十四日から腹をこわし、強度の下痢で終戦の日は病人であった。十八日に毛布一枚、編上げ一足を分配され、焼けつくような陽照りの伏見街道へ放り出されたが、眼さきがかすむほど熱があった。四カ月のうちに、世の中はすっかり変っていた。広島と長崎に爆弾が落ちて、何万人もいっときに死んだという。大阪も東京も、家を失った人らが、飢餓地獄をさまようているそうな。自分にだけは帰る在所があってよかったと思った。十四で小野甚へ出て、十五年、なつかしいと思ったことなどない父と義母だったが、この日ほど、在所のありがたさが身に沁《し》みたことはない。村のとば口にきて、思い出の桜山も、松山も、わずかなうちに松根油と木炭に伐《き》りとられて、丸坊主になっているのをみて涙が出た。

父は白髪がふえ、見るかげもなかったし、義母も鴉《からす》のように痩《や》せていた。〈ようもどれた。死なずにもどれてよかった……〉と嬉しげにいってくれたのにも涙が出た。腹ちがいの弟妹は、これも蒼白い栄養失調の眼を光らしていた。弥吉が、居間へあがって、荷をおろし、折から夕食どきだったので、一しょに食卓を囲んだが、米は底に沈んでみえない芋まじりのお粥《かゆ》だった。親子四人が先を争って茶碗《ちゃわん》につぎ入れるのをみていると、ここも軍隊と同じ地獄かと思った。熱のある軀だったが、園のことも心配だからといい、翌朝早くに生家を出た。この時、義母の眼をのがれるようにして戸口へきた父が、

「雲ヶ畑へゆくと、あれがもどっとる」

と教えた。あれとは実母のことである。

「岐阜のつれあいが死んだそうで、在にもどって百姓しとるそうや」

弥吉は、どきりとして、父の顔をにらみつけていた。

胸はときめいた。けれど、鶴ヶ岡ではお前にやる米はないから、雲ヶ畑なら、少しは米も貰《もら》えるやもしれぬと、暗に教える言葉ともうけとれて、萎《な》えたように力がぬけた。どうして、米などもらいにゆけよう。十何年も会わずにきた母である。こっちは、なつかしく思って、岐阜へ接穂《つぎほ》の旅にゆくさえ嬉《うれ》しく、会うひとごとにたずねて消息を探っていたにしても、向うはうんだ子とはいえ、十一の時にここから追出された女であった。時には、思いだしてくれもしたろうが、いとおしむ気持でいてくれたかどうか、それはわからぬ。岐阜の先でまた子がうまれたやもしれぬし、十何年音信を絶っていた鶴ヶ岡の子が、ひもじいばかりに米をもらいに立寄ったなどと、思われてもかなわなかった。

「切畑へいってから、それからのことや」

と、弥吉は、昔とくらべてめっきり気の弱くなっている父に手を振って別れた。洞《ほら》戸《と》から山なか道を殿田へ歩いた。そこから山陰線は混雑だった。破けた蛇腹から、風の吹きこむ連結板の上に立ちん棒で、ようやく京都駅へきた。すぐ乗換える元気はなく、駅のベンチで考えこんだ。

園は子をうんだろうか。兄妹の多い切畑で困っているであろう姿が想像される。会えば、すぐにでもつれて出なければならないだろう。すると生活のめどもたててゆかなくてはならない。ベンチにも地べたにも浮浪者とも復員者ともつかぬ、イガ栗頭の若者らが、半裸で寝ていた。眺めていると、自分もあすから乞食同然だ、と心細い気がして、ふと、石の喜七の顔がうかぶのである。喜七は、昔の家で生きている気がした。

改札口から駅を出て、急いで市電に乗った。喜七の家は、桂川の土手下にあった。農家である。電車は五条をすぎたが、わずか見ぬうちに、軒のひしめき合うほどせまかった道が二十間もの広い通りに変り、強制疎開《そかい》でもしたのか、けずりとられた土蔵の腹が、荒壁むき出しで、通りへ黒い穴をあけ、塀も千切れている。アスファルトも穴だらけで、荒れ放題の町をみてすぎると、焼かれこそしなかったものの、戦争は、京の町も無傷にして通りすぎたとは思えない。家はのこっているだけのことで、なかは飢餓地獄の人がうごめいている気がした。乗りあわせたどの客も、顎《あご》がとがり、眼はぎょろつき、父や義母に似ていた。喜七をたずねても、いるかどうか不安だったが、いまは、そこしか訪ねてゆく先がなかった。

喜七はいてくれた。顔を見たとたん弥吉は、なつかしさで胸がつまった。ああ、やっぱりきてよかった。喜七は、舞鶴までのことは知っていたが、まさか伏見で馬卒していたとは知らなんだといった。鶴ヶ岡が居づらくて、これから切畑へゆく途中だと

いうと、

「まあ、あがれ。せかんでもええ。……わしにも話がある」

と喜七はいった。弥吉は、細君と子のみえぬ喜七の家の縁先にすわって、一べつ以来のことを端折《はしよ》って話した。

「ほんなことなら、これからどないする。園さんも心配や。何ならわしのとこへきたらええがな」

といってくれた。弥吉は、温かい老職人の、かわらぬ気持に胸が熱くなった。

「わしに出ける仕事がおすやろか」

ときくと、喜七は味噌っ歯をだして、

「あるがな。いまは大根でも、菜っ葉でも、よそへ動かせば銭になる時代や。寝るとこさえあれば、何やって仕事はある。竹部はんのとこへもどるいうても、おそらく大阪も焼けてしもてるやろし、苗圃《びようほ》も武田尾も、炭に伐られてしもたやろ。五月あたりから軍は松とみると松根油にしよった。桜も紅葉もあったもんやない。近い山はみんな炭や。けど、あの先生のこっちゃ、好きな桜にしがみついてはると思うが、こんな世の中やで、お前が子オつれた園さんと泣きついていっても世話はしてもらえんやろ。ゆくゆく落着いたら訪ねるのもええが、いまは時期やない。それまで、かつぎ屋でもして暮せ。わしもここらの野菜を、はこんで喰うとる」

昔にくらべると、痩せてはいた。四十五をすぎた喜七が、かわらぬ気安さで弥吉にいうのだった。

「遠慮はいらん。一しょに働いた仲やで。小野甚へいったら、あそこも旦那が眼がさめて、植木仕事はじめるいうてはった。京はええあんばいに焼けのこった。南禅寺やら高台寺《こうだいじ》あたりは、宮様やら、金持の隠居さんがもどってきやはる音がしとるし、料理屋も闇の酒やら肉やら手に入れて宴会や。まあ、世間体もあって庭樹の手入れというところまではゆかんやろが、おっつけ仕事ははじまる。アメリカの将校が軒なみ豪華な家を宿舎にするちゅうこっちゃし、植木屋もそうなると忙しゅうなるかもしれん。小野甚はんも、昔の道楽わすれたようなこというて、気ばってはった……」

小野甚が復活するとは夢のような話である。弥吉は、喜七につれられて、庭樹いじりに精出すことができるかと思うと嬉しかった。なるほど、喜七のいうとおりだった。ここは野菜のかつぎ屋でもして、時節を待った方がいいと思う。

「ほなら、わいが、園つれてきてもよろしか」

ときくと喜七は、

「隣の物置でも交渉したる」といった。

切畑へゆくと、園はまだ産んでいなかった。大きな腹をつき出して、瞼《まぶた》のはれた、見るかげもない痩せ細った顔で弥吉をむかえ、もう十日もおくれたら、死んでいたかもしれぬほど憔悴《しようすい》していた。〈あんた……〉といったきり、戸口で泣きくずれた。奥に兄も両親もいたが、家はふた間しかない。ここも鶴ヶ岡に似た地獄と思われた。身重の軀をつれてゆくというと、兄は内心嬉しそうな眼だったが、口だけは、産んでからでもよいではないかといった。母親もいることだし、といってくれるのだが、弥吉は、京は大阪や神戸のように焼けていない、産院も病院もある、それに、喜七の家に厄介になるのだから、栄養のとれるほうれん草や人参《にんじん》など、新鮮な野菜も手に入るし、働けば魚も牛乳もあるといった。すると、園が、

「この人のいわはるようにします。うちも京へいって産みとおす」

といった。兄はそれ以上いわず、両親も心のこりな眼でふたりを見送った。弥吉は、いつ生れるかわからない産み月の園を、うしろから抱えるようにして、満員電車にのせ、死ぬ思いで喜七の家へたどりついた。除隊になって、四日目のことである。あとで思うと、熱っぽい軀も、下痢腹も、忘れて飛び廻っていた。松尾神社の背山がすぐ間近にみえる、一町ばかり山手へよった、大根畑の隅の物置に落ちついた時、はじめて戦争がすんだ気がした。

物置改造の家は、三日前まで家主の次女が住んでいたとかで、この次女は、戦争がすんだので、婚家先へもどっていった。そのあとを、ぬけ目なく、喜七が交渉してくれたものだった。六畳ひと間に、一間半の板の間と、便所、流しがついていて、向日町の番小舎に似た体裁で、弥吉には、勿体《もったい》なかった。翌日、松尾大橋を渡って、間なしの地点にある産婆へ園をつれていった。配給通帳と妊産婦手帖《てちょう》さえあれば、入院も可能だとわかった。妊産婦手帖は米の特配と、衛生綿、ガーゼ、ミルクなどの、特配の受けられる貴重なものであった。

園が産気づいたのは、松尾へ来て七日目だった。喜七からリヤカーをかりて園をのせ、橋をわたった。産院について二日目に園は男の子を産んでいる。槇男《まきお》である。名をつけるのに、喜七が一夜じゅう考えたといい、

「永年植木いじってきて、何が好きやといわれたら槇のほかにはない。花の咲く樹はいくらもあるが、槇のような性質のええ樹はないやないか。弥吉イ、わしの知るかぎりでは、虫の喰わん木イや……」

世話になっている先輩のいうことである。同じ木を冠するなら、ちょっぴり桜がよぎったが、桜男では語呂もわるい、園もええ名やというので、槇男にきめている。

石の喜七と、弥吉のふたりが、戦後早々の約二年を、野菜売りで暮せたのは、一つは小野甚で、植木職人をして、京の上流家庭や、門跡や寺院に顔が広かったからである。どこでも裏木戸から入れた。顔見知りの植木職人が、統制の目をぬすんで闇米や野菜をこまめに運んでくる。みなは喜七がくるのを笑顔でむかえた。

「何が役にたつかわからへんで」

と喜七はいった。

「嬶《かか》に畑づくりさしといたンが晴れしよった。植木屋が野菜を、お得意へはこぶのはあたりまえや。いっぺん警察にひっかかって、白菜やら葱《ねぎ》取りあげられそうになったことがあったけど、わいはいうたった……なんも闇屋やあらへん。石をいじらしたら、京で名アのある男や。うちでとれた野菜をお得意の旦那さんにさしあげるのがどこがわるおす」

植木屋に鑑札があるわけでもなかったが、物腰からして、喜七も弥吉も、植木職人だといえば、一見して、警官もはは んとうなずかないではおれない律義者の風采《ふうさい》であった。昔なりの股引《ももひき》に、小野甚のはっぴを着ておれば、誰だって怪しまない。

「まあ、いまにみとれ。景気がようなったら、京も庭いじりがはじまる。一軒の家が手エ入れはじめたら、そこらじゅうの家が手エ入れるやろ。みてみんか……どの家も、木イが泣いとる。早《はよ》手入れせなんだら、枯れてしまうがな」

途々、枝の茂るままにまかせた旧家の庭先を塀ごしにみては、喜七はいった。だがそうはいっても、衣食足りてこその庭づくりであったろう。上流家庭や寺院が、植木屋をよんで庭に手をつけはじめるのは、翌々年の秋ごろからで、かりに、早くに手入れをはじめたところがあっても、宇多野や小川のような、歴史のある庭師の家に活気が来ただけで、まだまだ、小野甚の下請けをしている喜七のところへは、まわってこなかった。

野菜をつんだリヤカーをひっぱりながら、喜七がいった言葉でわすれられないことが一つ二つある。自分は明治生れだが、大正に生れた弥吉の年ごろは、ずいぶん損だということだった。

「明治中頃までに生れたもんは、今度の戦争では召集もこず、まあ、ええとこに坐っとった。職業軍人でも佐官以上はみな明治やったし、会社に出てても、課長か主任になっとったで楽やった。けど、大正生れは、みんな一兵卒や。戦死者の大半は大正やな。それに、小学校へ入るとから、まあ修身ちゅうもん教えられて、融通のきかん人間にさせられてしもてた。せやさかいに、戦死をまぬがれて、ようよう生きのこった組でも、戦後の闇の世をどないして生きてよいやらわからんねや。あんじょう悪いことして生きてゆく術《て》を知りよらん。知っとっても勇気がないねやな。……これが大正の気質や。弥吉、お前も、その仲間や」

なるほどそうかも知れないと弥吉は思った。心置きなく語りあい、助けあう仲間はどこにもいなかった。友だちはみな死んでいる。早い話が小野甚にいたころの仲間は体格もよかったので、みな召集にあい、復員してきた者は一人もいなかった。生死不明だそうである。弥吉のように内地勤務で命びろいした者は奇跡というべきだろう。喜七のいうように、弥吉が学校で習ったことは、国を守る為、天皇陛下の為、命を捨てよということであった。日常生活でも、軍隊生活でも同じで、教育勅語がいつも頭の中にあった。今日、不滅と信じた国が、敗《ま》けていて、統制の眼をかすめ、闇米や野菜を喰ってる人たちが不思議な気がした。弥吉自身も喰うために仕方なくやっているのだと云いきかせても、まだ、納得のいかない気持である。無為にその日を送り迎えしている。生きる気力を湧《わ》きたたせてくれる友はどこにもいない。

弥吉は自分を省みてそう思った。しかし自分にくらべると喜七は、年の功で、植木屋がうまくゆかなければ、畑づくりに転向し、はっぴを利用して、闇屋をやる。見ていて、ちっともうしろめたさはない。

「けど、大正うまれでも、すすどい人はおってどす。時勢を見ぬいて、軍需工場の払下品を盗んでうまいことしてはる人もありまっせ。わてらは、それが出来まへんねや。軍隊におっても、馬の守りばっかりで、おとなしおしたし、出てきても、まあこんなこってすわ。喜七はん、わいは、園と子オがその日そくさいで喰えてゆけたら、これで、ありがたい思うてます。まんだよそには、家が無うて、冬になるちゅうに、地下道で寝てはる人もいやはるのやさかい」

「その地下道組も、みな大正やで。そこをわしはいうとんのや」

と喜七はいった。

「どことのう、大正生れは阿呆《あほ》みとるわ」

となると、世の中は、明治生れと昭和生れの天下になるのか。弥吉は心もとない気がして、喜七にたてつく言葉を知らなかった。

「それも、大正はええ時代やったからかもしれん。ええころに生れたのやさかい、罰かもしれん」

と喜七はいった。弥吉は、いい時代だったろうかと考えてみたが、十年目、十年目と戦争が訪れて、とどのつまりは、敗け戦で、友だちの大半が死んでいるような年のめぐりの大正時代が、そんなにええ目をみせてくれたとは思えなかった。生れた時から、弥吉は、この世が暗かった気がする。祖父のことを思うても、母のことを思うても、花やかなものは一つもない。あるとすれば、在所の背山の尾根をうめていた山桜ぐらいだ。だが、それもいまは、丸坊主に伐《き》られてしまっている。

世の中は変ったという感慨も、鶴ヶ岡の背山の桜の消えたことでわかるのだ。山ばかりでなくて人の心もかわった。統制の目をかすめて法にふれることも、平気で、法を破る者に云い分があった。政府のいう五百円生活では、生きてゆけない。早い話が、十日も欠配の主食を待って、闇米をくわずに飢死せずにおられようか。大学の先生が、配給だけでいたために、栄養失調で死んだというニュースが出た。まじめにしておれば損を見ると誰もがいい、京でも大阪でも、闇市場がふえた。駅前や繁華街の隅に、戸板を敷くかテントを張るかして、闇物資を売る店があった。そこへゆくと、砂糖や、天ぷら油や、肉や、バターがあり、アメリカ兵士の流すタバコやチョコレート、石鹸《せっけん》があり、けばけばした原色の生地もあった。金さえあれば戦前の暮し以上のことが出来る物資が出廻った。不思議といわねばならない。あれほど、耐えよしのべよといい、塩あじのあん餅に舌つづみをうって、お粥《かゆ》をすすった耐乏の日から、まだ一と月とたっていないのに、軍の放出だとか、軍需工場の横流れとかいって、闇市場は物資の山であった。眼の色かえて買漁《かいあさ》る顧客とブローカーでごったがえした。警察も手入れはしても、警官自身が配給でたべてゆけず、裏口で買入れなければ、育ちざかりの子がやってゆけない。手入れも上《うわ》っ面《つら》である。これでは、金が無ければ損であった。誰もかも金を握ろうとして、血眼《ちまなこ》になった。親も子供も、損をみる者は馬鹿という風潮で、法を守って指をくわえる者は、甲斐性《かいしょう》なしだと軽蔑《けいべつ》された。謙譲の美徳もなく、先に手を出さなければ、取られてしまうという、自己中心の主張と拒否だけがまかりとおる時代になった。

これは、桜や橡《とち》や檜《ひのき》や杉の、手入れよく密生していた山が、丸坊主にされて、手っ取り早いパルプ材か、雑木の茂るにまかせられている景色の変貌《へんぼう》に似ていた。都会が闇のジャングルなら、山も村も変り、鶴ヶ岡の生家をみただけでも、それはわかった。供出をごまかして、闇米を貯《たくわ》え、都会からくるかつぎ屋に売る。その収入が、農家や炭焼きの、病人の療養費であった。子供の就学資金であった。だから統制の山の木は伐られた。闇をやることは、生きる権利である。

園は、槇男がまだ乳呑《ちの》み子だったので、育児に一日の大半を取られていたが、子を産んでから、人間がかわった。これまでは、派手好きなところがあり、何かと他所《よそ》に眼のうつる性質で、弥吉は時に不満であった。何かと他家と比較して物をいう園に、ああ、またはじまったと、反撥《はんぱつ》もせずあきらめていたが、槇男をうんでから、あまりそういう物言いはしなくなり、微妙な変化をみせた。地味で、がまん強く、節約型の女に変ってゆく様子であった。付近の農家を拝むようにして歩き廻って野菜を集める弥吉が、早朝に荷ごしらえして、喜七とリヤカーをひいてゆくのを見送っているから、葱一本、大根一本にも、血の出る手数がかかっていることが身に沁《し》みたか。衣料だって、槇男のおむつに、ボロも必要であった。ぜいたく云っておれない。夫がたとえ闇商人にしろ、稼いでくれた金で、とにかく、混乱の世を生きておれるのだから、文句はいえない。いつかはもとの植木職人に立戻ってくれるという夢をえがきつつ、園は畑の中の一軒家で、若い母らしく、落ちついた生活をとりもどしていった。切畑へ迎えにいった当初は、カマキリのようにやせていたのが、子をうんでから、よく健康色をとりもどし、艶《つや》もでた。槇男も、乳の出がよくないのに、不足分を補うミルクに馴れて、まるまる肥《ふと》った。風邪一つひかなかった。

弥吉は喰うだけの生活なら、これでまあ充分だと思った。しかし、いつまでも、闇屋では気がひけることなので、早く、植木職人にもどりたいと考えていたが、二年目に、その望みがかなった。小野甚から正式な依頼があったのである。喜七は待っていた顔もしないで、腰をあげたが、この時、

「わしには、もう一人、瘤《こぶ》がおりますねや。それも一しょにつこてもらえませんか」

と使いにいった。「弥吉いうて、お宅で、十三年働いとった男です。植木のことやっ

たらなんやって出来ます。よう働きます」

使いが帰って、小野甚からあらためて弥吉も傭人《やといにん》にすると返事がきた。正式に二人の復帰が決定したのは二十三年の四月である。季節は、木の移植のはじまる時期で、現場は北白川に移転する料亭の庭づくりであった。この頃から、裏口営業で儲《もう》けた料亭が、しきりと建増しをはじめていたが、「八海」というその料理屋も、老舗《しにせ》の一つで、高台寺にあった頃から弥吉も名はきいていた。一日現場を見にいってきた喜七が、ほくほく顔でもどってくると、

「えらい仕事やぞ、弥吉イ。のっぺら坊の山裾《やますそ》に、三百からの石はこんでよったわ。楓《かえで》も、松も桜も植えんならんはなしやったし、むかしの仕事とちっともちがわん。……えらい豪気な仕事やぞ」

と大声でいった。

松も、桜も植えられる仕事がやってきたかと、弥吉は雀躍《こおど》りしたい喜びをおぼえた。家へ帰ると、園にも、「あしたから、わいは闇屋やない。園丁やど」とどなっている。

「園、わいはあしたから、桜の職人や」

園は眼をまるくして、

「竹部先生から何ぞいうてきやはったんどすか……」

ときいた。

「竹部先生やない。竹部先生に教えてもろた桜を、これから植える日がきたんや。あしたから、わいは、小野甚の下請けや。喜七はんと庭づくりや」

園は顔を紅潮させて、よかったどすなア、と瞼《まぶた》をしめらせて、

「待ってた日イがきましたなア」

よほど嬉《うれ》しかったとみえて、涙を頰につたわらせて台所へ走った。なるほど、終戦になって、弥吉がはじめて人間をとりもどした日といえた。正直いって、向日町《むこう》と武田尾で竹部から教えこまれた桜の接木《つぎき》、移植、一切の知識を、いつ活用できるかと歯ぎしりして待っていたのである。

「これもみんな喜七はんのおかげや。お前も会うたら礼をいいや」

と弥吉は台所にきていった。

「喜七はんも大喜びや。こんどの仕事は石を仰山つかう庭づくりやさかい。桜もあるぞ」

園は、喜七の家の前に、古びた大石がいくつも置かれてあったのを不思議に思っていたといい、

「喜七はんは、石屋はんどしたんか」

ときいた。

「ああ、あの人は、京の庭師では石のことしゃべらしたら一見識もってはる……」

「へえ……その人が闇してはったんどすか」

「仕事がなかったからしやない。あしたからわしらは、闇屋やないど。ちゃんとした植木屋や。新しいはっぴ出せや」

弥吉は有頂天になっていった。翌日、喜七につれられて弥吉は弁当をもち、北白川の現場へいった。話にきいたとおりの、仕事場であった。七百坪はあろうか。ゆるやかな山の手の高台の、うしろ山に赤松がいっぱい茂っていて、平らにならした庭の予定地に、どこから運ばれてきたか、吉野石や鞍馬《くらま》石や、美濃石の、巨大なのが、ごろごろしていた。そのわきに、きちんと根まきされた桐、松、槇、椎《しい》、桜、黐《もち》、栂《つが》、無数の丈高い木が、枝をいためぬように、縄や菰《こも》でていねいにまかれて並んでいた。

弥吉は約一カ月近く、「八海」の庭造りに精を出した。仕事は久しぶりなので楽しかった。設計者は東京からきた若い造園家で、二十八だといった。大学出だそうで、学識肌の顔をしていた。朝早くから職人にいちいち指示をあたえたが、喜七にいわせると、この人は常識を欠くところがあった。小野甚の先輩たちも、よくこの青年と衝突した。もっとも、うしろ山を切りひらいて好みの図面通り、石も組み、池もつくり、樹を植えるのだからして、設計者の強引さもなければ、まとまらないのが庭づくりだといえるけれども、若い設計家は、占領軍関係や民間バイヤーの招宴につかう料亭だから、外人好みの庭というのが目的らしかった。日本庭園の閑雅さを味わわせるというのではなくて、花樹のにぎやかさと、石組みの豪華さで、あっといわせようという趣向である。これが古くからの庭に親しんできた片意地な職人たちに面白くないのも無理はなかった。弥吉は年下だから、仲間のぶつぶついうのを、だまって聞いていたが、桜の植込みの時だけは腹が立った。普賢象《ふげんぞう》の一本をどこへ植えるかの相談の際だった。設計者は築山の常緑樹の植込んだうしろへ、一本だけ隠し植えよと命じた。弥吉は失望した。ほかの品種ならともかく、普賢象は、弥吉の好きな桜の一つで、これも竹部からの知恵だったが、上京《かみぎよう》区の千本閻魔《えんま》堂にある一本は見事である。だいいち花が変っている。下向きにうつむいて咲くのも特徴だが、数多い花弁の中から二つの変り葉が出て、それが普賢菩薩《ぼさつ》の乗った象の眼に似ているといわれる。設計者はこの花の姿を知らない。弥吉なら、池の手前に植えて、縁先から手のとどくあたりへ、一本孤立させて植えるだろう。すればうしろの込んだ常緑樹の茂みで花は浮きたつのである。花の鑑賞も、遠い大観を愛《め》でるのが一法だけれど、普賢象など、近くで掌にのせて鑑賞するのはまた楽しい。

「外人さんの来る料亭ですからね」

と設計者はいった。

「桜は、見越しの花の味をみて貰《もら》いたいんです。これは日本的な見方ですからね」

といった。弥吉は地下足袋をぬいで縁にあがってみた。松柏《しょうはく》の込んだ合間から、普賢象はちょっぴり頭をみせるだけで、見越しの花とは思えなかった。普賢象が泣いている、と思った。

桜はうしろに常磐樹《ときわぎ》をめぐらせて屏風《びょうぶ》にしなければ映えない。これは常識だった。空に向って咲くのでは空の色に吸われるのである。竹部が武田尾でも向日町でも、すっぱくいった植桜の鉄則である。弥吉は竹部の研究室から借りてきた本で貝原益軒の、『花譜』の言葉を暗記していた。〈桜は赤土黒土によろし。砂土によろしからず。仁和《にんな》寺《じ》は赤土なり。奈良は黒土なり。また桜を植うるは山のかたはらのうち林の前、家のあたり、すべてむかひにすき間なき所にあるを見たるがよし。空にむかひ雲すきに見るは花の色見えず〉

設計者に講釈したい誘惑にかられたが、だまっていた。

あれは向日町にいた頃である。弥吉が竹部に、ゆくゆくは京の庭師になりたい、といったら、竹部は特徴のある細眼をなごめて、あんたらしい夢や、と褒めてくれた。そしてこの時、次のようなことをいった。

庭師になるなら、庭を見なければならない。しかも、よい庭を見なければならない。庭師が、庭を見すぎるということはない。幸い京には庭が多い。金閣や銀閣や天竜寺など立派であるが、これはこれで結構な庭だけれど、庭師がみて勉強になる庭とはいい難い。いってみれば、寺院の名園は、将軍や時の権力者が、金にあかして造らせたものである。池も石組みも理がかなって、幽玄きわまりない趣をもっているが、あまり、実作の見本にならない。京にはむしろ、南禅寺や高台寺の近くや、銀閣寺付近に、個人の邸宅などで、規模は小さいけれど、樹をよく考えて植込み、配置や石の選定など、なかなか妙味をみせているのがある。名も知れぬ庭師の丹精こめた庭をみた方が実作者に楽しめる。庭師はなるべくそのような庭を数多く見るにかぎる。

弥吉は、桜だけの研究に没頭している竹部が、小野甚の先代や喜七などが、永年苦労して勉強してきた庭づくりの方法を、いつ勉強したかと、心を打たれた。竹部はまた、桜だけでなく、植林する場合は樹の特徴、花の特徴を知った上でなければ植えつけてはいけないといった。桜でも、松でも、楓《かえで》でも、姿の美しい名木は汽車に乗ってでも見にゆきなさい、めずらしい品種があれば、葉一枚、花一輪でも押花にして保存するぐらいの研究熱がなければ、とおもいった。

「葉蘭はなぜ、寺の本堂などの雨だれ下に植えてあるのか知ってますか」

と竹部のいった声がいまでものこっている。知りまへんか、とこたえたら、

「あれは、すしの折詰めの中に仕切りに入れるぐらいのものやから、魚毒をふせぐんですね。それに水もたれしないんです。雨水の落ちるところや手水鉢の水のはじく下あたりに、昔の人はあの葉蘭を植えました。水をあつめるためですね」

なるほどと思う。

「こんなことは、小野甚はんにいやはったあんたに、釈迦《しやか》に説法かもしれませんけど、窓前の竹、芭蕉《ばしよう》、栂《つが》、梧桐《あおぎり》。下木用は万両、千両、草黄楊《つげ》、伽羅《きやら》、南天。こら常識どすわ。けど樹の美しさは、優美、瀟洒《しようしや》、幽韻、雅趣、いろいろありますね。それぞれの特性を生かすところに風格も発揮できます。形と実用にとらわれすぎても土がわるければあきまへん。池畔、築山、平地、土のありようが樹の根の寿命にかかわってくる。植えて眺めはよくても、すぐ枯れてしもうては台無しですし、普通、庭樹は早うて三年たたんと馴染《なじ》んできませんね。庭造りも、まあ樹を知ることが第一義どす」

この説からいえば、「八海」の設計者は落第だ、と弥吉は腹の中で思う。普賢象の花を知らない人である。しかし、このような木を知らずに頭で木を植える新しい型の

造園家の出現は、ますますふえてきていた。外人好みにあわせようとする作庭法が、朝鮮事変による特需景気の頃からいっそう造園界にふき荒れて、京都も変ってくるのである。

たとえば、四条や河原町あたりの、百貨店や個人商店の売場や表造りに、けばけばしく見てくれの飾りたてが流行した。建築も洋風化が著しく目立ち、四条など軒なみ鉄筋の建物に変貌してゆく。構えは洋風でも、中へ入るとロビーや中庭に趣向をこらすのがあり、竜安寺《りようあんじ》や円通寺の庭に模した石庭を造る店さえあった。それが、呉服店だったり、陶器店だったりする。喜七にいわせると、

「なんで、あんなコンクリートの中で石の庭をつくって楽しいのやろ、わけがわからんわ」

ということになる。三十分も歩くと、東山へも西山へもゆけて、自然石や樹木の眺められる京都である。洋館の中で、わざわざ庭園をつくる気がしれないというのだ。ひと頃、石ブームといい、百貨店など、呉服の展示会へも小野甚へ石を頼んできた。風潮とは恐ろしいもので、外人の眼を楽しませようとすることからはじまった洋館の中の和庭園趣味が、日本中に流行した。あきれながらも、喜七につれられ、弥吉は石を運んだ。植木鉢もはこんだ。コンクリートの中の庭づくりに精を出した。そんな一

日、百貨店の催し場で、弥吉は、著名な生け花の女師匠が、呉服類の展示とタイアップして、桜を展覧しているのをみたことがある。桜が活《い》けられているから他人事《ひとごと》でなかった。華道家は、敗戦後の日本が急に外国かぶれしてゆく風潮に抵抗をこころみたかのように、意気軒昂《けんこう》たるところをみせていた。天の川《あまのがわ》、普賢象、虎の尾、紅提灯《べにぢょうちん》、魁桜《さきがけざくら》、弥吉がみても、おそらく、これをここまでもってくるには、ずいぶん手ひまをかけたであろうと思われるめずらしい品種が、美しく活けられていた。だが見ているうちに肌寒い思いがしてきた。

竹部がこれを見たら、嘆息するにちがいない。桜を伐《き》って、何の生け花ぞ、とびっくりするだろう。弥吉はそう思った。桜も戦時中は木炭用に伐られた。山ではもう数少なくなっている。市内外にある名桜も、円山公園のしだれ桜を筆頭に、みな枯れかけていると新聞に出た。そんな時なのに、生け花の師匠は、どこから、これほど集めたか。無慙《むざん》にも桜の血が流れている気がして胸がつまった。会場の入口をみると、仰々しい口上書がパネル貼《ば》りされてあった。〈敗戦後、忘れられようとしている国華の美を、幽玄に活けてみたいと考えた〉と師匠の宣伝文句である。児島高徳でさえよく云わなかった竹部の顔を思いだしながら、弥吉は、世の中も変ったな、と思う。

「喜七はん、どない思わはりますか。桜はやっぱり、土に植えといた方がよろしな」

石を納めての帰りに、トラックの助手台にのった時、そういってみると、「あたりまえや」と喜七はいった。

「お花の師匠も頭がどうぞなっとるわ。みんな毛唐なみになりよった。なんで、あんなところにわざわざ桜切って活けんならんのやろ。桜は歩いてみるもんや。あれも、アメリカに頭をいかれてしもとンのやな」

　喜七は味噌っ歯をだして笑った。万事がみなこのような風潮であった。だが、この京都に、その頃から桜をかわいがって植える人もいた。筆頭は広沢の池の宇多野である。

　その人は宇多野藤平といった。弥吉も戦前から名は知っていた。竹部とも懇親で、京都では桜栽培の第一人者といわれた人である。自宅近くに山をもち、苗圃《びょうほ》もあった。戦争中は山も淋しくなり、宇多野の苗圃は農地転換で大半は伐られていた。けれども、良種の桜だけは頑固に匿《かく》し植えていて、終戦になると、すぐ苗木の育生にのりだしている。荒廃した京の社寺や、川堤に、品種に富んだ桜林が春を競ったのも、みなこの人の力といえた。円山公園のしだれ桜を植えかえたり、名桜巨桜といわれる市内外の桜を保護育生した隠れた人である。昭和二十四年の九月だったが、真如堂《しんにょどう》の巨桜が風で倒れた際、宇多野が折れた巨桜の地上十尺にみたない空洞の樹幹をみて、まだ活力をみせているのに哀れをおぼえ、冒険的に若木の枝をさし接《つ》いだ。巨桜は三百年たっていたろうか。樹の芯《しん》は洞穴になっていて、倒れた時は無慙だった。弥吉も見にいって知っているが、皮は裂け、四半分しか残っていなかった。それはまるで、板を立てかけたようだった。宇多野は、この皮に若木を接いだ。桜の寿命は学者によれば五十年といわれているけれど、職人にいわせれば樹に寿命はなかった。枯れかけた老木の皮が、若木を活着させて、見ごとに枝を張った。葉も大きかった。宇多野は親桜と同種の桜を接いだのである。弥吉は、めずらしい巨桜の底力をみて感動すると共に、周りに一本の石をたてて、「たてかわ佐久良」と宇多野が命名しているのに涙をおぼえた。京都にも竹部庸太郎のような人がいるものだと、その時、弥吉は思ったものである。で、そのことを喜七に話すと、

「わしはとうに知っとった」

と喜七はいった。

「宇多野はんはえらい人や。けんど、竹部はんとはまた本質的にちがう人や」

と喜七はいった。

「宇多野はんは、まあ商売の人や。竹部はんは、接いで一文も銭はとっておられん。ほんまの身銭《みぜに》切っての気ちがいや、同じ気ちがいでもちがう。宇多野さんが京の桜の

母親なら、さしずめ竹部はんは日本の桜の父親いうとこやな」
喜七はうまいことというと思った。同感だった。その夜、西宮の竹部にあてて弥吉は何どめかの手紙を書いている。竹部から返事がすぐに届いた。いつもながらの筆書きの達文で、弥吉が復員以来健康でつつがなく植木に精出していることを喜び、折があれば、ぜひ一ど武田尾の研究室へきてみて下さい、と書かれてあった。老生相かわらずの桜旅をつづけ、明日は岐阜に向う予定と寸暇をさいての返書である。弥吉は胸を打たれた。早く一人立ちの植木屋となり、竹部に顔をあわせられる職人になりたい。弥吉は竹部の手紙を大切にしまった。

弥吉と園が今日にいたる経過はだいたい以上でつきるように思う。いまの鷹峰《たかがみね》の弥吉の家は、昭和二十九年、弥吉が積立てた金を投げ出して買ったもので、百坪に少し足りない屋敷だけれど、植木職人としては、まあ一人前の家といえたかもしれない。弥吉は、いまの家のまわりに三十種に近い桜の若木を植えている。みなここへ越してから、市内は勿論《もちろん》、国じゅうを歩いて、名桜の接穂《つぎほ》をもらって接木あるいは実生《みしよう》の苗から大きくしたものばかりである。家は四間《ま》しかない農家の古いのを買ったので広さは知れているが、約七十坪ほどの庭に、弥吉が丹精した桜はみごとといえた。普賢象もあった。桐ヶ谷もあった。泰白もあった。しだれ桜の美しいのもあった。ただ年数が浅いために、いずれも細いものばかりであるが、弥吉は、仕事に出ぬ日は、これらの桜の守りで一日を費やした。

昭和三十六年は、弥吉は四十五になっていた。園はもう四十二だった。槇男は十六で、北大路《きたおおじ》千本の高校にいた。早いものである。世の夫婦が、戦争末期から終戦の混乱を生きのびて、どうやら生活に目処《めど》のつく日は共通していた。苦労して生きのびた歳月の早かったことも大正生れの共通した実感である。

弥吉はいま、幸福といえた。槇男も病気一つせず高校に通うようになった。あとに子はめぐまれなかったが、夫婦はまだ老境に入ったという年ではなかった。三十八で一戸の家がもてて、生活にもいくらかのゆとりがもてるようになれたのは、弥吉の懸命な働きによったことはいうまでもなかった。弥吉はふりかえって、よくぞここまでこれたと思う。喜七は五十半ばをこえた上に足がわるいので仕事はしなくなっていた。子の喜太郎があとを継ぎ、小野甚や宇多野から頼まれての仕事に出ていたが、弥吉はその親方の地位にあった。といっても、仕事はあいかわらずで、穴を掘ったり、根まきしたり、除虫剤を撒《ま》いたりすることにかわりはない。多少の変化といえば、京の市内に約二十軒ほど、直接の得意先が出来て、小型トラックを一台月賦で買って、職人の家を廻り、現場をゆきかえりするくらいのことだったろうか。

四十半ばの弥吉は、人いちばい老《ふ》けて、あいかわらずの低背であった。浅黒い顔に、生椎茸《なましいたけ》みたいな大耳をもつ風貌に変りなかったが、園の方はめっぽう貫禄《かんろく》が出た。太り尻《じり》のでっぷりした姿はいかにも植木職のおかみといえた。財布の紐《ひも》もゆるめず、職人の賃銀や、槇男の学資積立てに気を配り、家計一切を取りしきる才覚は立派だった。弥吉は若い職人たちによく、親方はおかみさんの下に敷かれてはるといわれた。弥吉は、反撥《はんぱつ》もせずにやにやしていた。

「計算にわいはよわいねんや、字イがきらいな方やさかい」

と弥吉はいった。

「むずかしいことはみなあれに任したる。けど、桜だけはまかせられん。わいは桜さえいじっとればええねんや。桜のことやったら……誰にも負けへんで」

竹部庸太郎との再会は、このような時期である。三十六年の四月、何げなく弥吉は、朝方新聞をよんでいて、三面の上段に、〈桜の園へ時勢の嵐、名神道路の犠牲に、非情を嘆く老持主〉と見出しの出た記事に眼をとめた。よんでゆくとこんな記事である。

「日本一の桜の園が名神高速道路建設用の砂採取地に買上げられ、非情のブルドーザーに踏みにじられようとしている。この主は桜の研究で知られる竹部庸太郎さん（七五）

神戸市東灘区《ひがしなだ》本山町岡本七七七が、京都府向日町《むこう》に日本各地の桜を植えて作った、いわば『桜を守るためのトリデ』。それが数百本の桜とともに今年限りで消えようとして、滅びゆく桜の運命を嘆く人たちの愛惜を集めている。桜の園は、乙訓《おとくに》郡向日町寺戸の丘陵約一万平方メートルで、竹部さんが古来の名木がつぎつぎに枯死してゆく対策として全国から送られた各種の桜の種子、苗木を植えて苗圃にしたもの。昭和十年から育てられたこれらの苗木は、成木となり、春の開花時の美しさは日本一といわれるぐらいすばらしいが、突然、今年に入って付近の山がつぎつぎと道路公団に買取られた。ブルドーザーが山をくずして土砂を名神高速道路の盛土にはこんでゆく。そして桜の園も売れと使者がきた。降ってわいたような話に竹部さんは驚いたが、周囲が全部平地になってしまっては桜の園も水不足で枯れてしまう。では桜を移植せねばならぬといっても適当な場所がない。道路公団は換地を申し出たが、そこは土質もわるくて桜に向かない。『もとの桜の園を作り直すことも出来ない。この年になって不運なことです』と竹部さんは嘆く。『どうも若い人は乱暴だ。おれの一生もすんでしまった』これはチェホフの桜の園の登場人物が終幕にもらすつぶやきだが、日本の桜の園にもそっくりそれがあてはまる。桜の園を買収しようとする道路公団は、ことし一ぱいに明渡しを希望し『いずれは住宅地になってつぶれてしまうところですよ』とけろりと割切っている。明治末期に東大を卒業してから、無位無冠で、大阪の大地主だった父祖ゆずりの私財をほとんど桜のためにそそぎこみ、ただ桜のために生きてきた竹部さんの、命にもかえ難いこの桜の園を何とか生かしたい、と公団側の冷たい仕打ちに嘆く人も多い。しかし、その声をよそに、公団のブルドーザーやダンプカーは、未買収の桜の園のまわりで、連日唸《うな》りをあげている……」

弥吉の新聞をもつ手はふるえた。活字に吸いついた眼が熱くなり、涙が出た。見出しのよこに十円銅貨くらいの写真がある。まぎれもなく竹部庸太郎だった。ああ、あれから十数年、竹部はもう七十五歳であった。肌理《きめ》の粗い凸版写真だが、額のいくらかはげあがったのと、白くなった頭髪こそ変っているけれど、昔とかわらない口をへの字にしての、かすかな微笑をうかべている。

「園……わしはちょっと、西宮へいってくる」

弥吉は新聞をおくとすぐに立上がっていた。

苗圃の衰滅を嘆いているであろう竹部の顔が想像されると、弥吉は気の毒でならなかった。向日町は弥吉にとってなつかしい山だ。丹精して植えた桜は無数にある。どれもみな、苗木から、実から、竹部が撫《な》でるようにして育てたものばかりである。替地をくれるからといって、それがみな移植のきくものとは思えなかった。それに、あの苗圃は、二十年近いあいだに、桜に向くように、土盛りから、溝切《みぞき》りから、何から何まで手が加えてある。替地をもらっても、すぐ苗圃が出来るというものではない。新聞では、公団側はあすにでも、ブルドーザーで引抜きにかかるような剣幕らしい。

会って話して、竹部に力添えが出来るわけでもなかったが、弥吉は、とにかく会いたかった。苗圃の桜を早急に移植せねばならぬのなら、手弁当ででも手つだいたい。自分が根巻きした桜はなつかしい。中には、幹から葉から花までおぼえている名木があった。誰の手をかりるよりも、弥吉は、その一二本だけは自分で運びたいものもある。岡本の駅で阪急を降り、弥吉は、なつかしい川沿いの道を歩いた。竹部の家の前に立った時、しばらく門と内庭のあたりを眺めた。少しもかわっていない。竹部はやはり一人暮しなのだろう。ひっそりしている。門柱のベルを押した。と、玄関の戸があいて、四十すぎの痩身《そうしん》の女が出てきた。お手伝いらしかった。鉄扉《てっぴ》をあけて弥吉は「京の植木職の北ですねや」といった。女はすぐに奥へ入ったが、玄関先で待っていると、やがて竹部がにゅっと現われた。弥吉は、一瞬、声が出なかった。大柄で肩の張ったあたりはむかしと変りはないが、頭髪は白くはげあがっている。顔もずいぶん老けている。竹部はいま、柔和な老爺《ろうや》の貌《かお》をほほえまして、そこにのっそりと立っていた。

「先生」

弥吉はそれだけいって絶句した。

「まあ、あがんなはれ……」

竹部は無造作にいうと、左のドアを押して弥吉を応接間に通した。この部屋もなつかしかった。入隊する前に、園とふたりで、盃をもらった部屋である。

「手紙をおおきに。気ばってはることは知ってましたよ。あんたも息災でなによりです」

竹部はなつかしそうにいった。

「わたしこそ……ながい御無礼で申しわけありません」

と弥吉は頭を下げて、

「新聞みまして……会いとうなってきました」

竹部は眉根《まゆね》をわずかにうごかして、

「ああ、あれですか」

といった。昔を彷彿《ほうふつ》させる口をへの字にまげた顔であった。

「阿呆《あほ》なことというてきよって……困ってますねや。代替地をくれいうたらいま流行の、ごねドクかいわれましてな。ごねもトクもありますかいな。どこへいったって、こっちは損はわかってます。二十年かかって、桜に向くように育てた土やおへんか。あんな苗圃はどこにもおへんで。つくるとしても、また二十年かかりますわ」

竹部の語調は熱っぽかった。しかし、ずいぶん年をとっておられる、と弥吉はその物言いに感じた。

「あの近くに御霊《ごりよう》はんのある山がおます。そこの近くの山やったら代替地にというてくれますんで、行ってみました。ところが、えらい日陰で湿地帯ですねや。かわかそと思うても御霊さんやで杉は伐れまへん。でそれをことわると、また、ごねやいわれましてね」

竹部は、微笑しながら、このところ、不愉快なことばかりがつづいて困ってます、というのだった。話をきいてゆくと、竹部は、いま、武田尾にも、向日町にも、常時五六人の職人を置いて、管理はさせているが、これもみな、相かわらずの自己出費。誰にもめいわくをかけていない。そんなにして守ってきた苗圃を、高速道路がまたぐのならともかく、道路のための盛土の供給地として、供出しろでは癪《しやく》にもさわる、というのだった。なにも、わざわざ桜林をねらわなくてもほかの土でいいではないか。日本のどこへいっても見られない桜の品種もあることだし、おいそれと移植もきかぬ成木もたくさんある。それを殺すことは、二十年の歳月を棒に振る。どうしても、そこの土が必要というなら、それらの桜が、これまでと同様に生きられる土地がほしい。移しかえてのちのことなら土も提供しよう。竹部の腹はそれだった。ところが、そんな土地はない。どころか、さいきんになって、いろいろと竹部の態度を批難攻撃する者が出た。ある放送局などは、京都大学の著名な若手学者の監修による番組だといい、桜学者の一日を訪問するという名目で竹部と面接させて、フィルムにおさめた。チャンネルをまわしてみると、びっくりした。番組は「ごねドク時代」というもので、竹部も見も知らぬ北九州の蜂《はち》の巣城とかいって、ダム建設に反対し、村を立退《たちの》かぬと孤立奮闘している老村長がまず画面に出てひとくさりやり、つづいて、竹部がうつった。桜苗圃の代替地は、おいそれとあるものでなく、二十年育成した桜をどこへうつせばいいか悩んでいるとの言葉も途中でちょんぎられ、時間切れの最後に、若い学者が現われて、「皆さま、これが今日のごねドクの見本です」といったのには、さすがに腹も煮えくりかえった。

「テレビの前であんた血圧があがって、えらいこってすわ。眼先が、くらくらしました」

と竹部は口惜《くや》しそうにいった。

「放送局も民間やないよって、信用もしてましたし、それに、ここへくる時は、わたしが桜を育ててるのを記録にとりたい、という注文で、京都のその若い学者も名は知ってました。どこかの新聞で、日本家屋のことにふれて、玄関も床の間も不必要なものやというようなことをいってはる学者はんやさかい、おもろい学者もいるもんやな、と多少は関心もあった人どす。その人がきてマイクをつきつけて、桜のことを何やかや問うのでこたえたあと、向日町の代替地のことにはちょっとふれただけでした。いまから思うと計画的で、目的は向日町の最後の言葉がほしかったんですねやな。えらいごねドクの見本のようにいわれて……」

弥吉は、竹部が力なく笑う口もとに、昔にはみられなかった、何本もの小皺《こじわ》をみて、激しい義憤をおぼえた。

「これは蜂の巣城やおへんけど。もう一つ、えらい注文がきて、ちょっと考えてますねや」

と竹部はまた語りついだ。

「あんた、御母衣《みぼろ》のダム工事のはなし知ってはりますか」

「へえ」

と弥吉は耳をたてた。どこかできいた場所の名だと思った。頭にうかぶのは、岐阜県の山奥である。そこのダム工事である。多数の反対があって、なかなか、計画がすすまないということも新聞に出ていた。

「電源の元の会長さんの芹崎《せりざき》さんが来やはりましてな。えらい注文ですねや」

弥吉は、何かごねドクの話かと耳をひらいたが、竹部の眼がこの時急に輝くのに息をつめていた。

「水没する村に一本四百年はたってまっしゃろな、あずまひがんの大きなのがありますねんやな。それをどこぞへ移植でけんやろかいうて……えらい注文だす」

「………」

弥吉は、思わず膝《ひざ》においた手をにぎった。

「四百年ものを……移植ですか」

「まあ、こら、九分九厘まではあきまへん。世界のどこをさがしても、そんな桜の移植の成功はきいたことがおへんさかいな……」

「………」

「けど、芹崎さんは、えらい人で……何としても、移植したいいうてきかはりませんねや」

弥吉は竹部の眼をみた。あいかわらずの微笑である。

「それで、先生は、どないしやはりますねんや」

「芹崎さんは、植物にも動物にも、関心のふかいお方です。……自分でもうちに研究室をもっとられるぐらいの人ですから、御母衣の桜をみやはった時に、よっぽど、水に埋めてしまうのがたえられなんどっしゃろ。東京へ帰って学者さんにも訊《き》いてみたそうですが、誰からも反対された……どこへいっても、無茶やいわれた。それでわたしのところへ相談にきやはりましたんやな。……ちょっとふちが茶色うなってましたけど、桜の写真を一枚もってきやはって……。写真みてて、えらい人やと感心しましたわ」

「………」

「秘書をつれてくるとか、とりまきさんをいっぱいつれてくるような人やおへん。ひとりでね。写真一枚もってきただけで、これ移植できまへんやろか、と訊かはっただけどす。正直、わたしは打たれました。そら移植はむずかしかろと思います。けど、この時の、芹崎さんの眼エみてたら……ことわるわけにもゆかしまへん」

「先生どない返事しやはりました」

「そらしかたおへんやろ。やってみまひょ、いいましたよ」

竹部はへの字にした口をにっこり微笑《ほほえ》ませて、弥吉にそういった。

竹部庸太郎が、電源開発の芹崎哲之助の来訪をうけた時の様子は、いま、彼の話にあるとおりである。問題の御母衣ダムのことは、新聞にも出たので弥吉もよく知っていた。富山県へそそぐ庄川の上流約三百六十戸からなる部落を水底に沈めて、ダムをつくる大工事であった。この種の工事のつきものである補償問題がこじれて、水没反対組を声援する野党や団体も加わり、電源側は頭を痛めたが、交渉もようやく成立をみて、工事は急ピッチに進み、この十一月には貯水に入る段階へきていた。だがまだ、現地では最後の反対組も気勢をあげていて、わるくいけば、完工はしたものの水の導入は遅れるかもしれぬといわれていた。そんな時に、電源側の最高地位にあった芹崎が、水没村の菩提寺《ぼだいじ》にあった一本の巨桜をみて、移植できぬものかと心をつかい、世間の猛烈な反対も押しきって、移植したいと、真剣な眼《まな》ざしで竹部を見つめたのだった。竹部は芹崎の眼に感動をおぼえた。さしだされた手札型の写真をみながら、

「まあ、あなたが、この桜にそれだけの愛情をおもちになるのも、何かの縁どすね。私のみるところでは、この桜は四百年はたっています。そんな老桜の移植は、世界に類例のないことです。けどやってみやはったら、どうですかね。かりに根がつかんでもよろしやおへんか。私もふくめて、世間はこれまで電源というところは、山を壊し、自然をこわす親分みたいなとこやと思うてきました。けど、その責任の位置にあるあ

なたが、一本の桜に、それだけの愛情をもっておられるのは立派なことです。根がつかんでもともとやおへんか。私はこれまで、日本の老桜が、枯れ放題にされてきてるのを眺めてきました。あなたのように、熱心に、老桜の命を助けようとしてはる人をまだ見たことがおへん」

芹崎哲之助は、竹部の言葉にほっとしたようすで、

「それなら、竹部さん。お願いします」

といった。この時の芹崎の眼には異様な輝きがあった。竹部はそれをしずかにうけとめていたが、芹崎の眼にすうーっとうるみが走ったように思えた。

「竹部さん、それなら、この移植工事は、あなたにみんなまかせますよ。よろしゅうたのみます」

と芹崎はいった。竹部はあきれた。こっちにだって自信のない話である。世界のどこをさがしても、四百年生きた老木、しかも桜の移植などきいたことがない。それをいま、いちおう今日はこれで帰ることにして、電源本社で会議でもひらいて、秘書や部下の意見をとり入れて、ゆっくり協議した上で再度の返事をもってくるなら話もわかるが、芹崎哲之助は柔和な底に鋭い炯《ひか》りをみせた眼をうるませて、全部を委《まか》せます、といい切った。竹部は胸を衝《つ》かれた。ああ、この人は、もうどこへ相談しても、反対

されることはわかっているのだ。老桜の移植に、孤独な魂をかけているな、と竹部は思った。

「そんならしかたおへん。やってみまひょ」

と竹部がいったのはこの時である。

弥吉は、竹部の家を辞去して、岡本の駅へ急いだが、世にも不思議な、桜にとりつかれた人を見たと思った。竹部は今日七十五歳である。桜一途《いちず》に生きてきて、すべての財産を投じて、桜の品種改良と、日本古来の山桜の保存育生に身をけずる思いできた。その今までの努力はわかるけれども、老境に入って、前代未聞の老桜の移植をひきうけている。誰がきいても無茶ではないか。もし、不成功に終ったら、竹部は今日までの桜にそそいだ人生を棒に振りはしないか。汚点《しみ》をのこして終ることになりはしないか。弥吉はそう思った。

世界どこを捜しても、四百年生きた桜の移植はまずないだろう。困難どころか、そんなことを計画決行した人の話をきいたこともない。弥吉は、十四歳から小野甚で、植木一途に生きてきた。約三十年奉公しての経験をふりかえっても、四百年はおろか、百年以上の樹の移植に成功している植木屋の話はきいたことがなかった。物好きな抱え主がいて、かりにそんな無理な仕事をたのんだにしても、賢明な植木屋は首を振る。

松や桜は移植に弱い。向日町の代替地でさえ、竹部が頭を悩ましている点は、丹精した名桜を、いかに移植するかではないのか。それなのに、四百年も生きた山奥の桜を、世間注視の真只中《まつただなか》で、移しかえねばならない。誰がきいても無謀だ。

弥吉は京都へつくと、喜七の家へ寄った。

「そら、あの人の執念や」

と喜七は、近頃のくせで、入歯をはずした紫色の歯ぐきをみせて、

「芹崎さんもえらい人やが、それをやってみまひょかと、ひきうけはった先生もえらいな。どっちも、桜にいのち賭《か》けてはるわ」と喜七はいった。

「…………?」

弥吉はこの時喜七のしょぼついた眼に光るものを見た。つい三時間ほど前に、岡本の家の応接間で、なごんだ眼の底に、やはり光るものをたぎらせて、とてもそれが七十を越えた人のものとは思えぬほどの、澄んだ異様な黒眼を一瞬輝かせた竹部の顔を重ねた。

「けど、それが成功するかどうか。常識では九分九厘まで枯れることがわかってる移植やおへんか。賭も勝つ見込みがあっての度胸どっしゃろ。喜七はん」

と弥吉はいった。

「負けるとわかった勝負に出てみるのが賭というもんや。けど弥吉イ。こら、うわついた賭やないで。賭でそんな移植は出来《でけ》んわ。先生が今日、世の学者や役人と喧嘩《けんか》してまで、全財産をつこて研究してきやはった、桜に関する一切の知識を……この際に全部ぶちこんでみよ思わはったんや……それにちがいないで。まあいうてみたら、職人の意気地や」

職人の意気地といわれて、弥吉は、思いあたった。そうかも知れぬ。あの先生ほど、学者や役人にたてついてきた人はいない。竹部庸太郎は、最高学府である東大の法科出だが、一介の桜職人ではなかったか。

「そら、芹崎さんが、東京へ去《い》んで、大学の先生らに相談してみやはっても、先生が乗ってきやはらへなんだ理由はわかるで。だいいち、学者はみんな、桜は五十年くらいが寿命やと本に書いとる。それでめし喰うてる人やないか。そんな学説が通ってるさかい、日本の役人さんは、桜を守ること忘れてんねや。桜を植える祭りばっかりに憂身《うきみ》をやつしてる。早いとこ勝負のつく染井吉野を植えて、それで桜植えた顔してる。植えてもあとはほったらかしや。虫がつくこと、つるが巻くこと、知ったことやない。木イは植えさえしたら、それでええのやと思うてる。そんな連中ばっかしの世の中に、竹部先生が昔から、日本の良質の桜を守ろうと……どれだけ精根をついやしてきやはったか。学者はこれを笑うとった。芹崎さんが相談のもってゆき場所がなかったのもそのためやろし、竹部先生に話をもっていって……先生がことわったんでは、これまでの沽券《こけん》にもかかわるでな」

「沽券の何のいうても、喜七はん、それが成功するかどうか危ない賭でっせ」

「そこやな。竹部はんは、九分九厘駄目やと思わはっても、あとの一厘に……全力をつくす覚悟をきめはったんや。わかるか」

弥吉は、竹部が、芹崎に返事した際に、こんなことを云ったと岡本できいたことを喜七につたえた。

〈世の中に、物事で絶対それがあかんということはおへん。四百年以上たった桜の移植は、そら暴挙に等しい、といわれれば、私もわかります。けど、絶対に根がつかんとはいえまへん。早い話が、こんどの戦争で死ぬものと思うて、覚悟をしていた人でも、生きのびてきてます。わたしの中之島の家やって、もうあかんと思うてましたけど、焼け残りました。絶対に生きてはおれんと思うておった人が、仰山生きのこって、闇屋したり、かつぎ屋したりして生きてはります。人間の命というもんは、絶体絶命の場におかれても生きぬけてゆけるもんや、ということを、この戦争でわたしは教わりました。木イも人間と同じじゃおへんか。絶対につかんといわれるもんでも、ひょっ

としたら、ということもおすやおへんか〉

芹崎哲之助が、老眼をしわばませて、竹部のこの返事に、かすかなうるみをみせたのは当然だろう。弥吉には想像できるようであった。弥吉は、喜七のいうとおり、御母衣の桜の移植にかけられた、竹部の執念をみる思いがすると同時に、この老桜移植に、真剣にとり組もうとしている男は、広い日本にたった二人きり。それが、七十をすぎた老人であることに、いま涙をおぼえた。

「何が何でも成功させとおすな」と弥吉は喜七の眼をみていった。

「あの先生のことや、きっと、やらはる。し遂げはる。けど、それを手つだわはる人は誰やろ」

「豊橋の丹羽はんちゅう植木屋はんやいうてはりました」

と弥吉は、竹部からきいたことをいった。

「かなり大木の移植もしやはった経験のある人で、職人さんも七八人つこてはるそうですし、まあ大丈夫やいうてはります。……なんやったら、わしもつこてくれいうて……先生に申し出ときました」

と弥吉はいった。喜七はにんまりと歯ぐきをだして、

「お前も手つだいにゆけ」といった。

弥吉は鷹峰へ帰っても御母衣の桜に気をとられてばかりいた。新聞はもちろん隅々までよんだし、仲間に会っても、老桜移植のその後の話を聞いてばかりいた。竹部の話だと、移植はだいたい秋にとりかかるということだった。豊橋の植木屋と職人のほかに、ダム工事を請負っている間組《はざま》から人夫が応援に出るということもきいた。クレーン車やダンプも借りられる予定なら、喜七に手つだいにゆけといわれても、弥吉がひとりそこへ加わってどうなるというものでもなかった。弥吉はただ成功を祈るほかはなかった。ところが、小野甚の先輩や、宇多野や、その他の植木屋仲間の噂《うわさ》を聞いていると、ほとんどが、この老桜の移植に悲観的であった。

噂によると、竹部庸太郎は、芹崎と会ってまなしに御母衣をたずねていた。もちろん、史上空前の老桜移植であるから、土質や樹の様相もよくしらべないといけなかった。電源側は、竹部が大阪クラブで承諾したときいて、すぐに、建設所の副所長だった杉垣順三を実行委員長に決め、竹部のくるのを待っていた。竹部は、世間をにぎわしている東洋一のロックフィルダムが、もう九分通り完成している御母衣へきて眼を瞠《みは》った。庄川の上流が巨大な人工の堰堤《えんてい》でせきとめられて、その上に延々とつづく川底が露出している。水のはられるのは十一月だというが、やがて現出するであろう巨大な人造湖は、諏訪《すわ》湖に匹敵する大きさだという。なるほど、巨大なダムだ。竹部は、岐阜からひるがの高原を経て、荘川に入ったので、ダム工事場につくまでに、山の中腹をけずりとられた新道を車で走ってきたが、眼下にみえる水没村をみて息をのんだ。山は屏風《びょうぶ》のように両側から落ちこんでいた。渓谷の底はふかく、まるでパノラマをみるみたいだった。まがりくねった渓流にはいく本もの支流があって、谷があった。川に沿うて一本の古い道があり、その道端に耕田があった。立木もいっぱいみえた。石垣を積んだ家もみえた。六つの部落三百六十戸と、小中学校が三つ、神社が三つ、寺院二つ、耕地二百ヘクタールが水没予定地として、そこに在った。竹部は案内者につれられて渓谷へ下り、先《ま》ず中野部落の菩提寺である光輪寺の桜を見にいった。寺は毀《こぼ》たれていた。荒れた川岸に、桜だけが枝をひろがらせて立っていた。高さ三十メートル、幹周六メートルはあろう大きな彼岸桜である。竹部は灰いろの巨大な象の皮膚を思わせる樹にふれてしばらくじっと見あげた。根まわりもみた。枝と幹の叉《また》に、いく本もの寄生木《やどりぎ》があった。竹部はそこをあとにすると、さらにこの地点から半里も下流へ下がった所に、照蓮寺という寺があり、そこに、同種の彼岸桜があるのを発見した。例の口調で、

「これも一しょに移植してみましょか」

と竹部は杉垣順三に相談している。心の中では、一本はかりに枯れても、一本は助

かるかもしれぬ、という望みがあった。この一本を発見した竹部の喜びはひとかたのものではなかった。

それにしても、四百年ちかく生きた桜の重さはどんなものだったろうか。光輪寺のものは四十二トン、照蓮寺のものは三十八トンあった。土木機械で根掘りするにしても、これをつり上げるのが大仕事で、クレーン二台とそれにブルドーザーをつかってのもちあげだが、老木であるから、枝を折ったり、幹に傷をつけてはならなかった。作業の大変なことが予想された。しかし、竹部は腹を決めている。約束した以上は決行しなければならない。

植付けの場所も竹部は慎重に点検した。そこは、最上流に近い中野部落の中腹であった。すでに、下方の支流にも、上流の牧戸へ向う本流にも、大きな橋が架かっていた。新道は川底から約二百メートルあったろう。そこへひきあげる。竹部は中腹に立って、上の村からと、すぐ足下にみえる村からと、二本の巨桜を運びあげる日を想像して、眼をつぶる思いがした。

大阪へ帰ると、電源側の進捗《しんちょく》情況の報を毎日のようにうけて、その日の準備に心をつかった。いろいろと中傷の手紙もきた。中には、芹崎と竹部を、愚挙だと批難してくる手紙があった。水没反対同盟の人たちである。電源は政治的圧力をかけて、工事を敢行した。未《いま》だに反対組は各部落に住んでおり、補償交渉も一方的な押しつけで、妥協していない。水没する家々への補償を、少しでも厚くしなければならない電源側が、あろうことか、数百万円もの費用をつかって、桜の移植にとりくんでいる。しかもこの桜は、世界じゅうの学者の反対する、四百年もたったものである。もともと、桜は村の寺で枯死寸前だった。それを移しかえるなど、笑いごとでしかない。余裕があるなら、電源側は補償部落の問題をもっと考えてくれたがいい。趣旨はだいたいそんなものだった。竹部はいちいち返事は書かなかったが、水没反対組の人たちが、祖先の土地に愛着をもつ心根はわかった。小学校も中学校も、役場も、寺も神社もみな湖底に沈むのである。幼い頃から親しんだ村がこの世から消える。誰だってかなしかろう。電源を恨む気持もよくわかる。

しかし、桜の移植は、それほど愚挙だろうか。むしろ、祖先の土地、幼時から愛着をもってきた村であるからこそ、菩提寺の庭に育った桜を移植したいのである。四百年近くも生きた桜であればこそ、村の魂ではないのか。おそらく、あの二本の巨桜は、いま、水没反対を叫んでいる人たちよりも古く生き、長いあいだ、庄川の流れを眺めてきているはずだった。大事にしなければならないのが生命だとしたら、あの桜こそ大切なのではないか。

かなしいことに、あとで見つけた照蓮寺の桜などは、住職は高山に引越先をきめて、水没賛成組だったはいいとしても、竹部が見にいった時は、老桜は、二束三文の値で、製材屋に売られていたのである。

心ない住職だと笑うわけにもゆかない。水没してしまえば、墓地も、寺領もみな無に帰すのである。境内に生きた大桜を眺めやって、住職はさぞかし、哀惜をおぼえたろう。しかし、どうすることも出来なかったのだ。竹部は、持主の住職に捨てられ、淋しそうに境内の隅で、枝を張って水没を待っている老桜をみた時に涙をおぼえた。芹崎の心境も同じだったろう。移植できるものなら移植してやりたい。もしこの愚挙が成功し、二本といわず、一本でも活着してくれたら、水没する村々に生きた遠い昔からの先祖の霊に餞《はなむけ》とはならぬか。誰が水没村のことを考えないで、この難事業にとっ組めよう。

竹部はダム工事場を訪れた際に、水没反対組の連中が鉢巻をして気勢をあげている光景をみた。反対組の人たちの声を無視して、東洋一といわれるロックフィルダムが、まるで巨大な陶器の山のように、岩石を集め、渓谷をせめふさいでいる光景もみた。ダンプやトラックが、工事場を往還していた。それらはまるで小さな虫だった。人夫たちは蟻《あり》にみえた。電源の人の話だと、ダムの地下九十メートルに、東京の丸ビルより大きな発電所があるということだった。このダムで二十一万五千キロワットの電力がつくられる。こんな大工事の陰では、相当の犠牲者も出なくてはなるまい。水没村の悲劇は同情できる。しかし、いまやもう、工事は突貫作業で進んでいるのだ。十一月には貯水に入る。いくら愚挙といわれても、桜だけは移植してやりたかった。竹部の腹の中では、この事業の意味が、祈りにも似た覚悟で固められつつあった。

そのような批難へ押しかぶせるように、京都の学者や、植木屋の一部が、竹部を笑っているという情報もあった。いったい、四十トンもある巨桜を、二本もどうしてはこぶのか。半里も距離がある上に、水底部落からさらに二百メートルも山の上へひきあげねばならない。幹周六メートルの大木の根土は想像しても大きい。そのようなものを何ではこぶのか。ヘリコプターでもつかうのか。だいいち、新道に架かった橋は使用不可能だろう。とすると、山をこじあげることになる。それでなくても老桜だ。枝一本折ってしまえば、駄目である。冬に向う時期だ。おそらく、植えても活着はむずかしかろう。とすると、これはもう一部の人のいうように愚挙だ。枯れるを知っての無理押しだ。意地でやるなら、移植そのものの目的をはずれていはしないか。

弥吉は、えらい学者たちが、そのような推断を下して、竹部のことを素人《しろうと》のこわさ知らずだとけなしている噂に、激しい憤《いきどお》りをおぼえた。

〈先生が素人であるもんか。あの人は、桜に生涯をささげてきた人や。わしがいちばん知っとる。その人のやらはることや。まちがいない。学者なんかにわかるもんか……〉

と思いはしても、よく考えると、九分九厘はこの移植が失敗する気がしてくる。すると、弥吉は、竹部の年老いたあの柔和な顔に、掌《て》をあわしたい祈りを感じた。

夏がすぎて、秋に入った。十月はじめに、御母衣ダム完成の新聞記事が出た。弥吉は気が気でなかった。記事をよむと、東洋一の大ダムはもう堰門《えんもん》を鎖《とざ》して、貯水をはじめるという。すると、老桜二本の移植ははじまったのだろうか。弥吉は、京の植木仕事もいろいろと忙しかったので、気になりながら、御母衣へ見物にゆく余裕はなかった。いよいよ貯水がはじまるときけば、どうしても、この大移植だけは見にゆきたかった。何なら竹部に請《こ》うて、豊橋の植木屋の仲間へ入れてもらっていい。一日でも手助けしたかった。ちょうど、得意先の都合で、予定していた二日ほどの庭仕事が空いた。弥吉はこれを利用した。ライトバンを運転して岐阜へ向った。十一月二日のことである。京都から大津へ出て、中仙道を岐阜、関、美濃《みの》を通り、郡上八幡《ぐじょうはちまん》に向った。まだ、この当時はいまのように舗装が完成していなかった。悪路だった。山沿いの道は、曲りくねった長良《ながら》川を登りつめるのだが、奥美濃は深い谷であった。ゆけどもゆけども目的地に着かなかった。郡上八幡にきて、弥吉は昼食をとった。道はさらに北へのびていた。弥吉はこれまで接穂《つぎほ》とりに岐阜へきていたが、こんな山奥へきたことはなかった。郡上八幡の小さな天守のある城を右に見て、弥吉は美濃白鳥《しろとり》の村をすぎ、越前へ入る油坂を左に見、ひるがの高原に向った。ここはスキー場である。広大な高原はもう冬だった。ところどころに民宿の看板を掲げた農家がみえたが、道の両側は枯尾花が折れていて、人影のない淋しさだ。高原をすぎると、また山がきた。遠くにひときわ高い白雪をのせた山もみえた。加賀白山《はくさん》であろう。しばらくなだらかな山道を走っていると、左手に浅い川がみえだした。北へ流れていた。分水嶺《ぶんすいれい》をすぎたのだろう。弥吉は、はるばる長良川を登りつめ、ようやく分水嶺をこえたことに感慨をおぼえた。そして、北へ流れる川の向うに、大ダムが出来ているかと思うと胸が鳴った。

道は次第に荒れてきた。ブルドーザーや、ダンプの往還である。荒々しくけずりとられた山が、赤むけになっている。大きな黒松や落葉松《からまつ》がへし折られて、白骨のようにみえる山肌がつづいた。そんな一本道をかなり走った。と、やがて、視界が割れて、前方に深い谷がひろがった。あっと声が出そうだった。弥吉は、橋の架かった地点にきてライトバンを停めた。川は細長い盆地を九十九折《つづらおり》にまがってはるか北へ落ちこんでいる。荒涼とした水没村の全景だった。壊れた家、ひき抜かれた立木、石積みをのこして取りはらわれた屋敷、収穫小舎の形骸《けいがい》、古井戸、学校のプール、柱だけをのこした屑家《くずや》などが点々とみえる。廃墟《はいきょ》と化した盆地を一本の旧道がつらぬいている。

弥吉は、橋の手前の山裾《やますそ》に車をとめて、しばらく新道を歩いた。まもなく、下滝と掲示のしてある所にきて下へ降りた。地図をみると、下滝、中野、新田、赤谷、海上といった部落がみえる。みな水没地域である。川に沿うた一帯はすでに部落の面影はない。車が通っただけの細道を降り切ると、旧道へ出たが、どこも泥んこだった。瓦《かわら》だの、壁土だの、コンクリートだのの破片がそこらじゅうにちらばっていた。土台石だけみせて、きれいに掃かれた屋敷跡も目についた。焚火《たきび》のあともみえる。最後ののを焼いたのだろうか。弥吉は、すれ違った土方風の男に、光輪寺の桜はどこにあるかを訊《き》いた。男はすぐに東の山裾を指さした。と、その方向に桜のようなものがみえる。弥吉は、山の中腹に出来た新道から、ななめに川へ落ちこむ赤土山にほとんど接近して、にょきっと一本の木が立っているのをみた。ああ、あれだ。巨大な桜だ。込んだ枝が空に向って大きく張っている。付近にまだ半壊の民家は残っているが、それの数倍もある枝の広がりである。道は、赤谷と中野の部落をわけてゆくのだが、ジープやダンプの通ったあとなので歩きにくい。出がけに園が磨いてくれた靴が泥んこになった。弥吉はようやく老桜の下にきて、思わず息をとめた。立派な枝ぶりだった。

なるほど、これなら芹崎哲之助でなくても、水に沈めるのが惜しいだろう。これまでにみてきたどの巨桜よりも形のいい枝張りだし、幹も太かった。弥吉は人影のないひっそりした桜の下へ寄った。

灰色の肌にふれた。とんとんとたたいてみた。幹芯《みきしん》はうつろだろうに、皮は相当の厚みである。まだまだ活着しそうな元気さだ。これまで弥吉は、諸国の大桜をみて歩いたが、四百年ちかいといわれるものの殆《ほとん》どが虫喰いだったり、老朽しつくしているのが多かったのに、不思議と、この桜だけには生命力のようなものを感じた。根から約五尺ほどのところに縄まきがしてあった。さらに上をみると、大枝の三カ所に丹念な縄まきがしてある。運搬の準備だろう。肌をいためないように縄で巻いて、そこへさらに丸材のコロをしがらみにまきつけるのか。コロの上なら、鋼鉄のロープを巻いても傷はつかないだろう。

弥吉は、縄まきされたままで桜が放っておかれ、付近に人のいないのが気になった。だが根の周囲に人の踏んだ跡があり、東よりに川へ落ちこむ岸きわには、低い松だのもちの木などが、昔の庭木の名残りをみせてならんでいるのをみた。そこまで寺があったのだろうか。飛騨《ひだ》の方へいち早く越したといわれる寺だ。和尚《おしよう》さまは、この桜を残して、過去帳をふところにさっさと行ってしまったのか。弥吉は、境内の一隅に、墓所だったらしい一角をみとめると、息がつまった。たしかにそこは墓だった。泥だらけの土台や、玉垣らしいものが散乱している。まるで焼け跡に立ったようだ。無慙《むざん》な引越跡の地に、ぽつんと大桜だけが残っている。

竹部庸太郎が、この大桜を眺めて眼をうるませたのもわかる気がした。木枯らしの中で、しきりと枝をふるわせている桜をみて、弥吉も自然と眼頭がぬれた。

弥吉は、もう一本の桜をさがした。さいわい、ジープが通りすぎたので、よびとめて、照蓮寺の桜を教えてくれ、といった。すると、そこは、北へ約五百メートルほど行った地点だった。礼をのべて、弥吉は黙々とそっちへ歩いた。やがて、着いてみると、寺跡の地に巨桜が一本あり、ここには人夫がいた。「庭正」のはっぴを着た四人の職人たちであった。弥吉は、豊橋からきた人たちにちがいないと思った。わきに立って見物している三四人の男と、ダム工事の人夫らしい鉄兜《てつかぶと》をかぶった男の傍へよった。この桜も、光輪寺の桜と同じぐらいの大きさで、枝ぶりもよかった。が、小川の岸になっているので、掘りおこしも困難な場所である。人夫は梯子《はしご》をかけて、高枝の叉《また》へ三人登っている。鴉《からす》がとまったようだった。縄をまいているから、いよいよ、はじまるのだな、と弥吉は思った。鉄兜の男に近づいて、移植はいつはじまるのか、と訊いた。

「早うにやらな、雪がくるで」

とその男はいった。

「間《はざま》の方で機械があいたらすぐ廻してくれるそうだで……四五日したら、はじまる音がしとる」

わきにいた男が、頰かむりの中から髭面《ひげづら》をみせて、

「着くじゃろかのう」

と心配げにいった。

「さあ」

と鉄兜の男はいったきりだまった。「庭正」の人夫たちは、黙々と働いていた。弥吉は、風の吹きつける中で、いま、巨桜の縄まきを無心にやっている男たちに頭を下げたい思いがした。この人夫たちのほかには、移植に精出す者は誰もいなかった。荒涼たる水没予定地は、もう無人の原野であった。最後にとりのこされた二本の老桜を、人夫たちだけが、何とかして生かしたいと、いま真剣になっているのだった。

「どこへもってゆくんですか」

鉄兜の男が組んでいた腕をといて、弥吉が立っている頭の上の、せりあがるように高まった山の中腹を指さした。

「あそこらだ」

と男はいった。二百メートルはあろうか。そこに赤土の出た新道がみえる。おそらく、弥吉が車をとめておいた地点から、約五百メートルほど下流になるのかもしれない。

「運搬はどうするんですかね」

「クレーンでつってあげるらしいね」

と男はいった。

「鉄橇《てつぞり》でね、ブルでひっぱるってはなしですよ。なんしろ、四十トンだからね。かませる枠だってあんた、大きいもんだし……根まきしたら、土は八畳間の部屋より大きいだろっていってますよ」

村の者たちも鉄兜の方をむいて、感心したように、へえといった。弥吉もそうだろうと思った。幹周六メートルあるなら、根まわりは直径五間はなくてはなるまい。とすると、八畳部屋以上の土だろう。

弥吉は夕方まで、そこに立って、人夫の働くのをみていた。

この大桜の移植が行われたのは、十一月二十日である。弥吉が日帰りの旅から京にもどって間《ま》なしだった。竹部庸太郎は大阪から現地に向っていた。あとできいた竹部の話によると、掘起しにかかって三十五日の日数を費やして、延四百四十人の人夫が動員された。もっとも、この人夫は、豊橋の「庭正」こと、丹羽正光の差配で働く十人の植木職人と、間組からきた機械操作の人夫や、ブルドーザーの運転手、手伝いの人であった。十五トンのクレーン車二台、三十トンのブル二台と二十四トンのブルが使われた。ロックフィルダムは完工していて、貯水がはじまっていたから、移植は大急ぎでなされねばならなかった。竹部は総指揮官の立場で、電源事務所に宿をとって、掘起しから植えつけまで指導した。掘起して枠を支《か》って大桜を寝かし、根土をまいてみると、まったく八畳の部屋ほどあった。竹部は直径五間の根まきを主張したが、人夫たちの意見もあって、二間五尺強にちぢめられた。樹を寝かしてみると、巨大な根まわりの土は、地表を大きくけずりとったように思えた。ヘリコプターで運んではという意見も出た。五百メートル近い距離を、老桜の枝をいささかも損傷することなくひきずり運ぶということは無理だったからである。だが、竹部の反対でヘリコプターは中止になった。かりに宙づり出来たにしても、いざ、所定の上空から落す時は、難儀である。静かに落すとしても、四十トンもの重量だから、地めんに着く時かなりな激突はまぬがれない。枝は剪《き》れるだけ剪ってあるのだし、それ以上を折っては再生の望みは消えるのだった。やはり、鉄橇にのせて、コロの上をころがしてゆく方法をとった。間組の人夫は、ブルドーザーを使って、木を進ませるための道をつくった。二台のクレーン車で枝をもちあげつつ、ブルドーザーでひきずってゆく、大胆な方式が採用されたのである。

竹部は、双眼鏡を首にかけて、電源側から用意された長靴を履き、七十五歳とは思えぬ装《よそお》いで寒空に立っていた。桜が根掘りされ、横に寝かされた時、はずみにボキリッと大きな音がして、中央の大きなのが折れた。竹部は眼をつぶって、近くの者にきこえるほど声をあげた。祈りに似た気持だった。人夫は折れた枝を取りはらった。木は風の中で、むけた叉から汁をたらしつつはこばれていった。三台のブルドーザーが、ゆっくりと鋼鉄ロープで鉄橇をひきずった。桜はみしみしと音をたて、立退き跡の寺院の古材のくさったものなどがちらかっている境内から、新しくつくられた道を進んだ。竹部と電源の人夫たちは、合掌したい気持でこの桜を見送った。

二本の巨桜が植替え地の下にくるまで十日かかった。山の中腹二百メートルの上へひきあげられた時は、次の日の夕方だった。昏《く》れかけた北の山から風にまじったみぞれが降ってきた。肌をつきさすみぞれは、このあたりの名物である。木の肌にも人夫の頭にも降りかかった。十二月二十四日、奥美濃の山頂は、もう真白な雪であった。

世界植林史上、稀有《けう》の移植といわれて、植物学者たちから猛反対を喰い、地元民からも顰蹙《ひんしゅく》の眼でみられたこの大桜の移植は、世間の人びとがクリスマスイブで浮きたっている昏《く》れ時に、奥美濃の山間地で終った。竹部は、人夫たちがまだ根まわりの土を踏んでいるそばに寄って、桜の肌にしずかに手をふれて、眼をつぶった。

〈活着してくれよ……〉

と心に祈った。人夫たちは、筵《むしろ》で丹念に木を巻いていた。枝の折れた傷口ほど念入りにまいた。折れていない細い先までも、ていねいに包むようにまいた。冬に入っても老桜が凍風《いてかぜ》に耐えるように、温かい着物をきせてやったとみていい。これも、みな、竹部の指示であった。

竹部は、みぞれの降る中で、二本の老桜が冬を迎えて、やがて酷寒の氷結期も迎えて春がくるまでの約五カ月間の寿命をもちこたえてくれることを祈って、この現地を去った。

大阪へ帰った竹部は、電源事務所からの報告を待っていた。それらの書信は、どうやら桜は根づいたらしいと早くも希望的な報告であふれていた。竹部は、軽率に信じなかった。四百年近くも生きた巨木である。一と冬や二た冬はもちこたえようが、しっかりと活着をみるまでには時間がかかる。それを竹部は長い経験によって知っていた。

四月に入った。奥美濃は遅い春だった。毎年月末になると、照蓮寺でも光輪寺でも、二本の老桜は競うように咲いたが、今年はどうだろう。電源の人や、付近の村人たちは、楽しみにして見守った。半ば頃から淡い葉が大枝の先から芽ぶいた。人びとの顔に喜びが走った。五月にはいって、それらの芽は細く伸びて、点々と花がみられた。もちろん、この報告も竹部に届いた。桜は生きてくれたのだなと竹部は思った。しかし、この春に、花が咲くことを竹部は期待していなかった。むしろ、強い根が活着していてほしかった。根がしっかりと生きればしめたものだ。花のしらせがきても、竹部は、うかぬ顔をしていた。

ちょうど、この花の咲きはじめた頃に、御母衣の谷は満水となりつつあった。十一月に貯水をはじめて、じつに半年目のことである。谷々の雪どけ水が流れこんで、ロックフィルダムの所定の壁面に美しい線を描いて水がみちはじめた時、すでに、二つの寺院、三つの学校、三百六十戸のあった庄川上流の谷は、宏大な湖の底になった。村も木も地面も見えなかった。

湖水は両側の山影をうかべ、ちりめん皺《じわ》をたてて鏡のように凪《な》いでいた。二本の桜は、新しい枝を張って芽ぶいた若葉のあいまからうす桃色の美しい花をのぞかせて、春風にゆれていた。この桜の根もとには、時折弁当をひろげて夕方まで動かない老夫婦の姿があった。どこからきた人たちかわからなかったが、おそらく水没の村を出て都会で暮している人だろうということだった。朝早くにきて、一日じゅう桜の根にいて、うごかない一組はふたりとも七十に近かった。老夫婦は日の暮れるまで、そこにいて、陽がかげりはじめると、桜の根に手をふれて泣いていたという。

弥吉は、以上のような御母衣の桜の成功を新聞でよんで、竹部に祝いの手紙を書き、五月二十日に、園と槇男をライトバンにのせて、御母衣まで見に行った。驚いたことに、あたりはすっかり変っていて、ひるがの高原をすぎると、新道大橋にさしかかるあたりから、アスファルトのドライブウェイが出来、ひとで状に谷々をひたした湖水は、海のように広かった。弥吉は速度を落して窓からゆっくり湖水を眺めやった。ところどころに、白骨のように頭をつき出した埋もれ木がみえた。山はうるしをとかしたようなみどりである。線を引いたように走るコンクリートの道は、湖面へなだれ落ちる山を縫い、遠く春霞《はるがすみ》の中へ消えていた。トンネルを二つくぐりぬけると、右側になつかしい二本の老桜があった。弥吉は胸が躍った。桜のあるところは平坦《へいたん》な地になっていて、車をそこへ入れると、園と槇男を先に出した。桜は、巨大な灰色の象に似た肌を輝かせて、悠然と枝を張っていた。谷下でみた時より大きく思われた。枝々の先に、薄桃色の花がまだいくつものこっている。

「竹部先生が植えはった桜やぞ」

と、弥吉は園と槇男にいった。

「槇男、世界で誰もがせなんだ四百年近い老桜の移植や。桜はちゃんと根をつけとるぞ。立派なもんやで」

弥吉は垣根をまたいで、土もりされた根のきわまでゆくと、しばらく肌にさわった。六カ月前に、木枯らしの中でふるえていた桜は、いま、生々している。奥美濃の春の息吹きをうけて、肌は温《ぬく》かった。

手前の光輪寺桜から、やや離れて照蓮寺桜へうつって、弥吉はこれにも手をふれた。巨大な大幹と大枝の叉《また》に、はや小さな寄生木《やどりぎ》がはえていた。新しい枝は老枝の切口から、無数にのびて傘をひろげたようだった。

「竹部先生は、えらい人やぞ。日本じゅうの学者はんが反対した移植をやらはった……えらい人やど……」

槇男は平常から、弥吉が竹部のことをいうのに、眼を輝かせるくせがあるので、今更驚かないけれども、この日ばかりは、父の感動する理由がわかったのか、しきりと、老桜をたたいてまわって眼を熱くしていた。園も同じだったろう。弥吉のわきへきて、

「大けな桜で……化物みたいや。けど、お父はん、こんな木イでも、手入れしたら、生きるもんどすねやなア」

園の眼にも光るものがあった。弥吉は妻と子を、ここへつれてきてよかったと思った。弥吉たちが弁当をひろげている時にも三四人の見物人がバスから降りてきた。みな年寄りだった。桜の下へくると、誰もが眼をうるませて仰いでいる。

「沈んだ村の人かもしれんなア」

と弥吉は園にいった。

狭い庭だけれども、弥吉の丹精して見守る桜も、鷹峰のこのあたりでは名物になっていた。竹部の教訓で、弥吉は、桜のうしろに楓《かえで》と松を植え、花の季節は、花が浮きたつように工夫して、楓にも松にも手入れを怠らなかった。

弥吉は高校を卒えた槇男に、植木仕事を教えはじめた。槇男は園に似て、柔和な面長な顔だちで、軀《からだ》もきゃしゃだった。弥吉はひまがなかったので、槇男を、学生の頃から、得意先へつれていって仕事をしこんだ。槇男は不承々々、土掘りも、もっこかつぎもしたが、どういうわけか、軀に肉がつかなかった。痩《や》せぎすの、なよなよした骨格なので、植木職には向かない軀つきに思える。しかし木のぼりだけは上手だった。

家の庭で、弥吉が枝落しなどしているのをみて、子供の頃から真似《まね》てのぼったせいだろうか。木のぼりの巧みな槇男に、弥吉はかすかな安堵《あんど》をおぼえた。

もとより、植木職人なるものは、力がなくてはつとまらない。大木をはこんだり、土や道具を運んだりするのが仕事である。しかし、力はあっても、鈍重ではいけなかった。槇男は、その点、どの職人よりも木のぼりは巧く、猿のように敏捷《びんしょう》によじのぼった。どんな細枝にも足をとめて、ノコギリをつかった。

喬木《きょうぼく》にのぼった槇男を眺めて、弥吉は、この子は跡つぎになってくれるやもしれぬ、とひそかな望みを抱き、桜の守《も》りも教えてやらねばと思った。で、北大路の高校を卒える三学期はじめに、級友たちの大半が大学へ進学するのに、槇男も母親に進学希望をもらしていることを知ったが、弥吉は、反対した。竹部の生き方に傾倒していたからである。

「学校は高校だけでええ。あとは、職人の一年生や」

といった。

「大学へいっても碌《ろく》なことはないでエ。昔のように、えらい先生がおって勉強もしっかり教えてくれはるのやったら、まあ、苦労して出してやらんでもないけど、いまの大学はあかんわ。お父はんらの眼からみると、幼稚園みたいなとこや。あんなとこへいって、理窟《りくつ》をいくらおぼえても、桜一本守り出来る人間にはなれん。人間は、義務教育というもんがすんだら、その次に考えんならんことは、この世に自分が生きる道や。世の中のために、何をする人間になるかを考えねばいかん。大学は、それを磨くところのはずやが、いまの学生は、自分を磨くこと忘れて、先生や世間に立向う主張ばっかり頭につめこんどる。せやから……なあんもこの世の役にはたたん。お前は、そんな仲間になるより、あしたから、わしのうしろに尾《つ》いて、桜植える職人になれ……日本はいま桜が枯れかけとる……桜を守る植木屋になれ……嵯峨《さが》の宇多野はんのような……えらい植木屋になれ。わかるか。お父はんのでけなんだぶんを、お前がやりとげるんや……」

弥吉は熱のこもった調子でいった。

「日本にいちばん必要な人間は、仕事のできる職人や」

弥吉はつづけた。

「理窟こきになったかて、なあんもこの世のためにはならん。理窟は混乱をうむばかりや。本当の手仕事をする人間になれ」

槇男は、大学進学への希望を、それで絶たれたわけであるが、園には、不満の意を漏らしたらしい。いくらか、子の身になって眉《まゆ》をくもらせる園に、弥吉はいった。

「お前も、子供を大事にしすぎる。人なみ大学へ入れたら、それで、子につくしたような気になるやもしれんけど、そらまちがいや。大学へ入れたわ、理窟をこくわ、仕事はきらいという人間になってくれたら、わしら一生、子供で苦労せんならん。いまから、みっちり、植木仕事を仕込むのが本筋や……」

槇男のことだけは、弥吉は、園の方針に抵抗したのである。いつにない夫の高声に、園はびっくりして黙った。いわれてみれば、理はあり、植木職を槇男が継いでくれるにこしたことはなかった。だが、園に不安なのは、槇男が心底からこの仕事を好いているかどうか。父親の無理強いに負けて、不本意につづけるのなら、挫折《ざせつ》の日はくる。どうせ途中でやめるなら、今から好きな道を歩ませた方がいい。そのことを園がいうと、

「いったい、槇男は、なんが好きや。いうてみい」

と弥吉は問うた。

「音楽が好きどすねんや」

と園はいった。

「阿呆」

弥吉は怒った。なるほど、高校在学中から槇男はブラスバンドの仲間に入り、ギタ

ーが上手だとかで、春のバザーには、演奏会をひらいたことがあった。園も朝から近所の細君を誘って手つだいにいった。弥吉は、そんなことぐらいで園が槇男に音楽の道を歩かせたいと考えているのに情けない気がした。

「楽隊でめしが喰えるようになるのも、楽隊の職人にならんことにはなれんのや。園、槇男があんなもんになったら、人間はやわや。……あかん、あかん」

弥吉は怒った。大学へ行きたいのは、大学へ入って、音楽グループでもつくりたいというのだろう。すれば、尚更《なおさら》、そこには勉学の目的はないのだった。弥吉は、頭から反対した。園は、もちろん、夫にこれ以上たてついて、槇男を音楽家にしようなど望みをもっていなかった。いわれるとおりに、意見に屈した。

槇男は、植木職人として、父のあとに尾いて、いやいや得意先を廻ることになった。弥吉が、園に似て面長の、色白の子をつれてゆくので、どの先でも、主人が仏頂面《ぶっちょうづら》の息子の方に微笑をおくった。

「お前に似合わん子がでけてンのやなア」

とよくいわれた。弥吉は苦笑して、

「どうぞ、これから、一生懸命、植木仕事をやりますよってン……よろしゅうお願いします」

槇男のかわりに頭を下げて歩いた。

弥吉のいうことは、槇男によくわかった様子だが、年代の差はどうにもならなかったようだ。たとえば、弥吉は、休日は家でぶらっとしていても、すぐ、庭へ出た。桜に除虫剤を撒《ま》く。肥料をやる。槇男は家の中からギターをひきながら眺めていた。たまの休みだから、ギターをひいておってもよいわけだが、弥吉は、眉をしかめた。暇があるなら、植木の本でも読め、とどなった。槇男はギターを乱暴に置いて、部屋へ入った。ささやかな衝突は園をはらはらさせた。槇男は危険な年齢だった。植木屋になろうと決心しているものの、頭からどなられては、反抗心も芽ぶかないではない。園は何かと、槇男をかばった。〈お父ちゃんは、がみがみいうばっかりで。ちっともやさしいとこがおへん。子はやさしゅうしてやらんと、いうことをききまへんで……〉といった。弥吉は鼻をふくらませた。

「阿呆なことをいえ。子供のじぶんにガンとやっとかんと大きゅうなったらあかん子になるねや。わしら子供の頃はひるひなかにハモニカふいとっても叱《しか》られた。ひまがあると、植木の勉強やった。小野甚はんのこわい眼があったからこそ、わしも勉強がでけたんや。なんぞいうと、お前はあまやかす。槇男の将来のことを思うなら、きびしゅうしといた方がええのんや」

「けど、たまの休みやおへんか。好きなギターぐらいひいたって」

「どこの国にギターひく植木屋があるかい」

弥吉はこめかみに皺《しわ》をよせた。

「いまの世に足らんもんはゲンコツや。どこの親もゲンコツを忘れた。好きなようにさせるさかい、子は増長する。ヌエみたいな友だちがふえよる。槇男も眼がちる。わしの教育方針はちがうぞ」

弥吉は、そういって、園に、

「人間いうもんは、山の木と同じで、放っておくとジャングルになる。つるにまかれてゆがんでしまう」

といった。園が首をかしげていると、

「わしの爺《じ》イは木挽《こびき》やった」

と弥吉はいつになくしんみりして、

「鶴ヶ岡の爺イは朝から晩まで山仕事やった。わいは子供の頃によう山へいった。お爺イは腰から鉈《なた》を放したことがなかった。お前、鉈というもンは、なんで、頭の先にヘソがついとるか知っとるか。あれは、木にまきついた蔓《つる》を切るためや」

山は放っておくと、山藤や蔦《つた》の勢いにまかれて、良木が荒されてしまう、藤やつる木の生えるのが日本の山である、その害木を伐《き》るのが、木挽の仕事だ、と弥吉は教えられたのだ。

「爺イは、毎朝、鉈を砥《と》ぎながらわいにいうた。山の自然の美しいのんは、蔓を伐って木挽が木を守ったからや。山は放っておくと、つるがはびこって木は枯れてしまう。お前も大きゅうなったら、鉈を忘れる男になるな。爺イはそないいうた、園。槇男も木イと同じや。たまには鉈で心の蔓を伐ってやらんと、横着な人間になる。いまの世の中は、鉈を忘れた人間ばっかりや。せやさかい、こないに、荒れてきよるンや。わかるか」

事実、弥吉は、このころから祖父のことを思いだす日が多くなっていた。祖父はもう、弥吉をつれて山へのぼった頃は、六十をすぎていたろう。腰につるした鉈はぴかぴかに光っていて、鉈入れはりっぱな皮製だった。弥吉をつれてよく山道を歩きながら、木の根に藤がまきついていると、チョンと鉈のヘソを幹にあてて切った。つるはぽろりと切れ、翌日行ってみると萎《しぼ》んでいた。どこを歩いてても、木挽の祖父は、つるを切った。

弥吉が、この祖父のことを思いだして、ふかい感動をおぼえるのは、この頃になって近在の山が荒れたままに放置されてあるのを見るからであった。京の近くにも、奈良の近くにも、荒れた山はあった。とりわけ、土地会社が山をひらき、造成地にする。緑地の荒廃を嘆く識者や役人も多く、緑を守れ、自然を守れ、と叫んでいるが、そののこされた山が、それでは真に守られているかといえば、そうではなかった。役人や学者は、山を放っておくことが自然だと考えていた。

〈そんな自然なんてあるもんか〉

自然は守られねばジャングルになる。弥吉が祖父からうけついだ教訓であった。接《つぎ》穂《ほ》の旅に出て、どんな山へ入っても、弥吉は、藤つるやおがせの跳梁《ちようりよう》で藪《やぶ》になってい る松や杉をみると、わけ入ってだまってつるを伐ってきた。

山だけにかぎらない。公園の木でもそうであった。枝のしげるにまかせるのが、「自然」を尊ぶことと曲解されていた。蔓が生え寄生木が生えても放ったらかしであった。木はそのため、生長をさまたげられて泣いていた。都会地周辺の山などによく立札があって、「ここは自然保護法に基づく山林ですから濫《みだ》りに立入らないでくださ い」としてあった。弥吉は、そんなところに出喰わすと、意地わるく十歩ほど入ってみた。どの山もジャングルであった。生木がみな泣いていた。祖父のいったとおりで、日本の山は、放っておくと、つるだらけになる。またつるの生えないようなところに木は育たない。北海道へゆくと、何万坪もの松が、おがせの海にあえいでいるそうであった。昔は、木地師がいて、腰に鉈をつるして、深山にわけ入り、橡《とち》や欅《けやき》をもとめて旅をした。その木地師が、ジャングルでひそかに、道をあけるための無償のつる切りをして山を守ったのだ、と祖父はいったものだ。

「大きゅうなったら、木挽になれ。木挽になって日本の山を守ってくれや」

と、祖父が、問わず語りに、弥吉にいったことばが耳にこびりついている。

「園、わしの爺イちゃんは鶴ヶ岡の貧乏な木挽やったけんど、いうことは、大学の先生よりええことというた。槇男も、大きゅうなったら、わしのいうたことがわかるやもしれん。人間は腰に鉈をつるす動物や。世の中の乱れを、心の乱れを直すのンには、鉈しかないねんや。わかるか。人間は木イと同じや。世の中は山と同じや。わかるか」

園はうなずいて聞いている。

昭和三十八年の五月二日に鶴ヶ岡の父が死んだ。危篤《きとく》の電報をうけて弥吉が園をつれて帰ってみると、もう息をひき取ったあとだった。白髪のまじった毬栗《いがぐり》のはえぎわに点々と肝斑《しみ》をうかべて、無精髭《ぶしょうひげ》を生やした父は、うす暗い納戸《なんど》に北枕《きたまくら》で寝かされていた。義母のほかに、腹ちがいの弟妹もいて、どっちの子なのか、三人の孫が板の間であそんでいた。弥吉のみたことのない三十前後の女もいた。弥吉は、草色の顔をした父が、心もち口を歪《ゆが》めているのを見て、複雑なかなしみをおぼえた。若い頃は宮大工としてよく働いた父だが、いまの義母と一しょになってから、働かなくなり、戦後は、まったくのらくらで、義母と長男が田を作り、生活を支えてきた。弥吉の母を追いだしたあたりから、父の性格に暗い墨が入ったようである。生涯、父は弥吉に母を捨てた理由をいわず、仏頂面を押しとおして、死んだのであった。

「死なはる時にな、……雲ヶ畑のことをいうてはりましたわ」

と義母は、納戸を出る弥吉のうしろから尾《つ》いてきて、

「まんだ生きてはるらしおす」

といった。弥吉は、狐のようにつりあがった眼つきの義母をみて、

「そうどすか」

といってだまった。岐阜からもどったのは戦争末期だときいていた。やはり、もうどこへも出ずに、雲ヶ畑で暮してきたのだろうか。弥吉は、雲ヶ畑へは、有名な古桜のある寺もあったので、一、二ど訪れていた。一どは花時で、小野甚の仲間と奥の川ぶちへ桟敷《さじき》を張出す宴会に、わざわざ出かけたのだが、なぜか、この時も実母に会えなかった。桟敷にきたアルバイトの、近在の中年女に、「田所ちい」という、岐阜へ

嫁にいっていた女《ひと》が村へもどっているはずだがと訊《き》いても、女は知らぬといった。岐阜の先の姓にでもなっているのか。雲ヶ畑の生家は、もう祖父母がいなく、岐阜の者たちが住みついているかもしれぬ。他人の家に等しい鶴ヶ岡の生家の印象もあって、弥吉は実母を訪ねてゆく勇気がなかった。

この気持には複雑なものがあった。実母を憎んでいるか、といえば、そうではない。むしろ、実母の姿は、憧《あこが》れの中で生々している。母が祖父と一しょに生家の背山《うしろ》へのぼったのは、二十七、八だろう。まだ、ぴちぴちした若さで、桜の下でみたふくらはぎも、絹のように白くて肌理《きめ》がこまかかった。木挽の祖父との姦通《かんつう》が原因したのなら、母に落度があったのではなく、むしろ母をそんなにまで、祖父に接近させた父の方に、計画があったのではないか。八つまでの記憶の中で、父が家でにこやかにすわっている姿はみたことはないのだった。いつも、祖父が炉端にいて、母は祖父の前で子供のようにうきうきしていた。

あんな母を、孤独にさせた父に罪がある気がした。父は京に、もうその頃からいまの義母を囲っていたはずだ。弥吉の思い出の中では、母は美しくて、それでいて、どことなく、背姿が淋しかった。その母のことを、不意にもらして死んだ父の顔が偲《しの》ばれる。いったい、父はどんなことをいいたかったのか。

も、いうてはりましたわ」

「雲ヶ畑のことを、いおうとしてはりましたんやなア」ときくと、

「くわしゅうは知らはらなんだ様子どすけんど、百姓してはるということはうちにもいうてはりましたわ」

と義母はいい、死ぬ際《きわ》まで気にしていたところをみると、やはり、あんたのお母さんのことは忘れてはらなんだんやわといった。ただ、「雲ヶ畑はどないしとるやろ」とそれだけいって、こと切れたというのだが、弥吉は、父が雲ヶ畑の母を憎んでいたな、とふと思った。憎しみが、いざ、死ぬ際になって、急にほぐれて仏心となったかもしれない。そうでなければ、とってつけたようにそのようなことをいうのはおかしかった。それとも、人間は、死ぬ時に、生涯かかずりあった人のことを、短い時間の間にいくたりも思い出すものなのか。

葬式は翌日だった。園を一ど帰して、槇男も一しょにつれてこさせ、弥吉は、父の遺骸《いがい》を背山の裾《すそ》のさんまい谷に埋めた。読経《どきよう》のあいだも、桜山だった尾根をみあげてばかりいた。伐りはらわれた桜山は、半分ほど若杉が植わっていたが、桜のあったあたりは背低い雑木の茂った裸山に変っている。弥吉は、槇男に、

「お父さんが、お爺《じ》イちゃんにつれられていった山はあそこや」

と指さして、中尾根のあたりを教えた。

「お爺イちゃんは毎日毎日、腰に鉈さげて木イ伐ってはった。お父さんは、六つ七つから爺イちゃんについて山へいった。山であそんでばかりいた」

槇男も、園も、教えられて山をみたが、園には、格別、弥吉の育った山を見ることは印象ぶかかったのだろう。武田尾の小舎《こや》にいても、向日町にいても、何かというと、夫は鶴ヶ岡の背山の話をした。それは結婚してから何どきいたかわからない。よほどその山は美しくて、忘れられないのだろうと思っていたのだが、いまありふれた杉山なのに園は眼をとられたのだった。

「親爺も、山の下に眠っとる」

と弥吉は、村の番の者が、穴を掘り、父の棺《ひつぎ》を埋めてゆくのをみていた。とこの時、弥吉は、自分が死んだ時はどこに埋まるのだろう、とふと思った。

「園、わいが死んだら、どこへ埋めるんやね」ときくと、

「げんのわるいこといわんといて下さい」

と園は眉《まゆ》をしかめた。弥吉は死んでも、鶴ヶ岡に埋めてもらう気はしなかった。祖父の眠っている所だから、もどってきてもいいような気はしたけれども、いまの義母や腹ちがいの弟のことを思うと、もどる気はなかった。どこに埋めてもらってもいいようなものだが、鶴ヶ岡だけはいやだ。

父の棺を送りながら、そんなことを考えている自分に、弥吉は、少しも不思議さをおぼえていなかった。当然のことだと思う。同じ埋まるなら、どこか、生きのいい桜の木の下か、それとも、いっぱい咲いた桜林で死にたい。
棺が埋まって、菩提寺《ぼだいじ》の和尚の読経がすむ頃に、杉山の奥が急に灰いろに染まった。背山は片しぐれであった。しぐれは、杉山の半分を、まるで線をひいたように乳色に染め分けて、絹のように這《は》って、葬列に近づいてきた。

弥吉が胃の調子が悪いと訴えたのは、鶴ヶ岡で父の葬式をすませて帰った翌日なので、鶴ヶ岡での食事があたったかと思ったが、園と槇男には別条はなかった。不思議だった。顔いろがすぐれず、腹を押えてその日は仕事を休んだが、医者へゆけとすめても、弥吉は縁に出て、新聞をよんだり、苗木のカタログを見たりしていた。園はまだその時は、弥吉に恐ろしい病気が宿っているとは知らなかった。夕食はやわらかな粥《かゆ》をすすめ、家にあった漢方薬をだして、服用させた。弥吉は夜があけると、早くに起きて庭へ出た。軀《からだ》の調子を訊くと、快《よ》くなったというので、心配はなかった。その日は、嵯峨の鳥井家の庭掃除にゆき、翌々日は、喜太郎をつれて、四条の大丸へ石庭づくりに出た。みな、小野甚の指示によったもので、大丸の帰りに、弥吉は喜太郎を降ろしたついでに、喜七の部屋をのぞいた。喜七は寝たり起きたりの、のんきな暮しだった。持病の神経痛がひどくて、弥吉が庭を廻って縁にすわると、這い出てきた。上半身は健康だが、顔には昔の艶《つや》はなかった。

「わしも、二三日腹が痛うて困った」

といいうと、

「お前は軀の弱る年やない。わしこそもう、半分は棺桶《かんおけ》や」

と、喜七はいって力なく笑ったが、弥吉が、鶴ヶ岡の父親が死んだというと、眼をしばたたかせて淋しそうな顔をした。

「とうとう死になさったか……」

喜七は二、三ど会ってもいたので、弥吉には寿命だと思える父の死も、身近に感じられて寂しかったのだろう。

「竹部先生もいくつになられたやろな」とぽつりといった。

「さあ、もう七十六、七やおへんか」

と弥吉が、御母衣の移植以来会っていない師匠の顔を思いうかべていると、

「近頃は、めっきり人の死ぬのが気になるんや」

と喜七はいった。

「自分の逝《ゆ》く日がだんだんちぢまってくるかげんか、死んだ嬶《かか》アのことやら、お爺イやお婆のことがうかんでしやない。それと、仕事先のことや。わいのはこんだ大石のある庭が、うかんでくる。人間ておかしなもんやな。年とってうごけんようになると、自分のしてきた仕事を思いかえしとる。それが……みんな石や。貴船の奥から一と月もかかってはこんだ御所裏の寺田はんの庭石、美濃の揖斐《いび》川で見つけた大きな菊石、高台寺の安本はんと、燈全寺の光明さんの庭へはこんだ吉野石、あの辛苦して運んだ青いのんが、いちばん思い出や……」

喜七は、脂《やに》の出た眼を細ませると、くくくくとわらって、

「弥吉イ、生きとるうちに、気のすむまで、桜を植えとけよ」

といった。

「わしは石やったが、お前は桜や。死ぬまぎわに眼にうかべられる桜は仰山あった方がええ。ひまがあったら……桜を見とけ」

足の病気だから、頭は冴《さ》えている喜七だった。いいことを教えた。弥吉はそのとおりだと思う。ひまがあると、桜を見にいった。そうして、いつまでも眼にのこしておきたい、いい桜に出あうと、写真に撮って帰って槇男に現像させた。

弥吉が近江の桜見物に湖を廻ったのは三十八年の秋であった。これは琵琶湖の北岸に、竹部が植えた桜が残っていたからで、折があったら、是非見ておきたいと宿題にしていた。幸い、軀の調子もよく、暇ができたので、朝早くにライトバンを運転して独りで出かけた。竹部の桜は舞子にもあった。ここは昔、といっても、五十年前になるが、江若《こうじやく》鉄道が出来て間なしに、向日町の苗を植えたものだ。近江舞子は鉄道の駅からややはなれた平坦地《へいたんち》にあった。裏がすぐ山で、高い比良が空へぬき出ている。春に来たら、さぞかしよかったであろう。秋末だったから、桜は葉も黄色くちぢかんでいたが、山桜の太いのが何本もすくすく伸びているのがたのもしかった。桜林から駅の方へひっかえしてくると、道端に、四十年生ぐらいのが、何本も伐倒《きりたお》されているのをみて、車をとめた。近寄ってみると、つい二、三日前に掘起したとみえて葉が青かった。無慙《むざん》な姿であった。移植するでもなく、ブルドーザーか何かで、綱をかけて勢いよくひき抜いたまま、根は裸で小雨にぬれていた。弥吉はひどいことをする、と思った。通りかかった人にきくと、その道は一間ほど広くなるとかで、つき当りにドライブインが出来るという話であった。ドライブインのために、道をひろくするのはわかるにしても、桜をぬいて放っておくのはどういうわけか。移植は出来ようものを、と弥吉は、しばらく倒された桜を見て小雨にぬれていた。

その舞子から、北へ車をとばすと、海津にきた。ここで、弥吉は、いつか竹部からきいた、奇妙な大桜をみてびっくりした。村の共同墓地にある三百年は生きたであろう巨桜であった。竹部の話だとこれは彼岸桜である。そこは、海津の村から敦賀《つるが》の方へ山ぞいの国道を少し入りかけた地点で、道のすぐ下の墓地である。墓地ぜんたいに、かぶさるように大枝を張った桜は見事だった。車がわきまでゆかなかったので、国道にとめておいて、弥吉は小雨の中を歩いていった。根もとから二た叉《また》になったこの彼岸桜は、U字型に大幹を二本伸ばし、宏大な墓地に存分に枝をはっていたが、真下の墓石はみな軍人の墓だった。何々上等兵、何々軍曹、何々兵曹と彫られた御影石の墓標が、まるで大桜の根をとりまくように密集していた。戦死すれば、桜の下へもどって来れることを夢にえがいて召されていったのだろう。弥吉は、小雨にぬれる戦死者の墓標に、傘をさしかけるようにして、枝を張る冬桜をみて瞼《まぶた》がぬれた。枝一本損傷していない桜は、おそらく、共同墓地の霊木ということで、誰もが手折ったりしないのだろう。見事な枝ぶりであった。舞子で見てきた無慙な光景とは、裏腹だと思った。村人が慈《いつく》しんで育てる巨桜もあるのだと、弥吉は思った。

弥吉は三十七年春から、「桜日記」と表書きして記録をつけた。もっとも、毎日書くべきことがあったわけでもないが、旅をした折とか、得意先で耳にした大事なこと、小野甚や宇多野の仕事の下請けで先輩から教えてもらったことなど、桜に関することなら、なんでも、備忘録のつもりで記した。こんなのがある。

「桜川。茨城県東那珂《なか》郡磯部村字桜川。小山《おやま》で水戸線に乗りかえて岩瀬に下車。十町。道のそばに『青柳の糸桜』枝垂れ。姿よし。土手の桜みな東北種なり。若葉赤く、花の淡紅なるもの、花に香気強きもの、花梗《かこう》に毛のあるもの。土地の人にきくと、吉野山に対抗したため、吉野に少ない種の白山桜を植えたという。しかし、今はその面影なし。桜川は謡曲にある。足利時代から著名という」

「小金井の桜。明治天皇御幸の碑のわきにあるときいて行ってみたが、ここも面影なし。長並木もところどころ伐りはらわれ、手入れわるきため老朽。境橋付近に多少。日の出の桜、入日の桜、三吉野桜。富士見桜、面影なけれども、花は大輪淡紅《よし》」

「群盲桜狩りの絵。巻物で、モリカゲとかいう絵描きさんの描いたものの由である。はじめに盲人の群れ杖《つえ》ついて行列をつくり歩く。中程にくるや枝垂れ桜の大樹あり、盲人ら花を掌にのせ、あるいは鼻につけ匂《にお》いをかぎ、頬にあて、耳にあてして観桜する。桜を聴くに夢中なり。中に酒を呑《の》み、高歌放吟する盲人、やがて、千鳥足にて、桜の枝を手折りたるものもまじえ、帰路につく。蜂にさされ泣きわめく座頭あり。絵は、なかなか面白し。盲人桜狩りせしかと感深し。竹部先生が秘蔵の巻物なり」

「美濃の二度桜。揖斐にあり。珍しい桜。葉は浅い単鋸歯《たんきよし》にて、赤芽で、あたかも山桜のようにみえるが、花は一重咲きと八重咲き二段咲きとの三種に分れ、一重咲きの花は概《おおむ》ね四月十日頃開き、はじめは淡紅色で、のち白くなる。花の直径約一寸、山桜の花とちがわず。然《しか》るに、この時期に、べつの枝に八重の淡紅咲く。この花弁三十枚から四十五枚くらい。里桜である。四月の下旬にかけて、二段咲きの花また別にあらわれる。これは八重の方の弁が散ったあと花の芯《しん》より、更に一個又は数個の花が咲く。外側の花に、約五十枚の花弁あり、内部の花には十枚以上の花弁あり、内部の花は、花の中心に一個存在する。またはいくつもならぶ。これらの花みな蕚《がく》をもつ。はっきりと二重咲きなり、二度桜とよぶは、二度咲くためか。天然記念物なり」

「越前武生《たけふ》のぜんまい桜。美濃の薄墨桜と同じく継体天皇のお手植えなりという。花《はな》筐《がたみ》の里なり。粟田《あわた》部《べ》という所より紙漉《す》き村に入りて、程近き山奥なれど、幹周三メートル。大樹なり。村人ぜんまい取りの日頃に、花咲くを観るによりこの名あり。山桜にて、岡太という神社の奥山に、これよりやや小ぶりなのがあった。継体天皇の植えしものと神主はいう。孫の孫桜か。かくれたる巨桜越前に多し。みな風格あり」

「墨染桜寺。伏見の京阪踏切近くにあり。何げなく前を通り、門前の石柱の寺号が眼についたので立寄るに、歌舞伎に出る墨染の寺なり。境内に桜をさがしたがどこにもなし。流行の自動車の古タイヤを半分埋めし砂場。寺の経営する託児所でもあるか。荒ぶれた景色に失望し、折角来たのだし、墨染の桜はどこにあったかぐらいは訊《き》きたい。庫裡《くり》を訪《おとの》う。六十前後とおぼしき住職出てきて、墨染の桜はここや、と書院に入れて床の間を指さす。見れば、そこに高さ二尺、幹周約一メートルぐらいの、火鉢のがわとも思えるつるつるに光った古木の破片。墨染桜の名残りかと、百日紅《さるすべり》の肌にも負けぬすべすべしたのを見ていると、住職、本堂前の井戸の横に植わっていたものが、風で倒れたので、名残りに根株のところをこのように保存した、ある朝、起きてみると、賊が入り、どういう料簡か、破片に鋸《のこぎり》の傷をつけた、墨染の恨みのこもった桜のせいでしょうという。裏側に大きな傷がある。どうしてあとに苗木でも植えぬのかときくと、檀家《だんか》のものが再々寄付もしてくれ、篤志家《とくしか》の一人が、去年も、墨染と同種の生木を御室《おむろ》からはこんでくれたが、枯れた。ここは桜の育たん土地、とのんきな話。

墨染桜寺が泣く」

「さくら餅の葉。嵯峨の大河内《おおこうち》山荘の庭を見にゆき、茶をよばれたら、さくら餅が出て、葉に虫喰い穴一つ、柔らかい大きな薄葉なので、嵯峨のどのあたりの桜かと、餅つくる橋だもとの家できいてみるに、これはわざわざ、伊豆の里から買入れる由。京の桜にこんなきれいな葉はおへんとのこと。伊豆の町の名は忘れたれど、さくら餅用に葉だけを収穫する桜の持主もいる。めずらしい話」

「根尾の薄墨、越前の淡墨《うすずみ》。根尾村の薄墨は、うすい墨色でもあるかときいてみるに、花は白。越前武生のぜんまい桜は淡墨と書くので、花の色はとたずねるに、薄桃色の由。両者とも墨色ではなし。うすい墨をはいたようにみえるからか。小野の職人の話に、根尾も越前も継体天皇の手植えの子孫で同種なり。大桜なので枝も込み、遠目にみるに、白、薄桃の花でも、枝と混合するから、墨色に染まってみえるからではないか。真偽のほどわからず」

「御車返しは御所の桜。京の御所の烏丸《からすま》通の側、中立売《なかたちうり》御門近くの御苑《ぎよえん》にあった由。一重とも八重ともみえるので、云い争うた公卿《くぎよう》がわざわざ車を返して再度眺めてみるに、一重の花も八重の花もあったところからの呼称だが、山国の常照皇寺の御車返しは、すると、この御所の接穂でもあるか。有名な枝垂れも御所からの移植と伝えられるから、そうかも知れない」

「有明は八重なり。怡顔斎《いがんさい》の『桜品《おうひん》』に、『単弁にして、白色大輪なり。また重弁あり、是《これ》すなはち江戸の種類。あかく光りありて、有明がたの月の色によそへて名とす』とある由」

　左の上腹部から背中に痛みがあると弥吉が訴えるのは、昭和三十九年の五月末である。これまでにも時どき、腹痛はあった。もともと、胃腸は丈夫でもなかったので、酒はもちろんタバコも節制し、春ごろから気をつけていたのである。梅雨に入って急に食欲がなくなった。不思議なことに、たべなくても腹痛は起きていた。園は心配して、北大路の大徳寺近くにある寺島内科という、京都でも有名な医者に診てもらうようすすめた。弥吉は医者ぎらいで、めったに診てもらうことはなかったが、あまり痛みが長びく上に、顔も少し黄色味をおびてきたので検査をうけた。十二指腸か胆囊《たんのう》の炎症ではないかと診断された。胆囊のわるい人は癌《がん》になりやすいということもきいていたので、園はびっくりして、府立病院の専門医に再ど診てもらうようすすめた。弥吉はおとなしく府立までいった。丹念に診てもらった。ここでも癌らしい影は発見されなかった。食事も不規則にせず、なるべくやわらかいものをたべ、睡眠もよくとるようにといわれて帰ってきたけれども、腹痛はあいかわらず起き、顔いろも悪くなる一方である。七月に一貫目ほど痩《や》せた。熱があるというわけでもないが、躯ぜんたいに倦怠感《けんたいかん》があり、力仕事は出来なくなった。踏んばったり、力んだりすると胃のうしろが痛むのである。で、よほど調子のいい時でないと、仕事に出なくなった。さいわい、槙男が一人前になり、小野甚や宇多野から口がかかると松尾の喜太郎に誘われて仕事に出たので、暮しに困るということはなかった。しかし、弥吉にこれといった貯蓄があるわけでもなかったから、このまま、慢性腹痛の病人になって、家でぶらぶらしていなければならないなら問題である。手術をして悪いところを切りとってもらうか、徹底的に治療した方がいい。弥吉はまだ四十八、これからの年であった。園は府立でわからないなら、京大病院へいって、癌科の診断をうけてみたらどうか、とすすめた。弥吉はいやな顔をした。

「わしを癌にしてしまうんか」

首を振った。四十八歳は癌年齢に入る年ごろであると、園はうるさくいった。どこからきいたか早期発見云々《うんぬん》の知識も弥吉にいって、いちおう診てもらってもええやおへんか、としつこくすすめた。弥吉は根負けして、京大へ出かけた。ここでもレントゲンを撮られ、肝臓、胆嚢、胃腸の徹底的な検査をうけたが、痛みの原因ははっきりしなかった。

膵臓《すいぞう》癌であるとわかったのは、九月はじめで、弥吉はもう、すっかり気力を失って、体重も減り、骨ばった草いろの顔になっていた。京大に入院して三日目にその断定をうけた。発見は相当悪化してからであった。無理もない。当時の医者の間で、膵臓癌の発見ほどむずかしいものはなかった。膵臓は胃のうしろにある。十二指腸に囲まれているので、つまり、おなかの奥深くにあるから、ふつうのレントゲン検査ではうつらなかったのである。

　医者の話だと、膵臓から消化液の出る管と、肝臓や胆嚢から消化液が出る管が、いっしょに十二指腸の中央で口をひらいているので、膵臓のいちばん十二指腸寄りに癌ができると、胆管をおさえて、黄疸《おうだん》が出たり、胆嚢が大きくふくらんできたりするので診断はつくのだが、ずっと左寄り、つまり医者が尾部とよんでいるところに癌ができると、なかなか病状にあらわれない。みつかりにくい。で、癌がかなり進んでからでないとわからないということであった。主治医は、園をよんで、切開手術をすすめた。園は弥吉を説得するのに不安をおぼえたが、九分どおり、膵臓癌なら致し方はない。放っておくと危険である。痛みも増す。弥吉は時どき前かがみになって痛みにたえていた。で、園は、手術をすれば、その痛みがとれる、といった。

「十二指腸と胆嚢のへんが、わるうなってはんのやそうどす。痛いところを、切りとらはったら、すかあーっとしまっしゃ。麻酔かけて切ってもらいなさい。ちっとも痛いことはないし、三十分も寝てはったら手術はすむいうてはります」

ベッドの上で仰向けに寝ていた弥吉は、力のない眼をうるませて、

「槇男をよんで」

といった。園は家に電話をかけて、留守居の者に槇男が仕事からもどったら、病院へ寄るようにことづけた。その槇男がきたのは夕刻六時すぎであった。弥吉は、園と槇男をかわるがわる見ながら、

「どうやら、お父さんも、あっちから迎いがきた気がする」

といった。園は怒って、

「そんな、気弱いことといわはったらいやどす……」

といった。

「気弱になってンのやない」

と弥吉はいった。

「近ごろの医者は、ほんまのことは教えてくれんねや。病気のすすみ具合は、病人がいちばんよう知っとる。わしの腹はもう、くだけてしもてる。そんな気がする。手術をしてあかなんだら、勝負はもうあったも同じや……」

槇男と園は顔を見あわせて、いつになく、弥吉が、声をうるませるのにしんみりしていると、

「人間は桜とちごうて、腹がないことには生きられん。桜は、大きゅうなるにつれて、身イをへらしよる。皮だけでも生きてゆきよる。真如堂のたてかわ桜みたいに、四半分の皮に接木《つぎき》しても生きよる。けど、人間は皮だけでは生きられんで」

そういって弥吉はふふふふと笑った。そして、急に真顔になると、

「お前らにいうとく。わしが死んだら、海津の清水《しょうず》の墓へ埋めてくれ。寺へたのんでくれ。あすこの桜は立派な八重やった。根もとからいっぱいひこばえが生えてよったが、毎年、わしは、守《も》りにいっとった。宝幢院《ほうどう》のおっさんにたのんでみてくれ……たのむ」

冗談だときいていた園は弥吉の眼尻《めじり》に涙の玉をみて蒼《あお》ざめた。声が出なかった。

そういえば、弥吉はよく、海津の桜のことを云いづめだった。近江《おうみ》へはよく出かけた。行けば、必ずのように、海津へ寄り、清水《しょうず》という場所の桜のつるを切ったり、根からはびこっているひこばえをきれいに掃除してきたといった。〈日本に古い桜は多いけんども、海津の桜ほど立派なもんはないわ。あすこの桜は、天然記念物でもないし、役人さんも、学者さんも、知らん桜や。村の共同墓地に、ひっそりかくれてる。けど、村の人らが枝一本折らずに、大事に守ってきてはる。墓場やさかい、人の魂が守ってンのやな。わかるか。いまの世は、舞子の桜みたいに、ドライブインつくるの

に邪魔になるちゅうて、どんどん伐《き》られるのがまあ風潮や。けど、同じ近江でも、海津の桜はちごうてる。あすこは、村の人らの眠ってるとこや。みんな、桜の下で眠ってはる〉そんなことも、ひまがあると云いづめだった。園はいま、弥吉が、手術ときいて、臆病《おくびょう》なあまりに、万一の場合死ぬことを考えて、そんなことをいいだしたのにあきれた。しかし、冗談ともうけとれないものも感じたので、

「縁起でもないこというて……そこへ埋めてほしい思わはるねんやったら、手術がすんだら、また、うちと槇男も一しょに、桜を見につれてって下さいな。寺の和尚さんにたのまんと埋めてもらえんのやったら、あんたと一しょに、うちも、頼みにゆきますがな」

とわらっていった。すると、弥吉は力のない眼をして、

「せやな、お前らをつれて、和尚さんに頼みにゆけるとええなア」

といった。手術は本人が決心したことなので、その夜、十時すぎに行われている。結果は、園の心配したことが的中していた。弥吉の腹の中は、膵臓に芽をふいた癌が、最大に進行していて、胆嚢や十二指腸をもおかし、取りのぞくとしても、殆《ほとん》ど困難な状態にまでなっていた。主治医は、腹部に散在した無数の腫瘍《しゅよう》物に指の腹をあてて丹念に所見しただけで、切除することをとりやめている。そのまま切開部を縫合して、

そのことを別室に園をよんで説明した。園は蒼白《そうはく》になって医者をにらんでいたが、やがてその場にしゃがんで嗚咽《おえつ》しはじめた。槇男もそばにいた。

「お母ちゃん……泣いたってしやない」

と槇男はいった。

「寿命のあるだけ……生きてもろて……お父ちゃんは、海津の桜の下へ埋めたげよ」

「阿呆」

と園は息子をどなりつけたが、この時、槇男の眼からも、しずかに一条の涙が出ているのを見て、園はまた、激しく嗚咽した。

弥吉は、手術室から、ビニールの袋に包まれて、意識不明のまま隣室にうつされ、面会謝絶となり、家族の者も入ることが許されなかった。園は、その夜は、弥吉の病室で、一睡もせずにすごした。槇男も、そばで横になって少しまどろんだだけであった。弥吉は、翌朝、意識をとりもどしたが、もう昨日の弥吉ではなかった。

弥吉が、息をひきとったのは、三十九年の十月十二日、京大病院の外科病棟三階の一室であった。前日に、もう、園は医者に予告されていた。弥吉は意識は朦朧《もうろう》としていて、園と槇男がいくら呼んでも、眼をうるませ、口をうごかすだけで、何をいっているのかわからなかった。園が耳をあてて、聞きとろうとするが、力のない声なので聞きとりにくかった。しかし、喜七に会いたいといっている様子なので、園は槇男によびにゆかせた。喜七は喜太郎に介添えされて足をひきずりながら病室へ入った。

「弥吉イ、こら、あべこべや」

と喜七は洟《はな》を啜《すす》った。当然、自分の方が先に逝かねばならない年齢なのに、弥吉の危篤を看取ろうとは思わなかった、というのであった。園は喜七に鶴ヶ岡をよぶべきかどうか相談したが、喜七は首を振った。

「よばんでもええ。日頃から弥吉は逢《あ》いとうは思うとらなんだ。そんな人にきてもらうより、岡本の竹部先生はどうやろ」

園はうなずいたけれど、夫が、竹部庸太郎を尊敬してきたことはわかるが、危篤の現場へよぶのはどうだろうかという気持もあった。竹部は恩のある人である。弥吉と夫婦になれた縁の人であった。それに、戦時中、わざわざ仲人《なこうど》役を買って「たまや」で祝言《しゅうげん》をあげてもらった。武田尾でも、向日町《むこう》でも、長い世話になった。この人がいなければ、弥吉は今日の地位になることも不可能だったろう。忘れてならない人だった。だが、それとこれはべつである。恩には感謝しているけれど、八十に近い多忙な先生を、わざわざ病院まで呼ぶのはどうか。

「先生も、もうお年どすさかい」

と園はいった。

「こっちがきてくれというのんも、まちがってますのやおへんやろか」

「そら……そうやもしれん」

と喜七も園にうなずいてみせた。もっとも、この心配は無駄になった。喜七が病室に入ってわずか三十分ほどたった頃に弥吉は最期《さいご》の気配をみせている。医者がきて、瞼《まぶた》を裏がえしてみたり、脈をとったりしたが、すぐ臨終だと教えた。園と槇男が走りよった。つづいて喜七と喜太郎がうしろから、弥吉の顔を見守っていると、弥吉は口をわずかにあけて、

「……か、かいづや」

といってこと切れた。園は夫の手をとって顔に押しあてて泣いた。槇男も、喜七も、喜太郎も、ベッドに手をついてこらえ泣きしたが、喜七がこの時に、

「園さん、弥吉は最期に何をいうたんや」

ときいたとき、園は、

「海津の清水《しょうず》に埋めてくれいわはりましたんどす」

とこたえた。喜七にわからなかったのも道理だろう。海津のことは園と槇男だけが知っていた。

鷹峰《たかがみね》の自宅で葬式をすませて、北山の火葬場で荼毘《だび》に付した。骨壺に入った弥吉を抱いて、園が家にもどると、鶴ヶ岡の者はもういなかった。足がわるいので火葬場だけはゆけなかった喜七が残っていてくれて、

「海津へ埋めるとなると、竹部先生にでもたのまんとあかんなア」

といった。もっとも、弥吉も、〈あすこの墓は共同墓地やで、お寺の和尚さんにたのまんと仲間に入れてもらえんやろ……〉と園にいっていた。共同墓地というからには、その村に住んでいなければ、葬《ほうむ》ってもらえないのは道理であった。

「無理な注文かもしれんで」

と喜七は首をひねったが、しかし、すぐ、

「けど、弥吉の桜日記を読んでたら、何べんもそこへいって、桜の守りをしとったらしいから、寺の和尚さんともこころやすうなっとったやろ。竹部先生にたのんでみたら、桜の縁や、和尚さんも……埋めてくれはるやもしれん」

いずれにしても、竹部のところへは、あいさつにゆかねばならなかった。園は翌朝、前もって電話で報告しておいて、槇男をつれて、京都駅を立った。竹部の気性はよく知っている。弥吉の死んだあと、槇男が家業を継いでくれることも報告したい。これ

から先、槙男に教えを乞いたいという気持もある。それに、夫が何につけ、竹部の口うつしのようなことを云って、桜はもちろんのことだが、植木仕事も、世の中のことも、教えこまれた物の見方で、巧みに自分流に云い直していたことも考えあわせて、槙男に会わせておかねばならない人だと思った。

「竹部先生は、お母ちゃんらの仲人や」

と園は電車の中でいった。

「お母ちゃんが……三田《さんだ》の自転車屋へ嫁にいって、まなしにそこの人が戦死しはったんで……家にもどってぶらぶらしてンのがいやで、武田尾で女中さんしてた。そん時に、お父ちゃんに会うたんやな。お父ちゃんは、竹部先生とこの園丁さんで、山で気張ってはった。武田尾の川の上の竹部山ちゅうて……小っちゃい頃に、お母ちゃんはよう桃やら梨やらとりにいった。……そこの……お父ちゃんは山番やった……」

「…………」

「お母ちゃんらは、竹部先生の山で、結婚式あげたんや」

槙男は母の昔語りに、眼を炯《ひか》らせてうなずいていたが、もとより、竹部庸太郎の名は父からは酸《す》っぱいほどきかされている。御母衣《みぼろ》の桜を植えた人だときいただけでも、会いにゆくことは嬉《うれ》しかったのだろう。その竹部は家にいてくれた。家は昔とちっともかわっていなかった。園は応接間に通されて、しばらく待たされて、やがて竹部がにゅっと入ってきた時、そこに、まだ昔の面影を充分に保って、口をへの字にして微笑している白髪の老爺《ろうや》をみて瞼が熱くなった。

「先生……」

嗚咽まじりに声をのんでいると、

「電話おおきに。……こらあべこべどしたな」

と喜七と同じ言葉であった。四十八歳の弥吉の急逝《きゅうせい》を、七十八歳の自分は不思議がっているというのである。

園は風呂敷に包んできた弥吉の日記をみせて、遺言のことをはなした。

「海津の清水《しょうず》というところに、お墓場があるそうです。そこに、大けな彼岸桜があって、ええ桜やというてはりました。わしが死んだら、お寺はんにたのんで、そこへ埋めてくれ……息ひきとる時にも、かいづ、とただそれだけいうて……」

園は弥吉の淋しい臨終があらたに思い出されるものだから嗚咽の中でいった。

「喜七はんは、共同墓地なら無理やもしれん、先生にたのんでみて……あかなんだら、鶴ヶ岡の爺イちゃんのよこでええやないか、いわはります。けんど……遺言みたいにいいましたんで……」

と園はいった。竹部は日記をめくって眼を落していたが、やがて、顔をあげると、

「海津の桜は、立派ですよ」

とぽつりといった。

「わたしも何ども観にいってます。おっしゃるように共同墓地ですわな。あのあたりは逢坂と書いて、オッサカとよみます。逢坂の桜の木の下に……北さんは埋まりたいいいましたんか」

「へえ」

竹部は、園のぬれた必死な眼に圧倒されたか、この時ちょっと眼をそらせて、槇男の方にむけた。

「村には、慣習というものがあって、果して、他国の人をあの桜の下へうめてくれますやろか。話にきくと、もともと、あの墓地は、海津の一軒の寺のもちものやったのが、ほかの寺の檀家の人たちも、桜をうらやみ、誰もがあすこで眠りたいと願うたんで、共同墓地になったときいてます。海津には、寺が三つおしてな。みな宗派はちがいます。けど、桜の下に眠りたいという気持は、宗派を超えたもんですねやな。北さんがそこへ眠りたいといわれた気持もわたしにようわかります。けど、いま、これはちょっと返事しかねますな。本人のたってての望みですで願うてもみますが……」

と竹部はいった。

「……ありがとうございます」

と園は竹部に、合掌したい気持を押えた。すると、竹部は、

「園さん……あすこは古い村でしてね。弁慶が義経をつれて北陸へ出た時の最初の関所で愛発《あらち》の関いいます。そこはあの村の北にありますよ。関所のちょっと手前の坂で、由緒《ゆいしょ》のある村ですよってに、おいそれと共同墓地へ埋めてくれますやろかな。……でも……」

「…………」

「弥吉さんの日記をよんでみますと、多い年は、四ども五どもあすこへ行ってますな。これは大変なこってす。わたしもあの桜はようみています。根もとがU字型になっとって、ずいぶん、つるやひこばえの多い年もありました。それを弥吉さんが、毎年毎年、守りにいっとられた。これはええ話どすわ。お寺の和尚さんも知ってはりますやろ。たのんでみましょ。ことわられたら、北さん、苦笑しますやろ」

竹部はそういってから、

「いまの世のどこに、北さんのように、無償で……よその墓地の桜を守りに行っとられた人がいますか」

竹部はうるんだ眼をしばたたいた。

寺を出て、村はずれにさしかかる頃に小雨が降ってきた。こまかい霧雨であった。寒かった。谷の空は乳いろに煙っているので、北の愛発《あらち》の山は見えもしない。先頭に竹部庸太郎が、寺のだいこくから借りた番傘をさし、そのうしろに洋傘をさした園と槇男がつづき、あとを、喜七が合羽《かっぱ》を着た喜太郎に介添えされて歩いてゆく。山にさしかかる手前で、舗装の道が二た叉《また》にわかれた。下は清水《しょうず》の墓地へゆく旧道で、両側は桑畑である。葉の落ちた桑の幹は、一株ずつ結わえられて、梢《こずえ》の先端は、針のようにとがっていた。

「何から何まで、申しわけありません。先生のおかげで……うちの人も満足します」

と園が鷹峰の家からもってきた骨箱をもち直していった。

「村の人たちまでが、雨ン中を穴まで掘ってくれはって……みんな先生のおかげどす。お礼を云います」

「わたしの力やおへんで……園さん」

と竹部はいった。

「みんなこれは桜の縁ですわ。それに、北さんという人の徳です」

えている。大桜の枝が、傘をひろげたように空を覆《おお》っている。

竹部はいくらか小止《こや》みになりかけた霧雨の向うを眺めやった。遠くに墓地がもうみ
「わたしは、正直、北さんがここへ埋まりたいいうて死なはったときいて、えらいこっちゃと思いました。日本は桜の国です。埋まって死にたいと思うような桜は仰山ありますけど、桜の下に埋まって死ねるということは、なかなか出来ることでなく、恵まれた人やなと思いました。北さんは、ここの出の人やない。ただ、ここの桜が好きで、ひまがあると守りにきとられた……それだけの縁どす……お寺の和尚さんや、檀家の有志の方が即座に承知してくれはるとは……わたしも、考えてませなんだ。北さんも北さんなら、村の人も村の人ですよ……桜を守りにきてくれはった職人さんやというとで……こんなに親切に埋めてくれはります……わたしの力なんぞやおへんで。北さんの徳ですわ」

「…………」

園は涙を啜った。竹部はいった。

「人間、死んでしまうと、なあんも残らしまへん。灰になるか、土になるかして、この世に何も残しません。けど、いまわたしは、気づいたことがおす。人間は何も残さんで死ぬようにみえても、じつは一つだけ残すもんがあります。それは徳ですな……

人間が死んで、その瞬間から徳が生きはじめます……北さんを桜の根へ埋めたげようという村の人らも、わたしらも、北さんの徳を抱いておるからこそやおへんか。これは大事なこっとすわ」

「…………」

園は頬に流れる涙をぬぐうことができなかった。霧雨がまた降りしきりはじめた。墓地はすぐ間近に近づいていた。スコップと鍬《くわ》をもった合羽姿の村人が四人、大桜の根に集まって雨やどりしている。ひと足先に、単車で走った和尚の顔もみえる。もう穴が掘られているらしかった。

園も槙男も、喜七親子も、墓地の大桜をはじめてみた。U字なりに根から二た叉に別れた巨大な桜は、何かのけものの肌に似ていて、荒々しいかんじだった。幹は南北に形よくひらいて、墓地のよこの川岸から、無数の枝を張って、広い墓を抱いていた。根もとは無数の石塔で、陸軍上等兵何某、陸軍伍長《ごちよう》何某、みな兵の墓だった。それらは、まるで、根をめぐるようにしてあり、さらにその周りに村の家の墓標が、林のようにむらがっていた。墓石の頭へ、霧雨が容赦なく降りかかる。

「こっちに掘らせてもらいましたさかいな」

と村の人の声がした。五人が到着するのを待っていたらしくて、合羽の頭巾の中から、和尚が、好人物そうな眼をなごめた四人とならんで、墓と墓の合間を案内して行った。隅の方に小高い草むらがあった。そこに赤土の出た小さな穴が掘られている。

「ありがとうございました」

といったきり、園は足を硬ばらせて嗚咽《おえつ》を殺した。

「ほんなら……北さんを埋めましょ」

と竹部がいい、喜七が、

「園さん、わしと一しょに」

といって、喜太郎がきょとんとしている一瞬に、足をずらせて園の方へ歩みよると、園の抱いた骨箱に手をそえ、掘ったばかりのぬれ土の穴へしずかに落しこむのだった。和尚が前にきた。直立して鈴を鳴らした。読経《どきょう》がはじまった。村の者が四本のスコップを急いで園と竹部の前に置いた。

まかはんにゃ、はらみだしんぎょう。かんじざいぼうさ、ぎょうじん、はんにゃ、はらみた……

ときこえた。和尚の読経は霧雨の中をしめっていつまでも這《は》った。竹部と喜七がスコップで土をかけた。白布につつまれた箱は、すぐ赤土に埋まった。槇男も園もあとからスコップを手にしてわきのもり土をふりかけた。北弥吉は、みているうちに清水《しょうず》の谷の土になった。

読経をすました和尚は新しい線香を五人に配った。村の人も二、三本ずつ線香をもらって、埋まった弥吉の骨箱の土もりに、順番にさして合掌した。

「槇男さん」

と竹部がいった。

「お父さんのような人にならないけまへんで」

槇男と園は、竹部がもり土に手をそえて、さしたばかりの線香の煙をみつめている背中をうしろから見ていた。

「わたしも、これまで大勢の職人さんと一しょに仕事をしてきました。けんど……北さんのような人ははじめてでした。……なんで……こんなに、桜が好きやったか……わたしにその理由はわかりませんでした。わたしは、まあ、ただ好きやから、今日まで桜、桜というて生きてきましたけど、北さんが、なぜこんなに桜が好きやったか……そのわけを聞かずじまいに終りました」

竹部の声にうるみが感じられた。園が嗚咽をころして、つづいて、竹部のあとから、線香を土につきさす頃だった。急に霧雨があがりはじめた。

「晴れるようですな」

と和尚が合羽の頭巾をとって息をすって山をみたので、村の人らも、園たちも、北の方をみあげた。いつのまに晴れたのか。愛発《あらち》の山を覆っていた靄《もや》が、うす絹をはぐようにあがってゆくのであった。山の肌がしずかに浮いてくる。山はどこも楓《かえで》や蔦《つた》の赤をちりばめており、絵具を散らしたような晩秋であった。園の眼にも、竹部の眼にも、沁《し》みるような山肌が迫った。墓地の大桜が、朱の山を背に黒々と浮きあがる気がした。

凩《こがらし》

宮大工倉持清右衛門の記

思案

1

裏の檜谷《ひのきだに》へ行ってみたくなった。急にそんな気になった自分を、倉持清右衛門は不思議に思った。縁先の戸をあけて、桑畑につづいてみえる静平《しずひら》の、この頃はめっきり人影も少なくなった真昼の景色を眺めていると、いつもなら、坂を降りて、とば口の貞之助の家とか、リョウマチを病んでいる繁次郎の家とかを訪ねるのが習慣だが、今日は村の連中に顔をあわせるのが億劫《おっくう》で、坂を降りるより反対に、山を静平谷の奥へのぼって、むかしはまだそこに畑があって、蓑《みの》一枚田といわれた段々の水田も草茫々《ぼうぼう》に放ったらかしてある檜谷へ、ふいに散歩してみたくなったのである。散歩——といっても、左足膝《ひざ》からくるぶしにかけての神経痛がこの春から昂《こう》じているから、杖《つえ》ついて、左足を右足にくっつけてひきずり歩くのだ。距離は二町はない、なだらかな山道だけれど、まあ一時間は覚悟せねばならなかった。しかし、そこへ行ってみたくなった。散歩に出る時は、いつものことだ。戸締りを固くし、裏口も用心ぶかく鍵《かぎ》かけて、出がけに、娘のめぐみの眠っていたはずの六畳をみたが、やっぱり、そこは、ふとんもきれいにたたまれてあり、枕《まくら》もとに、ぬぎたたんであったセーターも、黒のパンタロンも消えている。娘は一番バスでかえったかとあらためて納得したが、たぶんこっちがよく寝ていたので起すのを控えてだまって帰ったのだろう。だまって出ていかれたのに、ふと淋しい思いはするが、しかし、ゆうべのあの喧嘩《けんか》では、めぐみが黙って出ていった気持もわからぬではない。

清右衛門が、急に、檜谷へ行ってみたくなったのも、じつは昨夜も娘とこのところ決着しかねている家屋敷売渡しの談判最中に、「うちにはまだ裏に持ち畑があるのやろ」と、古図面をみて、娘の方からいま住んでいる家屋敷だけ売るのではなしに、ついでに檜谷も売ったらといいだしたことが根になっている。たとえ米一俵にしろ、芋一俵にしろ、楽しんで収穫してきた清右衛門の父母たちが、むかしから大事に育ててきた持ち畑である。その谷畑まで、売ってしまおうという娘の主張には正直、腹もたち、売ることはまかりならぬ、家屋敷も、谷も絶対反対だと云いとおして、昨夜は決裂したまま、清右衛門は納戸《なんど》の部屋へひっこんだ。しかし、わが床へ入ってみると、なかなか寝つかれず、小用に三ど起きた。そのついでに、破れ障子の穴から、娘の寝ている座敷をのぞいた。めぐみは桃色のシュミーズ一枚になり、こっちへ尻《しり》をむけて、世界は二人のために、という鼻唄をうたいながら、セーターとズボンを時間かけてたたんだあと、枕もとにそれをていねいにならべていた。二どめの小用の時はもう寝入ったとみえて、音はしなかった。死んだ母親そっくりの、鼻の穴が少し上向きになった愛嬌顔《あいきょう》は、清右衛門も死んだ妻をみるような気がしてならないわけでもあるが、その丸ぽちゃの白い顔が、スタンドの灯りでほんのり老《ふ》けてみえるのを、しばらく障子穴からにらんでいたが、三どめの小用に行っての帰りはそのスタンドも消えていたので、しずかに床にもどったが、しかしそれでも眠れなかった。喧嘩したせいか、死ぬ時のことなど考えているうちにようやく寝入ったらしい。

死ぬ時のことを考えると、一人で死にたくはないと思った。まあ、毎日会うている貞之助も繁次郎も、坂をあがってきてくれるだろうし、どちらかが京のめぐみへ電話してくれれば、めぐみはいくら夜のつとめがあるとはいえ、実父の危篤《きとく》だから、あの男もつれて自動車で飛んでこよう。さしずめ、死ぬまぎわに、枕もとから顔のぞき込んでくれるのは、貞之助、繁次郎、それに女どもはめぐみのほかには貞之助の嬶《かかあ》のしんと繁次郎の妹のそまであろう。あの男ものぞきこむだろう。あわせて六人が、わしの冥途《めいど》へよばれてゆく日の送り人だ。全戸あわせて九十七戸の静平の村から、たった二戸の隣組しか枕もとへかけつけてくれない淋しさはあるが、これもまあ自業自得だから致し方がない。区長の太左衛門とも、顔役の五人衆とも、例の水道設置以来大喧嘩したまま仲直りしていない。村八分も覚悟で、尻をまくったのが因《もと》で行来《ゆきき》していないのだ。散歩の途中に会えばかるくあいさつはしても、向うから顔をそむけてゆきよる。そんな連中だから、まあ、死に際《ぎわ》にきてくれる連中ではなかろうと思う。すると、やっぱり、死水とってくれるのは貞之助と繁次郎、それにわが身内となるが、これも考えようによっては、間にあわないこともあり得る。娘は四条河原町のキャバレーから北白川のアパートへ帰ってからの報《しら》せだとすると時間はかかる。急な死なら、誰にも見とられずに息をひきとることもあるかもしれぬのだ。他人事のように自分の死を考えるわけだが、人間どっちみち死ぬ時は一人。一しょに棺の中へ入りたいといい通した妻のかんだって、とっくに一人であっちの世へ行っている。自分も一人で、かんの寝ているあの世へ旅だつのだから、送り人の数はまあ問題ではないような気もする。背だが、昨夜は、不思議に、死ぬ時は淋しく思えた。大雨の降る真夜なかであった。背中の方から冷えがはじまった。鉄の板みたいに軀《からだ》半分が硬直しはじめて、そのうち、背中だけが大入道みたいに大きくなった。腹の方がちぢまって、冷たい巨大な鉄板へへばりつくように、胸も、腹も冷えてくる。息苦しくなって、しびれる手をのばし、温《ぬく》みの残っている腹から下腹の方へ、軀を折りまげて、股《また》うらまでさすろうとしたが、板になった背中は動きもしないのだった。それで、軀をつっぱったまま、苦しみをこらえて眼をつぶっていると、いつもなら、チクチク痛むはずの左足が、妙にかろやかなかんじで、痛みから脱げて温みはじめた。それが、次第に鉄板の背中の冷えへ、じんわりと吸いとられてゆくようなあんばいがわかり、つづいて下腹、それから胸へと冷えはつたわり、最後は首から上の顔、頭からも血がひいて全身にかるいしびれがきた。からだがすみれ色の空気の中を泳ぐかのように、ふわっと宙にういた。死がせりあがって来る。どこを向いても人間はいない。風の音と、トタンに吹きつける雨の音がするだけで、真っ暗な雨の中の闇であった。ああ、もう自分は死ぬ、とふと思った。だが、その時も、たった一人で死ぬことの淋しさと恐ろしさがおぼろげにわかっていた。涙がながれた。涙はとめどもなく、頰をつたって耳に入った。その涙は温かくちびるもぬらした。無意識にその涙をなめているうちに、眼がさめて、ああ、いまのは夢だったか、とほっとしたものである。縁起でもない死ぬ夢をみたぞと、それでまた、小用に立ったわけだが、その時はまだ、娘は障子の穴からみえていて、染めた毛唐女のような長髪が、枕から畳へ、日傘をひろげたように散っていたのをおぼえている。娘は口をあけ、ふとんから、これも母親似の白いむっちりした胸の隆起が、シュミーズの薄衣から透けていた。こっちの覗《のぞ》いているのもわからぬほど寝入っている。ほっとして、小用をすませ、また床にもどった。ところが結局、足の冷えから眠れない。幻覚になやまされながら、ようやく眠りについたのは、明け方で、雨風の音がやんでからだ。眼をさましたのは十一時すぎで、すぐ座敷へ行ったが娘はいなかった。書き置きも、荷物もない。自慢の赤いセーターに黒のパンタロンをつけて京へ走って帰ったのだろう。それで、自分は、しかたなく、昨夜、娘と喰ったためしの残りに、味噌汁を温めもせずぶっかけ、三杯たべ、また床にもどってうとうとした。が、一時間ほどして小雨のはずの外が妙に温もる様子なので、大戸のフシ穴へ眼をあてると外に湯気がたつのがみえたから、起きて縁先の戸を一枚あけてみた。すると何のことはないいい天気で、北の花背《はなせ》の山から、大原の方の山波までがいつもならかすんでいるはずのが青空の下にくっきり浮いてみえる。散歩したくなったのはこの直後だった。檜谷へ行ってみようと思ったのだ。そうだ。やっぱり、谷へいってみたい、めったに行ったことのない谷へ向いたのも、死んだかんや父母の面影がよんだのかもしれぬ。昨夜は、どうも、厭《いや》な夢をみたものだ。

2

櫟《くぬぎ》と欅《けやき》の若樹が両側にせりあがった山裾《やますそ》をうめていた。樹はそんなに太くはないが、箒《ほうき》状に空へひろがってつきぬけているので、どの小枝にも、いま、若蟬《わかぜみ》の羽をみるみたいな、薄みどりの葉があるかなきかの風にゆらいでいる。陽は雨のようにさしこんでいるので、しめった山道は、縞目《しまめ》の陽光が妖《あや》しく輝き、ああ、こんな道を、母とよく歩いたものだと、六十五歳の清右衛門を感慨にふけらせる。母はぼろぼろの野良着しか着なかったが、膝から下の白いふくらはぎは形よく肥《ふと》っていたので、背の小さい清右衛門があとをついてゆくと、先を登る母の足の白さを仰ぐのだった。光の縞のなかでみえた母のふくらはぎは、真綿《まわた》のようにやわらかく思えてまぶしかった。登り坂はしばらくすると、やや急な坂となり、道に沿うてあった川が左に折れるあたりに、これはよその持ち畑だが、かなりな梨畑が手前に広がっていた。花はいま蕾《つぼみ》であって、純白の玉を、みどり葉が抱き支えている。子供のじぶんからみてきた梨の花は、どういうわけかどれもこれも空にむかって咲く。よく手入れされているので、枝は背丈ほどのあたりで、横にひろがり、新枝は空へむけて突立つものの、古枝は棚板のように扁平《へんぺい》になっているから、白蕾は、棚の上にならべた白玉のようにむらがって美しい。

そのかわり、地めんは、黒くて、葉のあいだからさしこむ縞目の陽で、湯気をたてていた。清右衛門は、梨畑を横切って、川に架った小さな木橋の手前へきてちょっと一服した。この橋から、清右衛門の所有であった。谷はそこから扇子をすぼめるようにせまくなるが、正面に六畝《せ》ほどの畑と、下に小さな水田がある。いま、その畑も田も、守《もり》するものがいないから、丈高い草茫々で、蛇いちごの赤い実がところどころにみえる。まだ、母がここで働いていた頃、一度大水が出て、橋が流れたことがある。父も一しょだったやもしれぬ。七つか八つだった清右衛門は父母と一しょに、この小さな橋の普請《ふしん》をした。父は大工だから、丸太を山から伐《き》ってくると、器用にチョンナでけずり、川にさしわたし、その上へ栗や椎《しい》のころを皮のついたままならべて、編むように籐《とう》でゆわえた。そうして、赤土をその上に積んで、何ども足で踏みかためた。日数がたつと、この土橋は、草が生え、土の下から、丸い千木《ちぎ》のような栗のころはしが、ならんでみえた。この父の仕事から、橋づくりを覚え、自分の代になって、二度ばかり、妻のためにつくりかえてやった記憶がある。他国から嫁にきたかんは、義母の教えを守って、やはりこの谷でよく働いてくれたが、橋がくさりかけると、いまにもくずれそうだといって、渡るのをこわがったものである。清右衛門はかんにいわれてすぐ見にきた。たしかに丸太がくさっていて、裏をのぞくと、ケタもコロも椎茸《しいたけ》がむらがりはえ、皮も落ち、いまにも、破れ落ちそうだったので、かんを手つだわせて、真新しいのにつくりかえた。その時は、清も、めぐみも、生れていて、仕事をする二人のわきで、筵《むしろ》を敷いてもらって、眺めていた。いや、清はもう大きくなっていて、土はこびぐらいは手つだっただろうか。六十五になると、そんな記憶もだんだんぼやけてしまってくるのである。

かんの顔を思いだしながら、いま、清右衛門は橋をわたった。そして、畑の草っ原へくると、そこに、坐り心地のよい古い畝《うね》の乾いたところをみつけて一服した。わきに杖をおいて、木っ端を尻に敷いてすわると左足を思う存分のばして、ゆっくりさすりながら、梨畑の向うにひろがる村の全景と、うしろ山の景色をふりかえってめずらしげに見わたしたのである。この景色は子供の頃から見馴《みな》れているが、しかし、いつみても、わるいものではない。檜谷とはいうけれど、檜のあるのは他人の山で、持ち山は檜のない雑木林だが、いま、そこは新芽と、若葉が萌《も》えいでて、樹々の若葉は漆《うるし》を溶かしたようにぬれ光っているし、村のどの屋根も白く光っている。

こんな土地を、むざむざと、娘のマンションの代金のためにくれてやれるものか。ここはわしの土地だ。誰にも売れんぞ。いや、わしの土地というより、先祖の土地だ。先祖が、何度も何度も、橋を架け直して、働いた畑だぞ。血汗の通うたこの畑を、どうして、かんたんに売れるもんか。娘は、兄の清の結婚がうまくゆかなかったのを、自分が小姑《こじゆうと》でいるからだとの理由で、二十四歳になるとすぐ京へ出て、はじめは、百貨店の「丸物」で女店員していたが、それも半年でやめると勤め先を転々した様子で、いまは、水商売をしているのである。四条河原町の「猫」というキャバレーにつとめて、北白川の、それでも高台のアパートを借りて、どうやら口すぎはしているらしい。そこへ清右衛門は二、三度いったことはある。こんど、めぐみに結婚相手が出来て、その男も、二、三度めぐみと静平へきている。同志社大学を出たというが、みるからに、弱々しそうな青い顔をした男で、何でも専攻が美学だったとかで、宮の建物や、寺の建物について、ひとくさりの理屈はいう。しかし、大学を出てから、どこかの工務店につとめていたのをやめて、いまは、グループをつくって、インテリア・デザインとかいう舌をかむような名の仕事をはじめたそうだ。どういう仕事かとたずねれば、室内装飾の図面を画く商売だそうである。妙な商売も出来たものだと清右衛門は思う。めぐみは、もうこの男と出来ている様子で、男の両親とも会っていて、すでに同棲《どうせい》同様の生活をつづけているのだが。北白川のアパートの権利金も、男が少し出したらしい。いま、めぐみが、二日とあげずに、静平へ帰ってきて、家屋敷を売れと、清右衛門をせっつくのは、じつは、この青年との新生活のために、御池《おいけ》通りに新しく出来るマンションを買いとりたいためである。その代金に五百万近くかかる。すでに、キャバレーで働いためぐみの貯金は二百七十万あるけれど、二百万円足りないのだという。それを、静平の土地を売ることで、間にあわせて、かわりに清右衛門には、京へきていまの北白川の自分たちのアパートに住んでもらいたい、とまあ、こういうのだが、マンションは何でも、御池の烏丸《からすま》とかいう便利な中心地にあり、そこが買えると、青年が、グループでやっている「デザインルーム」の事務所ともなり、仕事もやりやすくなるというのだった。いわば住宅兼用の事務所を計画しているわけで、何としてもめぐみは青年の将来のためにも、自分の将来のためにも、二百万の金を都合してほしい、と頼みにきているのであった。清右衛門には金はない。しかし、いまの土地と家とを売ればそれぐらいにはなるとは思う。

だが清右衛門は、インテリア・デザインなどと、舌をかむようなわけのわからぬ仕事をしている男の将来が大きく拓《ひら》けてゆくものとは思えない。そのことは、いつも、めぐみとの衝突の理由でもあるのだが、頭から、青年が嫌いなわけでもなかった。娘のえらんだ男だ。大学も出ている。顔の青いのは少し心配だが、気もおとなしくて、頭のひくいところもある。静平へきても、いつも、手土産は欠かさずもってくるし、育ちのよい中流家庭の息子らしい特徴も持っている。一しょになりたければ、かまわぬと思うが、しかし、わが家二代が宮大工をして守りつづけてきた家と土地を、かんたんに売るとなると、そうはゆかないと思うのである。

だがまた、よく考えてみると、自分はもう、足がわるくて、働けない気がしている。宮大工は足場をのぼって高い寺や宮の屋根へのぼらねばならぬ仕事である。それがもういま神経痛で出来ないのだ。腑甲斐《ふがい》のない話だが、娘から月々一万円ほどこの頃は援助してもらっている。それは、足がきかなくなって、大工仕事にゆけなくなった三年ほど前からのことだが、しかし、まだ六十五だ。貞之助にくらべたら五つも年上だが、六十三の繁次郎には負けない恰幅《かっぷく》もしている。足のほかはまだどこもわるくはない。足さえ直れば、まだまだ働ける。普請場の足場へのぼる自信もある。西式電気治療器とか、双葉式リョウマチ快癒機とかいう、新聞広告を切りとって、それを京の娘におくり、娘がデパートにいた頃の知人から二割方安くしてもらって機械は送ってもらったが、効かなかった。近くの鉱泉宿へも行った。城崎《きのさき》へも、有馬へもいった。左足はどうも死にかけるかのように力がなくなる一方だ。息子の清が生きていてくれて、家業の宮大工をついでおれば、こんなハメにはならなかったはずが、その清が若死しているから、いまは娘がたよりになったのである。その娘が、家屋敷も谷の土地も売ってしまえという理由には、いつまでも、陽あたりのわるい村にいると、リョウマチは長びく一方だし、それにどうせ、こっちの送金で暮すなら、二重生活は不経済であるともいうのだ。いっそ、村の土地一切売って、京へ出て自分たちと一しょに暮せばいいだろう。これはしかし、かすかに嬉《うれ》しい気もするが、……めぐみも少し虫がよすぎる。

「お父ちゃんは、うちの親孝行しようと思う気持がわからんねや。うちはなーんも、この家を売って、そのお金を、好きなことにつかういうてんのやないのんえ。うちは、お父ちゃんを、京へよんで、楽させてあげたいために、いうてんのやさかい」

京へゆけば、毎日、アパートでぶらぶらしていてもよい。芝居をみていてもよい。テレビにかじりついていてもよい。散歩がしたければ、杖《つえ》をついて、そこらじゅうを歩けばいいと、娘は暢気《のんき》なことをいってくれるのだ。心根のやさしいことばを投げる。だが、どうしても、清右衛門はそれについてゆけない。昨夜も断固として、家屋敷を売るのに反対したのだ。

「わしは、ここで死ぬ。ここで死にたいのや、ここはわしの死に場所やし、おまえのおっ母んも兄の清も眠っとる墓のある村や」

清右衛門はそういった。すると、めぐみは、

「阿呆やなア。お父ちゃん。あんた、こんな村にそんだけ愛着もっててもそれはお父

ちゃんの気休めだけで、ちっとも幸福やないやろ。静平の人らが、お父ちゃんと仲のわるいのは、百姓してはる人らとお父ちゃんの条件がちがうからや。お父ちゃんは宮大工やろ。ここの人らとちがうのやでェ。お父ちゃんは、いま、村にのこって死にたいいうけど、静平の人らは、お父ちゃんが死んでも心から悲しまはる人はあらへん。もう、むかしのように田圃《たんぼ》をつくって、農家として生きようとしてはる家はどこにもあらへんし。みんな、アルバイトやら出稼ぎしてはる人ばかしや。若い人は京へ出て、年よりだけが残ってはる家は半分もあるやないか。下《した》の繁次郎さんのとこやかて、若夫婦は京へとうに出てはる。それに、お百姓さんいうたかて……政府はいま、米つくるのをとめてはるのを知らんの。……丹精した耕地整理が去年ようようすんで村の田圃は、きれいになったけど、こんどは逆や。去年までは政府のお金で、一俵でもよくとれるように整地しやはったけど、ことしからは、その田圃で米つくったらあかん……米つくらんと草はやしてあそばせる方がええ。ほしたら、一反に三万円以上奨励金くれはるいう時節になってんのえ。お父ちゃん、よう考えんとあかん。もう、こんな村におってても百姓しとってもあかん時代がきてんのやな……お父ちゃんが大工さんしててお母ちゃんが田圃してはった時代は、ええ時代やったけど、いまはちがう……お寺の坊さんやかて、もう村におるのがいややいうてはるえ」

めぐみは、そんなことをいって、清右衛門の離村をけしかける。考えてみると、なるほど、そうかもしれぬ。繁次郎や貞之助の話だと、ことしから田をつくらなくても、田に奨励金がおりるそうである。妙な世の中になったものだ。むかしは、田を一しょうけんめいつくって、一俵でも米を多くとらねば収入とならなかったのに、田をあそばせた者に金がおりてくる。村の事情もずいぶん、かわっている。これは本百姓でない宮大工には関係のない話ながら、眺めていて羨《うらや》ましいようないまいましいような気がしないでもない。だといって、宮大工代々のわが家も、百姓たちの田を捨てるように家屋敷を捨てていいものか。清右衛門は、どうしても、めぐみにだまされている気がして売る決心がつかない。

そう、清右衛門は、橋をわたりしなに考えているのだ。

〈おっ母やお父が、苦労して橋かけわたしたこの畑をどうして、他人にくれてやれようか。この谷は、うちの先祖が眠ってる谷やないか……〉

3

静平には、村なかを流れる大川へ、北から、いくつもの支流がそそいでいる。谷が多いのである。家々は、その細川をいくつも軒下へながれこませて、むかしは、洗濯したり、茶碗《ちやわん》洗ったりするほど、どの川も清流だった。ところが、清右衛門が五十九の秋だったかに、大きな台風があり、奥山がくずれて、小谷は赤土のむけた山崩れで大水が出た。細川は土砂でうまり、下の大川まであふれて、田圃の畝まで埋まった。そのあとの復旧工事が大変であった。ここらあたり、農家はみな家の戸口に、別棟の便所をもっていた。どんな大家でも、戸口を入るとくさい便所の汲取《くみと》り口をみながら玄関へゆく。大水は、それらのどの家の便所も流したのである。村はいっとき、糞《くそ》のなかに浮いたみたいになった。清右衛門は、高台にいたので、他人事のように眺めていたが、じつは区長太左衛門との喧嘩も、家の戸口に便所をつくることとの愚かさを、清右衛門が大工の立場から嘲笑《ちようしよう》したのに端を発している。百姓には百姓の都合があった。何といっても、むかしの肥料は人肥だったから、運ぶのに便利なよう、どの家も便所は道に面してつくられていなければならぬ、というのが、村人の主張で、宮や寺とちがうのであった。便所が奥にあっては、汲取りが不便である。その後、助成金がたくさん出たので台風後の復興もはかどり、どの家も、土方した給料などで、電気ミシンや洗濯機、テレビも買いそろえたようだが、建て直した家は、みな、昔のままの便所を、道に面した玄関口につくっていた。これを清右衛門は嘲笑した。人肥が中心だというが、いまは農協から俵に入った肥料をはこべばよく、手のないところは、有線でたのめばいい。そうすれば若者が日当目あてにやってきて、除虫薬も、除草薬も、硫安も、ヘリコプターで撒《ま》いてくれる。いまは肥汲みなどしている家はどこにもないではないか。それなら、なにも便所は家の前につくる必要はなく、この際、村の大通りを、汲取り口のみえる風景から変えるのが至当だと、清右衛門は力説した。ところがこれに猛反対を喰った。おかげで、村八分にされた。理由は、檜谷の畑と田圃を少々守《もり》するぐらいの清右衛門を百姓と村はみとめていない。本業が、近在の神社や寺の普請をする仕事だから、年の半分は村を留守にする清右衛門である。いわば、特殊な職業だから、そんなことがいえるのであって、年じゅう田畑へ出る百姓の苦しみはわかっていない。宮大工のたわごとだと一蹴《いっしゅう》され、さらに、この台風の年に区会で決った水道敷設は、奥の谷に大きなタンクを一つ設けて、そこから管をとって各戸にまわし、九十七戸がいわゆる簡易水道の恩恵をうけることになって、井戸を廃止した。これには、清右衛門は賛成だった。大水の時は、どの井戸にも糞が入ってそれで病人も出たからだ。ところが、この水道も、谷べつにした方がよいと清右衛門は思った。小谷はいくつもあるのだから、何も大がかりなタンクを大谷に一つ設けてすますような大工事にせず、谷々に一つずつ小さなタンクを設けて、十戸乃至《ないし》、十二、三戸の、谷々の住民が株をもてばいい。その方が、土地事情を踏まえて自然だというのが、清右衛門の発案で、これも、宮大工の屋敷だけが、谷の上にあり、自分は檜谷の湧水《わきみず》をもっているので大タンクに銭《ぜに》を出すのがイヤなためだろう、といわれた。あいつは年半分はよそにいるから、村の集まりに出てきたこともないくせして文句をつける、とまあそんなふうに取られたらしかった。で、水道問題も、やはり、大タンク一つの設置でけりがつき、おかげで、反対した清右衛門だけは、自分の所有である裏の檜谷の清水《しょうず》から竹筒でひいて間にあわせている。これも、清が死に、娘もいなくなった一人ぐらしでは不便なことではない、風呂も、炊事も、土間へひきこんだ細竹の口からのちょろちょろ水で間にあっている。こんな具合で、清右衛門は、村の連中とは、顔をあわしてもあいさつしない間柄となったが、もっとも、この偏屈はいまにはじまったことでなく、大むかしからで、どちらかといえば、先代の宮大工、清右衛門からうけついだものだといえたろう。清右衛門は幼少から父の名をもらって清右衛門と名のった。名をもらったとおり仕事も、五つ六つから習いおぼえて、七十三歳で父が死んだ時には、二代目・清右衛門はもう四十八になっていた。母はみんといったが、宮普請《ぶしん》や寺普請で家を留守にする父をよく助けて、檜谷の畑と田を守しながら、清右衛門を育てた。みんも父が死んで二年目に、あとを追うようにこの世から去ったが、いい母だった。七十一であった。清右衛門は、まだ父母存命の頃にかんを嫁にもらった。これは、父が同じ大工仲間の娘をひきあわせたのが縁で、里は舞鶴《まいづる》であった。無理矢理、清右衛門にくっつけた嫁だったが、かんは器量はまあ十人なみで、丸ぽちゃのおたふく顔だった。気だてのよい、愛嬌《あいきょう》のある女で、よく義母の教えを守って、清右衛門が外で働く留守を家にいて、畑仕事もし、米もつくり、子を育てた。清右衛門に子が二人いた。清とめぐみである。清は結婚二年目にうまれ、めぐみはそれから六年後にうまれた。清右衛門は晩婚だったので、清がうまれた時は三十二だった。めぐみがうまれた年は三十八である。かんは、めぐみをうんでから産後の肥だちがわるく、にわかに病弱になった。しかし、よく、二人の子の面倒はみた。だが、しょっちゅう医者にかかって寝る日が多くなり、肝臓ガンでめぐみが十三になった時に死んでいる。四十三であった。

清右衛門は、十九歳の清と、十三歳のめぐみを男手で育てねばならなくなった。しかし、清はもう大工仕事が一人前になっていたし、十三のめぐみも、やがて中学校を出て家事を手伝ってくれるようになっていたので、清右衛門は後妻をもらわず、一家三人で、いまの家に住み、つつがなくやってこれたのである。ところが不幸は、清の嫁の問題のこじれからやってきている。

4

あれは清が二十五の時であった。清右衛門は、自分が晩婚であったことを悔いてもいたので、清には早く嫁をもらってやりたく思った。で、そのことを清に訊《き》いた。清はまだ早い、といった。清には一つの理屈があった。まだ、自分は一人前の大工とはいえない。親爺《おやじ》は一人前扱いにするが、大工が一本立ちになるということは、施主の希望に応じた「家」でも、「神社」でも、「寺」でも、ちゃんと図面をかいて建てられる腕がなくてはならない。いまは、工務店の設計者が、図面をひいてくれて、それをうけおい図面通りに材料を切ったり、削ったり、穴あけたりして、組みたてればそれでいいようなものだ。けれど、親爺は設計者にたのまなくても、雲定規《くもじようぎ》と金尺をつかって、どんなそり棟の堂や塔や伽藍《がらん》の図面もひいてみせる。自分にはまだその才能はない。これでは三代目清右衛門の宮大工とはいえない。一人前というのは、図面もひけねばならない。二重ダルキの組みあわせも出来ねばならない、それには、まだまだ経験を重ねねばならない。嫁をもらうのは三十すぎてからでいいではないか。

清右衛門は清のことばを感心してきいたが、しかし、いまの宮大工は、むかしとちがって、たしかに、清のいうとおり、図面は向うからわたされてくる。施主と工務設計者が相談して描いたものである。大工は、つまり、青写真にしたがって材料をつくればよい。それでいいのである。清はもう、道具つかいは一切出来るし、寺や宮の普請も、ふつうの町家の普請も出来る。何ども下請職人の中にまじって働いてきたから、かりに、いま、清右衛門が死んだって、喰いはぐれることはないだろう。とくに、戦争後は、建築ブームであり、大工の手間賃もあがっている。そこらじゅうの棟梁《とうりよう》仲間からは、清を貸してくれ、と頼みにきて手のあいた日はない。清右衛門は、清の勉強のために、よく相手を吟味して、なるべく寺や宮の普請場へ向けたが、棟梁たちはよく働く腕達者な子だ、さすがは三代目だと太鼓判を捺《お》した。じつは、その棟梁の仲間で、近江の朽木谷《くつきだに》の御坊という村から田沢善六という、むかしから、清右衛門と寺普請でよく顔をあわす男がいた。この男が、清を見て、ぜひ嫁にと、部下の大工の小島文蔵の娘の多代を、東山の高台寺《こうだいじ》にあった尼寺の普請の際に紹介している。文蔵も朽木谷の男であった。多代はその年二十二だった。大阪に出て洋裁を勉強しているといったが、用事があって、父親の文蔵の仕事場へきたのをみて、いい娘だなと清右衛門は思った。暗い小舎でみたので中肉のぽちゃっとした顔だちが、どこか娘のめぐみに似ていた。清右衛門は、こんな娘が、清の嫁になってくれればと思った。その直後に文蔵の棟梁の田沢が嫁にどうかと切り出した。ありがたい気持で、さっそく、帰ってから清にそれを話したのであるが、清はどちらかというと、寡黙《かもく》型で、清右衛門と性格は似ていた。しかし、ひいきめにみても頭はそう切れるほうではなかった。辛抱づよく、じっくり仕事をかまえるタチで、要領よく物事を先取りして、敏捷《びんしょう》に立ち廻る方ではない。建築仕事には、このような気性がいいのだった。仕事がソツがなく、失敗も少ないからである。清右衛門は、清のこの性格に期待をもっていた。で、一見して、花やかにみえた多代が、もし、清の嫁になってくれたら、ちょうど、自分が舞鶴の近くの田舎から、機織《はたお》りしていた、丸ぽちゃで愛嬌のあったかんをもらった時の事情と似ていないか、と思った。かんも、性格は明るく、いつも、笑顔で家を明るくしてくれたが、多代にもその兆《きざ》しがある。清のむっつり型の性格と合うかもしれない。清右衛門は、清に多代のことをすすめた。すると、清は、口ではまだ結婚は早いといいはるものの、多代を同じ日に仕事場でみていたから、眼の奥で、内心満更でもなさそうな光をみせた。

清右衛門は、朽木谷の文蔵にそのことをいった。そして、ふたりを正式に見合いさせることにした。場所は、寺町三条の角にあった肉屋である。そこで、食事をしながらふたりを会わせたのだが、清も気に入り、多代も気にいった。これは清右衛門にとって嬉しいことだった。二人に映画を観るようにと京極へ行かせたが、清は静平へ九

時頃に帰ってくると、

「お父つぁん、あの娘《こ》はええ娘《こ》や。親切やし、よう気ィのつくところがある。やっぱし、大工の子やさかい、わいの気心もわかるのやろ」といった。

「へえ、もうそんなとこまで行ったんかいな」

清右衛門は、こぼれる喜びがかくせなかった。わきにいためぐみにも、清右衛門は、もし、兄に、大阪からその娘が嫁にきたら、お前もイヤな小じゅうとだといわれないように、やさしく迎えてやってくれ、といった。めぐみはふんといい、これまで、家事一切をひきうけてきたのだから、兄嫁がくれば、それは助かることでもある。うちはほしたら、嫁さんがきやはったら京へ出てゆく。うちかて、家にいつまでもおっては嫁入り口がないさかい、デパートでも、喫茶店でもいって、一しょけんめい働くわ、といった。清右衛門は、そんなことをいうめぐみに不安を感じたが、しかし、嫁がきて、嫁がめぐみの働く分をつとめてくれるのであれば、めぐみが京へ出るのもいいだろう、そんなふうにも内心思った。

朽木谷の文蔵とも田沢とも、尼寺の普請場で約二カ月働いているうち、すっかり内輪になり、多代のことを根掘り葉掘りきけたが、まったく、清の判断したとおりで、気性のいい、律義な娘らしかった。で、清右衛門は、挙式はいつにしようかときくと、文蔵は、じつは娘はいま、大阪阿倍野橋《あべのばし》の近くのアパートにいて天王寺の洋裁学校へ通っている。もう一年すると専攻科を卒業する。どうせ、今まで勉強したのだから、そこを卒業しておかないと損になる。何でも、専攻科を卒業すると、洋裁の内職はもちろん出来る上に、ふつうの人なら縫うだけのところを、デザイン、裁断が出来る力がそなわるというので、やっぱり卒業させておいた方がよいという。

「つまり、大工でいうと、下働きですむとこが、図面もかけ、切り込みも出来るのと同じで、洋裁でも、デザイン、裁断ちゅうと奥義に入るらしいねんやな。ふつうの縫い子ではつまらんさかい」

と文蔵はいうのだった。宮大工の嫁に、そこまで洋裁の才能をつけた女が必要かどうか、と内心そう思ったが、しかし、せっかく、そこまで勉強してくれていて、途中でやめるのも、かわいそうではある。父親のいうとおり、一年で卒業できるものなら、卒業させてやった方がいいだろう、それに、もし、万が一、これはそんなことがあっては困るはなしだけれど、子が出来てから清が病気でもして、働けなくなった場合のことを考えると、嫁に力のあることは望ましい。洋裁学校の専攻科卒業証書が物をいって、嫁は働くことも出来るというものだ。清は少しでも時期をのばして、もう一つ自分でも大工仕事をおぼえたいといっているのだから、一年ぐらいの延期はさほどでもない。清右衛門は文蔵のいうことを承知した。ふたりをまあ内々の許婚者《いいなずけ》ということにして、会いたい時は会わせ、将来のことなど話しあわせるようにさせた。結婚するとなれば、嫁は静平へくるか、別居するかのどちらかだが、それはどちらでもよい。まだ、清右衛門は若いのだし、めぐみも家にいる。二、三年は、いまの若者たちの風潮でもある。そんなこんなを考えると清右衛門は楽しくなり、休みがくるたびに、清に、やって、新婚生活を楽しませてやりたい気もする。それは、いまの若者たちの風潮でもある。そんなこんなを考えると清右衛門は楽しくなり、休みがくるたびに、清に、大阪へゆけ、朽木へゆけと、多代のところへ清をあそびにゆかせたが、向うもその気になってきているとみえて、二人はいつも、京都で落ち合っている様子だった。帰ってくるたびに、清は熱のこもった眼をして、「お父つぁん、あの娘はええ娘や、わしゃ、一生懸命働いて、あの娘をどないしても嫁にするでエ」といった。事実多代との話がおきてから、清の働き方に変化が起きた。どんな仕事にでも精を出す。たとえば、同じ静平の村でも、気心の知れた家から、やれ軒ひさしが折れたの、便所の屋根が落ちたの、台所の根太がくさったの、といってきて、大工としては、イヤな仕事である修復仕事を、清はにこにこして夜なべ仕事ですましてくる。宮大工になろうという者が、便所の屋根だとか、台所の根太かえなどで、くもの巣だらけになるもンやない、宮大工には誇りがなくてはいかんと、口すっぱくいい、なるべく、そんな下仕事ははねつけてきた清右衛門も、自分から喜んで出てゆく清をみていては、怒るわけにもゆかない。清は結婚資金を稼ぎたいのだといった。それをきくと誇りだけで肝心の貯金は殆《ほとん》どなくて、死んだかんに生涯苦労をさせた自分が省みられ、清右衛門は、六十近くなって、初めて息子に何かを教えられる気がした。しかし、自分だけは宮大工の誇りは捨てず、いくら清が手を貸せといっても、村仕事には一切出てゆかなかったが――。

一年近くすぎただろうか。清は冬近い小春日和《びより》の休みの日に多代に会いにいって、悄然《しょうぜん》と帰ってきた。蒼《あお》い顔して、ひとまわり痩《や》せたといっていいほど生気がなく、気力も何も失って、むっつり帰宅したのを認めた清右衛門は何かあったな、と感づいて、訊いてみると、清は囲炉裏のわきにあぐらをかくと、しくしく泣きはじめた。その時、台所で食事の用意をしていためぐみが、兄が泣くので寄ってきた。「お兄ちゃん、どないしたん、何ぞ、多代さんとあったんか」ときくと、清右衛門もうろたえ、思わず清の顔をにらんだ。

「お父つぁん、わいは阿呆《あほ》やった……だまされた」

と清はいった。めぐみも、清右衛門も、清の眼がこの時、これまでにみたことのないほどの憎悪《ぞうお》を示して、光るのをみた。

「お父つぁん、あの女はひどい奴やった。わいの貯金をつこうてしもて……その上、男つくってどこかへ逃げよった……ひどい女や。朽木の文蔵さんにいうてくれ……娘ははじめから、わいをだますつもりでつき合うとったんや……わいは、あの娘のいうことを真《ま》にうけて、アパートの権利金だしてやったんや……ほしたら、その金は、あの女がみんな男に貢《みつ》いどった……」

清右衛門は蒼ざめて、半信半疑でこのことばをきいたが、嘘《うそ》のようにきこえた。膝《ひざ》すりよせてよくよくきいてみると、清のいっていることに嘘はなさそうである。多代という女は、したたか者で、一年近く前に、三条の肉屋で見合いさせた時から意気投合した顔をし、清の休むたびに映画も見、喫茶店へもゆき、円山公園も散歩して、お互いの愛情をたしかめあったという。そして、いそいそと大阪へ帰っていく様子だったのが、じつはそれには裏があったらしい。というのは、清右衛門に内緒で、清は自分で働いてためた八十万円の貯金を、半年前に多代にわたしている。六月のことである。京都の伏見に手頃のアパートがみつかった。そこを借りる権利金と敷金に必要だと多代はいったそうだ。どうせ、結婚するのなら、二、三年はそこで住みたいと思う。わたしに金があればすぐにでも借りたいぐらいのいい部屋だが、学資や何かで朽木の父に無心しているのでこの上それはいえない。だから、あんたにもし貯金があれば、どうせ二人の将来住む家だから貸してくれ、ということだった。清は承知した。大阪のアパートにいるよりは、伏見へきた方が近いし、また、これからの逢瀬《おうせ》も、そこで会える。なにも無理な出費ではない。式さえあげれば、そこで新所帯がもてるのだからと、多代のいうままに、父に内緒で八十万円おろして渡した。こっちは仕事で忙しいものだから、何もかも多代まかせにして、伏見のアパートもみず、信用していたのである。いずれこんどの休みには報告があるだろうから、その時に見にゆこうと胸ふくらませていた。七月になっても、多代から電話がなかった。どうしたことかと、こっちから大阪のアパートへ電話すると、管理人が出てきて多代は越していることがわかった。越したのなら、伏見のそのアパートが借りられて移ったにちがいないと思い、地図はきいていたので、大急ぎで桃山へ行ってみた。ところが、伏見桃山のその造成住宅地には、確かにアパートはあったが、多代らしい女が借りている部屋はなかった。管理人にきいてみた。大阪からそんな娘さんが申し込んできた話はないという。アパートを間違えたか、と思い、地図をあらためてみたが、そのあたりではそこしかないし、やはり番地もあっていて、たしかに「桃山アパート」という名もちがっていない。清は、不思議に思った。十日ほどじっとがまんしていた。ところが多代からは連絡はなく、ますます不安になってきたので、思い切って、大阪阿倍野橋の番地をたよりに、多代のいたアパートを訪ねたのだった。もちろんもうそこに多代のいないことはわかってはいたのだが、誰か行先を知っているものがあればとの心だのみがあって、休みを利用して朝早く出かけてみて、意外なことがわかった。多代は、たしかに十五日前までそのアパートにいた。しかし、独身でいたのではなかった。一年ほど前から、大阪医科大学生だという男が出入りしていて、多代の部屋に泊りこむようになった。多代は、その学生のことを、従兄《いとこ》だと隣人にいってたそうだ。そうして自分は、毎日、天王寺《てんのうじ》近くの洋裁学校へ通っている様子だったが、学生がくると戸に鍵《かぎ》をかけ、一日じゅうとじこもっていたそうである。学生は、どこか貧相なかんじのする男で、明るい大柄な多代の従兄だというにしては、顔だちもちがったし、陰険な目つきなので、隣人たちは、様子がおかしいと噂《うわさ》しあった。多代は、ある人に、この従兄が大学を卒業して、一人前の医者になるまで働かねばならない、といっていたという。

清はこの話をきいた時、立っていた足もとがぐらついて、世の中が、いや、大阪の町の地面が裂けるように思われて、黒い土が押しかぶさるように自分の頭へ迫った気がしたという。人の好い自分が、阿呆に思えた。多代という女の二重性格が、絵模様のようにわかりはじめてくると、誰に投げつけようもない怒りと悲しみがわき、しばらくは気ちがいのように、ガード沿いのその町筋を歩いたという。死にたかった、とも清はいった。だが、死んでは負けだと思って帰ってきたのだと、泣きじゃくりながらいうのであった。清右衛門は、にぎっていた火箸《ひばし》をふるわせ、「そんな馬鹿な、そんな阿呆な」といったきりで、押し黙った。めぐみもきいていて、眼に涙をため、憤慨きわまりない顔で、

「お兄ちゃん、それは結婚詐欺《さぎ》とちゃうか。警察ィうったえて……ひどい目にあわせてやったらええのんや。そんな女は悪魔や。女性の敵や。人の好い兄ちゃんからお金まきあげといて、自分の好きな人に貢ぐなんて……くやしいやないか。草の根わけても探しだして、ひどい目ェにあわせてやったらええのや」

といきまいた。すると清は、帰り道によくよく考えてきたとみえて、

「お父ちゃん、めぐみ。世の中には、えらい女がいよるもんや。いまの世は、どんなことしてでも、銭《ぜに》さえとればそれでカッコがええ、自分らだけの幸福を摑《つか》めばそれでええという考えの女もおるねんや。そんな女に惚《ほ》れてたわいが負けや。草の根わけてさがしたって、なーんにもならへん。会うただけで胸くそがわるい。お父ちゃん、わいは眼ェがさめた……もう、一生……女には惚れんぞ……」

清右衛門は、しかし、腹が立って仕方がなかった。それで、その場は、清をなぐさ

めはしたけれど、大工仲間の朽木の文蔵に、ひとこと文句はいいたい。それで、翌日、清右衛門は、バスで大津へ出て、大津から江若《こうじやく》鉄道にのって、安曇《あど》川で降り、そこからまたバスで朽木谷へのぼった。御坊の村の文蔵の家へいった。文蔵はいた。会ってみてわかったことだがこの父親も娘の行状を知らなかった。多代は、両親をも、許婚者の清をも、それから棟梁の田沢をも、うまくだましていた。だが、働き者の清と、見合いした時から清をたしかに気にいったことは事実らしくて、そのことは文蔵にもいっていたそうだ。清とつきあううちに、清の底ぬけなお人好しの気性がわかってうれしいともいい、あの人なら結婚してもよいといってたという。ところがそれと前後して、医科大学へ通う苦学生が現われて、多代は、魔がさしたようにその男にひかれたにちがいなかった。文蔵が、申しわけないといってあやまっても、それで気がおさまるものでもなかったが、どうにかして、多代の行方をつきとめ、借りた八十万円だけは、とりかえしてみせると、いってはくれたが、この家も朽木谷のボロ家だったし、文蔵の嬶《かかあ》も肺病で寝ていて、その枕《まくら》もとでの話だったので、そんな言葉は、清右衛門の心に出来た空洞を、何一つなぐさめてくれる材料にならなかった。静平へ帰っても、清右衛門はぷつりとだまりこくり、清を見る眼にも、涙がやどった。

　この悲運以来、清右衛門はいっそう頑固な偏屈者になった。清もまた、それに輪をかけた陰気な男に変った。父と兄が、まったく、人が変ったようになったのをみためぐみが、たえられなくなって、やっぱりお兄ちゃんが不幸になったのは、うちが家にいるさかいや。若い嫁さんがここへきてくれる気持になっても、うちという同年位の内娘がおっては、やっぱり来にくいのかもしれん。多代さんが、一年卒業まで式をのばしてくれといわはったのは、うちのいることが気になったさかいやろ。お兄ちゃんの幸福は、やっぱりうちがおってはつかめんかもしれん。必死になっていうめぐみの言葉にも、それは一理あるようにはきこえた。しかし、多代が一年おくらせた理由はめぐみのこととは関係がない。専攻科を出たいというのが理由だったのだった。あるいは、その頃からすでに、多代には、医者をめざす恋人がいて、その男に力がないために、何とかして人をだましてでも、金をつくって、男を男にしてやりたいというような、手段をえらばぬ計画がたてられていて、都合のよいことに、宮大工の清がそれにひっかかったとみられもするようでもある。阿倍野橋のアパートの隣人は、「あの人、ほんまに洋裁学校へいってはったんやろか。えらい、厚い化粧して、六時ごろに出ていかはって、夜おそう帰ったりしてはったさかい、どこぞ、南新地の方のバーへでも出てはんとちがいまっか」といっていたのを清はうつろな耳で聞いたことだったが、もし、それが事実なら、おそろしい計画もたてるような女であったかもしれない。

それにしても、月に二どの休みには、清はよろこんで、逢《あ》いにいったのだった。そんな時、多代は、けぶりにも、悪女の眼はみせず、映画館でも、円山公園でも、暗いところへゆくと手を握ってキスした。ふれあったのは、口唇だけだが、清は、甘ずっぱい多代の心もちうけた厚い下くちびるを吸っていると、巻きつくように熱い舌が出てきて、清の舌をやわらかく吸い、大きく息吐いて、背中へ手をまわしてくる感触もやわらかかった。あれが悪女の手管《てくだ》だったかと思えば、もう、恐ろしくて、一、二どのそのキスの記憶も、思いだすだに悲しく、虫酸《むしず》が走る。いつまでも、だまされた口惜しさを抱いて、仕事に出てもうかぬ顔の清に、清右衛門はいったものである。

「世の中には、わるい女ばっかりおるのやない。母親を思いだしてみい。うちのお婆ちゃんを思いだしてみい。心のわるい女はひとりもおらん。みんな働き者やった、男につくしてくれた……朽木谷の女ごは、一万人にひとりの悪《わる》やったんや。そんな女ばっかりやないぞ。八十万円の件は何としても、文蔵からとりかえしてやるさかい、心をもち直して、精出せや。そのうちに、またええ女をみつけて、お父ちゃんが世話してやる」

清はその言葉をきいても、もう親爺の世話する女など信じんぞ、という眼をして、視線をそらすのだった。

5

　清が死んだのは、三年前である。いま、眼の前にひろがる梨棚の、白蕾《しろつぼみ》の海を眺めていると清の死はあざやかに思いだされてくるものの、自分自身は、その清の死んだ刹那《せつな》は見ていなかった。鶴ケ岡から東へ三里ばかり、山道をのぼりつめた洞谷村の清光寺の修復工事に行っていて、本堂屋根のシタミ板を打っている最中に、足すべらせて地面に落ち、頭を割ってあっけなく死んでいる。いまから思うと、清光寺から東に比良《ひら》裏の谷がみえ、朽木の御坊の山がみえていたかもしれぬ。恨みぶかい娘の生れた在所の山のみえるそんな普請場へ、どうして清を仕事に出したかとあとで悔まれたが、寺は崖《がけ》上に建った嶮《けわ》しい場所でもあったので、もろに全身を地面にたたきつけ、頭は岩角に突きささって割れた。報《しらせ》をうけてかけつけたが、もう息子は物をいわず、血だらけになって菰《こも》の下にいた。駐在所の巡査と村医に検屍《けんし》されて、棺に入り、リヤカーに積んで自動車道まではこんだ日の悲しみは、いくら忘れようとしても忘れられぬ。清右衛門は清の葬式の直後から、人間が変ってしまった。水道敷設問題や、雪隠《せっちん》の建築位置などのことで、静平の連中と何かにつけ喧嘩《けんか》したのも、一つには、村八分になってまでも、孤独をひとりじめしたい衝動があったようだ。めぐみは、そんな父を見るに見かねて、清の葬式後にすぐ京へ出て、「丸物」をふり出しに、転々と働くようになったが、孤独な父親をバスで二時間かかる京北の静平に置いているから、働くにも生気が出て、いわゆる、いまは水商売ながら、がっちりした女である。清右衛門には清がいなくなればめぐみは一人娘だ。大事な子だから、それなりに、いい婿《むこ》をみつけて、後生の楽しみを思わぬでもなかったが、兄とちがって気性は荒く、やることなすこと何もかも先取りでしっかりしている。「丸物」をやめたのも月給が安かったからであった。父親に月一万の送金は、若い女店員にしては不可能に近くて、化粧品も買えないからとバーへゆき、ついでキャバレーへうつったが、これとてチップの多い店、収入の多い店へうつるのが当然と割り切っていた。しかし、そのめぐみが、結婚の相手だといって、去年の暮につれてきた青年は、大学出ながらインテリア・デザインとかいう舌をかみそうな、職業を目ざしていて、清右衛門には、男の仕事の内容は、理解しがたかった。なぜなら、デザイナーは何一つ手でつくらぬ。カーテンも、壁板も、床板も、天井も、照明器具も、襖《ふすま》も、戸も、みな、どこかの指物《さしもの》大工や工員が、量産工場でつくった規格品を、えらび集めて、これを組みあわせるための図面描きだからである。まあいってみれば手に技術はない。他人のつくったものを、選び集めて、それを組みたてる図面を頭でかくのが商売なのだろう。そんなことで住宅やホールが出来上る世の変りようは、わざわざ山へ入って一本の欅《けやき》を伐《き》りにゆき、木馬《きうま》にのせて里へ出し、切り、削りして、本堂の柱にして楽しんだ宮大工の仕事とまったくちがっている。もっとも、寺や宮の普請も、いまは工務店が図面をかき、大工がその材料をそろえる仕組みではあるが、生きた木の肌をたたいて、その太さや曲りやを眺め、撫《な》でるように伐って要所へ向け、つまり、山の木から自分で「造る」ことの楽しみというものはあるけれど、板目の印刷されてある合成板や、土壁かと思えばそうではなく、貼紙《はりがみ》のベニヤ板である合成材料を、いくら巧妙にえらび組みあわせてみても、それはうすっぺらな見ばえだけの家でしかない。しかしそれをいくら軽蔑《けいべつ》しても、寺や宮の住職神官までが現代風のダイニング・キッチンを好む風習があって、いつか、これも屋根普請《ぶしん》にいった嵯峨《さが》天竜寺派の末寺ながら、由緒《ゆいしょ》ぶかい某寺の庫裡《くり》を修復した時、入口は昔どおりにしても、奥へ入ると若い細君がいて、大学出の図面かきがパイプをくわえて職人をつかっていた。みていると、まるで、洋間のような体裁で、絨毯《じゅうたん》を敷き、模様のついた合成板壁を貼り、桃色の照明器具をつけ、ステンレスの炊事場をつくっている。寺も変ったとびっくりした。いつか、そのことで、青年が、めぐみにつれられてきた時に、そんな風潮を軽蔑して、意見の衝突をみたことがある。

「まあ、現代は、過去の価値観を一切合財切りくずし、そこから、新しい感覚の生活をはじめてゆく。そういう時代どすわ。ぼくらは、そうした新しい人たちの要望にこたえて、より住みよい合理的な住居を提供する。まあ、そんな立場で……義父《おとう》さんらの仕事とまったくちがうんですね」

と青年は青い頬に、少し血をのぼらせていったが、めぐみも、わきから応援して、

「本願寺さんのお墓やってね、こんどは大谷さんにロッカー式のが出来たそうやし、お父さんはもう古い宮大工なのよ。寺はもう鉄筋建築がはやったる。こんどできた西芳寺はんの本堂やってコンクリートやし。中へ入るとそらきれいに木造のようにはみせてはるけど、柱やって、天井やってコンクリートでつくってはるし、そんな寺はいくらもあるわ。この人は、つまり、そうした時代に、どのような材料をつこうて……寺は寺らしく、ホールはホールらしく、喫茶店は喫茶店らしい、新しいセンスの建物になるかを研究してはんのよ。それがいまの新しい大工さんなのよ。お父ちゃんはなんぞというと、この人をけなさはるけど、時代がそんなふうになってしもてンのやからしかたがないのんよ」

青年が、こだわりもみせない表情で「義父《おと》さん」といい、めぐみも、「この人」なとど青年をあごでしゃくってみせる。清右衛門はとまどった。議論には負ける気持はいささかもないが、ああ、もうこの二人は、こんな仲になってしまっている。考えて

みれば、めぐみのいうような、インテリア・デザイナーとかいうものは、いってみれば、それは、大工の図面かきに似てても、宮大工とわけがちがう。

「タイルだってね、義父さん、いまは、左官屋がトラックでもってきて、一日で二十畳分ぐらいは貼ってはりまっせ。色別表の見本もってきやはって、これと指定してみせると、接着剤ですぐ貼りよる。昔の左官なら、貼ったあと二日は歩けませんが、いまは五分で乾く、すぐ床の上やって、歩けまっせ……ラクなもんですよ」

青年はそうもいった。清右衛門は、足を悪くしてから、ここ二年仲間仕事にも出ていないので、近ごろの寺普請が、そのように変ったとは、噂できいているものの信じていなかった。先代から習いおぼえた宮大工仕事は、めぐみのいうように、古くなってなぞいるもんか。でこう云った。

「なあーんもかも偽物《にせもの》のはびこる世の中や。お前らは、むかしの大工が、欅一本伐るのに、どんなに丹精して、山から出して撫でさすったか知らんやろ。生きている木をみて、それを床にしよか柱にしよか、長押《なげし》にしよかと苦労した。みんな自分でガンドで切ったもんや。それが近頃では電気ノコで、木工所がさっさと切ってくれよる。チョンナでけずったのと、電気ノコでけずったのとでは味がちがうでエ」

青年もめぐみも、うなずきはする。が、目つきはどっちも、清右衛門の意見に賛成するのではなくて、頑迷固陋《ころう》の父をいまはいたわりたいとするやさしい光であふれている。この二人が、静平の土地を売ってくれれば、御池烏丸のマンションの一室に、事務所が設けられる、という。もしそこが手に入れば、それではデザイン事務所が繁昌するのだろうか。問うてみると、

「もちろんよ。お父ちゃん。お父ちゃんは、今日まで働いてくれはったんやから休んでもろて……うちらのいまのアパートへきてもろうて……楽させたげるねんやな。この人やって……事務所が出来たら仕事にはげみが出るし」

とめぐみはいった。それなら、お前はいつまでもキャバレーづとめをしているのかと問うてみると、

「うちは、この人が一人前になってくれはるまでつとめます。けど子ォがでけたらさっさとやめます。いまはうちにとって大切な時やさかい、うちかて、少しでも多く稼ぎたいのよ。ねエ……」

とめぐみは青年をみた。青年は、そのめぐみに、微笑をおくり、やがて妻となる女が水商売をしていることに、いささかの不安も感じないふうで、

「当分は、共稼ぎしてやってかんと、あきまへんねや。若いうちは働かんと」

といった。清右衛門は、この青年に素直な性質を嗅《か》ぎはした。めぐみもいまはこの

男のために一生懸命であることもよくわかる。といって、思いきりよく、そのマンション代に、静平の家屋敷を売る決心がつきかねる。ここは、宮大工の伝統を誇る清右衛門二代が生きた土地である。自分の代に放したくない。自分が死んでしまえば、娘がどう処分しようと勝手だが、自分の口から売りに出しては先祖の霊にすまぬ。その思いは固いのである。第一、菩提寺《ぼだいじ》の万願寺は、先代が建てた本堂だし、その本堂に、倉持清右衛門家代々の位牌《いはい》もある。檜谷には墓地もある。そこには、祖父母、妻、清が眠っている。この土地を売って位牌と墓を背負って町なかのアパートなんぞへゆけるもんか。

6

陽がかげったので丸木橋をわたる。梨畑を横切り、下り坂を杖《つえ》つきながら、あしたから、天気さえよければ、また、この谷へ散歩にこようと思う。そうして、娘たちに、この土地と家屋敷を売ってやるべきか、どうかをゆっくり考えてみよう、自分に云いきかせるのだが、いまのところ考えはかわらない。山の鼻から家の台地へ曲る道の地蔵前で一服して、下の繁次郎の家から煙があがるのがみえるので、ちょっと寄ってみたくなった。で、家へは折れず、坂道をくだって、縁先から障子のあいた納戸《なんど》をのぞくと、繁次郎はめずらしくふとんの上に起きて、タバコを喫っていた。「どうや、どんなあんばいか」と同病相憐《あわ》れむ気持で、これは繁次郎の方が両足はれあがって、このところ散歩も出来ぬ様子なのを知っているから、こっちには、多少の優越感がある。容態をたずねるのにも、ことばづかいにかすかな同情をかぶせてみるのだが、あいかわらずの大声で、繁次郎は嬉《うれ》しそうに、歯の欠けた口もとをほころばし、「見たか」といった。何をみたのか、ときくとけさの新聞だという。清右衛門は新聞はとっていない。

「あのな、東京のな、どこやらの町のアパートやそうな。七十の爺《じい》さんが一人で死んでよった。それを、隣近所のもんが知らんで、十日間も放ったらかしとったいうて……新聞に出とる。えらい世の中やでエ。清右衛門。わしゃ、その記事読んで涙が出てきた。どこの爺さんか知らんが、気の毒にのう。けど、いまの都会は、死んだ者の家の戸がしまっておっても、戸ォたたいて、たんねてくれもせんらしいねやな。おそろしいこっちゃ」

「へえ、けど、そんなことわかりそうなもんやないか。アパートなら壁ざかい一つやろになア」

と清右衛門はいった。すると繁次郎は、

「戸口の郵便受に、十日間の新聞と、牛乳瓶がならべてあったそうや。郵便もいっぱいつまっとったそうや」

といった。すると、都会というものは、戸口の郵便受に、いくら郵便がつまっていようと、新聞や牛乳がたまっていようと、配達してくる男は、部屋の中に人がいようがいまいが、いや、死んでいようが、いまいが知ったことではないのか。配達人はともかく、隣の者が、変に思わなかったのだろうか、清右衛門は、そのようなことはおかしいと思う。しかし、繁次郎のいうように、都会はそんなふうに、人と人の心のふれあいがなくなっていて、めいめいが勝手に生きているのかもしれないと思う。清を殺したあの文蔵の娘も、まあいってみれば、銭の鬼だから、人をだましてでも、いや、殺してでも、銭がほしい女だった。ひょっとすると、そんな人間は街にはうじょうじょしているかもしれない。清右衛門は、新聞をとっていないことを、いま幸福だったと思った。繁次郎は新聞をとっているから、そのような地獄を知ったのである。知らない方がいい。恐ろしい話はきかない方がいい。もう自分は、なるべく、人と人のだましあいだとか、争う姿をみたくないし、また、人の死ぬ話もあまりききたくない。だから、人の死ぬことばかしのせている新聞をよむのがイヤで、一年前からうるさく勧誘にくる毎朝新聞を追いかえしている。近ごろの新聞は、人殺ししかのせない。第一面は、ベトナムやカンボジアの人殺し、第三面は、自動車でその日何人殺されたかと、死んだ数が、競争のように、大きな活字で出ているし、子が親を殺したり、母親が乳呑《ちの》み子を屑籠《くずかご》へ捨てたり、縁の下へうめたりしていることを書いている。地獄の新聞などみたくもない。しかし、そうはいっても、繁次郎を訪ねるのは、何か心のぬくもるニュースはないかと、期待もあってゆくのだけれど、今日は、身につまされるような爺さんの死の話では、背筋がひえる。話も途中できながして、「そんなら帰《い》ぬるで」と坂をのぼり、家へ入ったが、腹はへっていたので、また朝方ののこりの味噌汁をぬくめ、ひや飯にかけて、めぐみがもってきてくれた、だしジャコに醬油をかけて、三杯もたべた。腹がふくれると、納戸へ入って横になったが、檜谷まで歩いたことがよかったとみえて、すぐ、眠れた。ところが、小用のはげしいのは、毎夜のことで、二どめに起きて、床に入ってからなかなか眠れない。うとうとしながら、また、死ぬ時のことを幻夢のようにみてしまった。

やっぱり、背中が鉄板のように冷たくなって、大きくのびてくる。足先から、尻《しり》、肩、首、後頭部と、順々に鉄板はひっついてきて、やがて障子ぐらいの大きさにのびるのであった。厚いその板は錆《さ》びており、身動き出来ないほどべったり、皮膚にくっついてくる。しかし、背中がそれほどのびているはずなのに、胸から腹、股《また》にかけてはちぢかんでいて、わずかなぬくもりがある。心臓へも手をあててみるが音はしている。しかし、その音も、いやに早くて、撫でる掌に力よわくきこえ、腹から褌《ふんどし》の下へゆっくりずらせると、睾丸《こうがん》も石のように固くて冷たい。股裏へのばすと、もうここは、鉄板の冷えがきている。じんわりと、病んだ足の方から死がやってくる。いやじゃ、いやじゃ。死ぬのはいやじゃ。清右衛門は口の中で何どか叫び、腹へ掌をもどしてぬくみをたしかめるが、だんだん、それも冷たくなってくる。と、また、眼の先がすみれ色にみえてきて、黒かった闇が、ぼうーっと明るく、けむったすみれ色の空気の中へ浮くみたいに軀《からだ》はかるくなった。涙がいっぱい出てきた。いやじゃ。いやじゃ。死ぬのはいやじゃ、と叫んでいるうちに、鼻のわきを這《は》ってきた涙が口角へたまる。それをなめていると、やがて現実にかえるのである。

眼がさめて、いまのは夢だったかと思い、わるい夢をみたのも、繁次郎から、イヤな新聞記事のことを聞かされたからだ、と気づいてあすからは、もう、繁次郎の家へはゆくまいと思う。東京の何とか町のアパートの一部屋で、誰にも知られず、十日間も死んだまま放ったらかされていた爺ィの、哀れな死に際《ぎわ》が想像される。誰も知らなかったとすれば、やはり、身内はいなかったのだろう。枕《まくら》もとへきてくれる子はいなかったのだろう。

死ぬのはやっぱり一人きりでは淋しい。自分の死ぬ時は、貞之助夫婦と繁次郎にはきてほしい。自分をきらう村の連中の中で、ふたりだけは、つきあってくれているのだし、何かと煮物などもってきたりしてくれるのだから、こっちも恩に着ている。二軒の者だけには見送られて死にたいが、どっちかが電話してくれれば、めぐみもとんできてくれよう。あの男もかけつけて来るだろう。

めぐみはやっぱり、わしの血だ。わしの血の流れた最後の一人や。そのめぐみに、水を呑ませてもらって死にたいとは思うが、しかし、静平でこうして一人暮ししていては、ひょっとしたら間にあわないことも想像される。すると、めぐみに死に水とってもらいたいと思えば、やっぱり、京へ越していった方がいいのではなかろうか。めぐみはいった。もし、この土地を手放せば、いまの北白川のアパートをゆずって、自分たちは御池のマンションへ越すという。北白川のアパートはおぼえている。最近になって国際会議場が出来たために、広くなった道路から、山の方へかなり入った高台にある。石野とかいう外科病院が近くにあって、あたりは、閑静なところだけれど、めぐみのいる所は少しそこからはなれていて、山ぎわに建っている。八畳一と間に、台所と二畳ぐらいの板の間のついた間取りが三十いくつもある二階建の、階段をあがったすぐのところがその部屋だったが、あそこだって、一人暮しは心もとない。京は東京とちがうから、少しは人情もあって、いくら一人で死んでいても、十日も知らずに隣人は放っておきもすまいが、しかし、あの殺風景な部屋で、一人で死ぬかも知れないと思うと、いっそう心細い。

だから、ここを売ってはならぬのだ。ここを売っては、町へ死ににゆくようなものだ。この土地にしがみついて、わしは、最後の宮大工として死なねばならぬ。たとえ、めぐみと喧嘩《けんか》しても、わしは、ここを死守せねばならぬ。

いつも、この家で死にたいと願うあたりでくたびれて眠りにつく。そうして、その時刻はいつも四どめの小用に起きてからだから、もう朝に近い。

7

また檜谷へゆこうと思う。雲が割れて、陽が出ていたから、戸締りをしてから縁先にまわったが、雨だれ下に、菖蒲《しょうぶ》が咲いているのをみた。そういえば、さつきもいつのまにやら花を散らせていて、一本だけある遅咲きの八重桜が、星形の赤いガクをのこして、紅葉の花みたいに濃い葉の下で沈んでみえるのに、はや、春もすんだという思いがした。坂道へ出ると、貞之助が縁へ出て何かしている様子なので寄ってみた。子供の鯉繁次郎の杉垣をのぞくようにして右手へ折れ、貞之助の家の裏へまわった。

るのぼりの破けたところを縫っている。嬶《かかあ》のしんも一しょなので、「どうや」と声かけると、

「今日も檜谷か」

と貞之助はきく。うんとうなずくと、

「あの橋も危なかろ」

貞之助は妙なことをいった。そこで、思いだした。橋を架けるということで、貞之助と云いあったことがある。貞之助は五つ下の六十だが、孫がもう三人いる。子らはみな京へ出てそれぞれ独立しているが、つい先年前までは、ここも三人の子供らと意見があわず喧嘩ばかりしていた。貞之助がいった。

「清右衛門さんよ。人間は自分のうんだ子とでも喧嘩してくらす業《ごう》の深いもんや。うちの若いヤツらは、うんでもろた年寄りをないがしろにして、養老院ゆきやなんぞとぬかすけんど、これはどうもしやないな。わしらの子供の頃を思いだしても、やっぱり親爺と喧嘩ばっかりしとった……親と子の喧嘩は何もいまにはじまったことやない。順番が、とうとうわが方にまわってきて、こっちがないがしろにされる番になっただけのことやが……そこで、思うに……喧嘩はしても、どっちが溝《みぞ》へ橋を架けるかで、勝負がきまるなア。檜谷の橋もそうやが、村じゅうの谷には、奥へゆくとぎょうさん

の橋がある。わしらの親爺は、大水があるたんびに、自分の橋がながれて往生して、ぶつぶついうて橋普請しよったが、谷川は橋をかけてこそ渡れた。谷の向うの畑へもゆけるといいよった……つまり、親と子の関係も、清右衛門さんよ、この橋や。どっちが、溝へ架けるかできまりよる」

この時の貞之助の話を、清右衛門は胸いたくきいた気持がする。まだ清が生きていた頃だった。そうだ。わが子に架ける橋は、さしずめ、清を三代目の宮大工に育てあげること以外にないと、貞之助にもいい、自分にもいいきかせたことをおぼえている。むかし、小学校の訓導も短い間やったことのある貞之助は、いうことも、どことなく理知的で、隣の繁次郎とはちがっていた。政治や、村のもめごとの判断についても、一風変った判別をしてみせて、清右衛門をうなずかせるが、しかし、教師をしただけに、心にまるいところがなく、誰にでも笑顔をみせる人の好さはない。それが、この男のつめたさともうけとれるので、清右衛門は、多少は、この男に反発も感じている。だが、この架け橋の話だけは身につまされて、母のみんが架け、妻のかんが架けした、あの檜谷の橋を思いだして、目頭がうるんだことを忘れていない。母のみんは、貞之助のように理知的でなかったから、子供だった清右衛門に、そんな理屈をいって橋普請はしなかった。かんもまた、清にそんなことをいったおぼえはない。働きものだった二代の女たちは、畑へゆくために、ただ、橋を架けただけである。不思議と、あの橋普請には、父も、自分も、清も、一家総出で手つだった記憶がある。橋を普請している時は、たしかに喧嘩はなかった。

鯉のぼりの口の輪の針金をひきだして、新しいのにつけかえ、赤いウロコのいくつもが破けているのを、嬶のしんが、赤いところは赤い布をはぎつぎ、白いところは白いはぎつぎをするのを眺め、貞之助の家は、病人がないからうらやましいと思いながら、

「足がわるくて、あの橋ももう修繕はできん」

と清右衛門はふと云った。

「もっとも、むかしなら、田圃《たんぼ》もあったで、あそこへゆかなならなんだが、いまは、畑も田も草生やしたままやさかい、ゆく用がない」

「そうやなア。草生やしたままやなア」

と貞之助は、やはり、谷へ行ってみたのかとそんなことをいったが、しかし、清右衛門は、これからその谷へゆくのに、くさりかけた橋には気をつけねばならぬと思った。丸太が折れて、足ふみすべらせたら、清の二の舞である。谷はふかいから、落ちたら、頭を割って死ぬだろう。

「梨の花がきれいでのう」

清右衛門はいった。

「ああ、今日らあたりは、よう咲いとるかもしれん。ええ天気やで、いってきなはれ。けど、橋わたる時は気ィつけんとあかんで」

貞之助は、ほころびを直し終った鯉のぼりを庭へひろげて点検している。清右衛門は、嬶のしんにも、「そんでは行ってくる」といって道へ出たが、繁次郎の家は杉垣の穴からのぞいた。戸がしまっている。家の中で新聞にしがみついているのかもしれない。

清右衛門は、坂をのぼり、桑畑と野菜畑のつづく平坦《へいたん》な道を、山の鼻までできて一服する。と、もうそこから、檜谷がみえる。たった三日くらいの差なのに、梨棚の花が綺麗《きれい》にひらいている。谷ぜんたいを白布で敷きつめたように咲いている。足に元気が出た。ああ、梨の花の匂《にお》いが、鼻をついてくる。子供の頃から、この花の匂いは頭につんとくるのできらったが、死んだ妻のかんもそういって、花のさかりは、鼻をつまんで、横切った。それをいま、清右衛門は思いだし、かんは、働き者だったが、少し物云わずなところがあった。あれは、清へうつした気性だろうか。めぐみはそれをもらっていないと思う。めぐみが母からもらったものは、がっちり屋の働き者だけで、どっちかというと、根性は自分に似ている。家を売れ、土地を売れ。いまのうちに売っておかぬと、ここらあたりの地所の値は下ってしまう。いまは京にも、物好きな投資家がいて、バスで二時間の静平に、別荘を建てたいと思うような人もいる。土地会社にたのめば、坪一万円以上には買ってくれる。いまは、街の人たちは山にあこがれ、山の人たちは街にあこがれて、大きく住居が交替する時代や、いまの時勢に売っておかねば損だと力説する。その口ぶりも頑固な説得ぶりも、かんのものではない。自分のものだ、と清右衛門は思う。やっぱり、めぐみは自分の娘なのだ。

梨の花を一つ一つみる。房は五つ六つかたまって、小さな仏の手のように花芯《かしん》を抱き、それが、棚の上から、まるで、天に向って、大ぜいが揃《そろ》って声からして歌でもうたっているみたいに思える。背をのばして、棚の上へあごをのせ、一輪々々じっくりと眺めてから、清右衛門は、橋の手前へきた。なるほど、貞之助が注意したように、よく気を入れて、渡る前にのぞきこんでみると、裏には、椎茸《しいたけ》がやや大きくなったあんばいで、椎材の皮も黒ずんで、ふわふわと空洞になったような部分もみうけられる。しかし、それは何本も千木《ちぎ》になってさしわたされた上に土がたくさんもってあるため、土の部分にかくれた木は固い石のように生きているのか、さしわたした二本の大丸太と共に、千木の椎は、まるい切口をみせ、ぬれ光っていた。土はかわいて、傍《そば》の草も元気である。杖《つえ》でちょっと押して丈夫な方の右足をのせ、大きくゆさぶった。何のことはない。かんの架けた橋は岩乗《がんじょう》で、びくともせぬ。昨日も一昨日も安心して渡った橋だ。清右衛門は、気にしているせいか、少しはゆれうごく丸木橋を、今日だけは妙にこわごわと渡ってみたが、あっさり渡れた。渡り終る時に下《しも》をみたら、米のつくっていない蓑《みの》一枚ぐらいの田へひく水が、やはり谷の底をながれ、小さな淵《ふち》もできている。淵のわきも、岸の肌も、蛇いちごの赤い実でいっぱいだ。

畑の中へ入り、もうそこにきめてしまった乾いた畝《うね》あとのやわらかい土の上へ、木っ端をあつめて尻《しり》に敷くと、杖をおいてゆっくりすわった。死にかけている左足をさすり、それから仰向いて空をみた。よく晴れている。帯のようなせまい空だが、両側の欅《けやき》の新芽も青さをまし、ことさら梨の花が白いので、前方にみえる村の家々は、芝居の白幕を落したみたいにかすんでいる。

と、この時だった。下の方から声がする。耳をすます。

「お父ちゃん」

ときこえる。谷の下からきこえる。清右衛門はたしかに、「お父ちゃん」ときこえたのにおどろいて、めぐみがきたかと思った。いや、男のような声もしたぞ、と思い直した。すると、また、ときこえる。男と女が声をあわせてよんでいるようだった。清右衛門は腰をうかして谷向うの、梨畑をみた。と、白い梨の花の中を、二つ影が走ってくる。声はその影だった。

「お父ちゃん、お父ちゃあーん」

「お父ちゃーん、お父ちゃーん」

まぎれもないめぐみの声で、うしろから唱和するのは青年の声だ。清右衛門は、ふたりが、こんな時刻に、ここまで走ってきたのを不思議に思った。

「う、う……」

といってこたえたが、二人にはきこえないらしかった。花の中に、蜂や虻《あぶ》がさわがしく啼《な》いているので、こっちの声はきこえない。

「う、う、ここや、ここや」

清右衛門はよんだ。と、めぐみの顔がはっきり見えだした。梨畑の道が切れて、橋の手前へきた。釘《くぎ》づけになったように娘は足をとめて、

「お父ちゃーん」

必死な声でよぶ。

「お父さーん」

男も必死にうしろからよび、こっちの姿をみてじっと動かない。

「ここや、ここや」

清右衛門は腰をうかし、杖をとって立とうとした。すると、めぐみが叫ぶようにいった。

「お父ちゃーん……お父ちゃーん……心配したんえ、なんで、こんなとこに一人でおるん。……家へいってもおらんさかい、繁次郎さんとこか、貞之助さんとこやと思うてたずねてきたのよ。ほしたらひとりで……お父ちゃん……なんで、こんな淋しいとこにおるん……死んだらあかんえ、死んだらあかんえ」

まだその時は娘とその青年が、数日前の新聞記事をよんで、東京のとある町のアパートで、十日も人に知られずに死んでいたという、名もない老人の話に身をつまされて、心がいたみ、めぐみが静平で喧嘩したまま、とび出してきているので、家では、一人きりのお父ちゃんが淋しい気持で、自殺したりしやしないだろうか、とあらぬ危《き》惧《ぐ》半分、会いたさ半分の、それにいまは、土地の方の返事も早く聞きたい心も半分以上はあって、胸いっぱいの相談に心ふくらませて、朝からバスにのってやってきているのだとわかるまで、清右衛門には時間がかかる。

「そんな淋しいとこに、一人ですわっててんとこっちへおいでエな、……お父ちゃん、うち、そんなお父ちゃんみると、泣けてくるわ。お父ちゃん……うち、迎えにいったげる。そこにじっとしてて……柏餅《かしわもち》仰山こうてきたさかい、さ、早よ、うちへ帰《い》んで、お茶わかして呑《の》も……お父ちゃん、そんなとこに、一人で坐ってンと早よ来おし……うちかなしかなし」

めぐみは、本心からそういったのだろう、眼をうるませ、頬を赤らませて、丸木橋をとっとと渡ってくると、手をさしのばして清右衛門の手をひいた。男も橋をわたってくる。

「阿呆、お父ちゃんは死にやせん。ちいとも淋しいことあらせん。お父ちゃんは……あんまり梨の花がうつくしさかい、見にきとったんや」

清右衛門はふらふらと立上った。この時杖がすべってよこへ落ちた。ちょっとよろけた。かけつけてくるめぐみに、手助けたのむ心は毛ほどもない。畝へころげた杖をひろうと、自分で立ちあがり、右足に力を入れて、

「そんなら、橋わたって帰るか」

清右衛門はいった。めぐみはさしのべた手をひっこめて清右衛門をみあげた。泣いていた。どういうわけか、娘は泣いている。涙が頬をつたっている。鼻のわきも、口もぬれている。清右衛門は疑った。なぜ、この娘は泣くのか。白い花を背にして、娘

は、いま、いいたいことをいえない表情で眼をぬらし、咽喉《のど》をつまらせている。立ちすくみ、いまにもこっちへもたれかかるように、半身をのばしてくる、だが、めぐみは一瞬、清右衛門の顔に冷たいものをみとめたか、赤い眼をそらせると、鼻洟《はなみず》をすすって、青年の方をふりかえった。若い男はあえぎながらのぼってくる。

清右衛門は視線をそらした。

〈わしはこの檜谷も、家屋敷も、お前らのマンション代に売りはせんぞ。わしらの架けた橋はわしらの橋。お前らが、働いて、わしらに架けにこい。わしは、この谷で……一人で死ぬるつもりじゃ……お前らに、この村の家は売りはせんぞ……〉

貞之助のいうように、生きているうちに、子に架けてやる橋は、家屋敷を売ってくれてやることにちがいなかろうが、それでは、汗してわたす橋ではなかろうと、いま清右衛門は頑固に自分を戒める。

「梨の花をみい……ぎょうさん、虻や蜂がとんどるじゃろ。こんな景色は、京の町なかに無かろ……ゆっくり、花をみてから帰《い》ぬるがよい……めぐみも……われもみい……きれいな村じゃ」

出郷

8

その梨の花が散る頃がくると、谷も村も濃みどりの樹々で埋まってくる。小谷をいくつも背にひかえる村だから、背戸から眺めても、谷の樹はそれぞれ品種がちがって色の濃淡がおもしろい。たとえば、持ち田の山の周囲は、檜谷《ひのきだに》だから、他人の山ながら檜が多く、しかも、春先から菩提寺《ぼだいじ》の薬師堂の屋根がふきかえられているので、どの檜も皮がはがれ、むき出た肌がいたいたしく朱に輝いてみえるし、隣谷の長右衛門谷は、黒松の林で黒一色だ。それに尾根へとどくあたり、真四角に伐《き》りこまれた若苗松の段々が、トラ刈頭のようにひろがっている。さらに水道取入れ口のある水道谷《みずだに》は、山桃や椿《つばき》のしげる裾《すそ》から、椎《しい》、欅《けやき》、楠《くすのき》が鬱蒼《うっそう》とせりあがってゆくので、混んだ葉は羅《ら》紗《しゃ》か何かの布をぬらしたようにみえる。風が吹くとそれが下からブラシでこするようなあんばいで葉が裏がえしになる。谷一つ一つ眺めても、それは見あきない樹の表情である。永年住んだ宮大工には、それらの谷に眠っている、寺の梁木《はりぎ》や床柱、大黒柱、横物に使える松、檜、橡《とち》、楠など、みな、目をつむれば、根まわりの太さまでうかんでくる。下の貞之助が、奥の木小舎《きごや》へ薪をとりにきた帰りに立ち寄って、何げない話ついでにいったことが、清右衛門の頭にこびりついていた。

「むかしは、山の樹というもんは、一本々々撫《な》でるように世話をしたものやが、いまの会社は、樹を放ったらかしにして、それでいいと思とるらしい。考えも何もあったもんやない。自然に放ったらかしておけば、蔓《つる》の山や。長右衛門谷の尾根を買うたのは、京の木工所やが、あれが、こんど狐谷の雑木山も買うてパルプにつかうらしいな。けど、いったん、会社の所有になると、縄を張ってしもうて、村の者が入れぬように垣《かき》して、えらいこっちゃ。おかげで、村の者は、薪取りも出来ぬうえに、山は荒れる一方。見てみい。冬の雪折れで、大木はみんな、腰まげて泣いてよる」

貞之助のいうことは理があると思う。なるほど、清右衛門も幼少の頃から、先代につれられて、山へ入った。薪取りにも、木ィ伐りにも、先代は腰にナタを下げていて、蔓をみると他人の山でも伐って歩いた。蔓を切ったところが杣道《そまみち》になった。放っておくと、どの山も藤つるや、蔦《つた》の繁殖で、木という木は枝にからまれ、太い藤は腕ほどにもなり、力づよく樹をひっぱるから、どんな大木も頭をまげて、それに雪がつもると折れてしまうのだった。どうせ、パルプ材にするのだから、折れてしまってもいいわけだろうが、あれでは、樹が泣くと貞之助はいう。

「どこの家もナタをわすれてしまいよった」

なるほど、ナタを使うのはもう清右衛門の家ぐらいで、薪割りなどする家はなく、みな農協からくるプロパン使って、めしも炊《た》き、風呂もわかす。ナタで木を削って家をくすぶらせる家はまず無くなった。清右衛門は、ふふんと感じ入ったが、それにしても、ナタで思いだすのは、頭についたヘソのことである。子供心にあの頭のヘソは、木を割る時など刃こぼれしないようにあるものだと思っていたのが、先代が先を歩いてジャングルの中で、蔓を伐るのに、小器用に樹の肌へ刃をあてた。まきついた蔓だけが切れて、樹の肌にはかすりきず一つついていない。ヘソは、そのためにあるとわかったのは、ずいぶん経《た》ってのことである。それを貞之助も知っていて、

「これはなーんも、山だけのことやないで、お父つぁん。京の町にもいえることや。花見小路や、木屋町あたりへゆくと、髪の毛のばしたむささびみたいな若い者がはびこって、夜なかじゅう騒いだり、交番に火ィつけたりしとるそうや、いわば、これも蔓木のはびこるジャングルや。町にもナタもって蔓を切る徳のある人が少のうなった。自然のままに放ったらかせば、子は育つと、戦後教育は教えたけんども、じつはあれは、アメリカが占領した時にもろた民主主義というもんでいちばん、わるいところで

のう。子供を自然なままにしておけば、犬同様のけものになるのはあたりまえやないか。ナタでどやす教師がおらなんだから、あんな騒ぎが起きとるねんやな」

定年退職した貞之助は、その教員時代の恩給をもらって暮しており、むかしは、子だくさんで苦労はしていたが、どれもこれもいまはもう一人前になって僅《わず》かながら毎月の仕送りを欠かしたことがないという、いわば憂《うれ》いのない境遇だからそんなことがいえるのだろうか。清右衛門は、貞之助もまたずいぶん仰山なことをいうものだと考えながら、そのセリフをきいていたけれども、山の荒れるのと、都会の荒れを一しょに考えるのには同感をおぼえて、

「お前は、知恵者や。うまいことという」

といった。心の隅に、めぐみの相手の、あの室内装飾をやる青年が、女みたいにのばしていた髪がうかんだ。むささびとはうまいこといいよる、と思ったものの、ちょっと不安もかすめた。貞之助のいったのは、大学騒動のデモだとかで、学生が烏丸《からすま》今出川の交番に火をつけた騒ぎの新聞記事をみてのことだったろう。が、めぐみのつれてきた青年は、学生ではなかった。そんな騒動に入っていないことはまあ安心できたけれど。しかし、髪をのばし、ジャンパー着て、大工でいうなら、走りづかいの小僧みたいな装《なり》して、あれで、よく、近代建築の室内デザインが出来るものやと、不安も

感じさせ、格好からしてまず、その才能が疑われる。貞之助は、垣根ごしに、めぐみが男をつれてあがってくるのを目撃したことがあったのだろう。深読みすれば、都会のジャングルへ大事な娘を放して、むささびのような男に取られて、お父っぁんも心配じゃろう、となぐさめられている気もした。しかし、清右衛門は、青年と話もしているし、長髪のバサバサ男に似あわず、いうこともしっかりして、どことなく、女のようなおとなしさのあるところは気にくわぬものの、好感はもちはじめている。交番に火つけするような輩《やから》に、めぐみをとられているわけではない。本人は、室内装飾という仕事が好きで、建築事務所につとめていたのを辞めて独立し、デザイナーとして大成したいと意気込んでいるのである。そのことは、ふたりがマンションを買いたいという一念でもよくわかるのである。

「せやなア。むささびみたいな男がふえよった……けど、これも時勢やで……世の中が変ってしまいよったんや」

清右衛門はぽつりとそういい、

「けど、山は荒してはあかん。樹ィが泣く」

といって、また、うす目を谷口へむけて、うるしをとかしたようにぬれ光る青葉若葉の尾根を眺めやったが、この時、貞之助が、ちょっと、声を落した。

「繁次郎の家へいってみたか」

この頃は、檜谷ばかりへ散歩するので、ついぞ、下《した》へ降りたことがない。また、繁次郎のところへゆけば、よんだ新聞記事をズラズラ話しはじめる。ろくなことを教えない。地獄のような都会のはなしをきいてから、もうのぞくのもいやになっている。いいや、このところちっとものぞいとらん、とこたえると、

「わるいようやぞ、尻《ケツ》から血ィが出たいうとる」

と貞之助はいった。

「ひょっとしたら、あれは、ガンかもしれんなア」

いってはならぬことを口すべらせた目もとをチカリと炯《ひか》らせて、

「寝たきりで、めしもようのどへ通さず、このごろはおも湯ばっかりやそうな、オガラみたいに瘦《や》せてしもとる」

これは初耳で、繁次郎がまさか、オガラのようになろうとはユメ思っていなかったので、半信半疑の顔になった。

「いっぺん、見舞にいこと思うが、なにせ、あんまりな変りようで……こっちも、いうことがないし。やせた顔をよう見るわけにもゆかんで、つい、杉垣のこっちから声かけてすましとる」

といった。貞之助はそういったあとで、

「しかし、お父つぁんは大丈夫やぞ。足こそリョウマチでわるそうやが、顔いろは、つやつやして、ハガネみたいや……あんたは長生きする」

まるで、繁次郎が、こっちより一と足早く逝《ゆ》きそうなことをいうのであった。貞之助が帰ったあと、清右衛門は、背戸に立って、山をみながら考えていたが、病気ときいて、見舞にゆかぬわけにはいかない。こっちが死ねば、水をとってもらわねばならぬと心にきめていた隣人である。放っておけなかった。で、また、表も裏も戸に鍵《かぎ》をかけて、手あかのついた南天の杖《つえ》をつくと、ゆっくり、貞之助の降りたあとの石ころ坂を降りていった。繁次郎はやっぱり縁の戸を少しあけて、居間で寝ていた。

「どうや。貞之助からきいたが、どんなあんばいか」

戸の口から縁へ半身をせり出して声かけると、

「お、う、う、う」

と繁次郎はいっただけで、ヤニ目に光るものをうかべ、わきにすわった妹のそまのさし出すタオルで口のはたをふき、おも湯をのんでいたのだろう、行平《ゆきひら》に半分だけかくれた顔を少しうごかして、

「もう、あかん……えらいこっちゃ」

といった。

「あかんて……おめえ、そらまた、ついこないだまで……元気じゃったのに……」

「歩かなあかなんだ。清《せい》よ、おまえはえらい。まい日、谷あるきしよるで……そないに元気なんじゃのう。わいは、うちにおったで……あ、あ、あかなんだ」

そまがわきから、

「新聞やら雑誌やらよんで、理屈ばっかりいうとったから、こんなことになったんですよ……清右衛門さん……ようならはったら、こんどこそ、友だちにして……山歩きにつれてってたげて下さい。横着に縁にすわってばっかりいやはったさかいに、足がきかんようになってしもたんやわ」

と心なしつめたい口ぶり。そままでが、こんな云い方で病人をあしらうかと、清右衛門は、いま、奥の暗がりへ、行平をもちはこぶ出戻り女のうしろ姿をみていたが、繁次郎も、妹にこんなあしらわれ方をしてだまっているのは哀れだ、と思った。眼はぬれている。頬の肉がすっかり落ちこみ、歯もこぼれ落ちている、それでいっそう老《ふ》けてみえるのは当然だが、いつもの顔いろはなく、眼が変に白っぽいのが気味わるかった。額のあたりに静脈がぷくっと一つ玉になってふくれ、繁次郎は、骨ばった手を胸もとへあげると、そまに、もうちょっと戸をあけてくれ、といった。清右衛門は、

「よい、よい、風が入るといかんで……わしは、またくる。また、見舞にくる」

といって、そまがあけかけた戸をそのままにさせてもどってきたが、貞之助が、ガンだといった顔がいつまでも頭に焼きつき、その夜は、朝方ののこりの味噌汁をぬくめて、めぐみのくれた鮭《さけ》と干物の鰯《いわし》でめしを三杯たべて奥座敷にひっこみ、すぐふとんへ入ったが、草いろだった繁次郎の顔がうかんでしかたがなかった。それでまた夢をみた。

静平川の赤川で、繁次郎とふたり水につかっている。赤川は、土砂くずれの工事があってから、狐谷の支流だけ水が赤土に染まった。子供らは本川へ流れこむその合流点をそうよんだ。不思議に、その赤川近くの猫柳の下へゆくと、鯉や鮒《ふな》がいた。繁次郎は鯉つかみの名人で、いつもこっちはうしろでバケツをもって待たされていた。まっ裸の繁次郎は、ヨーイトコーリャ、とうたうのが好きで、赤い水がそこだけ急流になる大川をヨーイトコーリャと巧みに泳ぎ、浅瀬へくるとちんぽから尻《しり》まで赤土のしまが出来たのをみせて、鯉のいそうな淵《ふち》へゆくとしずかにちかづいて息をつめ、やがて、頭からすっぽり淵の深みへもぐり、尻と足をだして、三分間ほどみえなくなった。繁次郎の尻の穴が、小菊の花みたいに水に消えるのを、清右衛門は岸から見ている。

と、やがて、繁次郎は、ぶるぶるッと顔をふって頭からあがってきて、ひと息つくと、ヨーイトコーリャ、といい、ほおーい、大きいぞ、バケツかせやという。両手につかんだ獲物は一尺ばかりもあり、鯉は、えらのところを、爪《つめ》たてられて首とられ、尾を勢いよくふっている。まるで、繁次郎にかかると、それは、大根でもつかむみたいで、川をわたってきて、岸にいる清右衛門のさし出すバケツへ入れるのだった。そして、繁次郎はまた、ヨーイトコーリャ、といって、次の淵へうつった。胴長で背がひくく、尻がいやにたるんで丸く、太いみじかい足だった。ちんぽはきびしょの口のように冷えちぢかんで、尻の穴も、しまって菊のつぼみにみえた。夕方まで、ふたりして川で魚をとった。その風景が、どういうわけか、わすれていた暦の微細な時間をなでるように思いおこさせる。ヨーイトコーリャ。ほい、また獲《と》れたぞッ。大けなうぐいやどオ。清《せい》ッ、われも入らんか。ヨーイトコーリャ。魚の方がわいの手ェつっこむン待っとる。ヨーイトコーリャ。

繁次郎は清右衛門よりは肥《ふと》っていて、背はひくかったが、目方があり、川あそびは大胆だった。清右衛門は、泳ぎが出来なかったので、いつも日暮れまで岸でバケツの番して待っていた。カナカナの鳴く夕方、桑畑のかわいた道を、ふたりしてバケツの把手《とって》に木をさしわたし、肩にかついで帰ってきた。繁次郎の家も、清右衛門の家も、みな、これを鶏の餌《えさ》にしようと待っている。

「清よ、繁よ。にわとりはあした、大けな卵うむでエ。また、あしたも、魚たんと獲って……喰わしてくれや」

どっちの父親もそういった。繁次郎は、寒イボの出た裸を、背戸口の風呂場へとびこませてからも、まだ、ヨーイトコーリャ、を唄っていた。あれは七つか八つのじぶんだったか。

9

繁次郎と歩いた桑畑の白い道に、馬糞《ばふん》がかわいて臭《にお》っていたことも、担《かつ》いだバケツの水が夕陽にゆらめいてあかく、死んだ鯉がウロコを染めて腹をかえして浮いていたことも、先をゆく繁次郎の猿股《さるまた》のはぎが黒もめんだったことも、はっきり眼にうかんだのはなぜだろうか。これは繁次郎がいつか物識《ものし》りげにいったことだが、年を老《と》ると、昨日一昨日のことは思いだせんけど、とんでもない幼い日ィのことが、急に頭にうかぶことがあるもんやな。いかにもそれが事こまかく、些細《ささい》なことまで思いだされてきよって不思議な気ィのすることがある。人間じつは生れてから、一生のあいだ、暦を頭の中にためているもんらしい。年ふるごとに人間は暦をしまいこんで忘れてゆくもンとみえて。しかし、わすれるのは、わすれたようにみえるだけのことで、暦は古びたまま残されておる気がする。死にぎわにそれらが、ひょいとしたはずみに皮がはげ落ちるみたいに思いだされるにちがいないでェ。聞いた時は、そんなものかと思い、まだ自分は小さい頃のことなど、わすれたままになっているから繁次郎よりは若いのかもしれぬ。ついぞ、六つ七つの時のことなど頭にうかべたことはないぞ、と清右衛門は思ったものだが、その夜、夢にうかんだ川あそびの光景は、まったく、繁次郎のいうとおりだった。バケツをさげて岸にたたずんで、水へもぐる繁次郎の尻の穴をみていた記憶はたしかに、あったと思う。繁次郎は胴長で足が短く、出臍《でべそ》でもあったので、子供の頃から、裸に特徴があったが、とりわけ、肉のたれた尻をもんどり返して、水に入る時、軀《からだ》は雲定規のようにくねったし、尻の穴は菊の花のようだった。清右衛門は、夢からさめ、心もち鈍痛をおぼえるうしろ頭をたたきながら、また小便に起きた。外便所なので、裏口から下駄をひっかけて中庭に立った時、柿の木ごしにみえる下の繁次郎の家からうす明りがもれている。もう二時をすぎた時刻なのに、病人は起きているらしくて、ひょっとしたら、容態がわるくなったか。それにしても、昼間のぞいた時は、妹のそまがいやに病人につっけんどんだったのが気にかかった。繁次郎もいまになって、不幸なのではないか、とふとそう思う。息子夫婦は京にいて、近頃はめったに顔はみせないが、夫婦仲もよいようだ。むかしはよく土産物などもって坂をあがってきてくれたものだが、繁次郎は、子にあたったと自分でもいい、初孫の出来た日は赤飯を炊《た》いて貞之助の家と清右衛門へ配っている。しかし、子がいくら孝行者であっても、三十すぎて出戻ってきて、そのまま家に居ついたそまが、繁次郎の嬶《かかあ》のまつとよく喧嘩《けんか》し、おとなしい性質だったまつの方が先に逝《い》った。まつはよく喧嘩すると万願寺の和尚《おしよう》のところへ泣きつきにいった。村でもそれは評判で、和尚のとりなしで、家を出てゆくの、出てゆかないのの騒ぎがおさまったことがたびたびあったが、世の中は妙なもので、そのまつがぽっくり死に、繁次郎は、晩年、嬶が呪《のろ》い殺したいとまで口にもらした妹の世話でいま寝込んでいるのである。そまには、繁次郎に似て頑固なところがあり、眼のつりあがったきつね顔の、ケンある容貌が中性的だし、気性もつよいところから、嫁ぎ先の姑《しゆうとめ》と大喧嘩して家に帰り、そのままもどらなかったときいている。そまにとってたった一人の肉親である兄が小便にも一人でたてない病人になってしまったのだから、もう少し温かく看病してやれないものか。時々、杉垣の穴からのぞく時、尿瓶《しびん》を捨てにゆくのをみかけるが、清右衛門がどうやとかげんをきいても、返事一つせぬ日もあった。貞之助にいわすと、あれは、あの家の代々の性格や、血ィや、という。それにしても血族に冷たくあしらわれるのでは繁次郎も、淋しかろう。

　柿の木の下にたって、しばらく、明りのもれる入母屋《いりもや》の家をにらんでいたが、人声はせず、谷から轟々《ごうごう》と梢《こずえ》をわたる風音がきこえるばかりであった。ふとんへまたもどって、眼をつむってみたが、ついこのあいだは、死ぬ時の夢をみ、今日は子供の頃の川あそびを幻にみたと思った。いずれにしても、死ぬ時は誰か傍《かたわ》らに居てほしい。身内の者か、近所の者に見守られて逝きたい、と孤独な一人死にを淋しく思いつつ、せめて、めぐみとあの青年に見とってもらわねばと、泣きたい気持になった。すると、清右衛門は繁次郎の病気が他人事でなくなってくる。身辺に誰がいようと、血族の者がいようと、いなかろうと、人間死ぬ時は、一人だという思いはつねにあるが、草いろだった繁次郎の顔には、そまがいて幸せだという安堵《あんど》がなかったとはいいがたい。するとなおさら尚更《なおさら》、哀れをもよおしてくる。繁次郎の死をいとおしむ気持は、自分へのいとおしみにかさなり、ガンだといった貞之助の、暢気《のんき》な教育者ぶった顔ともかさなって、清右衛門は心細く、その夜は、足は凍えたように冷たく、痛みもはげしくなるばかりで、明け方まで眠れないのだった。それで、十一時まで、つい寝すごしてしまった。起きて戸をあけると、陽がさしており、繁次郎をもう一度見舞おうと、杖ついてまた坂を降りたのだが、杉垣の穴からのぞくと大戸はぴったりしまっていて、そまのいる気配も繁次郎が起きている気配もない。夜おそくまで起きていた様子だから、ひょっとしたら、病人はいまになって熟睡したのだろうとも思われ、戸をたたくのはやめて貞之助の家へ足をむけた。貞之助は庭にいた。京から遊びに来る孫たちのためにブランコの修理をしていた。庭の扉の錠をはずす音で金槌《かなづち》をもったまま清右衛門の方へふりかえり、おう……清右衛門さん、といって頰かむりをとり、繁次郎の家をあごでしゃくった。

「病院や。いよいよ、あかんらしいんねやな。朝の七時やったかな。そまがつれてゆきよった」

という。七時なら、ちょうどこっちは寝ついた頃だった。車をよんで、そまが、病院へ無理矢理はこんだらしいと貞之助はいった。

「あれも……もう、この家へもどってこれんかもしれんで」

貞之助はそういって、

「清右衛門さん、繁さんも……ケチリにケチって、銭はためてきたけんど、結局はそまにとられてしまうことになったなア。あの男は、杉垣の穴もフタせず銭をためよった。けど、それも結局はアダや。いささかの貯金があるだけに、そまが居すわる結果になってのう……」

いつになく、きびしい貞之助の物言いに、薄情さも感じた。清右衛門は、むうッとする気持を押えて、

「京の若夫婦はどないしよる」

ときいてみた。すると、

「京のモンらは、そまがおるで戻りとうても戻ってこれんやろ。そまは、まつさんを殺したようなもんやからあんじょうゆくはずもない。武（息子の名）はあれでお父つぁん思いやし、嫁も気心のよい娘やが、孫が出来てからあんまり顔をみせんようになったわ。それもそまが何やかや嫌みをいうさかいやな。あれはこんどは繁さんを殺して……この家にのこって長生きするつもりやろ。女ごというもんはきょうといもんや……清右衛門さん。顔にいつも白粉《おしろい》ぬる女ごはあかんで。そまは鬼やでエ」

という。そういわれると、きつね顔のそまの、あのつりあがった眼に、いつもうす紅がさしていたのを思いだしたが、四十も半ばすぎたそまの化粧は清右衛門にも気持のよいものではなく、それを、また、見てみぬふりして、いつも縁側にすわってにゃにゃし、新聞ばかりよんでいた繁次郎の、くすんだ横着な顔が思いだされて、清右衛門は暗い気分になるのだった。あの兄妹は、死んだまつの呪いを背負って生きてきたか。そんな気もする。血縁というものの恐ろしさが感じられる。

「わしの方が先にゆくと思うとったに……繁さんが、あんなによわるとは……ユメ思わなんだ」

「あんたは、柳に雪折れなし。足のわるいのは仕事をしすぎたせいや。ほかになーんもわるいとこはなかろ。ガンになるもンは、どこか強情なところがあるわいさ。喰いもんも片よるとはきいたが、繁さんは、朝から晩まで、さんしょの実とカラシ漬しか喰うとらなんだ。あんなことではガンになるわい」

「さんしょの実とカラシ漬だけしか、そまは喰わさなんだのか」

「みたようなことをいうようやが、本人がそないいうとったからまちがいはない。喰うものもケチって銭ためとったが……それでは、それを何につかうつもりかというと、屋根もふかず、垣根のフタもせず……銭は死んでもってゆけるものではないのに……清右衛門さん」

　銭はあっちの国へもってゆけるものでもないことはよくわかっている。清右衛門は、いま、貞之助が、いつか、橋のはなしをしたのを思いだして、

「つまりは、繁さんも、橋をわたさずにためこんどったというわけやな」

　とぼそりといった。

「あれのは橋どころか、こっちからさしわたしてやる気持はさらさら無《の》うて、武やそ

まのかけてくる橋に……のほほんと腰かけて新聞ばかよんでいよった。まあ、銭があったから、武にもそまにも、あないに大事にしてもらえたともいえるけんどのう」

大事に……というひびきに皮肉たっぷりな味がある。いま、清右衛門は、貞之助のいうことをもっともだと思いもしたが、しかし繁次郎の孤独にいささかの思いやりのないつめたさが感じられて、教育者あがりの男は、こんなふうに、役人じみた物言いになるものかとかすかに感じ取れるものもある。

「かわいそうな男やなア」

貞之助のことも言外ににおわせながらそういい、

「人間、長う生きとると、見んでもよいものを見てしまう」

ぽつりといった清右衛門は、ブランコの柱へ藤づるをまきはじめる貞之助の、しゃんと背をのばした年若い姿に、めぐみの運動会でみた笛をつるして白帽をかぶった体操教師時代の面影を、そのままにみたような気がして、

「ほならまあ……」

といって庭から外道へ出かけると、

「どこゆきや、山か」

という。清右衛門は、この時、急に、自分を襲った感慨にびっくりしていた。

「うん檜谷や。あすこだけはな……」
といっただけであとはいわず、そのまま、とことこと坂を登りはじめて、そうだ、死んでしまえば何もかも灰になる。人間生れる前の「無」になってしまう。しがみついて残した土地も家も、みんな自分のものではなくなる。繁次郎がいい見本ではないか。よけいなものがあるからこそ人はこの世に別れにくうて苦しむものなのだ。そうだ、めぐみとあの若者に、わたしてやる橋がもし自分にあるとしたら、千の理屈をいうよりも、せがまれているいまの屋敷をあっさりくれてやることではなかろうか。そう思った。めぐみが、よし自分のたった一人の血のつながりなら、くれてやってこそ自分も生きれるのではないやろか。たとえ裏切られても、自分がすすんでしたことなら気もすむのではないやろか。わたしておけば、橋は誰ぞがわたってくれもしよう。

貞之助にいわれたわけではないが、その日はやはり檜谷へいった。梨畑はもうすっかり葉色がかわり、棚から棒のように天へむけて突き出ていた新芽もやや太くなり、葉は大きく、近づいてみると、小梅ほどの実がうらにかくれていた。花が散って実が生れた。清右衛門は何げなくそう思い、かんのかけ渡した土橋をゆっくりとわたり、途中で足をとめると、谷底の蛇いちごが赤く、海のように、ひと叢染《むら》めているのをみた。橋はわずかにゆれる。用心ぶかくわたり終えると、いつもの畝《うね》のかわいた段に木っ端を拾って敷き、そこにすわって、両側の樹々を眺めやった。すると、頭を襲ってくる感慨は、めぐみにあれほど拒否しつづけてきた土地を、どういう心変りだろうか、腹の底から、わけてやらねばならぬと思われてくるのだ。だが、あの土地を放すとすれば、条件が一つある。土地会社にたのんで、家をこの地に移してみたらどうだろう。古家だからこぼてば、虫喰いの根太《ねだ》はつかえないかもしれぬが、他人にたのむのではない。寺を建てるつもりで、自分がこちこちノミをつかえば、まだまだ煤《すす》で黒ずんだ梁《はり》や横物は使えそうだし、柱もけっこう丈夫だ。いまほどの大きな家は必要ではないのだから、六畳と四畳半ぐらいの小ぢんまりしたものにつくりかえて、土間も、くども、自分でしのげる炊事場に便利よくした方がいいとも思えてくる。檜谷は売らずにそこへ建てかえようという、そんな思案がうかぶのであった。

一本の大桜が左の谷の裾《すそ》にいまもある。先代が植えたもので、どこかの山の実生《みしょう》のをここへうつしたといったが、六十年は生きてきた太さで、肌は山桜独特のすべすべした横縞《よこじま》だが、よく眺めるとぬれ光った根に、むらがりはえた若木がある。幹根はすっかりかくれていて、若木の葉は大きく艶々《つやつや》してうるしをぬったようだ。

「桜というもんは、大きゅうなれば、自分の身を喰うて空洞になりよる。五十年目ごろから、皮だけになって生きはじめよる。ひとりでに、若木が根をはる。皮の力におぶさった若木は、次第に親の根を喰うて、親は子に根をあたえ、生きてゆくうちに一体になって幹はさらに太くなる。百年の樹齢を生きる桜は、どれが子やら親やらわからんものとなる。根尾の淡墨《うすずみ》は千四百年、海津のあずまひがんは五百年、真如堂《しんにょどう》のたてかわ桜は四百年の皮で生きてよる……あれはみな親一代の皮ではない。子が子にうけついで親となり、またその子がうけた皮の厚さや」

と……父はいった。清右衛門はいま、めぐみにあたえようとする家屋敷は、桜の性根と同じだとふと自分に云いきかすのである。繁次郎がよし、自分より早く死ぬのなら、繁次郎の死は、その性根をわしに教えたことになるといわねばならない。それだけに、いま、朝早く、あいさつもせずに薄情な妹にかつがれて病院へいった幼な友達がなつかしく哀れである。

10

貞之助の予言どおり、繁次郎は入院して一と月めにぽっくり死んだ。丸太町千本から西へ入った花園近くの病院だった。そこはガン専門医だそうで、繁次郎はもう手術をしてなおすこともかなわず、胃から腸、肝臓までガン細胞が散っていた。医者は入院翌日に切開したが、すぐ腹を縫い、そまに余命いくばくもないことを告げたそうだが、あとはコバルトを照射するだけだった。そまは、そのことはもちろん、繁次郎には告げず、一と月で退院できると安心させていたという。このことは、見舞にいった貞之助からきいた。しかし、貞之助からきいたのは死ぬ五日前である。足の痛みもあったし、めぐみに電話して土地会社に下見や何やかやさせて、こっちにごたごたした仕事もあった。清右衛門はわるいと思いつつその後見舞にいっていなかったのだ。それだけに急死はこたえた。葬式は村の習慣どおり、万願寺のよこのさんまい谷の広場だったが、午後一時に繁次郎の家から棺が出た。この日は、親戚《しんせき》筋から手つだいが出て、穴掘り当番の者は棺を埋める穴掘りにゆき、葬式花をつくるものは、竹伐《き》りや銀紙買いに走り、午《ひる》までには、繁次郎の家のまわりは、シキビの花と造花にとりまかれて、炊《た》き出し女たちの騒がしい声が段の上まできこえた。棺が出る時、清右衛門は坂を降りた。太左衛門の音頭で、村の者らが棺に結んだ白木綿の布をならんでもって、行列をつくる。万願寺の石段下までゆく。和尚の鮒島《ふなしま》天海が紫衣を着て、隣村の谷山の屋代からきた若い役僧が、緋《ひ》、青、紺の袈裟《けさ》をかけた四人、チンポンジャランと鈴《り》ん馨太鼓を鳴らし、うしろから、繁次郎の息子夫婦が位牌《いはい》と白木の膳《ぜん》をもち、そのうしろをそまが紋付《もんつき》きて神妙な顔でついてゆく。さんまい谷へ登ると、和尚は耳の上からとび出るような大声で読経し、曲彔《きょくろく》から降りて、引導をわたした。

清右衛門は、この葬式を村人のうしろからみていた。どういうわけか貞之助もわきをはなれずにいて、清右衛門のふらつく足を心もとなげに眺めながら、

「おかしなもんやなア」

だまってみている清右衛門の耳へささやくようにいうのだった。

「繁さんも、死んでしもうたからこっちの景色はみえんやろが、結局は、そまにああしておくられてゆくねやな。人間の運命というもんはわからんもんやな。わしは、繁さんの嬶《かかあ》の葬式も見送ったが、その時は、繁さんとそまが位牌と膳もちゃった。こんどは、繁さんは息子夫婦に位牌と膳もってもろて、あの世へゆきよる。そまがひとりでそれを送ってよる。そのそまがのう、いちばん厄介かけたのが、万願寺の坊主やな、みてみい、夫婦喧嘩《げんか》の仲裁ばっかりしよった坊主が、いま繁次郎に引導わたすで」

人のいのちのはかなさということを貞之助はいおうとしたのか、それとも、繁次郎の不運をいおうとしたのか、人間の生き死にのおかしさをいおうとしたのか。清右衛門にはいま解しがたいが、清右衛門にだって似た感慨はうかばぬではない。だが、いま貞之助のいうことは、繁次郎の耳にとどかないだろう。繁次郎は、心の冷たいそまを憎んでいたが、嬶が先に死んでから、看護をしてくれてきた出もどり妹を、あるい

は晩年は重宝していた形跡がある。とすると、そまに見送られて死ぬ繁次郎は幸福かもしれぬ。そまと嫁が喧嘩した際、仲裁に入った万願寺の和尚が、いままた紫衣をきて引導をわたす。これだって死んだ繁次郎には見えるわけのものでもない。

「貞之助さん、おまはんはそんなことをいうが、生きとるからのことで、死んだ当人には、なーんもみえんのやな。死んでしもうたら、なーんもかもみえはせんよ。そまも、息子夫婦も、村の家も、みんなこうして行列つくって送ってくれておっても、死んだ者にはみえはせん」

清右衛門はぼそりとそういった。そうして、だまって貞之助から、少しはなれた。棺が穴へ落されて、当番の加蔵と七助がスコップで土をふりかけ、次第に棺がみえなくなるのをみていた。弔い。これは生きている者の祭りのようだった。死んだ者は「無」に帰したのだから、なにもわかりやしない。人間死んでしまえば、なーんもかもおしまい。清右衛門はいま、繁次郎が、心もち眉《まゆ》をゆがめ、縁先で新聞をななめにもち、銀ぶち眼鏡の耳にあたる部分だけに、絆創膏《ばんそうこう》をまいていたのを思いだした。あの眼鏡を繁次郎はどうしただろう。誰かが棺桶《かんおけ》へ入れてやったか。よし、そまが棺桶にあの眼鏡を入れてやっても、繁次郎は、もう新聞はよむことは出来まい。あの世へいって新聞をよめと眼鏡を托《たく》してもそれは生きている者の気なぐさめであって、当人は眼鏡をかける顔もなくなっている。死とはつまり、人間でいちばん孤独なもので、いや、孤独すらもない「無」に帰するので、坊さんに経をよんでもらったり、大勢の人に送ってもらったりすることも空《むな》しいのだった。すべては当人に無関係なはずであった。そのことを、貞之助よりも清右衛門はいち早く感じとっているので、泣きはらした眼と鼻にいまハンケチをあてててむせびつつ、土に埋まる棺をのぞいているそまに、貞之助ほどの憎しみは感じなかった。ああ、生きて送る人も、やがて、また、死んでゆくのだ。その実をいえば、こうして、ここに立って、見送っている自分も、貞之助よりは早くに逝《ゆ》くにきまっている。

「おもろいことをいうたひとがおった」

　と貞之助はまたよってきてぽつりといった。

「あっちの世は、亡《ほろ》びが無《の》うて……春ばかしじゃそうな。つまり、木が枯れたり、葉が落ちたりする冬秋はない国やそうな。せやさかい、年じゅう花もさき、鳥もうとうとるらしい。そんなええ国やから、行ったものはもどってこん」

「…………」

「行った先がわるけりゃ、たまにはもどってくるものもあってしかるべきやが、ええとことみえてもどってこん」

「それは誰がいうた」

清右衛門は貞之助の顔をにらんだ。

「坊主や。あれがいいよった」

「ふふん」

と清右衛門は、また朱塗りの曲彔へもどって、もったいぶった顔で、剃《そ》りたてのとがった頭を陽にあてている万願寺の和尚をみてみたが、ふとこの時、自分が、もし、この村で死ねば、あの和尚に引導をわたしてもらうのだろうと思うと、かすかな嫌悪《けんお》感が走るのだった。これは致し方もない。屋根ふき替えも、本堂の普請《ふしん》も、こっちが足がわるいという理由はあるにしても、ひとこともあいさつなしに、よその宮大工にたのんでいる寺であった。太左衛門をはじめ、村方五人衆の顔もいまみえる。みんな、水道設置の時、大喧嘩した仲である。村道であってもあいさつ一つせず、歪《ゆが》んだ眼をして見あう仲である。その連中までが、村のしきたり上、村八分の爺ィが死んだと、噂《うわさ》しながら弔うてくれるにちがいなかろう。この葬式という祭典。清右衛門は、いま、死ねば何もかも「無」だから、どうだってかまわぬとはいうものの、同じ死ぬなら、娘夫婦と、そのほかは気のしれあった人たちにだけ送られて安らかに眠りたいと思う。そうすると、この村にしがみついていても、死んでしまえば、やはり、繁次郎と同じ二の舞か。

あの世は、亡びるもののない春ばかりだといった貞之助のことばと、憎んだり、喧嘩したりしていた連中が、瞼《まぶた》をはらして見送っていたさんまい谷広場の光景が焼きついたものだから、その夜も、眠れないで困った。清右衛門は何度も小便に起きたが、起きるたびに、柿の木ごしに、下をみると、繁次郎の家には明りがついていて、そまも唱和するらしい年寄りたちの念仏の声がした。山はあいかわらず風が吹いていた。繁次郎はもう土の中へいったと、夜目にもくろぐろと見える柿の木を眺めながら、清右衛門はそう思った。

11

「そらうちかて、いくら自由結婚の時代やいうても、この人のお父さんお母さんにゆるしを得て結婚した方がええ思うねん、けど、この人は、そんなこと形式主義やいうてわらわはりますねんやな」

と、めぐみはパンタロンの膝《ひざ》がふくれるのをきらってか、投げだしたままの足を行儀わるく、清右衛門の前でひろげながらいうのだった。

「お父ちゃんの気持がそうなら、タツユキさんやって、そらおうちの人らァにもいわんことないいうて……式には賛成してくれてはりますけど……なア、タツユキさん」

青年は寝不足らしい眼をちょっとしばたたいて、あられもなく足投げだしためぐみの、形のよい腰のあたりから眼をはずすと、

「どうせ、ぼくは、親爺《おやじ》とは意見があいまへんねん」

といった。

「この娘《こ》にはよういうたりますけど、この娘《こ》もうちの人らとウマがあんじょうあいまへんやろと思いますねん」

清右衛門は、そうやったな、この青年はタツユキいう名ァやったんやなと、めぐみが始めて彼を連れてきた日のことを想《おも》い出しながら、かすかに眉根をよせてめぐみをみた。めぐみが、達之の親たちとうまくいっていない理由はかすかにわかる気もした。常識からいって、同志社大学を出た中流以上の家の息子が、キャバレーで働いている娘に恋愛して、一しょに所帯をもってしまったのである。親にすれば、いくら、京北の村の宮大工の一人娘とはいえ、水商売などしている身であるし、それに中学しか出ていない学歴も気になるだろう。そのことは、清右衛門も最初に危惧《きぐ》したところで、そのような大学出のところへゆくよりも、手に技術をおぼえた大工、左官のところへ嫁《か》してくれた方が、どれほどいいかと思ったかしれやしない。しかし、当の達之は、

そんな学歴のことなど気にもしていない様子で、とにかく、めぐみの性格や、軀《からだ》つきが好みにあって、夢中になっている按配《あんばい》である。いわばふたりは、いま、眼中に何も入ってこない恋の最中であり、北白川のアパートに同棲《どうせい》していても、喧嘩一つせず、べったりくっついてばかりいる有様は想像できるのだった。清右衛門にすれば、若い者同士の、そんな甘い取組みの姿を思うと、ほほえましい気もするが、達之の室内装飾デザイナーというような、わけのわからぬ職業も気にかかるところだし、危うい感じは多少どころでなく強い。しかし、いくらこっちが、忠告してもきかないのだし、二人は日に日に絆《きずな》をつよくして、御池烏丸のマンションの二階に事務所をもちたいという念願を捨ててくれない。

「お父さんのいわはることは、なんでも聞きますわ」

と達之は、蒼白《あおじろ》い顔をひきしまらせていった。

「そら、お父さんから、大事な家屋敷を売ってもろて、わたしらのこれからの生活の根ェをつくってくれはるのどすさかい、だますということはいけません。めぐみちゃんと、ぼくは、御池さえ確保できたら、必ず、お父さんをびっくりさすような商売張ってみせますわ。安心してください。また、結婚式のことやったら、お父さんの気のすまはるようにしますよってに」

「ほなら、式には、あんたのお父さんお母さんは出てくれはりますのんか」

清右衛門はきいた。すると、めぐみは、達之が何かいいかけた言葉をさえぎって、

「お父さんが出てくれはらんでも、お母さんは出てくれはりますわ。お父さんとは、とにかく、冷戦状態やさかい、お母さんが列席してくれはることはうけあいます」

「そらぼくもうけあいます」

と青年は清右衛門を見た。

「そのうち式もあげ、籍も入れて、ぼくらは正式に結婚します。どうぞ、信じてください。ぼくは、めぐみちゃんがこの世にいてこそ、仕事に精が出ますねんや。めぐみちゃんと一しょになれなんだら、もうあきまへん」

達之はしょぼついた眼を、哀願するように清右衛門にむける。たよりない男やな、と清右衛門は思う。と同時に、娘がこれほど惚《ほ》れられていることにもかすかな嬉《うれ》しさが芽をふく。まあ、しかたがあるまい。考えに考えた末の橋わたしである。どうせ、人間は死んでしまえば、何もあの世へもってゆくわけにゆかないのだ。かりに繁次郎のように、杉垣の穴も直さずに銭をためても、家は出戻り妹にとられてしまったではないか。息子夫婦はいても、葬式がすむとすぐ京へ帰ってしまったのだ。繁次郎の家にはそまが住み、妙なことに、このごろは男出入りもあると貞之助が耳打ちしている。

とすると、死んだものはとにかく負けだった。その負けの世へゆくのに、この家屋敷を、かりにそのまま自分名義にしておいても、いつかはめぐみは売りはらってしまうだろう。同じ売りはらわれる土地なら、この心もとない若夫婦の、絆の根に橋かけてやった方がいいのではなかろうか。

「しかし、わいは家は売らんで」

と清右衛門はいった。

「お父ちゃんは、この家をこぼって、檜谷へもってゆく」

めぐみは、眼をギョロリッとうごかして、達之をみた。達之も細目をあけた。

「お父ちゃんは、やっぱり、祖先の土地に家をうつして……死に場所をきめて出てゆく」

「阿呆やなア。お父ちゃん」

めぐみが複雑な気持をこの時、眼にあらわしていった。

「こんなボロ家もってって、お父ちゃん、まだ檜谷に住みたいのん。陽あたりのわるいとこに……橋ちゅう橋に椎茸《しいたけ》のでけるほどしめった谷に家うつして、お父ちゃん、あんなところで死なはるつもりなん。うちは、そんなお父ちゃんを、ここにおいておけんいうてんのえ。うちらが御池へいったら、お父ちゃんには北白川へきてほしいねんやもん」

「そら、お父ちゃんはゆくで……」

と清右衛門はいった。

「ゆくけど、いつなともどって死ねるところがほしいねんや」

「そら、お父ちゃんの自由や。けど、お父ちゃんは、この村にいても、みんなと喧嘩ばっかりしてきてるし、こんなとこで死んだら、かわいそうでしかたがないわ。うちは、北白川で、ゆっくりあそんでもろて、少しでも、なが生きしてもらいたいの。お父ちゃんにこれから孝行しよ思うてんのに……お父ちゃん……なんで……あんな淋しい谷へ家もってゆかんならんの」

清右衛門は、かえすことばにつまった。なるほどこの村で死ねば、繁次郎の死に似ていよう。いや、もっと孤独な死だろう。めぐみ夫婦も間にあわぬ死になるかもしれぬ。しかし——。

「わしには、檜谷は捨てられん。あそこは、お前のお母ちゃんやら、お爺《じい》ちゃん、お婆《ばあ》ちゃんの丹精してつくってきやはった畑のある谷や。あそこはうちの祖先が……大事に大事にしてきた土地や。あすこだけは誰にもやれん……」

めぐみは、また達之と顔見あわせて、思いなおしたようにいった。

「そら、まあ、お父ちゃんが、そないに愛着があるのんやったら……うちらは何もいえへん。ほなら、うちに、くれはるのは、ここの土地だけどすか」

「そうや。この土地をお前らにやる。お前ら土地会社に売って、どない料理しようとわしはかまわん。けど、一つ条件がある。買うた会社に、この家をこぼたたせて、材料を檜谷に積ませてくれ」

「ボロ家の柱を……あの谷へ積むのん」

「せや」

「誰が……ほなら……その家を檜谷に建てるのん、お父ちゃん」

「お父ちゃんが建てる。足がわるうても、わては耄碌《もうろく》しとらん。わしは金尺《かなじゃく》つこうて、ひまひまに、ゆっくりとちっちゃい家を建ててみせる……」

びっくりしたように達之をみためぐみは、その時、光るものを眼の奥にうかべて、

「お父ちゃんて、ごっつい人やなア」

といってわらったが、わらったとたんに、頰を流れるいく粒もの涙が、清右衛門にもみえた。めぐみのそれは嬉し涙だったか、父への感動のそれだったかわからない。が、泣く娘をみていて清右衛門は、ふとまた、死んだかんがそこにいるような気がして胸がつまった。

かけ渡した橋を、わたるのはやはり自分なのか。土地を売ることが若者たちへの架橋なら、やっぱり、喜んで、こっちから、渡ってやらねばならない。

「わいは、お前らが御池いったら、北白川のアパートで暮す。そのかわりに、お前らから、生活費はもらう。そうして、足がなおったら……谷へもどって家を建てるんや。わしの死ぬ家や。いや、わしの死ぬ寺や」

清右衛門はそういったとたんに、急に、頭にうかんだ檜谷の家を、寺にしようかという発案に心が躍るのをおぼえた。そうだった。宮大工清右衛門の家ではないか。寺のような、いや、阿弥陀《あみだ》堂のようなそり棟で、白壁の美しい堂をたてて、そこで先祖やかんの霊と一しょに暮してみたい。そう思うと、早く、その実現に着手したい希望がわいて、胸がつまった。

〈堂をたてよう、そこで、わいは、死ぬねんや〉

12

口髭《くちひげ》を生やした二十七、八の男と、四十七、八のずんぐりした男が二人、暑いのに黒っぽい背広を着て、革靴を履いてきた。しゃべるのは年若の口髭が主で、年輩の男はわきに控えて黙っている。めぐみと達之のいった土地会社の者で、はじめ、めぐみと達之がつれてきたが、測量にきた時は二人だけで、いよいよ、契約書を取りかわす日がくると、達之とめぐみがもう一人六十すぎたかと思われるでっぷりした赧《あか》ら顔の男をつれてきた。男はふくれ上ったカバンから甲乙同じ書類を示し、

「息子さんが、登記所へ行ってくれはりましたんで助かりましたわ」

といった。男はにこにこ顔で二枚の小切手を清右衛門にわたし、売渡人氏名欄に署名捺印《なついん》をたのんだ。清右衛門は眼鏡をかけ、達之のことをいま息子といった男の軽率さに何やらくすぐったいものを感じたが、その達之の出す万年筆を借りると、ゆっくり署名して捺印した。男は甲一通を清右衛門にさしだし、ありがとうございました、これで助かりましたわ、といった。文面はタイプで打たれていて、よみはじめようとすると、よこからめぐみが、

「お父ちゃん、ここの家を檜谷へもっていってもらう約束も書いたる、安心やで」

となぐさめるようにいった。土地の坪数三百七十二坪、立木、杉、柿、椎その他雑木十二本と、くわしく書かれている。売渡金額は三百九万円。この額は、まあ、清右衛門の要求額に九万円足されていて、不服はないのである。契約どおり家もこぼたれて、檜谷まではこぶ手数も費用も清右衛門は負担しなくてよいことになっていた。男たちは、契約が終ると、めぐみと達之に何やらぼそぼそと話しかけていたが、やがて、

そんではお父さん失礼します、といって帰っていった。達之とめぐみだけが残った。「ほならお父ちゃんな、うちらが、二百万借りて御池のマンションへ払うて契約がすんだら、すぐにでもひっ越すさかい、北白川へきてくれはるか」

清右衛門は、まだそまの家の杉垣の上を見えがくれしながら遠のいていく会社の一行を口をあけて眺めていたが、

「行く……そのかわり、早うこの家をこぼって……檜谷へもってってくれるようにしてくれや」

といった。あっさりとこのことばがいえたことに自分でも不思議な気がしている。めぐみも達之も、にこにこし、自分らがもらうためにそうしてきた二枚のうちの二百万の小切手を、ぺこりと他人行儀なお辞儀を一つして清右衛門からうけとり、一時間ほどして帰っていった。この日ほど、清右衛門は孤独を味わったことがない。自分で決めて、自分でハンコを捺《お》したのだから、悔んでもしかたないことながら、夜は小便におきるたびに、もうこの家で寝るのも何日やろと思った。村八分にされてはいるものの、あしたは区長の家と菩提寺と貞之助の家へはあいさつにゆかねばなるまい、と思った。御池のマンションを買って、娘と青年が越したのは、八月二十二日。暑い日であった。翌日、揃《そろ》いのプリントアロハにショートパンツをはいてやってきた二人は、

「お父ちゃん、北白川があいたさかいに迎いにきたんや……おふとんやら、何やら荷づくりもあるやろさかい泊りがけでわたしらが整理したげる」とめぐみはいって、清右衛門の独身生活の、ごたごたした衣類や、炊事道具、それからかんの使ったタンス、仏壇、大工道具などまで、あらかた清右衛門が引越し荷としてあつめておいたものを点検してくれた。めぐみはその夜、京から持ってきた肉を煮てくれた。三人は膳をかこんでたべたが思えばこれが最初の若夫婦との水いらずの食事であったろうか。翌朝、清右衛門は、区長の太左衛門と万願寺と貞之助の家へいった。太左衛門は、びっくりした顔だったが、しかし、そんなことは予期していたかの口ぶりで、

「娘さんもしっかりしてはるからよかったのう。あんたも京へいったら、すぐ足のわるいとこを直すがよい。やっぱり、何てたって医者にかからにゃ。ほれから、檜谷の移築のことは承知したが、売れた屋敷へくる人はなんちゅう人かわかっとるか」

ときいた。清右衛門は土地会社に土地は売りはしたけれど、誰が越してくるか知らなかったから、正直にそのことをいうと、

「そら困ったなア」

と太左衛門はいい、「ちかごろのことやから、どんな奴が越してきよるか。なに建てよるかわからへん。おかしな人がきたら村もこまるなア。けどあんたが知らんでは

はなしにならん……おかしなことや」

といった。土地会社は、家をこぼってから整地して新しい買い手をさがすのかどうかそんなことまではわからない。めぐみも、達之もそのことにはふれなかった。知らぬことは知らぬと、清右衛門は考えつつ、どこか冷たげな区長の横顔にむかって、えらい世話になったとだけいった。足がなおり次第、檜谷へ家を建てにもどる。その時にはまた村の仲間へ入れてくれと心にもないことながらそういって、堂をたてるもくろみだけはいわなかった。万願寺でもそれはいわなかった。和尚は、どこかの法事から帰った直後とみえて、細君に汗ばんだ下着をわたして、ステテコ一枚で縁へ出てきたが、清右衛門のいうことをうなずいてきくと、

「檜谷にもどってくんのやさかい、過去帳消さんならんことはないな。そんなら安心した。まあ、ゆっくり娘さん夫婦にぜいたくさせてもろうて、足を直してもどってきてくれや」

心もち哀れげな眼で清右衛門をみるのだった。本堂の屋根は、まだ、葺《ふ》きかえが終っていなかったのでタルキから空が透けてみえる。棟ちかい高みを仰ぐと、やはり猿《さる》股《また》一枚の他所者《よそもの》らしい屋根師が二人あがっていて、のろのろとはかどりのおそい仕事をしている。こっちへむけた尻《しり》が水につかったようにぬれているのを清右衛門は、し

ばらく眺めて、

「雨がこんうちに、早よふきあがるとよいのう」

と和尚にいった。和尚はにっこりし、ほんまやといった。そして、細君の声で庫裡《くり》へ走り消えたまま、和尚はもどってこなかった。それで、清右衛門は石段を降りて貞之助の家へ向った。ここでは考えてきたことをいった。

「お前はわらうかもしれんが、わしは娘夫婦に橋かけてみた……けど、全部が全部売り渡してゆくのやない。そのうち檜谷へ移って……また新規まき直しで住むつもりやさかい、その時には、また友だちにしてくれや」

貞之助の家には、孫がきていて、バケツに冷やした西瓜《すいか》をくれてやろうとしているところだった。清右衛門のきたのを、ちょっと、間のわるげな眼でみたが、家屋敷を売ったときいて、びっくりしたらしく、庖丁《ほうちょう》をもったまま貞之助はうーんとうなって、

「架けた橋て……あんた、思いきったことやな。しかし、あの世へもってゆけんもんやないいうのも、ようわかるしなア……わしも、あんたの考えはわからんでもない。清右衛門さん、娘さんはえらい土産物もろて、嬉しかろのう、そら、きっと、しあわせにゆく。いま時、そんだけ思い切ってやる親はおらんさかいなア」

といった。この男にはわかってもらえたかと思い、清右衛門は嬉しくなった。区長

の家でも寺でもいわなかったことをふと告げておく気になり、

「けど、わしはなーんも村を捨ててゆくのやない、檜谷には、一世一代の寺を建てるつもりや、わいはそこで暮すつもりや」

「寺を？」

「ああ、わしは今日まで二十軒以上もの寺を建ててきたが、それはみんなよその寺やった。こんど檜谷に建てる寺は、わしの寺や、わかるか……貞之助」

「………？」

貞之助がぎょっとして眼をむくのへ、

「足がようなったら、わしはまた普請《ふしん》にもどってくるさかい、その時は、また工事場へあそびにきてくれや」

と清右衛門はいうと心の中のつきものがこのとき、ぽろりと落ちた気がした。貞之助は清右衛門のことばに感動したか、じっと顔をみつめて、何かいいたそうなのを押え、孫たちにせがまれる西瓜を切りはじめたけれど、「一つお爺ちゃんにあげよか」と子供たちにたずねて、子供は不服顔であったが三角に切れたハジのあたりのタネのないところをくれようとする。清右衛門は手をふった。

「ほんなもン喰うと腹こわすわ、わいは……西瓜は喰わん主義や」

そういって、貞之助の家を出てきた。坂道で杉垣の穴をのぞくと、村下の左官の弥伍が猿股一つでそまと縁にならんでごろりとこっちへ頭をむけて寝ている。そまも乱れ髪だ。ふたりとも、枕《まくら》もせず、ならんではなしこんでいる様子はいかにも夫婦気取りなので、そまの相手はやっぱり下谷の弥伍だったかと清右衛門は、大柄なそまの片《かた》膝《ひざ》たてた姿をチラと見てから、坂道を家へ戻っていった。達之とめぐみが、待っている。いってみれば村へあいさつ早々の出立であった。清右衛門は、いくらか心もとない思いと、何やら背なかを冷たい風の吹きぬけるような、氷のような淋しさを新しく抱いて、二人の待たせていたトラックに乗った。がたびし揺れる荷物の陰にしゃがみこんだめぐみが、村ぐちにさしかかった時、急に吐き気をもよおしたのか、血の気のひいた顔になって胸へ手をあてている。「またか」と達之が寄って背中をたたき始めるのを、清右衛門は虚《うつ》ろな眼で見ていた。静平の村を出たのは二十四日、七月生れだから満六十五歳に、清右衛門はなっていた。どういうわけか、足の痛みはこの日わすれたように遠のいて、胸にあいた洞穴《ほらあな》のような黒い穴を清右衛門はもてあましはじめていた。

13

撫《な》でてみれば、石のように冷たくて、はなれてみれば、どこやらやわい張り板壁である。これも達之の関係する会社の量産物だ。木目を印刷した杉板ぶりの合成板が、腰高にぐるりを貼《は》り紙のようにとりまく部屋は、天井も床も柱も規格品を組みあわせたもので寒くてしかたがない。めぐみが使いふるした古ダンスは、どこかの古道具屋から買ったものか。たった一つこれだけ真物《ほんもの》の木にしても、ラワンであることにはまちがいなく、趣味のわるい色ペンキが塗りこめられ、それが薄ピンクときては、はなしにならない。これまで住みなれた静平の家で、煤《すす》けた梁《はり》や棰《たるき》の露《あらわ》な藁《わら》ぶき屋の天井ばかりみてきている清右衛門には、着いた最初にもう、見てくればかりの部屋へ入ったような、冷たさだった。しかし、ここでがまんしなければと、自分に云いきかすことのできたのは、引越しのトラックの上で吐きはじめためぐみの容態が気になって、何げなくきいてみると、それが妊娠だと聞かされたからである。清右衛門は、思いがけない気持の変化に戸惑った。めぐみが子をうむ。しかも、好きな男の子をうむ。喜びは腹のあたりから湧《わ》きおこってきて清右衛門は、まだ挙式もせず、こっちの工面してやった二百万円と、自分らの貯金をあわせた金で急いで買い取ったマンションで、新生活をはじめている娘夫婦に一抹《いちまつ》の不安はあるものの、不思議と、暗く翳《かげ》っていた未来に、黒幕を裂いたみたいに陽がさしてくるのをおぼえたのだ。おかしいものだ。

あれほど、たよりない、向うみずな二人にみえていたものが、めぐみの腹に新しい子が息づいているとわかっただけで、こんなにも、根がはえてみえてくるのか、いや根がはえてみえるというよりは、実をみのらせたひと株の花のような気さえした。清右衛門は、いまこんな気持の変化を、六十五年の生涯で一度とて味わったことがあったろうか、と考えてみる。一度もなかった。清がうまれる時は、かんにはまだ姑《しゅうとめ》がいた。かんは、大腹を抱えて檜谷の田圃《たんぼ》へ通い、産み月まで畦《あぜ》にしゃがんで小豆の草取りをした。めぐみをうむ時もちょうど、父親がまだいたので、どこかの寺普請にいって留守していたと思う。かんは姑とやはり産む日まで畑へ出ていたといった。静平あたりの出産は、だいたいそんなもので、むかしから、実家へもどって子をうむのは裕福な家、嫁《か》してきた時には、もう実家を失って縁筋のなかったかんはかわいそうであった。だから、子がうまれることの喜びはあっても、かんの容態を慮《おもんぱか》る気持がつよくて、子のうまれることへの心のときめきはなかったように思う。同じ子がうまれるというのに、初孫の場合は、こんなに、男の芯《しん》に、新しい血をふき出させるものか。清右衛門は、薄桃色の棚から、これも、めぐみが置いていった魔法瓶と茶碗《ちゃわん》をとり出して、朝方、入れておいてくれた湯をつぐと、角砂糖を二つとかして入れ、しゅるしゅると咽喉《のど》をうるおすように呑《の》んでみた。甘い湯がうまいと思えるのにも、自分が変ったかんじがする。

　御池のマンションは、なるほど金額相当の建物で、鉄筋七階建の大きなものだった。一階と二階に店があり、裏に駐車場があった。めぐみらの買った二階は、六畳の仕事場と、奥に四畳半、六畳、台所、板の間と、かなりひろく、南向きの窓も明るくとられていた。鉄筋だから、北白川の、モルタル造りの薄手の感じはしなかった。しかし、一つ一つ部屋をのぞいてみると、どことなく意に合わない。四畳半はベッドルームだとかで、カーテンをしめ切りにした夫婦の部屋だ。めぐみは戸をあけてすぐぴしゃりとしめてここだけは清右衛門にゆっくり見せてくれなかったが、台所、板の間、六畳、みな内装もしっかりしている。表の六畳の事務所は、机が三つおかれていて、壁にT定規、大型三角定規だのがかけてあり、筒に入れた画用紙、方眼紙の筒は五十本もあろうか、削りたてのエンピツさしにいっぱいのエンピツ。製図台、特別あつらえの蛍《けい》光《こう》スタンド。まあ、インテリア・デザイナーの仕事場の体裁はどうやらととのえてあった。「現代工房」という看板も、薄ベニヤに巧みに貼った色紙で、すべてみな達之の好みのあしらいであった。めぐみは、ここに落着いてから、あいかわらず、まだ、河原町のキャバレー「猫」へ通う様子なので、腹の子のことも心配だったから、夜のつとめだけはやめたらどうやといってみると、

「あかんねや、うちは働けるだけ働いて……貯金すんのや」

とめぐみはいった。

「うちの人やって、店はひらいたけど、そうそう室内装飾の注文が……『大安』の漬物みたいにあるわけやないしなア」

妊娠のかげんか、めっきりかんに似て、女っぽくはれてもみえる眼をキラキラさせるめぐみは、清右衛門をみてわらった。が、そういわれれば、まだ腹は日立つほどでもないのだし、かんのことを思えば、つとめはまだやめなくてもいいとうなずけもする。

「初孫やでな……大事にうんでくれんとあかんで……」

と清右衛門はいった。するとめぐみは、この時ちょっと、意外な顔をして、

「お父ちゃん……阿呆なこといわんとき。まんだ、若いのに……うちらは、いろいろ協議してるとこやがなア」

気にかかることをいった。その時はまだ、何を協議してるのか、気にもかけず、子がうまれたら……といろいろ想像もしたりして御池から北白川まで二時間かけて、杖《つえ》ついて歩いて帰った。歩いたのは電車賃が勿体《もったい》ないばかりでなく、足の運動を考えてのことである。賀茂川土堤をぼんやり歩いているうちに上賀茂まであがっている。清

右衛門は、その賀茂の土堤で、何ども樹陰をよって腰をおろした。きらめく夏の川水をはさんで草の上に寝ころんだり、すわったりしているアベックがいた。若い男はみな達之にみえ、女はめぐみにみえた。晴れがましいような、まばゆい気がした。清右衛門は、抱きあうようにしている一と組のよこをめずらしげに通ってみた。わしらが若い頃は、とても、こんなに、人前でくっついてすわったり、寝ころんだりすることはなかった。変れば変る世の中や。若い娘のスカートも、尻がめくれたほど短い。ひろげてすわっている娘は、みな、水面に股裏うつして、凩の中でわらっている。そのうち、この娘らもめぐみのように、みな新しい子をうむのやろか。

ああ、静平にいた時は、死ぬことばかり考えつめて、暗い気持でいたのに、どうして、京へ移り住んできて、すぐに、こんなに人間の生れることばかり考えつめるようになったたか。不思議というしかない。

貞之助の家へあいさつにいった際、西瓜を早く切ってほしくて、顔をならべていた孫たちの、貞之助へもどかしげに口をあけてみせた顔がうかぶ。貞之助が鯉のぼりを縫ったり、ブランコを修繕したりしていた姿もうかんだ。あれも、孫がうまれてから、繁次郎の家をあまりのぞかなくなっていたようだ。清右衛門も、京へきてからは死にかけていた繁次郎の顔と、杉垣の穴だけしかいまはうかばないが、ふといま、死ぬ人間もあれば、生れる人間もある、この世の中の不思議さを、暗い穴からぽっかりみていたような気がした。そまだってそうやろ。死んだ兄の看病がすむと、家の障子まで貼りかえて、こんどは弥伍と出来てしまい、ひるひなかに、縁先でじゃらけ寝るようなありさまだった。あれも、このままだと、子をうむかもしれない。仏というものは、無常なものである。あの世へゆけば、そこはとこ春の浄土だといい、亡《ほろ》びの秋冬はなく、花の咲く春ばかりだと、死の国ゆきを美しく絵説きしておきながら、冬でなくても、春にさえ凍《い》て風のはしるこの生きの世へ、あきもせず子の誕生をゆるしていなさる。こんな仏の真意はどこにあるのだろう。いま清右衛門にはわからない。けれども、わかることは貞之助のいったように極楽は、あの世にあるものではなくてこの世のものらしいということであった。貞之助は繁次郎の葬式の日だったからあんなことをいったのだろう、じつは、清右衛門をもいたわっていたかもしれぬ。本心は、極楽や天国は、この世だといいたかったのかもしれない。健康な孫三人にとりかこまれていた貞之助の西瓜切りを、思いうかべていると清右衛門は、檜谷へ堂を建てる日は、孫のことをはなして自慢しようぞとひそかに思った。

へわしにも、孫が出来るぞ。めぐみが子をうみよる。……貞之助よ、お前のいうとおりこの世は地獄やが、死ぬ人ばかりでもないわいな。うまれる子もおる。仏はまだま

だ人間に楽しみを抱いてござるのや……〉

14

六号室にいる榎本きんは六十七だというが、街ぐらしをしているせいか、まだシミ一つないつややかな顔をしている。腰もしゃんとしている。肉づきのよいぽっちゃりした撫で肩は、五十代かとも思わせる一瞬もあって、細目のはれぼったいまぶたと、うすい眉毛《まゆげ》のあいだが妙に広く、くちびるのあついかんじが一種の愛嬌《あいきよう》とも、観音顔とでもいいたい柔和さがあるので、越してきた時に、めぐみにつれられてそば券を配り、廊下ですれちがっても、外ですれちがってもかならずあいさつしている。本人のはなしではないにしても、めぐみのいったことを真にうけると、きんには息子が一人いて、大阪で暮しているらしい。しかし、その息子はめったにきたことがない。生活費はおくってくるらしく、そのほか、死んだ亭主の遺産や何かを整理した小金でももっているのか。さっぱりした装《なり》といい、時には薄化粧もしかねない装《よそお》いで、朝早く出かけることがあるが、夕刻にはハイヤーで帰ってくる。めぐみの運ぶ金で暮す独身の清右衛門は、そんなきんのぜいたくな生活ぶりになにやら劣等感を抱きもするが、しかし、このアパートで隣りあわせ、独りで暮す老男女という縁で、どちらからともなく、気心をあわせあう雰囲気が感じられた。越して二、三日目から往来するようになった。内心は、めぐみの行状をみたはずのきんからよく、その当時を聞きだしてみたいことが数々あったので、清右衛門から戸をたたいて、入ってゆき、上りはなに腰かけて待つと、きんは茶をだしてくれた。毛糸のあみものなどしながら、心やすく、

「お父さんはしあわせどすわ……わたしは、あの人らが、ここで仲好うしてくらしてはるのを初手《しよて》からみてましたさかいよう知ってまっせ。それはそれは、ええ男はんでな。わたしのみてるとこでは、男はんの方が惚《ほ》れてはりますねんやわ」

という。

「あれはもう二年も前になりますかいな。はじめて泊りはった日ィは、娘はん、はずかし顔して、わたしのところへ川端道喜のちまきもってきてくれはりました」

くすりとわらう。めぐみが最初に達之と出来た夜のことを、きんはおぼえているというのだった。清右衛門は、いまは、それを素直にうけとめてきくことが出来る。

「はずかしい娘《こ》ォで……自慢はでけまへんわ」

清右衛門ははにかんでいった。

「なんせ、あの娘は、あの娘の兄が死んでしまいよると、すぐに、静平をとび出して百貨店へつとめとったのを、半年ぐらいでやめてしもて、すぐに水商売でっしゃろ。

こらもうあかん、あんなところへ身を沈めてしもたら、金が鬼の世界やさかい、人の心も、男の心もわからん女ごになりよる……わしももう叱《しか》りつける元気も無うなりました。頼りにしとった兄の方がぽっくり死んでしまいよるし……世の中というもんは思うようにゆきまへんな。もうあかんと思うとった娘にいまわしは、厄介かけて生きよる身ィになってしもて……」

「そんなこと……なんもはずかしがることおへんやんか」

きんは、なぐさめるようにいう。

「年よった者は、若い者に面倒みてもらうのが順序どすがな。そのために、子を大事に育ててきたのやおへんか」

「それがちいとも大事に育てたおぼえがおへんのやさかい、頭があがりません」

「あんさんが、大事に育てたと思っていなはらんでも、子供さんの方が、親の恩を感じて生きはりますのやろ、ゼニ金で、親の思いがきまるものやおへん。わたしらかて、子にはなーんもしてやってませんが、とにかく、いまはこうして、のんきに暮してゆけるのは、みな……子ォのおかげどすわ……」

「息子さんは大阪でなにしてはりますねや」

「北の製罐《せいかん》工場で職長しとります。孫も二人おりまっせ」

といってからきんはつけ足した。

「嫁がきてみると男の子というもんはあきまへんわ」

「どうしてですか……男の子の方がよろしやろに、女ごの子の方は婿《むこ》にとられてしまうで」

「心のもち方がちがいます。男は嫁をもらうと、嫁に気をとられる。娘はんの場合やと、あんさんのめぐみさんをみててもわかるように、男はんの方が、あんだけ惚れなはって、お父さんを大事にしてくれはるやおへんか」

達之が自分を大切にしてくれている気配があったかと、思いなおしてみるけれども、京へきてから、どちらかといえばめぐみの方が、しおらしく近づき、態度もやわらかいのだった。よくめぐみは訪ねてくるけれど、達之はめったに北白川へきたことがない。

「そうどっしゃろかなア」

首をかしげていると、

「まあ、男の子はあきまへんわ」

ときんはきっぱりいって、ほかのことを考える眼になった。

「倉持さん、あんたはしあわせどすわ。あんなぴったり似おうた夫婦《みょうと》さんはおへん」

多少羨《うらや》ましげにいうのが気にかかったが、しかし、それはお世辞でもなく、これは二年も眺めてきたきんの言葉だと思うと嬉しい。

「いずれにしても、親は子をはなしてしもたら、それでしまいどすな」

ときんはいった。

「人間は、まあ、誰でもひとりぼっちといえますけんど、それでも、ねきにいるときは、何やかや絆《きずな》というもんがあって、血は血で助けあいもします。けんど、はなれてみると、血よりも、他人の方に情のおすことがありますなア」

「………」

「わたしはそれで、このごろは、他人のあつまりへいって……気を晴らしてます」

きんは、心教学会という新興宗教の団体へ入って、さいきんになって、ようやく友だちも出来るようになり、鹿《しし》ケ谷《だに》の本部へ参る日がたのしみだといった。

「はじめは、いろいろと学会のことをけなさはる人もおしたし、わたしも、信仰なんていやで……よりつきもしませなんだが……ふとしたことから、友だちにさそわれて、あそびにゆくようになってから、とうとう信者さんに入れられてしまいましてなア……いまは、ちーとも、後悔はしてまへんねや。……これが、徽章《きしょう》どす」

立ち上って、清右衛門よりは背丈の高い肥えた軀《からだ》をのばすと、タンスの上のせまい

部屋にしては少し豪華に飾りすぎると思える仏壇のよこにおいてあった金襴《きんらん》布の襷《たすき》を首にかけてみせて、

「これが……おしるしでござります」

清右衛門は、にっこり眼の前でわらうきんに異様なかんじをうけて思わず尻をひいた。静平でも、この学会に入った家が二軒あった。万願寺の和尚の悪口もあり、村の者らはよくいわなかったものだが、しかし、いまきんの、日頃のどことなくみち足りた表情の因《もと》が、学会信仰にあったかと思うと、めぐみがいったように、大阪の息子夫婦とは、そんなにうまくもいってないかともうけとれる。隣人も、苦労を背負って生きているのかと思う。しかし、それを知って心の中でふと安堵《あんど》もおぼえたのは不思議だ。

「わしは、あきまへん、信仰はあきまへん」

手を振って、

「宮大工をして、仰山の寺を建てたり、屋根ふきかえたり、根太をなおしたりして、つまりは仏さんの家を守《もり》してきた手前もありますでな。仏教やないとあきまへんねや」

きんは、キロリと信者特有の排他的な光をこの時、細い眼に一瞬うかべて、

「何宗どすか」

ときく。

「禅宗や」

「禅宗、……それはあきまへんな」

きんは語気つよくいった。

「いまの禅宗の坊さんの中で、ほんまの修行しやはる人はおへん。本来無一物、何もいらん、ただ坐禅を組んでおればよいという宗旨でありながら、ゼニのほしい坊さんばかりやおへんかいな。どの寺も、嫁さんもろて、子をうんで、真宗の寺とちいともかわらんやおへんか……禅宗の坊さんはあきまへん」

清右衛門はそういわれて、似たようなことをむかし達之がいって、禅宗をけなしたことを思いだしたが、いわれるとおり、修行にいそしむ禅宗坊主の姿をみたことはないと思った。本山へよくいくこともあるが、いまは僧堂には雲水はいない。かりにそこに僧堂はあっても、会社の錬成道場に貸したりしている。早い話が、万願寺の和尚をみても、いつも、赤い腰巻をちらつかせる嬶《かかあ》がいた。なるほどあれではこの世に「無」を悟る世界とは程遠いかもしれぬ。きんが、心教学会のこととなると一応の道理を述べるのに清右衛門は感心もしたが、しかし、禅寺の普請に力をつくしてきた自分にとっては、あの冷たい禅宗特有の伽藍《がらん》と寒い庭の景色は、どの宗教よりも、心が洗われる。心の道場だと思う気持にかわりはないのだった。

話が信仰へゆきつくところが尻のあげ時だと思いつつ、清右衛門が、二杯目の茶をよばれて帰ったところへ、トントンと部屋のドアをノックする音がする。出てみると、めぐみが立って清右衛門をきょとんとみていた。

「お父ちゃん、なんや、いやはったんかいな」

そういったかと思うと、いかにも陽気にはしゃいで、戸をあけて入ると、すぐどたりとパンタロンのお尻を落して、

「お父ちゃん、わるかったけどなア、うちら、子供うむのん、今回はやめたんやな。もうちょっと早いよってになア……生活の建設期やさかい……ことしはうむのやめて、再来年《さらいねん》にしよいうことになってな堕《おろ》してしもたんよ……」

清右衛門は耳をうたがった。うたうようにいうめぐみのことばが、耳を通りぬける。

「なんや……いま、なにいうた」

上り口に立ってふるえつつ聞きかえすと、

「子ォをな……堕してきたんや。お父ちゃんよろこんではったさかい、ちょっと、報告しとかんとあかん思うたさかい……うち来たのやけど……」

「………」

清右衛門は自分の顔がかなしみで渋面になるのがわかった。すると、めぐみは、

「お父ちゃん、そんなかなし顔せんかてええやんか。うちはまんだ若いのやさかい、赤ちゃんは、つくろ思うたらなんぼでも出ける。いややわア、お父ちゃん……泣いたりしてエ……」

清右衛門はふとわれに返って、眼の前にいるめぐみと、うしろの薄ピンクの整理ダンスが、いま、音をたててぐらぐらとゆれるのをみた。地面からとつぜん妖気《ようき》がふきあげてきて、めぐみの顔が、かんの顔になり、かんの顔が母のみんの顔になり、女たちが虫のようにうごめいて羅漢の像のように声をたてて笑う気がした。清右衛門はいま、いたたまれない気持でめぐみに背をむけ、戸口へよろよろと出た。

〈くそ、くそッ〉

と心の中で、泣いている自分に清右衛門はいいようのない欠落感をおぼえ、階段を降りる元気もなく、階段の踊り場にしゃがみこんで嗚咽《おえつ》をかみころした。

〈なんで……うまれてくる子を……そないに粗末に捨ててしまうねんや……うまれてくる子は仏の子ォやないか。……めぐみよ、お前は、誰の許可をもろうて……さずかった子を殺した……子を堕す権利が……女ごの誰にある……子は堕すもんやない。生

むもんや〉

　嗚咽はとめどもなく出てきて、しゃがみこんだ清右衛門の肩へ、ぱらぱらと小雨がふりかかった。屋根のない外階段の錆《さ》びた鉄板がすぐにぬれて褐色に変りはじめる。

〈阿呆、めぐみの阿呆！〉

　面と向ってどなりつけるより、雨の中を走りまわりたい衝動が体の中を突きぬける。しゃがんでいた軀を小雨の中へにょきっと立ち上らせて、お父ちゃん阿呆やなア、どこへゆくのん、雨降ってきたのに傘もささんとどこゆくん、阿呆やなア、とめぐみのいう声にふり向きもせず、階段をかけおりた。清右衛門は、はだしのままアパートの軒下を走り出てふらふらと歩きはじめた。と、急に稲光りが北の空にして雷がなった。花背の山あたりでその雷はなっていた。在所の静平の檜谷には、たぶん雷は大きな光を放って雨はざんざと降っているであろう。清右衛門はそう思った。

放　浪

15

秋の近づく音は、賀茂川土堤へ出ればすぐわかる。堤の草々は、青々しているけれど、陽ざしに変化はあり、布をたらしたような堰《せき》の水も、岸辺で色づきかける大欅《けやき》と桜の葉の影を映して、飛瀑《ひばく》が橙色《だいだいいろ》に染まる一瞬があった。凩もひんやり刺すようだ。岸の草叢《くさむら》とか、石垣の陰にかくれてたたずむ若い男女、とりわけスカートの短い娘の膝《ひざ》は鳥肌たっている。退屈なままに、この頃は、川土堤をひとり歩きする習慣だ。出町まで降りても、そこから歩いて帰る元気はない。たいがいバスでくる。部屋へもどって、へたりこむように壁にもたれ、することがないのでぼんやりしている。隣家のきんの宗教談義に耳をかすのも億劫《おっくう》だし、飽きもせず、日々山の色のかわる有様を眺めているばかりだ。大文字山はすぐそこだ。裾《すそ》の降り口に九月はじめからブルドーザーが入った。造成地が出来たのである。けずられた割れめから谷の向うが透けてみえ、落葉樹が多いとみえて、絵具をまき散らしたような黄色い色がそこにたまり、上の方は赤松の細いのが割箸《わりばし》でもたてたみたいだ。山へ入れば、裏白葉《うらじろ》の下に松茸《まつたけ》が出はじめる頃である。そう思うと、たえて帰ったことのない静平《しずひら》の、家を取壊したままで、古材をトタンに囲い、寝かせてある檜谷《ひのきだに》の小舎《こや》が雨でくさりはじめていないかと気になりはじめる。そうだ。そろそろ、あの谷に、夢の堂を建てねばなるまい。子を堕《おろ》したためぐみを叱《しか》りつけた翌日だったか、達之からあやまるとも、言い訳ともきとれる彼等の生活信条を聞いた時、清右衛門は、静平の家のことをはなしたのだった。約束どおり、立て替えた金の返済分を、こっちへ廻してくれ、とつよく云うと、達之は、まだ開店したばかりなので、工房の方からは、返金はむずかしいが、めぐみが働く分から、月々三万ぐらいは廻してもよい、といった。これでは、めぐみに何もかも背負われている男の、甲斐性《かいしよう》なさを垣間見《かいまみ》る思いがして、強く云いもできない。いっそのこと、心を鬼にし、取れるものは取っておいた方がよいという気持にもなる。娘には、だまっているけれど、多少のへそくりはある。家屋敷はもうないのだから、自分の死に場所だけは、檜谷に建てておきたいのだ。自分さえその気になれば堂を建てる金はできている。だが、そのへそくりも、大工をぜいたくに頼める分はなかった。足がよくなれば、切り込みも、鉋《かんな》がけも自分でするつもりである。それにしても、五十万はいるだろう。金は、古ダンスの底にきっちり紙に包んでしまってある。早く足を直して普請《ふしん》に漕《こ》ぎつけねばならないあせりが出てくる。

そんな一日の夕方、朽木《くつき》の文蔵がひょっこりアパートへ顔を見せた。清右衛門は、清の不幸以来、文蔵を見る眼に、ひややかな気持をいつわれない。だがこの日は不思議と、はげ頭をふりふりあがってくる姿を見た時に、なつかしさ以上の温《ぬく》もりをおぼえた。鉄階段の手すりにつかまりつつ、文蔵は、いくらか、足もとのあぶないかんじであった。容色もめっきり衰えた。が、しかし、近くでみると顔はあいかわらず、陽に灼《や》けて、黒い。

「えらいとこへ越してしもて……なーんも知らんもんやで、静平の家へいったら、あんた、家はあらへん……びっくりしたで」

プラチナの総義歯をみせて、文蔵は、なつかしげににっこりとわらった。

「達者で何よりじゃ。下《した》の貞之助さんにきいたら、病院へゆくために……京の娘さんのとこに下宿住まいじゃときいたで……そいで、そこらじゅうさがしてやってきたんや」

文蔵は、御池のめぐみのマンションへ行ってきたとみえて、

「娘さんも、ええとこで店をひらいて、幸福そうやった……あんた……それで足はどうじゃやな」

と心配してのぞきこむ。

「三日に一どずつ広小路の病院へ通うとるが、なんせ、神経のことやで……なかなか直らんのや。……ちいとは、よくはなってはおるが、まんだ……痛みもとれんし、仕事の出来るとこまではゆかんねや、困ったこっちゃ」

清右衛門は情けない顔をしてみせた。

「この病気は、くすりがないのでどうもならん。ただ、歩きに歩いて肉をつけんことにはあかんという。……肉がつけば、死んだ神経も生えてきよると医者は云いよる……で、毎日がそこらじゅうを歩きまわるしかない」

「ほう……そらまた結構な身分やないか」

文蔵は上りはなに腰をおろして、清右衛門が淹《い》れた茶をうまそうにすすりながら、部屋の中をゆっくり見まわした。

「なかなか、ええとこや。清右衛門さん、あんたは、娘さんにあたったのう」

羨《うらや》ましげに、タンス、茶ダンス、仏壇などならべた壁ぎわの、新旧入りまじった調度を眺めやって、ここに平和な陽だまりがあるような気がしたか、それとも、むかし、世話をかけた己《おの》が娘のことを比べてみたか。

「京でぶらぶらと、こうして暮せたら、ラク隠居といえる。わしらは、それが出来んもんやで、いまだにあがもがと働いとる」

清右衛門は、この男の娘に苦しめられたことをちらとわすれてあいかわらず、巧《うま》い語り口をみせる文蔵の仕事場で、雨の降る日など、よく火を焚《た》いて日がな長講釈をきかされた昔を思いだした。

「あんたは丈夫やから羨ましい。わしのように、足が動かんようになってしもたらあかん。大工は足が宝やで。はた目には、ラク隠居とみえるかもしれんが……なあに……心中は、そんなもんでもないんや。早う、ようなって、静平の谷に死に場所を建てんならんのや」

　と清右衛門はいった。

「これは、誰にもいわなんだが、じつはわしは、わしの家を普請する。しかも、その家は堂なんや……まあ……みてくれや、あんたにも、その節は、ひとつ頼みたいのやが、古家の材料をつこうて、檜谷に、堂を建てたいんやな、みてくれ」

　これまで、一日に一時間ほどずつ卓袱台《ちゃぶだい》に向い、方眼紙をひろげては、夢の堂の図面をまとめあげてきている。それをいま、タンスの一ばん下の曳出《ひきだ》しから取り出して、這《は》うようにしてもってきて文蔵にひろげてみせた。

「どうや。六畳ひとまに、囲炉裏のあるタタキをつける。南に三方窓をとって、堂のようなあんばいの家やが……これなら、安くあがるやろ……みてくれや」

　文蔵は眼鏡を取りだすと、じろっと、図面を瞶《みつ》めた。急に目頭に光るものをうかべた。

「清右衛門さん、お前さん、こんなもんを……あの谷に建てるんか」

「ああ、建てる」

「えらい人やのう……こら……立派なもんや。あんた、それで、静平の土地は残したんかい」

「檜谷は、先祖が住んでおった土地やで、ねきに畑も田も多少はある。あの谷へ、昔どおりの家を建てて、わしは、もどって畑つくって死ぬつもりや」

文蔵はぐっと息をつまらせて清右衛門の眼を見つめた。そして、しばらく眼を閉じていたが、

「それでわかったわ……あんたが、あの古屋敷を土地会社に売った理由が……わしは、また、貞之助さんのいうことをきいて、あんたは、もう、あの土地を捨てて、京のラク隠居になってしもたとばかり思うとった」

「ラク隠居やない。京へきたのは足をなおすためや。文蔵さん。都会は年寄りの住むとこやない、街は、年寄りを殺すとこや……車がいっぱいで、町あるきもできん」

清右衛門は、吐き捨てるようにいった。

「わしは、どうしても、静平へ帰《い》んで、堂を建てる。その時には、あんた、若い者《もん》を二、三人廻してくれ……日当はちゃんと出すで」

文蔵は感動した眼をすえたままでいった。

「ええとも、ええとも、清右衛門さん。あんたとわしは、若い時からの仲間やないか。

それに、息子さんのことではわしはめいわくをかけた。恩返しになんやってしてあげんならん。あんたの最後の道楽普請を手つだわん法がないやないか。建て前にもゆくで、餅《もち》まきにもゆくで」

16

文蔵がきたのは、ほかでもないらしい。京の寺町今出川を一町ばかり下った地点にある、選仏寺という、一、二ど一しょに仕事にもいった寺へきていたのである。これは曹洞宗《そうとうしゅう》の寺だったが文蔵の昔からの得意先だった。そこの住職が、このたび門を取りこわして、庭の一部を駐車場にしたという。そのついでに、庫裡《くり》の一部を改装してくれとたのまれたので、文蔵は一と月ほど前から駐車場の屋根と本堂の根太替えを請負い、それがようやく、完了したといった。

「えらいこっちゃ……坊主もこの頃は、銭がほしい者《もん》ばっかりで……禅宗坊主やというに。嫁さんも子もあって、子が三人ともみんな娘ときておるで、女子大を出すのにひと苦労でなア、金がかかるもんやで、塀と門をこわして庭の一部を駐車場にしよった。さあ五十台も車の置ける所ができた。そこで賃貸《ちんがし》して喰ういうとる……昔のこと思うと、世の中がひっくりかえってしもたわい」

文蔵は吐息をついて、

「昔は禅宗の坊さんといやあ、腹がへったら托鉢《たくはつ》に歩いて、毎日、本堂の板の間で坐禅組んどったもんやが、いまは、その本堂に、娘さんらのパンツが干したる。えらいこっちゃ。娘さんらを喰わすための駐車場や。こんなことをどないして、本山が黙っとるやと……しらべてみると、越前の本山がだいたいいかれてしもとる。……いまは観光で、銭もうけに憂《う》き身やつして、修行なんぞする坊主は一人もおらん。月給取りになって、庭掃除もみな傭人《やといにん》にさせるし、衣を着て、マイクをもって、見物客に説明するのが毎日の仕事らしい。本山はなんでも一日に百万円の観光料金が入るのやそうや。精進料理もだすし、ホテルみたいなこともやっとるそうや。大元がそうなら、末寺も末寺やで。……苔《こけ》をひきむしってでも、セメントタタキにして、駐車場にして儲《もう》けよる……こんなことを黙認する檀家《だんか》も檀家やが……」

と情けなさそうな顔をして文蔵は、

「檀家もマンションじゃ仏壇も置くとこがない。したがって信仰もうすうなって寺の守《もり》どころじゃないんやろ。おいおい、わしらの仕事も、これで無《の》うなってゆくかもしれん」

といった。清右衛門は、文蔵の嘆きが身に沁《し》みてわかるようだった。文蔵も、自分も、どういうわけか禅寺の普請が多かった。若い時分から、京、近江と働き歩いて、五十と下るまい寺々の、改築や、新築で旅して歩いたが、みな、臨済《りんざい》か曹洞だった。それらの寺々が、音をたてて、模様替えをはじめていた。早い話が、このあいだも、無聊《ぶりよう》なままに、大徳寺の大仙院へ行ってみた。ここは、むかし、文蔵と、本堂の屋根をふきかえる時に、下請けで床板を替えにいった。その廊下をみたくて、ぶらりとたずねたのだが、何と、門を入るとから人の山で、玄関には絵葉書や土産物が陳列され、昔とはちがった住職がすわっている。若い坊主は修学旅行らしい男女の学生に、ぺこぺこへつらい、面白おかしい説明を、まるで役者の声色《こわいろ》みたいな物言いでやってみせていた。驚いたことに、行列の学生を二十人ぐらいずつ切って、時間ぎめで、本堂へ通し、ひと区切りの説明したあとで、例の小堀遠州の石庭の前へすわらせると、小僧に合図してスイッチをひねらせ、テープをかけ、尺八を流している。これでは、遠州の庭も、芝居の書割りである。季節がくれば、松茸でも柿でも、売り場にならべそうなスペースがあって、その商魂は、むかしの古びた伝統の建物の一部に、合成板にサッシュ窓の陳列台を置いていることでもわかった。清右衛門はみていて吐き気が出た。どこの寺も、観光観光で、銭のほしい坊主ばかりだ。このことは、隣室のきんが、心教学会を賞めそやす材料にもなるので、めったに、きんにはいわないことにしているが、寺参りは、清右衛門にとっては、苦痛なほどうら淋しい。

「駐車場で儲けんならんようになっては、寺もしまいやな。いまに……禅宗坊主は地獄へゆくわな」

清右衛門はそういうと、文蔵にあわせて吐息をついた。すると、また文蔵は、

「選仏寺の坊主も、困った奴で……」

とつけ足していう。

「法類寺の東禅寺が、鉄筋の寺にしよった……うちも、五年たったら本堂と庫裡をつぶしてしもて、この際、鉄筋にするつもりや……その節には内装にきてくれといいよる。きいてみると、壬生《みぶ》にある東禅寺は何と、四角い鉄筋で、まるでアパートみたいや。一階が車庫。二階が本堂、三階が和尚とだいこくの住居、四階が子供らの住居、五階、六階が、だいこくの教える茶道とお華の教室や。これで立体経営やいうとる」

「……ほう」

「それで、わしは、皮肉たっぷりにいってやった……。選仏寺さん、寺だけは、そり棟にせんとあかん……日照権で裁判に持ちこまれるで。東本願寺でも西本願寺でも町なかにある大寺の屋根が、東西に向ってそり棟になっとるのはあれはあれで、理屈がある。隣接した家に陽かげをつくらんようにするためや。陽かげで苦しみ迷うた人に、

救いをあたえるのが寺なら……建物で陽かげをつくるようなことではいけまへん。四角い鉄筋は、寺らしゅうはおへんいうたら、和尚は眼ェ向いて、そんなことをいうと大工は仕事がのうなるで、とぬかしよった……もう腸《はらわた》までくさってしもうとる」

文蔵のいうことを清右衛門はきき、ここまで、憤懣《ふんまん》を吐きにきた気持がわかる気がした。禅宗であれ、真宗であれ、町なかに建つ寺が低いそり棟を築いたのは、たしかに陽かげをつくらぬためだとは、先代清右衛門の言い草であった。その寺の新普請が、どこもかしこも心ない住職たちの無法建築ぶりをみせはじめている。ああいやなことだ。

「わしは、いま、あんたが、静平に建てようという堂の図面をみておって……涙が出てきた。清右衛門さん……あんたは、やっぱり、わしらと同じ宮大工や。死に場所をつくるに、堂を建てるという。……古い木材《きざい》をつこうて、やってみるという。わしは……あんたの心に打たれた。あんたが、みこしをあげる時は、朽木谷の若い者《もん》をつれて、とんでゆく。安心せいや」

文蔵は鼻洟《はなみず》をすすった。

「清右衛門さん、何とかして、あんたの夢の堂を建ててくれ。めぐみちゃんも、もうすぐ赤子《やや》が出来るころやろ……あんたが、建てた堂で、赤子《やや》を抱いてくらす姿がみえるみたいや」

といった。

17

めぐみの赤子《やや》を抱く日がいつくることか。にこにこして帰っていった文蔵を、階下《した》まで送った清右衛門が部屋へもどった時、隣室の榎本きんが、戸口からにゅっと入ってきて、

「豆を煮たで、たべてみて下さい」

小鉢の上に、桃色のティッシュペーパーをかぶせてさしだしてくれるのをうけとり、

「おおきに、いつも、いつも……豆はわしの大好物やで」

清右衛門は、額に鉢がつくほど捧《ささ》げてみせた。

「大工さん仲間どしたんか」

きんは文蔵の帰ってゆく仕事着姿をみたか、羨ましそうに問うた。

「ああ、昔の友だちでな。朽木谷からきてくれた……もっとも、市内に普請《ふしん》があってきよったのやが……古い友だちでのう」

そう長居もせず、さっさと切りあげていった、昔の友の、いまそこで別れたうしろ

姿を思いだしながら、

「きんさん、友だちというもんはええもんやのう」

と思わず、ぽつりと出たままをいった。すると、きんは、ますます羨ましそうに、

「わたしらには、そんな友だちは一人もおへんわ。女というもんは、業《ごう》のふかいせいですやろか……女学校時代には友だちはいくらもいましたのに、……卒業すると、みんな赤の他人で……いまはひとりもおりません。女はつめたいもんですよ」

いやにしんみりしたことをいうのだった。

「そんなことがあるもんかね。あんたとこは、信仰の友だちがあるやないかいね」

あべこべに羨ましそうにしてみせると、

「信仰の友だちもあきまへんわ」

ときんはいった。

「くる人は、口をひらくと、今日何人、信者を勧誘したの……どこそこで、失敗したのと、そればっかしの話でね。……しんみりと、こっちの身になって相談あいてになってくれはる人はありません。女のはなしというもんは腹の底をみせることはおへんですよ。みんなつくり顔ではなしてます。三界に家がないとはよういうたもんで……どこへいっても、男はんらのような……温かい友だちはおへんどす」

清右衛門は、そうかもしれないな、とふと思う。正直、かんがそうだった。かんは早くに死んだけれども、友だちという者がなかった。死ぬ時にも、身内は一人もこない孤独な最期だった。清右衛門の許《もと》へ嫁に来て、家にしがみつくようにして働きとおして、死んでいるのだった。

「なるほど……そうすると、やっぱり、女のひとは、亭主につくして、そこで子をなして、子に面倒みてもろうて、しあわせになるしか道がない……それが一ばんの仕事で……友だちと、あそんでおるようなこっては、しあわせはこんかもしれまへんな。わしの家内がそうでしたよ。家内は、きんさんのいうとおりで……友だちの少ない……淋しい女やった……」

「女は、みんなそうですわ」

きんは溜息《ためいき》をついて、いつになく淋しげな顔をつくった。いつもならまともに、信仰者独特の憑《つ》かれた例の目つきで見すえるのだが、今日は、清右衛門から、視線をそらせ、そんなら……といって、しおらしく部屋へ帰った。その挙動がどこか、調子がちがう。気になったが、ひょっとしたら、それは旧友の文蔵が、ついいましがたまで、ここで好き放題なことをしゃべっていったのを垣間みて羨《うらや》んだのかとも思った。文蔵は、たしかに若い。清右衛門よりは、二つ年下のはずだが、五つ六つのひらきがあった。昔に比べれば老《ふ》けはしたが、近くでみると、仕事をつづける強みが出ていた。陽焼けしてぎらぎらした、見るからに健康そうな脂顔《あぶらがお》は、うらやましいほどだった。しかし、その文蔵が、むかしのいざこざはすっかり忘れて、静平に建てる堂の普請には手弁当でゆきかねまい友情を示してくれたのはありがたいことだった。

清右衛門は翌日、御池のめぐみが、キャバレーにつとめに出ない時刻を見はからって、出町まで出た足をのばして、バスに乗った。腹もへっていたので、内心では、食事を一しょにするつもりであったが、達之に、気になっている入籍の問題もきいてみたい。そのことは、堂を建てる仕事の次に、大きな宿題になっている。結婚式は略することに承知はしたものの、入籍だけは、しておかねばならない。いくら何でも、めぐみが、このままだとかわいそうな気がする。

達之は髪を長くのばし、女のようなウエーブをかけている。奇抜な波柄のシャツの上に、女の着そうな純白のカーディガンを羽織り、ズボンは大工がむかし使ったコールテンの細目のパッチ型。どうみても、男の装《なり》とはいえないので、清右衛門は首をかしげる。仕事場をのぞくと、机に向っていた顔をあげて、おいでやすといったが、そのパイプをくわえた口もとをよくみると、鼻下にもじゃもじゃと髭《ひげ》をのばしはじめている。このような姿をどこかでみたぞ、と清右衛門は思った。ずいぶん昔のことだ。何かの本の挿絵《さしえ》でみている。ああ、あれは聖徳太子だったか、いや天照大神《あまてらすおおみかみ》だったか、神武《じんむ》天皇だったか、小学校へ入りたての頃の教科書に、達之のような装をした神様や天皇様の絵が描かれていた。台所から顔をだしためぐみに、

「達之の格好は、女やか男やかわからん……あれが、流行の髪形と洋服かいね」

あきれて問うと、

「商売が商売やさかい、先端をゆかはんねや」

めぐみは言うのだった。

「髭も生やすつもりかいな」

「いやらし……うすい髭生やして……うちも、髭だけはもじゃもじゃしてきらいねんや……」

とめぐみはいった。だが、その顔も、満更でもない風で、嬉《うれ》しげにかんに似た眼をほそめて清右衛門を見るのを、これが夫婦円満の様子かと、清右衛門はこみあげるものもおぼえた。

「お父ちゃんらには、あれが流行の装《なり》とはちっとも思えんわ。むかし、学校でなろた神さんの装束に似てる」

「へえ」

とめぐみは眼をまるくした。

「うちの人が神さんに似てはるてか」

わらった。めぐみは、神代《かみよ》時代のことを書いた本をならわなかったのか。すると達之の年齢もそうだろう。ひょっとしたら、天照大神や海幸彦、山幸彦の出てくる昔話を教わらなかったのかもしれない。耳がかくれるほど髪をのばし、髭もつけ、あれに、首飾りか何かをぶら下げたら、そっくり神代スタイルや。清右衛門はいま、若者たちが、ヒッピーだの、マキシだのいって新しい流行を外国から取り入れている風潮を別になげかわしいとは思わない。何のことはない、舌を嚙《か》みそうなインテリア・デザイナーとかいう達之も、流行の先端をゆく顔をつくってみたところで、あれは、神代へ逆もどりしたような装をしているようなものだ。

「お前ら、古い教科書を知らんさかい、あんな装新しいと思てるんや。お父ちゃんらには古い古い格好に思えるで」

清右衛門はめぐみの入れたコーヒーをすするように呑んで、

「お父ちゃんらはずかしゅうて、あんな装で外へ出んわ。おかしなことが流行したもんや」

めぐみは肩をすくめてわらった。達之が急ぎの仕事とみえて机にしがみつき、いつまでもテーブルのある台所へ出てこないので、清右衛門は、娘とふたりきりの、わずかな時間を、大事にしたいと思った。

「今日、ここへきたんは、あのことや」

室の向うへきこえぬように声を落し、

「お前の籍のことやが、どないなった」

「あかんわ」

とめぐみはいった。

「山科《やましな》のお父はん、お母はんらな、えらい旧式ねんやな。達之さん勘当や」

「勘当？」

めぐみとしては、ずいぶん古い言葉をつかうと思った。あきれた、と同時に、案じていたことが起きたと清右衛門は、心細くなって、

「お父さんが勘当しやはったんか」

「はあ、山科の家は……弟さんがもたはることになって、あの人は廃嫡《はいちゃく》や。……それが決ると、うちの人ほっとしてな、やれやれやて。これで、一生懸命仕事が出来るいうて……安心してはんねや」

「………」

清右衛門は息をのんだ。

「お父ちゃん、うちの人の商売は、古くさい、家のことなど考えとったら、あかん商売やさかい……家を出された方がええのや……おかしやろ」

「家がない方がよいのやてか……」

清右衛門の口もとはふるえる。

「家がなければ、人間どないして、暮せるねんや……家があったおかげで、達之も、お前も、今日まで生きてこれたんとちがうねんか」

「お父ちゃん古い考えやなア。もう、いまの世の中は……家というもんがない世界なんやで。人間だけが生きてる世界やで。お父ちゃんはわからんのやな、むかしは、そら、家の格式やとか、家の習慣やとかいうて、封建的なもんにしばられて生きてゆくのが、人間の美しさやと思われてたかもしれん。けど、いまは、そんなこと罪になるねんやで。人間が思うように生きれる場所がこの世の中やさかい、家というもんは邪魔になる。こわした方がええ……それが、達之さんの思想や」

「……思想て……達之がそんなことというのんかいな」

「はあ、あの人な、こんど、大丸へ出品しやはる応接間の飾りつけなんか、過去《むかし》の価値ちゅうもん、みんなふり捨ててしもてはる。卓も、戸棚も、みどりのガラスやし、天井も、床《ゆか》も鏡え」

「天井も床も鏡やてか。それにしても、そら家とちがうんやないのんか」

清右衛門はめぐみの顔をにらんだ。

「お前は、達之と籍の入らん結婚してて、なーんも不安やないのんか」

「うちはかめへん。あの人と、このまま、七十、八十まで、愛し合うて生きてゆくつもりや……籍のことやら、家のことやら、形式にこだわってエへんの」

「形式て……嫁さんにゆけば、入籍されるのはあたりまえやないか」

「そら、赤ちゃんでもでけて、どうしても、籍が必要になるねんやったら、いつなと入れるわ。うちらもう成人式すましてるんやさかい、ふたり手ェつないで、役場へいったら、いつなと、所帯がもてるんやもん」

「ほなら、なぜ、それをせんのや。お前は、達之の嫁になってるのやぞ。嫁になったのなら、なぜ花田姓を名のって……達之の妻にならんのや」

思わずにらみつける。

「せやかて、こうしてても達之さんの妻にはかわりないやろ。このままでも妻やろ」

めぐみは清右衛門をあわれむように見た。

「お父ちゃんらは、ながいあいだ、静平に住んで、家というまぼろしみたいなもんにしばられてきたさかいに、うちらのような自由同棲《どうせい》の世界は不安に思えるのやろ……けど、お父ちゃん、達之さんにいわせるとな、自由な生活は楽しい。楽しいさかい、大事にしてゆこという気持も湧《わ》く。うちら、一緒になってから、一ぺんも喧嘩《けんか》したことあらへんし……別れよなんぞと思うたことないえ。この生活が楽しいねやもん」

「………」

「もし、うちが、花田姓に入って、山科のお母さんらが、ちょいちょい来やはるようになったら、うちら、けむとうて、かなんわ。ほしたら、この生活ヒビが入るやないか。達之さんは、そないにいうて割切ってはるねんや。勘当されても、よろこんではる」

清右衛門は、理解しがたい気持で、めぐみの顔をにらんでいたが、いくら、娘の好きな男だからとゆるせても、これでは、好き放題なことを通そうとする身勝手な甘ん坊とかわりがない。そんな気がした。いくらかの工房収入はあるにしても、生活費の大半は、めぐみがキャバレー「猫」から稼ぐ金でまかなっているし、マンションだって、二百万を清右衛門が出した。達之は一文も出さぬ。めぐみは、困った男に惚《ほ》れた。いまになっても、まだ男の正体が見えないのか。空おそろしい気がして、いま室ひとつ向うの事務室で、雲定規をつかっている神武スタイルの達之が、インテリア・デザイナーなどとまことしやかな商売をやっているけれど、それは、女を利用するかくれ蓑《みの》のような気がしないでもない。

「お父ちゃんらには、さっぱりわからへんわ。家の調度品をデザインする商売の人が、家の存在をみとめんというのおかしいと思えるし、お前の稼ぎにいつまでもたよって……ぶらぶらしてはるのも男らししない思う」

「ぶらぶらなんかしてはらへんえ。あの人、この頃、月二十万は稼がはるし、下着メーカーのワトールのショーウィンドー、四条の真珠堂のショーウィンドーやかて、ディスプレイみんなうちの人がやってはンのえ。お父ちゃんら、なーんもしらんで……心配ばっかりしてるのよ。心配してンと早よ、足なおして……静平に家建てに帰らんならんのとちがうのん」

「…………」

清右衛門はくるりと目玉をまわして、めぐみをみた。

〈そうだ。たしかに、めぐみのいうとおり、心配してばかりいてもはじまらない。早く足をなおして、静平へ帰り、夢の堂を建てねばならぬ〉

「静平へ帰《い》ぬにも、お前らが、少しずつ金を返してくれんことには、普請《ふしん》もできんで」

と清右衛門はいった。

「約束は、貸したぶんから百万だけの返済やが……それがもらえんことには、わしは帰ねんで」

といってみた。

「そら、北白川を処分したら、敷金が二十万あるし、あの人やって、よそから、足し前の三十万ぐらいは工面してきやはるやろ。けど、あすこ処分してしもたら、お父ちゃん、ゆくとこあらへん」

めぐみはそんなことをいった。

「せやさかい、もう少し、待っててよ。うちも、『猫』で一しょけんめ働いてンのやさかい、月々三万は返してゆくがな。達之さんも……マンション買った分の内百万だけは、早よお父ちゃんに返そと思うてはるし……北白川をあのままにしといて。うちら、お父ちゃんにのんびりして足なおしてもらいたいねんやさかい」

めぐみはそういうと、時計を気にしながら立ち上って、居間へゆき、ジーパンをぬぎ、パンティ一枚になって、洋服ダンスから、薄い長裾《ながすそ》の濃茶のドレスを頭からかぶった。裾のすりそうなだらしない洋服だった。いつのまに流行の服はこんなに長くなったか。ついこのあいだまでは股裏《またうら》のみえそうな短いスカートをはいていたのに、あきれていると、タンスの曳出《ひきだ》しから、三種類のつけかつらを取りだし、鏡の前で、めぐみは品さだめするように三種をかぶってみてから、断髪型の、男ならイガ栗頭と思えるほどの坊主かつらをぴたりとあわせて、

「お父ちゃん、うちな、お友だちと、約束があんねん。お客さんとな、ごはんたべ。わるいけど、お金あげるさかい……ひとりで、どこかでたべてくれへんか」

清右衛門は、ああ、そうか、と思った。こんなことは、はじめてではなかった。このあいだも、ちょうど、「猫」へ出かけるまぎわに来たが、夕食代をもらって、川端の御池橋で車をおろされている。

「達之といっしょにめしくうのやないのんか」

「ううん」

とめぐみは首を振った。

「うちの人、そんなことしやはったことあらへんねん。うちはお客さんとごはんたべ。これやって……お店の売りあげのためやし……しゃないねん」

何のことやらわからなかった。急いで出るめぐみは事務室をのぞいて、チュッと達之の頰ぺたにキスの音をさせ、玄関へやってくると、まるで、清右衛門をせきたてる

ように外に出る。御池通りを河原町の方へ歩いていると、

「お父ちゃん……うち、いまさき、あの人にきこえるさかい、いわなんだけどな。お父ちゃんの心配はようわかってるねん。静平の家屋敷売ってもろて、あのマンションが買えたのやさかい。うちは花田の名義にせんとうちの名義にしてンのえ。もし万が一、お父ちゃんの心配するようなことがあっても、出してくれはったお金はもどるねんや。うちの名義やさかい、うちのもんや。達之さんのもんやあらへん。それにな……あのマンション、もう値上りしてンのやな、五百万やったのが、六百万でももう売らはる人あらへん。京はな、いまマンションブームやねん。三年たったら倍になるかもわからへんで」

めぐみは唄うようにいった。清右衛門は、はじめてきくめぐみの才覚に、眼をぎょろつかせた。ああ、これは誰の血だろう。檜谷の田圃《たんぼ》を這《は》いずりまわって、こわれるたびに橋かけていたかんの、あの律義な気性からは、この才覚はうまれまい。

「お前……えらいこと……」

思わず、芽ぶいためぐみへの、打って変った信頼感をあわてて押えながら、

「そ、そんなこと、お前、考えとったんかいな」

といぅと、

「あては、お母ちゃんの苦労みてたさかい……人にだまされてエへん。お父ちゃんの足が、このままうごかんようになっても、ちゃんと、たべさしてあげれるだけのお金をためたいねんやな。マンションもな、その投資や。うちは、いま、北白川とあのマンションをもってる。いざという時は、処分して、喫茶店でも、スナックでも、自分でひらいてみせる自信はある。けどな、いまはその時節やないねん。いまは、健康やさかい、『猫』ではたらいて……とれるだけ給料とっとかんと……あかんねや」

女実業家にでもなるような自信のもちようで、清右衛門はいま、「猫」のお客とのごはんたべに、達之を放ったらかしてゆくめぐみの性根に、うすら寒い気もわくものだから、

「お金に気ィをとられて、旦さんをないがしろにするようなこってはあかんぞ」

とぽつりといった。

「達之さんの嫁なら、達之さんのことも考えてあげんとあかんやないか」

「あの人は、自由人やさかい……あれでええのんや」

めぐみは、ふふふふとわらうのであった。そして、通りがかったタクシーをとめると、

「お父ちゃん……うち……四条の万葉軒で降りるさかい、あと……この車で、好きな

とこへ行ってエな……」

ポケットから五千円札をとりだすと、くしゃくしゃと四つに折りたたんで、運転手にきこえぬように、

「これ、お小遣や」

す早く手わたした。

18

朽木の文蔵から手紙がきて、近江《おうみ》の百済寺の薬師堂の修築をはじめたから、天気をみて、一ど見物に来ないかといってきた。八年ほど前だったか、漏電出火で、本堂、庫裡《くり》が焼け、仮建築の本堂が建った時、文蔵と一しょに十日ばかり通った。湖東三山といわれる天台の古い寺である。東の金剛輪寺《こんごうりんじ》、西明寺《さいみようじ》とならんで、秋は紅葉、夏はあじさい、春は山桜の名所だった。臨済宗永源寺派の本山へゆく途中から、東へ山裾をかなり入った地点にあるが、あたりは田舎びた村だし、山の中腹だから、眺めもいい。八年前はまだ足も丈夫だった。山門から、寺まで約二町はある急坂道を、文蔵と共に走り登った。石段は苔《こけ》むし、両側に檜《ひのき》と楓《かえで》が混ぜ植わり、秋は錦《にしき》の廊下をゆく気がした。楓も大きくて、段が急だから、どの枝も頭を撫《な》でるほど、道を這った。ああ、

あの百済寺の、長い参道を歩けば、この足もひょっとしたら生気をとりもどすかも知れぬ。京の平地ばかり歩いているのでは、医者のいう訓練にもならぬと、文蔵の手紙がありがたいものに思えて、清右衛門は、思い切って近江ゆきを決行する気になった。さっそく主治医にことわりにいった。すると、医者は、「石段坂が二町もあるなら、そら、結構、足のためになりますわ。その百済寺たらの、石段全部を杖《つえ》だけで登れはったら、もう、健康人とかわりません。ぜひ、ためしに行ってみて下さい」といった。しかし、御池のめぐみは、「心配やなア」と眉《まゆ》をかげらし、「ほんな高い石段のぼって、途中で息切れしたらどないするのん。救急車よぶいうたかて、田舎やし、来《き》いへんやろ。お父ちゃん。なんぼなんでも、二町もある急階段はそら無茶やわ」清右衛門は苦笑した。たしかに、自信はまあ半々だった。八年前の記憶だから、急な石段の道はうろおぼえだ。途中で足がひきつって、動けなくなれば、めぐみの心配も気にはなる。そうなれば、石段に腰をおろし、下界の眺めをゆっくり見てくれればよい。文蔵にわるいがひっかえせばよい。救急車をよぶようなことになれば、どこにいたって人頼みは同じことではないか。清右衛門は、静平にいた頃よりは、目にみえて左股《ひだりもも》に肉もついているのを知っている。医者が太鼓判を押すなら行ってみよう。朝、北白川から御池によるとめぐみは小遣をくれた。それが何と、名神高速を走って百済寺下まで、ハイヤーで往復できる額だった。だが清右衛門は節約し、京都駅から旧東海道線で、八日市で降り、バスで山へいった。忘れもしない十一月の七日だ。朝早く出たので、十時すぎにはもうなつかしい門の下へ来た。苔むした石段も、檜の道も昔のままで、幸い天気もよかったので、秋晴れの高い天に檜の梢《こずえ》が突きぬけている。ああ、勇気をだして来たればこそだ、と嬉《うれ》しかった。杖をついて、とぼとぼと坂道を登りはじめた。何のことはない、急だと思った道は、急傾斜でもなく、楓と檜のこきまざって茂る、暗い苔の道であった。途中で、平坦《へいたん》な道にもなり、苦にならなかった。楓は散りかけるのもあったが、半ばはまだ真紅の色で、檜の青と、苔の濃緑色の道へ、朱の毛糸を乱れちらしたようで、矢のようにさしこむ陽ざしの中で輝いていた。景色を眺めて、清右衛門は、涙が出た。足が重くて泣いたのではない。丈夫だった頃、文蔵と道具箱担《かた》げて、ぽいぽい二段ずつ飛ぶように登り降りした秋の一日を思いだしたのだった。いくら登っても辿《たど》りつかぬ百済寺の、静かなたたずまいを思いだし、こんな景色のよい季節に、薬師堂を修築している文蔵を羨《うらや》ましいと思う。早くよくなって文蔵に負けずに働きたい。坂道は、急になると、足はやはり、いくらか痛みが出たが、耐えられぬことはなかった。歯を喰いしばって登った。二町ぐらいだと思ってきた石段は、約三町足らずある。清右衛門は、屋根のみえる中腹台地の、石垣の下にきたときは、さすがに疲労した。だが、こんな坂を、息切れもせず歩き切った自信が、ふつふつとわいた。左くるぶしのあたり、痛みをかすかに感じながら、石積み台地の門を入る。本堂は仮建築のままだが、文蔵の手紙では、住職が大石を山から集めてきて、池庭を造っている。それが七年がかりで、ようやく完成したと書いてあった。庭から出た土だろうか。本堂前にいま、赤土が堆《うずたか》く積まれてある。そのわきに、小ぢんまりした祠堂《しどう》がみえた。屋根が六分ぐらい葺《ふ》かれ、扉も、まだ出来ていず、丸柱と壁下格子《ごうし》がすけてみえる。ああ、ここやな、と清右衛門は思った。裏の方に人声がするので、痛む足をひきずって近づいてゆくと、火にあたった、文蔵らしい男の背なかがみえる。清右衛門は、目頭につきあげるなつかしさをおぼえた。

「文さん……わいや」

こえかけると、ふりむいた男は、やっぱり文蔵で、

「おうッ」

とびっくりした声をあげ、きょとんとしていたが、

「清さん……お前……もうやってきたんか」

朽木の仲間らしい屋根師と、赤土を頬ぺたまでとばした左官が火を囲んでいる。

「お前……えらい元気やな。手紙見てすぐにきてくれたんかいな」

「ああ、手紙があんまり嬉しかったで、医者にことわってやってきた。心配したようなことはなかった。あの石段を、四十分ほどであがれた……」

清右衛門はうきうきした顔で、火のわきによった。ちょうど、昼めしの時間だった。職人たちは弁当をひろげていた。都合のよいときにきたと思って、めぐみに朝わたしてもらった弁当のすずめ寿司を、みんなと一しょに喰おうと焚火《たきび》のわきの木っ端に坐った。

「お前さんと、あの屋根にのぼって、シタミ板打った……あんとき、棟梁《とうりよう》の善六さんが、えらいこというた……お前おぼえとるか」

文蔵はこの前に北白川へきた時よりは、精悍《せいかん》な眼をキラキラさせていった。

「善六さんも死んでしもたが、わしらの仲間では、仕事を大事にする人やった……あの時……やっぱり朽木谷からきよった若いものが、棰《たるき》を切るのに、二、三本重ねて、電気ノコでケリケリと切りよった。それみよって、善六さんが、お前、ちょっと、いま切った棰をわしにみせい……三本の棰をじいっとみよって、一本、中にフシのあるのをより出すと、こらあかん。切り直せ。若いもんが不服顔する。善六さん、わしらの耳にもきこえる大声で、大工は眼にみえん棰一本切るにも、出来上りの姿を眼ェにうかべんことには切ってならん。フシクレ一つ表へ出たら、そこはそれだけ手をぬいた普請となる。何百本もある棰やから、中一本ぐらいは、蟬《せみ》のとまったぐらいのフシがあっても、気にもならんという人もおろうが、それでは下《げ》の下《げ》や。……木ィ一本切るに、建物の出来上りの姿を頭にえがいて切れ。若い者は、時間をいそいでいたとみえて、一本々々撫でるように切る善六のやり方が、まだろこしいといわぬげに、舌打ちしよったが……わしは、あの時、ああ、善六さんは、わしらに大工の心を教えたと……あのときはほんまに頭が下ったわ」

文蔵がそういうのを、左官も屋根師もうなずいてきいている。清右衛門は、そんなことがあったな、と思いだした。しかし、一本の棰を切るにさえ、出来上った建物を眼にうかべてみよとは、先代清右衛門が、口すっぱくいったことばだった。十二、三の頃から、普請場へつれられていって、父がスミをつけた箇所に穴をあけ、切り込みを入れ、それが口やかましくて、やり直しを何どもさせられた。やり直しをすれば、その木はもう死ぬのである。勿体《もったい》ない、と思った心が、つぎの仕事をていねいにあしらわせるようになった。

「善六さんは……ええ人やった。わしも、思いだす……」

と清右衛門はすずめ寿司を頰張りながらいった。この百済寺の、仮建築をひきうけた棟梁善六は清が死んだ鶴ケ岡の普請《ふしん》も差配して、清の葬式には、香典もはずんでくれている。その善六さんも死んでもう三年たつだろうか。

「それにしても、お前……えらい手のこんだ仕事ぶりや」

弁当を終ってから、清右衛門は、文蔵の仕事ぶりを廻りこんで、ゆっくり撫でてみた。柱も、梁《はり》も、手のぬいたところは一つもない。釘《くぎ》一本つかわぬ、組みあわさった重い手ごたえが、眼にのしかかってくる。

「わしも、静平に建てる堂は、せめて、これくらいにやってみたい」

清右衛門は、薬師堂を眺めて、活を入れられた気がする。

「わしの死ぬとこやで、これに負けん……木材《きざい》もつかいたいが、なにしろ、古材やでなア」

「古材やとて、かまうかいな……ちゃんと鉋《かんな》をかけりゃこんなにぴかぴかするで」

文蔵は、いま、ここに建っている四本の丸柱は、八年前の焼けのこりの欅《けやき》を丹念にトクサで磨いたものだといった。清右衛門は、それでいっそう自信がついて、静平の堂を早くはじめたい、と思いたつのだった。約二時間ばかり百済寺にいたろうか。文蔵の案内で、住職が七年かけて集めた裏庭の石と池の庭も見た。豪勢な庭だった。畳二枚ぐらいの大岩がざらにあり、石は総数五百個はあったろう。裏は山だから、せりあがる借景《しゃっけい》はみごとで、奥の観音堂へ到《いた》る参道にいま真っ紅な欅をたてたように、皮をひきむかれた檜の幹がみえる。それは、一本ではなく、無数の老檜だった。

「えらい檜やなア」

「……和尚さんはな……五年後に……本堂を建てんならんいうて……毎年、毎年、檜の皮むきや」

文蔵はいった。

「どうや……清さん、檜というもんはえらいもんやろ。五年目、五年目に、ああして順ぐりに皮をむかれてはるが、いっこうに枯れもせん。むしる時は、冬やぞ。まるで生皮をはぐようでかわいそうやが、生き物やなア……けろりとして、また、黒皮をつけよる……」

何げなくいった文蔵の、五年毎《ごと》に檜は皮をむかれるといったことばが、清右衛門の胸を痛くさした。そうだ、いま、眼にみえる檜は、五十年や八十年の樹齢ではなかろう。百年をこえた老木だ。その老いた檜が、血をふき出したような色で、冬をむかえて、きびしく立っている。

〈あれや……あの気持や……〉

清右衛門はいま、静平を捨てて、神武スタイルの達之や、キャバレー通いのめぐみから小遣銭もらいながら、日がな散歩ばかりしているわが身をふりかえった。一本の檜に負けている。

〈檜のように……わしも、年とってから、もう一ぺん皮をはぐのんや。ほてからに達之に負けんように若返るんや……〉

19

百済寺の皮をむかれた老檜をみて、清右衛門はにわかに元気が出た。三町近くもある石段の坂道を、杖一本で歩けた自信もある。その日から放浪癖がついた。どこへゆくあてもなく、夏じゅうは、アベックでにぎわう賀茂川土堤を散歩していたのを、趣向を変えて、寺参りや神社参りに費やすようになった。一つは、むかし、普請にいった寺々を訪ねてみたくなったのである。正直いって、清右衛門がこれまで建てたり修築した寺は、京都府下、滋賀県下、遠くは奈良まで及んでいるが、小さな仕事まであわせたら五十をこすだろう。大きな仕事は、そり棟の本堂、庫裡まで建てた朽木谷の青岸寺、坂田郡下の常念寺、喜福寺、庫裡だけのものが京都府下天田《あまだ》郡下の清華院、金剛妙寺、綴喜《つづき》郡下の西明寺、広福寺などあるが、小さい仕事では、丹精して建立《こんりゅう》した滋賀県神崎郡の仏光院の鐘楼、宮津国聖寺の薬師堂、伊根町松源寺の山門。神社も奈良県下大和高田の郷社鳳《おおとり》神社の社殿、絵馬堂をはじめ、かなりある。もっとも、これらは、清右衛門が請負って棟梁をつとめたものはない。たいがい、職人として、文蔵や善六の口入れで、日当目あてに出稼ぎにいった普請ばかりだが、といって、どの普請も清右衛門の仕事がかくれてわからぬというものではなかった。百済寺のように、庭にたてば、二重のタルキがすぐみえたように、自分がくわえ釘して打ったものばかりである。古い仕事のなかには、妻のかんも壁土かき、檜皮《ひわだ》あつめで一しょに働いた寺もある。どの寺にも、先代、清右衛門、かん、清と、三代にわたった宮大工一家の、汗や苦労が沁《し》みていた。それらを、出来得るかぎりたずねてみたい。そう思いたった清右衛門は、百済寺での登り坂の自信もあって、二、三日して、めぐみにその由《よし》をはなし、近い天田郡下あたりから、旅行を試みた。これは楽しい旅行だった。疲れて歩くのがいやになれば、村の木賃宿に泊り、翌日は早起きして汽車《ジーゼル》に乗り、宮津まで歩をのばした。自分の建てた鐘楼の鐘を、自分で撞《つ》いてもみた。驚いたことに、寺々には、もうその頃の老僧はいなくて、代のかわった和尚がいた。したがって、顔《かお》馴染《なじ》みは少ないのだが、しかし、目的はそれぞれの伽藍《がらん》にある。古い暦を繰ってみることにあるのだから、住職やだいこくに会うのは第一義ではない。だが、昔の老僧が、ひっそり苔《こけ》むした寺に住んで、清右衛門をみると、走ってきて、普請当時の思い出話をしてくれる寺もあった。そんな寺はおのずから、尻《しり》がながくなって、予定が狂った。

宮津の国聖寺では、老僧がまだ八十九歳で元気だった。新命住職がいるから、老僧はもう勤行《ごんぎょう》もしなくてよい身分だけれど、何かと、若い者に負けるのがきらいで、昔と同じように、働いているといい、ふと、何げない話から、良寛和尚のことを教えてくれた。良寛さんといえば、越後の国上山の中腹にある五合庵という小さな堂にこもって、日がな坐禅をくんだり、子供らとかくれんぼしたり、手毬《てまり》をついたりして、まるで、生仏そのもののくらしをした人だときいてはいたが、国聖寺の老僧が、この時出してくれた、書き物には心を打たれた。それは、良寛の書だということで、おそらく、真偽のほどはわからなく、ほとんど偽物にちがいないにしても字は古い和紙に書かれていた。つぎのようによめた。老僧がよんでくれたのである。

一たび家を出でてより
任運、日子を消す
昨日は青山に住し
今朝は城市に遊ぶ
衲衣《なふえ》、百余結
一鉢《いっぱつ》幾載なるや知る

錫《しやくよ》に倚つて清夜に吟じ
席を鋪《し》いて日裡に眠る
誰かいふ、数に入らずと
伊《こ》れ余が身、即《すなは》ち是れ

八月涼気至り
鴻雁《こうがん》まさに南に飛ぶ
我れも亦《ま》た衣鉢《いはつ》を理《をさ》めて
得々として翠微《すいび》を下る。
野菊、清香を発し
山川秀奇多し
人生金石に非《あら》ず
物に随《したが》つて意おのづから移る
誰か能《よ》く一隅を守り
こつこつとして鬢《びん》、糸をたれんや

「こら、いったい……どういう意味ですねやな。老師さん、頭のわるいわてらにはわかりまへんがな」

清右衛門がきくと、老僧は、眼をなごめて、

「わしらにもとどかん世界やけどな」

といった。

「かたみとて……なにかのこさん春は花、山ほととぎす秋は、もみじ葉……禅宗坊主の中で……こんなえらい人はおらん。わけをいうのには時間がかかる。清右衛門さん。あんたもずいぶん年をとった。何も、この境涯になるには銭はいらんで。寺もいらんで……」

ぽつりと老僧はいい、眼に光るものをやどして、清右衛門をみつめたのだった。

そうか。良寛さんでさえが、越後の山ン中の堂に住まわれた。それなら、このわしが、静平の、あの谷に堂建てて住んだとて……誰が文句をいおう。清右衛門は、老僧の顔をみていて急に元気が出てきた。

帰りはこの宮津の国聖寺をふりだしに、神崎郡下を廻り、三日目に、清右衛門が北白川のアパートへ、帰ってきた夕方だった。わすれもしない十一月の二十九日。うす

ら寒い小雨の中を、外階段の手すりに手をそわせてもどってくると、隣家のきんの部屋に、大勢の人があつまって、廊下にも、見たことのない正装した男女の姿がみえた。はっとして、戸口で棒立ちになってみた。一室おいて隣に住む戸浪という信用金庫の理事長の二号だという首のみじかい四十女がきて、

「倉持さん……あんた、どこへいってはったん。えらいこっとすえ……おきんさんが首つらはったんどすえ」

といった。

「な、なんやて……」

清右衛門は、息をのんで、女の顔をにらみすえた。

「昨日の朝どした。大阪から書留がきたさかい、郵便屋さんが戸ォたたかはったんどす。けどなんぼたたいても起きやらへんよってに……うちらも一しょにあけてみると、仏壇の上の鴨居に紐《ひも》をくって、その先に輪ァつくって、くびれて死んではりましたんや……びっくりしましたで」

女はそういうと、その時目撃した情況が、いかに気味わるかったか、そのとおりを告げたいあせりをみせて、口もとが心もち紫がかってみえる。清右衛門は、声がなかった。

「な、なんで……あの人が首をつらんならんねや……あの人が、なんぞ、かなしいことがあったんかいな」

「理由ははっきりしません。けど、新聞では厭世《えんせい》やとしてかいてありましたわ。大阪の息子さんの嫁さんと、また喧嘩《けんか》しやはりましたんや。時どき、大阪へいっては、意見のあわん嫁さんと喧嘩してはりましたさかいな」

　清右衛門は、そんな事情があったのか、と、ふときんの自殺の原因がのみこめた気がした。ひと月程前、朽木の文蔵が、ひょっこり訪ねてき、上りはなで昔話をして帰った際、豆の煮たのを鉢に入れてもってきて、どこやら、淋しそうな顔ですぐに部屋に入りこんだきんの姿の淋しさが思いだされた。心教学会へ入っても、嫁との喧嘩の解決がつかなかったか。思いつめれば、何をするかわからぬ、憑《つ》かれたような、つりあがった目つきをするきんの、あの顔は、ある時は気ちがいじみてみえたと思う。死魔に吸いよせられて、死ぬことで、嫁を折伏《しゃくぶく》する気になったきんの心情が、わかる気がして、気が重くなった。廊下の人をかきわけて、スキ間から部屋をのぞくと、タンスを片づけたとっつきに棺がある。その前に、大阪の若夫婦らしい、きんとそっくりの下ぶくれした顔の三十二、三の男が、眼をなきはらした小柄の女とむきあっていて、何やら、ぼそぼそと、葬式の準備らしい相談の最中だった。葬祭屋のつくったらしい祭壇は、何もかも白ずくめで、時々、きんが、日向《ひなた》に出て、孫のために編んでいた赤い毛糸のちゃんちゃんこさえ、見当らない。清右衛門は、釘づけになって、棺をにらんでいた。死んだ、きんのかなしい顔がうかんで涙がとめどもなく出た。

〈馬鹿な女や。死んで、この身に何の花が咲こ、死んだら負けや。死んでなるもんか〉

清右衛門は静平の繁次郎の葬式では、いかにも心の滅入《めい》ったことを思い出し、死んだら負けや、生きなあかんとわれに云いきかせた。すると、瞼《まぶた》の裏に、百済寺でみた、数百本の老檜が、皮をはがれて、血を吹いたようにかがやいていた赤い姿がうかんだ。

〈死んだら負けや。年とっても、檜のように皮はいで……生きないかんねや……〉

清右衛門はそう思ったのである。

帰郷

20

きんの葬式は、きんの信仰する心教学会の連中が集まって、アパートの部屋で取りおこなわれた。清右衛門は隣人であるし、それに、きんの部屋が狭いために、向う隣の信用金庫の理事長の妾《めかけ》の部屋と一しょに提供せねばならなくなった。会葬者の溜《たま》りである。その日はドアをあけ放し、何かと気ぜわしい思いでうろうろした。正直いって、きんが生前親しくつきあったのは清右衛門だけだったかもしれない。大阪の息子夫婦は葬式の前夜に清右衛門の部屋へくると、「お母はんがえろうお世話さんになりました」と丁重に頭をさげ「まことにあつかましいお願いでござりますけど、あしたはここで葬式さしてもらいますよってに、人も大勢きて、玄関口がごたごたしますが、よろしお願い申しあげます」といった。この時には、ドアをあけて、会葬者の休憩所に貸してくれ、とはいわなかったが、いざ、翌朝になると、信者の連中がぞろぞろきて、五号室を固く締めているのも気がひけ、清右衛門は、自ら、連中の休み場にした。心教学会の連中はみな白襟に学会名を染め書きした、黒羽織を着て、誰もが、奇妙に、似た目つきをしていた。人が死ぬと、なぜ人はこれほど似た目つきをするのだろう。それは、きんが時どき話し込みにきて、学会のことをいったときのあの眼であった。だが、きんは、清右衛門に、学会へ入っても、女は孤独で、心の友だちがない、といった。心なし、その連中が、勿体《もったい》ぶった物言いで、何かと、会の挙式法にのっとり、面倒くさい野辺送りをするのを、批判的にみるしかなかった。どの顔も見たことのない男女ばかりで、きんのところへ、たまには、話しこみにきて、何かと親しくしていた者なら、見おぼえもあろうが、めったに顔をみせたことのない連中ばかりが、どやどやと活気づいた眼で、きんの死をとむらう姿が、ふと異常に思えた。連中の中に、支部長といわれる腕章をはめた五十がらみの、人相のよくない男がいて、それがしきりと女たちを指図し、大阪の息子夫婦は、会員でなかったために、きんの遺骸《いがい》に触れることがゆるされず、せまい六畳の隅におかれた棺《ひつぎ》には、何やら儀式的な詞《ことば》をとなえる学会からきた僧と支部長が、遺骸を抱いて入れ、線香をいやにくすべると、「なむみょうほうれんげきょう、なむみょうほうれんげきょう」と、白襟をかけた男女が、大声で唱和しはじめた。その声はアパート全体にひびきわたるほどの大唱和なので、階下の会社員の細君などは、子をつれて賀茂川土堤へ散歩に出てしまった。清右衛門は逃げるわけにゆかない。会員の荷や、着がえをあずかった手前、番もしていなければならなかった。それに、あれだけ、声をはりあげて、経文を唱えれば、のどもかわくだろうと思えば、信用金庫の妾と湯をわかして茶の用意もしてやらねばならないのだった。

「生きてはる時は、ちっとも来んと、死なはるとこんなに仰山あつまらはって、えらいこっとすなア」

と戸浪というその妾は、色気のある眼を、しかめて清右衛門にいった。

「なんやしらん、死なはるのを待ってはったみたい」

たしかに、連中の眼には、誇張していえばきんの死を悼《いた》む心などは微塵《みじん》もなくて、死霊を祭る喜びが出ているように思えた。

「宗派によっては、いろいろ葬式もちがうもんどすやろけど……こんなやかましい葬式みたことおへんわ。かわいそうに、大阪の息子さんらはのけものにされはって、部屋の隅でちいちょなってはります。いま、うちの部屋へおいなはいいうて……いっぷくしてもろてますねや、若嫁さんもかわいそうに、お孫さんを寝かせるスキマもおへん」

学会に加入している以上は、学会の儀式にしたがって昇天する義務があるという。そのためには、信者が、一切の野辺送りをとりしきるのだと、大阪の息子に、支部長は云ったそうである。もともと、息子には信仰心はなく、きんもまた、嫁とも仲がわるくて、息子夫婦とそう行き来もしていなかった生前を知っている戸浪は、

「息子はんも嫁はんもかわいそうに。これでは、親の葬式に来たのやら、学会の式にきたのやらわからんいうて、くさってはりますわ」

といった。そうして、なおもこのよくしゃべる妾は、

「香典も、みんな学会の人らがもってゆかはるそうどっせ」

と小声でいう。清右衛門がびっくりしてききかえすと眉根《まゆね》をひそめ、

「どんだけ香典があつまっても、みんな寄付せんならんことになってるんやそうどす」

清右衛門はやれやれだなと思った。きんは、それほど、熱心な信者だったとは思えない。よく、学会の連中のわる口もいった。

〈信仰の友だちもあかしまへんね。口をひらくと今日は何人信者を勧誘したの……どこそこで失敗したのと……そればっかしの話どしてね……しんみりとこっちの身になって、相談あいてになってくれはる人はおへん。女のはなしというもんは、腹の底をみせることはおへんですよ。みんなつくり顔して暮してはります。三界に家なしとはようういうたもんで、どこへいっても、男はんらのような……温かい友だちはおへん……〉

また、こんなこともいった。

〈信仰、信仰いわはるけど、みんな信仰をいうて、淋しがってはる人ばかりどすな。うちもそのひとりかもわからしまへんけんど、学会へいってても、ちっとも気の晴れることはおへん……〉

一日とて気の晴れることのなかったきんは、毎日、それでも、大阪の孫のために、ちゃんちゃんこや、帽子を編んでいた。うす陽のさしていた、あのアパートの部屋の孤独の時間に、むしろきんは安らかな心境にひたれたのだろう。

なむみょうほうれんげきょう

なむみょうほうれんげきょう

一時間程前に唱和しはじめた隣室の信者たちは、もう出棺の時間だというのに、まだ、それをやめない。狂信的な絶叫を聞きながら、清右衛門はふと、静平の村で、しずかに死んだ繁次郎の葬式のことを思いうかべていた。都会のアパートの喧《やかま》しい葬式にくらべたら、繁次郎の葬式は、しずかな野辺送りだったと思う。繁次郎は、棺に結ばれた白木綿の布を村人の手でひかれて山を登り、さんまい谷の土に埋まったが、まだ、その方が冥途《めいど》へ安らかに逝《い》ったような気がする。死んだ本人は棺桶の中に入っているから、唱和の声はきこえようはずもない。これでは、生きている信者たちの、自己満足の祭りではないか。あるいは、そうして、なむみょうほうれんげきょうと、大声をはりあげることが、死者の霊をよび戻すことになるのだとするなら、きんは、死んでどこへもどりゆくのであろう。この三界に家はないといったきんの、淋しげな顔が思いだされて、清右衛門は、信者たちの荷物を外へ放りだして、戸に鍵《かぎ》をかけ、加茂へ散歩にゆくわけにもゆかない、じれったさにうろたえた。

人の死。それは、かなしいことの一語につきる。

21

霊柩車《れいきゆうしや》について北山火葬場へ信者らがひきはらったあとの静寂は、清右衛門の心を奇妙に、沈めさせた。荷物がなくなった部屋で考えこんでいた清右衛門は、やがて外へ出るとドアに鍵をかけ、めぐみの所へでもゆこうかと思い、北白川を出ていった。めぐみとは、達之との籍の問題で、言い争ったままになっている。それにいまの同棲《どうせい》生活の気にかかる点がある。達之に収入が増えたのなら、約束通り、貸した金の一部も返してもらわなくてはならぬ。静平に置きさらした材木や、谷の畑のことも気になっている。一両日のうちに、村へ帰りたく思うが、それにしても達之からの返金のめどがついていなければ、悲願の堂建立《こんりゆう》も意のままにならない。アパートを出た時刻が、ちょうど三時だった。めぐみがまだつとめに出ていない頃だ、と時間を考え、バスにのった。ところが、御池について、部屋の前に立つと、事務所の扉に貼《は》り紙がしてあって、急用が出来ましたので四時まで外出します。来客各位は四時以降にして下さい、と書かれてあった。事務所にこんな横着な貼り紙を、と思い、何につけ自分本位な若夫婦のやり方に、反発を感じたが、しかし、三十分ほどの時刻をどうすればいいか。事務所の前の階段が眼に入ると足の運動のことも考えて、屋上まで登ってみようと思う。七階建アパートなので、このあたりでは、高い方にぞくする建物である。たまに高いところから、京の風景を見おろすのも、心だのしい。清右衛門は、一階二階とかぞえるようにして、ゆっくりのぼりつめて、やがて屋上へ出た。

洗濯物が、いっぱい風に吹かれていた。清右衛門は、誰もいない屋上を、歩いた。コンクリートのへりに手をついて、眼下にひろがる京の街をみた。すると、急に、わんわんわんという奇妙な音が耳を打ってくる。それは、つい先程まで、隣室のきんの部屋で、信者たちがわめくように唱和していた経文の声にも似ていた。いやそうでもなかった。大ぜいの人の唱和する声もたしかにまじっているようではあるが、人の声と車の音と、さらにどこかで何かを打つような……遠い地の底からふきあがってくるような、声とも音ともつかぬ……気味のわるいわんわんという音なのだった。高い所へのぼったせいだろうか。

清右衛門は、しばらく、その音をききながら、じっと下界を眺めた。すぐ眼の下は、商家や、銀行や、役所の櫛比《しっぴ》する烏丸《からすま》だ。東へ眼をうつすと、賀茂川が屋根と屋根のあいだに糸をひいたようにみえる。両岸にはいくたのコンクリートの建物がならんでいる。学校、旅館、料理屋、ホテル。キャバレーのビルもある。駅もある。橋もある。寺もある。ざわめきは、それらのあらゆる所から起きあがる音の集合音でもあろうか。わんわんわんとさらにきこえてくる。

清右衛門は、古い市役所の建物をみた。そこはたぶん、御池河原町のはずだが、役所はよごれて古びている。まだ、清右衛門が若かった頃、この建物は、御殿のようなゴシック風の近代建築にみえ、眼をみはらせたものだ。が、いまになってみると、建物はどこやらうすよごれてみすぼらしい。その隣は京都ホテルだ。ここはいま、何どめかの改築だ。新館でもたつのか、上《かみ》よりに、スノコをはった四角な箱のようなものがみえる。箱の上に、カマキリが首をつき出したように起重機が二台、橙色《だいだいいろ》に光ってとまっている。

清右衛門は、東山をみた。と、そこには、古い伽藍《がらん》があった。北から大谷、青蓮院《しようれんいん》、知恩院《ちおんいん》、八坂《やさか》、清水寺《きよみずでら》、五重の塔や三重の塔もみえる。それらの伽藍はみどりにつつまれている。コンクリートの乱立する京の町、短冊《たんざく》をならべたようにみえる商家の屋根々々。東山にはその町をへいげいするかのように秀《ひい》でて高い寺々がある。

〈ああ、コンクリートは、二十年もすればきたなくよごれてくるな。けれど古寺の建物はびくともせんな。……歳月にたえて生きてよる〉

清右衛門は、そう思った。京都ホテルもむかしからみると、何どめかの改築だ。銀行、商店、すべてのビルをみても、それらは、改修か、新築されたものばかりで歴史が浅い。高くからみると、アルミサッシュ窓と、美しいガラス窓のデザインを誇るかのようにみえるが、これとて、二十年もたてば、わかったものではない。流行を追うた建物は新奇で、美しくみえるにしても、歳月がたてばみな古びる。よごれたただのコンクリートになり果てる。それにひきかえ、いま町なかにみえる大傘をひろげたような本願寺、東寺の本堂は何と生々して美しいことか。何百年の歳月を生きてきたとは信じられぬ。

〈火から用心して守られてきたものが美しいな……〉

清右衛門はそう思った。耐火建築、近代装飾と、達之は何につけ木造建築をけなすけれど、京でもっとも古くて美しいのは、みな火をつければ焼けるものではないのか。コンクリートは火をつけても焼けないが、なんとなくみすぼらしいのだ。ああ、やっぱり、火の用心して守ったものがありがたい。

清右衛門は、自分が、宮大工として生きてきた半生をふりかえり、生業《なりわい》とした仕事が無駄でなかったことを知るのである。

清右衛門は、わんわんという音に包まれながら京の街を眺めていると、人も建物も、いま、大きく変ろうとしていることがわかった。きんの葬式一つみても、これまでになかった人の集まりだった。あんなに馬鹿げてみえるほどの大声で唱和して、死人を送る気違い行為も、やっぱり、コンクリートの新建築に似て、流行の儀式だったか。しずかな、美しいしきたりが、音をたてて消えてゆこうとするのがよくわかる。

22

「そらお父さんの自己顕示欲というか……一種のナルシシズムや思いますなア」

と達之はいった。貼り紙どおり四時に帰ってきた達之とめぐみを前にして、清右衛門は茶を呑《の》みながら、屋上での感慨をもらしたからである。

「まあ、ひと口にいえば、お父さんのノスタルジーでもあるな。気持はよくわかりますよ。しかし古いものは、何もかもいいというわけにはゆきまへんで。たとえば、いまぼくが、大丸さんの展示場で、ディスプレイしてます民芸展でもですねエ……飛騨《ひだ》の高山の旧家そっくりの囲炉裏をもってきて飾ってみせました。じつはそこで火を焚《た》いてみせたんですけど、とても、あたりが煤《すす》けて、どもなりまへんのやな。煤けむりは、トラホームになりますいうて人はよりまへん。それに、薪というものも不経済なもんで、いまどき、山へ入って薪とったり、炭焼いたりする人はおへん。プロパンというものの出現があったからですよ。プロパンはどこへでももってゆける。経済で、しかも便利です。だから、全国の農家のどの家からも囲炉裏は消えましたな。これをいちがいに、新奇を追うとけなしてしまうことには、ぼくは不賛成なんです。お父さんは、そら、旧式やから、囲炉裏礼讃《らいさん》かもわからんけど、ぼくらにはどうも、トラホームにかかる煤けむりの中の生活は理解できまへんのや」

「……わしは、そんなことをいうとんのやないんや」

清右衛門は怒ったようにいった。

「わしのいうのはコンクリートの建物がみすぼらしいというたまでや。屋上からみておると、古いアパートなんぞは、もうきたのうなって、人の住むようなとこやのうみえた。……スラム街にみえよった。たった二十年そこそこで、あかんようになってしまう。それにひきかえ古い寺の木造建築は、いつまでも、新しくて、美しいということをいうたまでや」

「そら、まあ、国宝的な建物ならば、そういえますな。けど、寺にそれがあるだけのことで、木造民家は、ずいぶん不便なもんどっせ」

達之は、嘲笑《ちようしよう》するようにいった。

「早いはなしが、お父さんがみてこられた京の古い商家や、人家の家なみは、なるほど、高いところからみると、短冊ならべたみたいな屋根できれいかもしれんけど、いったん、中へ入ってみると、不便きわまりないもんどすわ。だいいち、壁一つが隣家。一軒が火ィ出したら十軒ぐらいは燃えまっせ。それに、古家の間取りみても、無駄がずいぶんおすわ。ぼくらは、あくまで合理的でないといかんという発想ですわ。つまり、人間の生活する所なのだから、家というものは、無駄のない、清潔な、いつも、安息できる所でないといけない……それに火の用心も必要でしょう。そういう思想は決して新しいことでもない思うねやけどなア」

達之は、景気のよさを誇示するかのように、葉巻タバコをくゆらせると神武スタイルの髭《ひげ》を撫《な》でながら、めぐみに向って、

「どや、お前は、どない思うか」

ときいた。

「そらうちかて、トラホームになる囲炉裏はいややわ。静平におった時かて……囲炉裏の火ィがくすぶる時はかなわなんだもん……」

といった。

「お父さんは……何ぞというと、古いものを大事にせいいわれはるけど……物によりけりやわ、お父さんは、頑固すぎるわ」

清右衛門は、ふたりに反発する言葉を失うのである。何も、囲炉裏がぜひ必要だといったわけではない。この世に、古くて、美しいものは、みな、人びとが守ってきたものばかりだ。それを云ったまでである。

「わいのいうてンのは、そんなことやないのや。たとえば青蓮院の大楠《おおくす》の木でも、円山の桜でも、平安神宮の桜でも、貴船《きぶね》さんの大杉でもよい。何百年と生きてきよったものは、みんな、それを伐《き》るとたたりがあるというて……人間が守ったもんばかりや……こわしても、つくりかえても、たたりのないもんほど、みすぼらしいもんはない、というてんのや。このマンションやかて、いまは新築やからええように思うが、こんなもんは、五十年もたったらくさってしまうわ」

「…………」

達之はめぐみと眼をみあわせた。

「くされば、また建てかえればいいじゃないですか。その時には、また、その時の流行というものがありますからね。日進月歩といいますよ……ぼくらは、やっぱり新しいものを追う精神は必要やと思うなア」

これではもう意見のあうスキマはない。清右衛門は、不快げに二人を眺めて、

「ほなら、お前らは、いま、二人して、どこへいっとった」

ときくと、めぐみが、

「お風呂や」

といった。

「風呂？……ここに風呂がないのんか」

思わず聞きかえすと、めぐみは、

「マンションな、時どき、排水口に故障があって……あふれますねやな」

といった。それみよという気がした。新築のマンションでも、欠点はある。水道が出なくなれば、二階からバケツもって、水もらいにゆかねばならぬ。断水が何日もつづけば、水洗便所の悪臭はたまったものではないだろう。

「合理的、合理的いうけど、土管が一つつまっただけで、遠い風呂へかよわんならんところが、お前らのいう文化生活というもんか」

清右衛門はふたりを交互にみやった。

23

結局、若夫婦は、清右衛門が建てようとする静平の堂には反対だった。達之は頭から馬鹿げてはるわ、といった。鉄筋で建てるならともかく、旧家屋の古材を生かして使うのだから、陽当りのわるい谷のことでもある、木はすぐにくさろう。また、あんなところに建てた堂に起居すれば、折角なおりかけている神経痛が、ぶりかえすではないか。足の直ったのは、北白川に住んで、ヒマあれば、散歩したのがよかったのだ。それを、静平のしめった谷へ帰って、しかも、古材でつくった堂にこもって暮すとなれば、すぐにぶりかえすだろう。

「健康上からいうても、京で暮さはった方がええのやおへんか。お父さんは、静平にいやはったさかいに、あないに足がわるうならはったのとちがうのんどすか」

「静平へ帰《い》んでも、わしは毎日散歩もするし、運動もするつもりや。文蔵さんから仕事の口がかかれば働きにもゆく。まんだ六十五やないか。隠居の齢《とし》でもないわ……一生懸命はたらく」

と清右衛門はいった。めぐみはめぐみで、

「うちもお父ちゃんが静平へ帰《い》なはるのんは反対や」

といった。

「せっかく、近いとこに住んでもろて、行き来ができてたのに……谷へいってしまわはったら、なんぞのときに不便でかなんわ」

なんぞの時というのはどういう時か。その言葉にひっかかった清右衛門は、若いふたりは、もう、自分の寿命をそう長くはないとでもみているのかと怒りがわいた。

「お前らに世話になってくらすつもりはないねんや。わしは、足がなおれば、いくらでも普請《ふしん》がでける」

清右衛門は、すっかり快《よ》くなった左足を達之の前へつき出してみせて、あの谷へ早く帰りたいと思った。で、達之に、返済金の催促をすると、

「そらお父さんがどうしても堂を建てるに必要なお金なら、借りてきてでもお返ししなないけまへん」

といった。清右衛門は、すぐさま、

「わしは早うに帰《い》にたい。こんなに車の洪水で、人が車に遠慮して歩かんならんような都会の暮しはこりこりや。あしたにでも、静平に帰にたいねや……」

めぐみは、金のこととなると、自信がないらしく、達之にまかせて、だまっていたが、達之が、百万円の金をかんたんに都合してくるといったのが信じられなかったとみえて、「あんた、ほんまに、そんなお金できるのん?」

ときいている。

「わいにかて、親許《おやもと》があるぜ」

と達之はいった。

「お父さんから借りた金があったればこそ、この事務所が出来たのや。……わしも恩に着てるし、百万はすぐ返す約束やったのやさかい……親にたのんででもそろえてみせますわ」

「へえ！　あんた……そんなことお父はんお母はんにいえるのん」

不思議そうな顔をめぐみはした。達之は心外だといわんばかりに、

「わしかて男やぞ。そうそう、お前の方ばかりに世話になってるわけにゆかん。山科《やましな》へ帰《い》んでたのんでみるわ」

自信ありげなその顔を清右衛門はみて、ひょっとすると、達之は、山科から、それぐらいの金はひき出してきそうだと思った。何にしてもこの際、返済してくれるものはもらっておくべきだった。めぐみがまだ籍も入れてもらえずにいる事情も心配だし、貸した金はなるべく早くとりかえしておいた方がよい。

「そんなら、わしも、安心や。あんたの百万円がありさえすれば、あすにでも静平へ帰んで堂の建築にとりかかれるし」

清右衛門はそういって立ち上った。いつまでもそこにいると、達之の気がかわりそうなので、

「ほなら、わしは帰《い》ぬぞ。金が出けたら、しらせてくれ。うけとりにくるさかい」

といって帰り仕度にかかった。めぐみは、階段を降りる清右衛門について外まで出てきた。

「あの人が山科からお金を工面してこれるなんて……うち信じられへんわ」

めぐみは風呂上りの素顔をゆがめていった。

「うちとの結婚に反対してはる両親やさかいに……」

「まあ、男の一言や、だまってみてよ。信用できるか、できんかこれでためしてみるこっちゃな。いうたとおり、百万円そろえてきよったら、あの男少しは信用したる」

と清右衛門は、本心は、その金がなくても、静平の堂を建てられるかくし金はもっているのだと、いいたかった。しかしそれは押えて、

「めぐみ」

といった。

「お前はこのあいだ、達之が山科を勘当されよったいうたけど、また仲直りしよったんか」

ときいた。

「仲直りちゅうことないけど、お母はんが、いっぺんのぞきに来やはって雲ゆきがかわったんや。その時はうちもいたよってに、『猫』休んで、ごちそうしたげたら、え

え気持にならはって……部屋の調度から、事務所の机から、いちいちさわってみて、こんな立派な部屋借りられたのには、仰山銭がいったやろ。それはお前が借りた金かいな、いうてきかはりましたんや。ほしたら、達之さん、正直にうちのお父さんから借りたいいましてん、ほしたらお母さんびっくりしてしもて、うちに頭下げはりますねんや。うちはそこで、お父ちゃんが静平の家屋敷売って、二百万円都合してくれはったいうたら、お母はん、涙ぐまはって……めぐみちゃんのお父さんはええ人や。うちのお父はんのように理屈ばっかりいうて、なーんもしてやらん人よりは、立派なお人や……なんで、もっと早うにそんなことというてくれへなんだや……いうて涙ぐまはりますねんや」

「……すると、達之さんは、あれ借りる時のことなーんもはなしとらなんだんか」

「そうどすわ。うちらのことは、山科には何もいうてはらしまへん」

「勘当されとった身なら……いわなんだのもわからんでもないけど、ほな、このごろは達之さんは山科へ出入りするようになったんか」

「週に一回ぐらい行ってはります」

めぐみの話を信用すると、達之の父親は枚方《ひらかた》の方に工場をもっていて、そこはナイロンの漁網をつくるときいている。三百人も職工がいる会社の専務だといった。仲直りすれば、百万円ぐらいの金はひきだせよう。

「いずれにしても、わしは、達之さんから銭をとりあげて静平へ帰るつもりやど。めぐみも、そのつもりでおってくれや」

と清右衛門はいった。

「いうたとおりの銭がもどらなんだら、わしは北白川のアパートを出てしもて、敷金をもって出てゆく」

めぐみはきょとんとした眼をした。

「北白川を出てしもたら、お父ちゃんどこで寝るのん」

「檜谷に作業小舎《ごや》たててそこで寝るわ……どうせ仕事がはじまったら、用心もわるいさかい泊りこみで、働かんならん。北白川までもどってるひまもないやろ、現場におるのとおらぬとでは仕事がちがうさかいな」

清右衛門は、もうこれで、めぐみにもこっちのいうことはすべて言ってしまったぞ、と思った。

「わしは静平へ帰《い》ぬ。お前は、いつまでも、あのような男に惚《ほ》れて、京でくらしとるがええ。いうとくが、わしは、あの男を信用せんぞ。それに意見がどうしてもあわん。あの男は、静平に堂をたてるのさえせせらわらう。……何の根拠があって、わしを笑うのか……わしには憎い男に思えたわ」

「そらお父さんが、同じ建築家で、考えがふるいさかいやな」

とめぐみはいった。

「達之さんのいうてる建築学は、そないに阿呆にしたもんやない思うわ。要するに、新旧の衝突や……お父ちゃん」

「ええもんに、新も旧もあるかい……ええもんはむかしから一つや。新しがりやは、流行に気をとられる。その時期だけは、ええ建物やと思うけど、時期がすぎたら、笑いものになる建物がざらにある。そんな建物をお父ちゃんはたてたいとは思わんねや。お父ちゃんは、このあいだから、自分の建てた寺を廻ってきたけど、どの寺も焼けんと健在やった。近江の百済寺も、宮津の国聖寺も、伊根町の松源寺も、大ぜいの観光客が見にきてはったが……みんな日本にだけつたわってきてる古い建築工法の寺の普請に見惚《みと》れて、外国人なんかはため息ついてはった……鉄筋なんぞで建てるよりは、木造の堂の方がええ、わしは確信がある」

「それは、主観の問題や……お父ちゃん」

めぐみは、達之のうけうりのようなことをまたいった。

「お父ちゃんは、堂を建ててそこに住んで満足やろけど、そんなことがきらいな人やってあってもええやないのん。人はみんな自由に生きてええのやさかい……お父ちゃんは、お父ちゃんで、自分のおもわくを通さはったらええのや。うちが、反対するのんは、せっかく直りかけた足が、またぶりかえさへんか思うからやな」

足のことを案じてくれるのは嬉《うれ》しかったが、檜谷に堂を建てることには反対だといううめぐみにも、清右衛門は、達之の考えが、もう血管の隅まで入っている気がして、それが哀れに思えて顔をそらすのである。

「わしは檜谷で暮して、お前らに負けん大工仕事をしてみせてやる。わしはまんだ若いのや」

清右衛門は、百済寺の石道の両側で、皮をむかれて赤く燃えていた檜のむれをまた思いだした。人間あの檜と一しょや。六十すぎても、ひと皮もふた皮もむかないけんのや。それが人間の生きとる証《あか》しや。

24

五日後、清右衛門は、朽木谷の文蔵を訪ねた。文蔵から百済寺の薬師堂が完成して、ひと休みしているというハガキがきたからである。文蔵に手伝い大工も頼んでおきたかった。朽木谷へ出るには、大原から古知谷を通って途中峠へ出る。ここは、滋賀県境になっている。安曇《あど》川の上流、古知谷の阿弥陀《あみだ》寺のあるあたりが分水嶺《ぶんすいれい》である。一方は京へ流れる、同じ水をふりわけて都へながすのが賀茂川、高野川《たかのがわ》、安曇川は北へ御坊村をすぎて、朽木町で、ほとんど直角に折れて琵琶湖へそそいでいる。文蔵の家は、比良《ひら》の真裏にある御坊村の地籍で段《だん》といった。清右衛門は、小春日和《びより》の快適な山道をバスで古知谷に向い、ここで近江今津ゆきに乗りかえて御坊村のとば口で降りた。早く出たから、ひる前に着いた。文蔵の娘がまだ清の許婚者《いいなずけ》だった頃、何どかここへきていたので、「段」へゆく道もおぼえていた。せまい谷の中に川があり、細長い水田が、刈りとられたあとの株を、線をひいたようにみせていた、この光景は、周囲がちょうど紅葉しているせいもあって、朱のすり鉢の底で新調の筵《むしろ》をしいたようにみえる。清右衛門は背後に消えてゆく向い田の光景をふりかえりながら、文蔵の家へ向った。石垣を積みかさねた台地に、文蔵の家は、むかしのまま、茅《かや》ぶき屋根を重そうにささえて建っていた。門口《かどぐち》に立った時、障子があいて、女が出てきた。直感で、多代だとわかった時、清右衛門は、狼狽《ろうばい》をおぼえた。清の死の原因ともなったあの女である。

「お父さんおってかいのう」

清右衛門は、女に声をかけて、京の静平からきたというて下さい、と少しどもりながらいった。女の格好はどうみても、それはこのような山奥に住んでいるとは思えぬ派手な洋装だった。白い顔に化粧を丹念に施している様子からいって、大阪から帰って来たばかりとしか思えなかった。清右衛門は、わざと名をいわず、静平といった自分がおかしかった。女は、外へ出ようとして足をひっこめ、敷居ぎわから、中へ「お父《とう》」と声をかけた。

「誰じゃ……誰かな」

文蔵の声が近づいてきて、うす暗い土間からにゅっと顔をだした。微笑がやどるのと声が出るのと同時だった。

「よう、清右衛門さんやないか……」

清右衛門は、文蔵の笑顔をみて、ほっとした。

「ちょっと頼みたいことがあってのう」

というと、文蔵は、あがってくれと、すぐ手をひっぱるようにして迎えた。

「立話もいかん……あがっておくれ。あんた足はどうじゃ」

「ようなった……、ぼちぼち静平に堂を建てたいと思うてのう……あんたに助《すけ》っ人《と》をたのみにきたんじゃ」

清右衛門は、敷居をまたいで、土間へ入った。居間には火が燃えていた。文蔵の妻のすずがうずくまるように肩をまるめて向うをみている。

「嬶《カア》、静平の清右衛門さんじゃ」

文蔵がいった。すずは少し耳が遠いので、土間をあがってくる気配に気づかなかったとみえ、文蔵の大声でふり向くと、大仰に「おいでなさんせ」といった。清右衛門は炉端にすわった。文蔵は茶を入れるよう、すずに命じ、戸のあいたままになっている表を気にしつつ、

「あれがもどって」

とぽつりといった。

「あんたには、申しわけのないことをして……今、ここであやまってみたとてどもならんことやが……誰に似たか、尻《しり》のおちつかん女になってしもうてのう……また、男と別れて、もどっとるんや……」

情けなさそうに文蔵はそういうと、

「いまの娘の考えとることは、わしらにはいっさいわからん。結婚ということをかるう考えて、気があわねばすぐ解消するのが流行らしい、……わが娘でなければ、放り出してしまいたい思いやが、……生んだ子やからそうもいかん。……今日で十日にもなるが、まだ大阪へ帰《い》によらん」

文蔵は吐きすてるようにいうのだった。たぶんに、清右衛門に対する気づかいが出ている。それを、清右衛門は、よけいな心づかいだとうけとめている。いまはもう心に余裕があった。清が生きておれば、腹の煮えもする恨みつらみは残っていようけれど、当人が死んでしまったのだから、多代に対する憎しみは清右衛門にはないのであった。あるとすれば、なつかしさだけである。文蔵もまた、ふしだら娘をもって手古ずっているそのことにむしろ不思議と親しみがわいて、

「うちらも同じこっちゃ」

と御池で見てきためぐみ夫婦のありさまを瞼《まぶた》にうかべつつ、

「私も似たような目ェにおうとります」

といった。文蔵は、すずのさし出す湯呑《ゆの》みをうけとって、清右衛門の前の、炉のへりにおいた。

「いよいよ、あんたはじめるのか」

娘の話題など、もう話すもいやだといった顔である。

「はじめる」

と清右衛門はいった。

「古材もほったらかしにしておくと、くさってしまうでのう、雪のくるまでには、建

て前すまして屋根をふき終えたいと思うとるのやが……それで、助っ人を三人ほど欲しゅうて」

「いつでも、向わしますよ」

と文蔵はいった。

「あんたとの約束やで……いつなと、むかわせますわいな、それに建て前にはわしもよんでおくれ」

清右衛門は、変らぬ友の心根に胸があつくなった。

「そんでは、水もりがすんで、土台が打てたら、電報うつ。ひとつ、むかわしてください」

とたのんだ。文蔵は、にこにこしてうなずいた。そんなことに、わざわざ、痛む足をひきずってまできた清右衛門に、几帳面《きちようめん》な一面をみたか、

「わざわざ、きてもらわんでも、有線電話がひけとるで、電話でもよかったのに」

と文蔵はいった。清右衛門は、文蔵の友情に感激したが、この時、表にいた多代が薪をもって入ってくると、何となく、そこにゆっくり坐っていることのきまりわるさがあった。文蔵とすれば娘になにか説教でもしようとしているところへ入りこんだ気配もある。長居するのも心苦しくて、

「それだけたのめば、もう用はないのんや。わしは、これから、帰り道に阿弥陀寺へ参ってくる」

といった。多代が炉端にすわったので、清右衛門が気がねする様子がわかったか、文蔵ももう少しゆっくりしていってくれ、といったが、清右衛門は立ちあがっていた。古知谷口で降りて、久しぶりに阿弥陀寺へ参ってこようと思う。山の中腹に建ったその古寺には、これから、清右衛門が建てようとする堂に似た小祠《しょうし》がいくつもあったはずだ。それを見てきたかった。

総門は唐風《からふう》とでもいうのか、石積みの上に白堊《はくあ》の漆喰《しっくい》がキメ細かくぬられ、その一見土蔵風な抜け門の上に、小ぢんまりした回廊と手すりをもった二階があった。屋根はゆるやかにそりかえる檜皮《ひわだ》ぶき。両わきに蔦《つた》かずらの巻きつく巨松がいく本も、垂直に立っている。葉は早や落葉してしまっていたけれども、蔦の葉はまだみどりのままで、梢《こずえ》を吹く風も松柏《しょうはく》の音ともいうべき、かすかなざわめきに似た韻を奏《かな》でている。いつ来てもここで「本堂六丁」と彫られた石柱に眼がゆく。くぐり門の向うへ曲折しながら消える参道は、苔《こけ》石垣にはさまれて、閑雅絶妙の幽気を奏でて清右衛門を吸いこんだ。清をつれてここへきた日はいつだったろう。それは、清に飾りタルキの組みあがりをみせたかったためだが、六丁も山をのぼらねばならぬ参道を清は閉口しながらついてきた。清右衛門はまだ若かった。いまは、本堂のある中腹台地までの道を歩くのによほどの努力がいる。

洛北古知谷、光明山法国院阿弥陀寺――。三百六十年ほど前の慶長十四年春、近古の大徳弾誓上人《しょうにん》が開創した霊堂だそうである。松林の密生する境内は森厳で、ほとんど絶壁に近い山腹に、回遊式の道がもうけられている。参詣者《さんけい》は、時折、道を横切って石垣のあいまに喰いこんでゆく太松の根を大蛇が這《は》うかと錯覚することがある。清右衛門は杖《つえ》をついて、折れては曲り、曲っては登る急坂の参道を約三十分ほどかかって、ついに本堂に着いた。紅葉の期を逸しているので、人影はなかった。先《ま》ず本堂前で合掌、重要文化財の阿弥陀如来像を拝し、つづいて書院、庫裡《くり》をみて開山堂の前から、幽邃《ゆうすい》な滝水の横にある坐禅石のあたりへきて一服した。開山上人が独坐された幽《ゆう》棲《せい》閑所の堂は谷の上にある。ところどころかさぶたのような灰色のしめり埃《ぼこり》をつけた手すりをめぐらせる堂は、あたりのしじまを吸ってみごとな安定をみせ、崖《がけ》の上に建っている。しばらく、坐禅堂に見入るうち、清右衛門は、まがいもなく、それは、夢みている静平の堂であることに気づいて絶句した。あの谷に堂をたてよう、決意した時は、阿弥陀寺の坐禅堂が頭にあったわけでもない。北白川のアパートで、ひまにまかせて雲定規をつかった図面は、じつは、自分の勝手気ままな寸法でやってのけたものだ。だが、何と、いまここにきて、そっくりな堂がある。感動したのである。清をつれてきたのは、おそらく十年も前だろう。清右衛門の心底に、あの時の堂の姿が焼きついていたのか。

清右衛門は、開山堂わきにもどって「拝観料受付」としてある窓口をのぞいた。そこにガラス張りの陳列台があって、数種の絵はがきが発売されている。本をよんでいる若い番人に坐禅堂のあるのを一組わけてもらえぬかとたのんだ。番人の青年は快く、うしろにかさねてあった絵はがきから、一組をとりだしてくれた。

清右衛門は中をあらためる。坐禅堂がある。安堵《あんど》しつつ、また急坂を降りはじめた。さすがに六丁の坂登りはつかれていた。杖を力いっぱい下段につきさしつつ一歩々々降りていった。総門にきたときはもはや、村は紫紺色の夕景で、散りのこった楓葉《かえでば》の下に、乳色の霞《かすみ》が這うのがみえた。

清右衛門は、自分がいま、俗塵《ぞくじん》をはなれて、もっとも理想とする仙境の人にうまれかわっている気がした。梢を吹く風は、妙なる音をたて、風が鳴るのか、杉が鳴るのかわからなかった。水滴のしたたり落ちる音、梢がゆれる音、いずれともわからぬ幽《かす》かな音が、風の中であわさって清右衛門の孤独をあたたかく包んだ。

〈やっぱり、ひとりがええ、堂が出来たら、わし一人で住むのや。誰もよせつけんと住むのんや……〉

開山堂の奥にあった洞窟《どうくつ》には、弾誓上人の遺体を入れた大石龕《せきがん》があった。自分も死ぬ時には、上人のように一人で、堂の中でこと切れるだろう。不思議と、そう思うと淋しい気持はなくなって、あすからの建立《こんりゆう》の楽しみが油然《ゆうぜん》と湧《わ》き、足に力が入るのである。

清右衛門は、六丁参道の総門を出て、すぐ停ったバスに乗って、北白川へ帰ってきた。

阿弥陀寺の坐禅堂のような堂を檜谷に建てたい、と貞之助に語った時、しばらくみないうちに、十ぐらいも老《ふ》けこんだ貞之助は入歯のうごく音をたてて、

「そら、お前さんは宮大工やさかい、好きなものを建てる力はあろう、が……そら前代未聞のはなしや。坊さんならともかく、俗人のお前さんが、寺のような建物をたてて、そこに住むとなると、村の者《もん》もちょっと抵抗するやないか……菩提《ぼだいじ》寺の和尚にもいっぺん相談せんことにはあかんのやないやろか」

清右衛門はあきれていった。

「わしは何も寺を建てるのやないわい。自分の死ぬ場所を建てにもどったのや。寺つくるのやったら、そら、ここの和尚にもことわらねばならんやろが、わしのは家や。寺ではない。ただし、みたところ、阿弥陀寺の坐禅堂そっくりのもンを建てたいねや」

清右衛門は絵はがきの一枚を貞之助にみせた。貞之助は、感心したようにそれを見つめていて、

「あんたも、おもろい人やなア……」

軽蔑《けいべつ》とも感心ともつかぬつぶやきをもらすのだった。清右衛門は、貞之助の表情がわずかに強《こわ》ばるのがわかった。なぜ、自分が、自分の土地へもどるのがいけないのだろう。たずねてみたい気がした。すると、貞之助は清右衛門の胸中が透けてみえたか、

「それでのうても、あんたは、村の人らと意見もあわん人やった。わしは、もう、娘さんのとこで、後生安楽に暮して、あっちの人になりなさると思いきめておった……、堂を建てにもどるとはゆめ思わなんだ」

事実、村では倉持家は、もう村を捨てたと思いきめていたのであった。げんに、清右衛門が売った屋敷は、関西興産という会社が、買取っていて、細長いジュラルミン屋根の工場風のものが建っている。電気剃刀《かみそり》の刃をつくるということであった。村は、

その工場が出来たことで、ひと悶着《もんちゃく》あったそうだ、どう反対しても、清右衛門が売った土地であるから、土地の所有者がどう使おうと文句をいえたものではない。一日じゅう電気旋盤機が廻るので、村はおかげで、静寂を破られ、むかしの面影も半減している。清右衛門さえ土地を売らなければ……と恨む人も多いということであった。

「わしはなーんも、あんたの敵やない。味方やさかい……尻の穴の小さいようなことはいいとうないけど……みなは、あんたが土地さえ売らなんだらあんな工場が来やせん……といいよるんでのう」

剃刀工場が建つなど、清右衛門も予想していなかった。達之たちのつれてきた土建屋が剃刀屋に転売したのであろう。転売された先までこっちは文句をいえる筋合でもない。どこへ行っても、敵はいるぞ、と清右衛門は思った。昔なら、沈みこんでしまって、弱気な顔をしてみせたろうけれど、清右衛門は、貞之助をにらみつけるようにみて、こういった。

「檜谷はわしの土地や。わしが何を建てようとわしの勝手や。建物だけは、コンクリートに負けんええもんを建てて見せたる。まあ、貞之助さんや、たのしみに見よってくれや」

清右衛門は貞之助の家を出て檜谷へむかった。いやなことをきいたとは思った。しかし、清右衛門を村八分にしていた村人たちが、のけものにされた男の売った土地に、よそものの工場が建ったといって怒っているのがおかしかった。清右衛門の帰郷は貞之助に会うただけで、暗いのだった。

〈どこへいっても、敵はおるわさ。住みよい家というもんがなかろ。けど、檜谷は、先祖代々の土地やさかい、あそこで死ねればわしは本望じゃ……〉

清右衛門は、頑固に堂建築にいよいよ踏切ろうと思った。九十九折《つづらおり》のなつかしい道をのぼって左手へ切れると、谷はひらけて広大な梨畑だった。落葉した梨の樹々は、檜谷の台地へのアプローチとして、いま、千枚の広筵《ひろむしろ》をしいたようにみえて美しかった。清右衛門は、土台石をみつけにかんと一緒に架けた橋を渡った。橋は心もちゆれた。夫の帰郷をよろこぶかんの顔が、足下の暗い蛇いちごの花のむれの中に浮きあがってくる。

〈おかん、わいはもどってきたぞ……〉

清右衛門は、ここに静寂があって、狭い谷が軀《からだ》をつつむように温かく自分を待っていた気がした。

25
建《こん》立《りゅう》

旧家屋の古材を使っての建立なので、材料に長物《ながもの》はあまり望めない。トタンをふいた置小舎《おきごや》に寝かせておいたので、雨露をうけ、くさりかけているのであった。それで、はじめは、材料も短くして、六角堂か八角堂にしようかと思いまどいながら、いちいち撫《な》でるようにしてあたってみたが、三間そこその横物がかなりあることがわかったので、思い切って方形造りに変更した。表三間、横三間、真四角のかたちである。三面に三柱をたてて、框《かまち》は白壁とし、正面 梁《うつばり》はくしがたといって、自然の曲りを、あたかもそれが門のような体裁になるようにしむけた。桷《たるき》、枡料《ますがた》、梠《ひさし》、楣《のき》（二の梁《うつばり》）、みな古材をつかったとは思えぬほどカンナを丹念にかけた。見えるところはフシ一つない面、見えぬところは多少の汚れやフシのあるのを向わせ、静平《しずひら》のどの家とくらべても、一尺は高い「高床」にし、周囲には勾欄《てすり》をめぐらせる算段であった。その勾欄の四隅の角には宝珠を目立たせることにした。図面が出来ると、誰がみても、これは鎌倉期の建立にかかわる毘沙門堂《びしゃもん》か、聖天堂のかんじだった。谷川の小橋から、上りつめた正面の中央に、石垣をつみ、セメント砂利で六間四方の台地をつくり、堂宇の骨組みだけ建て終るのに約二カ月を費やした。水もりから、セメントこね、砂利はこび、みな自分ひとりでやったので、手間はかかった。とりわけ古材の面を撫でるようにしてカンナを掛けて、丹念にしあげているので、建て前を手つだいにきた朽木の文蔵が、〈清右衛門さん、そないに根《こん》つめて仕事しよると、足がまたぶりかえすやないか〉と忠告した。不思議なことだった。ぶらぶらしている時は、夕方の冷えで股《また》のつけ根にぐりぐりが生じたり、膝《ひざ》から下に、多少の鈍痛も感じたが、仕事に熱中してくると、吹っ飛んでいた。痛みも、冷えも感じたことがない。清右衛門は、文蔵のつれてきた若者たちが、しょっちゅう焚火《たきび》のまわりに腰をおろして、タバコを喫うのを眺めつつ、梯子《はしご》をのぼって楣にまたがり、くわえ釘《くぎ》を一本ずつ、慎重にシタミに打ちつけた。昔の梁や楣や枡科は、囲炉裏の煤《すす》をうけ、まっ黒になっているので、いちいち川へはこんで竹ささらでこすり、かわいたのを順ぐりにカンナがけしたが、川は流水《ながれみず》だったから、黒い埃水《あかみず》が出て、それが、下《した》の貞之助と死んだ繁次郎の家の洗い川戸《かわど》をよごした。貞之助と繁次郎の家だけでなく、村道を細長く川はながれるので、村人の誰もが、水の色で、檜谷の普請《ふしん》の音をきいたのである。建て前のすんだ翌日だったが、

貞之助が焚火へあたりにきて、桷をけずる清右衛門に、

「えらいもんやなア、あんな古材から、こんな美しい面《めん》が出るやとは思わなんだ……不思議なもんや」

四面の丸柱を撫でて廻るのに、清右衛門は微笑を投げながら、

「これは、阿弥陀《あみだ》寺の坐禅堂と、宮津の国聖寺の薬師堂の合の子みたいな造りでなア」

といった。貞之助は、何のことやらわからぬ顔で、阿弥陀寺といえば、そら、古知谷の寺のことか、と問いかえすのに、

「せや、あの山の上の坐禅堂や」と清右衛門はいった。

「あんた、あんな山のてっぺんまでのぼってきたんかいな」

貞之助はあきれている。じっさい、いざ材料を切り込むときは、思案に思案をかさねたし、あれから二ども古知谷の阿弥陀寺へ下見《したみ》にいった。何といっても、古びた堂宇の二重桷の棟ぞりの具合が美しいので、その通りの寸法で、枡料や桷はいっさい五寸釘もつかわず、すべて栓《きくぎ》である。何もかも惚《ほ》れてみた通りに真似《まね》ている。清右衛門は貞之助に、こんなことをいった。

「おかしいもんやで、仕事を終って、材料小舎の隅にふとんを敷いて寝とると、死ん

だお父つぁんのことが思いだされてならんねや。わすれとった七つ八つのことが、昨日のことのように、思われて」

不思議というしかないが、七つ八つの時、父親の仕事場のカンナ屑《くず》の中を走りまわって叱《しか》られた日のことがうかんでばかりいた。それはまるで、谷奥の苔石《こけいし》を掘りおこすとつぜん清水《しょうず》がふき出すみたいに思いだされた。カンナ屑の匂《にお》いもした。わきがだった父の汗の匂いもした。〈清《せい》よ。大工はな……材料を刻みながらでも、穴一つあけながらでも、出来上った建物の姿をいつも頭においてンとあかんのやで〉父はいったものだ。意味はつまり、どのような部分の材料を切りきざみ、穴あけするにしても、その材料が、建ち上った堂なり家なりの、どこの部分をうけもち、それが目につくところを占めるのか、かくれるところを占めるのか、出来上った時の姿がうかんでいないことには、手をつけるな、とさとされたことだった。清右衛門は、父のことばを金科玉条にして、普請の旅をつづけてきているのである。

「年とると、小ちゃい時のことが思いだされると同時に、わすれとった大事な説教も思いだされるもんでなア、貞之助。死んだお父つぁんがわいに、大工は木っ端《こっぱ》一つけずる時にも、建ちあがった建物の姿を頭にうかべとらんとあかんいうた……」

「なるほど」

貞之助は感心したようにうなずき、

「せやけど、この堂が、わしらの眼ェには虫籠《むしかご》みたいにみえるだけで、仕上りの姿はどんなもんやか想像もでけん」

といった。

「そら餅屋《もちや》は餅屋やな、わしには、蔀戸《しとみど》のはまったちゃんとした堂が頭ん中にある」

清右衛門は、はかどりのおそい仕事ながら、一日々々、仕上ってゆくのがうれしい。のぞきにくる村の連中も、異様な目つきで、骨組み終った「清右衛門の堂」を見守った。清右衛門は村人に背中をむけて働いていることに、かすかな快感をおぼえていた。正面柱に、完成図を貼《は》りつけておくのもわすれなかったが、誰いうとなく、清右衛門は、気ちがいになったのではないか、という評判がたちはじめたのも、この建て前がすぎた日頃だったろうか。それは清右衛門自身の耳にはきこえなかったが、素人《しろうと》には朽木のようにしかみえぬ古材を利用しての堂宇が、しだいにそり棟屋根の様相をみせはじめると、噂《うわさ》もかなり強固なものとなった。

先《ま》ずそれは菩提寺《ぼだいじ》の万願寺の本堂で、囲碁好きの連中があつまった時だった。清右衛門の旧屋敷跡に建った電気剃刀《かみそり》工場が、部落へのサーヴィスから賞品も出すということもあって、このところ、静平は静かな囲碁ブームの中にある。例の水害後の水道事件以来、村八分にした気持もまだ捨て切れずにいる区長の太左衛門や総代の孫次郎などが、京へ出たはずの清右衛門がひょっこりもどってきて、自分の軽率な離郷について詫《わ》びも入れてこず、檜谷《ひのきだに》の村畑をつぶして、誰がみても仏堂にしか思えぬものを建てはじめたのにはあきれもし、気ちがいじみていると思ったのも無理はない。

「いったい、あんな陽あたりのわるいとこに堂建てて、あの神経病みの男が住めると思えんがのう」と孫次郎はいった。

「貞之助にきくと、なんや、いうことがちょっとおかしいそうや。仕事しながら、死んだお父つぁんのいうことが思いだされて、それも、谷の苔石を掘りおこすと清水《しょうず》が出てくるみたいに……いっぱいでてきてなつかしいやとか、建ちあがる堂を頭にうかべると、夜さりも眠れんとかいうとるそうや」

「のしには菩提寺というもんがありながら、なんで、あんな堂を建てて、住まんならんのかわしにはがてんがゆかん。もし、信心から、あのような堂を建てたい思うねんやったら、万願寺の空地にでも建てて、それを村へ寄付でもしたらええのに……のしが寝るための堂やそうな。誰がみても、気ちがいざたや」

和尚《おしょう》の鮒島《ふなしま》天海が、そんなことをつぶやく連中を本堂にまねいて、

「いまは民主主義の世の中やさかい、何をしても個人の自由どす。寺へのつらあてに、

自分で寺のようなもんを建てて、そこで、のしの先祖の位牌《いはい》を抱いて寝とろうが、起きとろうが、これも自由や。つべこべいうことはさしひかえんならんが、しかし、いくら長生きしよっても、清右衛門さんは、もうあと五年は生きれるやろか。かりに十年生きたにしても、寿命はもうすぐ、そこへきております。そういうわしも、もうそろそろ年貢《ねんぐ》のおさめ時やが……人のいのちはうたかた。ああして建てた堂も、どっちみちめぐみちゃんらが、また売りとばして、京へ行てしまう……何年も村に残るもんでもないさかい、気にせんでもええ」

といった。和尚には和尚の見解があったというべきだが、しかし、天海は、一ども、檜谷の建築現場をのぞいたことがなく、ある日など総代の孫次郎に、

「なんやしらん、おかしなもんや。あっちの谷にカンカン音がしよるのがきこえると、商売仇《がたき》の寺が一軒建つみたいな気ィがして……のぞきにもゆけん」

といったそうである。

26

電気剃刀工場の厚生館のようなものに化けている菩提寺の万願寺は、庫裡《くり》の台所がモダンな合成板やステンレスの器具で被《おお》われているように、本堂にも、またサッシュ

の戸がはめこまれて、時には囲碁のほかに、工員の余興会のようなものが催されると、だいこくの定枝は、首に白粉《おしろい》をぬり、若者らの眼に赤い襦袢《じゅばん》をちらつかせて、あられもない大股《おおまた》歩きで給仕に走りまわることがある。そんな細君をにやにや眺める天海は、もはや、坐禅三昧《ざんまい》の雲水時代の風格はなかった。京都市内の寺々が、すべてといってよいほど、金儲《もう》け主義の、観光商売に堕《お》ちてゆく姿は前述したところだが、庭をつぶして駐車場に提供する盛り場の寺などはまだ都市政策に調和しているともいえるけれど、山奥の古寺までが、村へ進出した電気製品メーカーに首っ玉とられ、本堂もろとも会社の娯楽場に変貌《へんぼう》してゆくのは、見苦しいといえた。これも、清右衛門にいわせれば、無欲、無我、知足の生活を信条としなければならないはずの住職に物要りがかさんでいるからである。息子の浄海が、この春、大谷大学を卒業するとアメリカへゆきたいといいだし、その準備中だ。だいこくも着物、洋服、化粧料など奢侈《しゃし》品に眼がない。年に二、三人の死人を迎えての葬式だけでは菩提寺もやりくりはつらく、といって、息子の遊学費を檀家《だんか》が割当てでもつわけにゆかない。つい、村人も見て見ぬふりするうちに、つまり、あれよあれよと見るうちに、寺は変貌してしまったわけであった。昨年夏、土地会社に土地を売って清右衛門が京へ出る時には、まだ、屋根が半《はん》葺《ぶ》きのままだった本堂は、それでも、風体《ふうてい》だけは禅寺らしく立派になって、山の中腹にきわだっていたから、西と東に向きあうかたちで檜谷からもそれはよく見える。清右衛門は、菩提寺の本堂から、位牌をひき出し、いったん、京へ出たことでもある。村へ帰ると、ふたたびそれらを寺へおさめねばならないことに気づきはしたが、億劫《おっくう》なので、北白川のアパートに、仏壇もまだ道具と一しょに置いたままだが、ゆくゆくは、自分の堂が出来たら、正面に、須弥《しゅみ》壇《だん》でもつくり、そこに阿弥陀様を自分の手で彫りあげて、先祖の位牌は自分でまつりたいと思っていた。碁会所や余興場に化けた本堂の、タバコの煙のむんむんする内陣に安置しておくよりは、よほど、その方が、親父も喜びそうな気がしたし、また、死ぬ時には、この堂の中で、それらの位牌を抱いて、逝《い》ったって、誰からも文句はいわれまい。仏をまつるに、自分の労力を惜しんで、寺まかせにし、坊主に仏の守番《もりばん》をさせるところに、菩提寺の堕落がある、という気もしている。貞之助がいくら、万願寺へ挨拶《あいさつ》にゆけといっても、清右衛門は耳をかさないのだった。

「カミソリ屋さんやかて、わしがあの地所を提供したからこそ、工場が建てられたのやし、いうてみれば、この静平へ、電気メーカーの銭が落ちるのはわしのおかげや。寺が小遣銭が出来て、息子のアメリカゆきや、だいこくの化粧品が買えるのも、みんな、わしが工場へ土地を売ったからこそやないか。それを、なんと、わしが契約をはじめた時、村の者らは、村八分にしよって、やれ、清右衛門は、先祖代々の土地を売って出てゆきよる、ひどい奴やと悪口いうた……その連中が、われ先にいまは工場へつとめて、砂糖にしがみついた蟻《あり》みたいに働いてよる。そしてからにわしには、あいかわらずの村八分や。あいさつもしよらん。こんな連中に頭《こべ》さげてつきあいとうもないし、生臭坊主にお経をあげてもらおうとも想《おも》わんねや。うちの位牌はわしがここでまつって、お経ぐらいはわしがあげる」

清右衛門はそういった。内心では、多少の淋しさはある。正直、とても国聖寺の老僧のいった良寛さんの境地にはなれない。これから、檜谷で暮す生活は孤独三昧だと思う。村人にけむたがられての晩年は何かと不自由なのはわかるが、どうしても、妥協は出来ないのだった。お経を自分であげるというのも、清右衛門は子供の頃から、父親につれられて、禅寺の普請へいって方々の和尚さまから習った般若心経《はんにゃしんぎょう》、大悲呪《たいひしゅ》、施餓鬼《せがき》、舎利礼《しゃりらい》の経本をいまももっている。本さえみれば坊さんなみによめたし、舎利礼など、屋根のシタミ板打ちながら、ときどき、空で出てくる。いっしんちょうらい、まんとくえんまん、しゃあかにょうらい、しんじほっしん……と調子よく誦《しょう》じられる。仏をまつる堂を、修築もあわせれば、五十以上も建ててきた清右衛門には、おのずから、仏への帰依《きえ》心もそなわっていたといわねばならない。このことは、父の遺徳だともいえた。父は仏さまがこの世におられるので、自分の商売がなりたつのだといった。つまり、宮大工というものは、伽藍《がらん》を建てるのが商売だから、仏の家づくりだというにある。経を日がな読んで、雨の降る日などは、仏壇の前で朝からよく、かすれ声をあげて誦じたのは、いま、清右衛門が大事にしまっている、虫喰いの布表紙の経本である。

「おまはんも頑固なこっちゃで。自分で世間をせもうしとるようなところがあるな」

と貞之助は、焚火にあたりながら、一日々々、方形の堂が仕あがってゆくのをわがことのように眺めやり、村ではたった一人の清右衛門への理解者の誇りを面に出していった。

「気ィつけてみると、あんたのお父はんもやっぱりそんな人やったし、こらまあ、親ゆずりやからしかたがないとはいうもんの……宮大工という仕事は、つまりは孤独な仕事や。ふつうの大工とはちがうさかいやろな」

「施主さんをごまかして、焼けたら毒の出るような板をつこたり、安物の材料で、見ばだけようして、高う売りつけるような大工は下《げ》の下や。家でも堂でも、人や仏が住まうのやから、しょっちゅう眺めておってもあきのこんものをつくらないかん。昔の寺の建物の廊下が広うて、要所要所にあそび場がつくってあったのは、空間の妙というて、そこに陽がさしたり、陰が出来たりして、日々変化が生れて、飽きんように考えたるためや、けどふつうの大工はそんな勿体《もったい》ないことはせん。いまは合理的というて、空間をあそばせるのは不合理やという。梯子式の階段ベッドに寝て、部屋で顔も洗えたり、めしも喰えたりするのが便利で合理的ということらしいが、あんな部屋づくりは、何のことない、心のまずしいもんのするこっちゃ」

貞之助は、またまた、清右衛門のお説教かときいているが、これにはたぶんに、娘のめぐみの婿《むこ》達之への反発がふくまれているとわかるので、

「御池の若い人らはこのごろどうや。まんだ赤子《やや》の出けた音はきかんが、もうそろそろあんたも、爺《じい》ちゃんになった方がええのとちがうか」

と問うてみる。清右衛門は、これだけは、返事にまごついて、

「さあ、若い者らのしよることやからわからんが……あげなアパートのせまくるしい暮しでは、赤子《やや》をつくっても育てるのに困るやろ……どないしよるかわしゃ知らん」

といった。頭の中では、折角、妊《みご》った子を、まるで、犬の子でも捨てるみたいに、医者へたのんで掻爬《そうは》してきて、けろりとしていためぐみの、ふだんよりはたるんでみえた瞼《まぶた》のあたりが思いかえされて、わすれていた口惜しさがむくむくと擡《もた》げたが、だまっていると、貞之助がぽつりと、

「清《きよし》さんが生きとると、あんたも、また、この堂を建てるに、楽しみが倍やろに……つくづく残念なことしたと……家内とも話しとんのや」といった。貞之助は、村の教師をしていた頃、清を教えた恩師である。定年になって百姓はしているが、次第にこの男も、六十にもなると、昔の苔石を掘りおこして、思い出をさがす年まわりとみえて、しきりとこの頃は、教え子が瞼にあらわれてしかたがないという。とりわけ、清右衛門の長男の清は、顔も軀《からだ》つきも、清右衛門に似ていたし、勉強もよく出来、貞之助は、せめて高校ぐらいは出してやれ、と談判にもきた。結局、清右衛門の反対で清は上級進学をやめて、父について大工仕事をおぼえ、一しょに旅しながら宮大工の技術を修得したわけだが、清も何かと、貞之助に相談もするところがあって、坂を降りてくる途中の川戸へ貞之助が出ていると、あいそよく挨拶かわして働きに出たものだった。それが、洞谷村の清光寺の本堂の普請場から、足踏みすべらせて、落下して早逝《そうせい》するなど、貞之助は夢にも考えていなかった。話をきいて、飛んでゆくと、もう、清は戸板にのせられて、清右衛門の家へ死体でもどっていた。その時の様子も、まだ、ありありと瞼にうかぶ。いま孤独な清右衛門が、自分一人の死に場所だといって菩提寺にも望めないような立派な方形の堂建立に、憑《つ》かれているのを眺めて、瞼のぬれるような熱い気持になるのも無理はない。

「なんもかんも……うたかたみたいなもんで……清が死んでから、わしも考えがかわってきたんや、貞之助」

屋根の上から、楣《のき》にほぞ穴をあけるべくノミをつきさし、カナヅチでカンカンとたたきながら、清右衛門はいうのである。

「人間、そら、生きれるだけ生きた方がよい。もろうた寿命やさかい、生きれるあいだは生きよった方がええとは思うが、しかし、これもどう生きもがいたってしれたもんや。わしもあといくばくもないやろ。清が死んでから、もう四年になるが、さて、清がいたって、同じこっちゃろ。清がおれば、かわりにわしの方が、あっちへ逝《い》ってしもうておったかもしれんでなア……」

清右衛門がそういってわらう姿を、貞之助は下から眺めて、清右衛門の相が、最近になって肉づきもよくおだやかで、昔、神経痛で悩まされていた頃の、眉《まゆ》と眉のあいまにみえた立てじわも消え、陽気な顔で、仏のように澄んだ眼の、にこやかなのに気づくのである。

〈これが気ちがいなどであるものか。気ちがいなのは、万願寺の住職夫妻や、村の衆らのことかもしれんぞ……清右衛門こそ、まともな人間ではないのか。そうでなければ、こんなおだやかな眼ざしの出来るはずがない〉

貞之助は、心の中で、清右衛門がいま、建立しようとしている堂は、誰のものでもなく、それは娘のめぐみや、婿の達之らのものでもなくて、自分が死にゆくための棺づくりではないかと気づいて、慄然《りつぜん》とした。

〈方形の堂は……この男の棺桶《かんおけ》なんや……〉

27

シタミ板が打てて、瓦《かわら》がふけた時、清右衛門は床板を急いで四分の一だけ張った。小舎からそこへ寝道具をうつしたのはもちろんで、七月の一日にはじめて堂で夜をあかしている。ぐるりはまだ壁もぬれていなかったので、夜は風が入ったが、しかし、日中はもうだるような暑さだし、風邪をひくようなこともない。蚊やりさえ焚《た》けばしのげるのだった。周囲に板をたてかけて、ボロをつるすと、電気だけは早目に仮電柱をたてて工事をすませていたから、灯だけはともっている。そこでひとりふとんに入り、眼をつぶっていると、深夜、檜谷は、山の音がして、風は蕭々《しょうしょう》と床下を這《は》った。その音をきいているとなかなか眠れず、明け方まで、とりとめのないことを思いうかべては消し、思いうかべては消ししている。とりわけ記憶を占めるのは、かんのことであった。身寄りとてない、孤児だったかんは、器量は十人なみながら、心だてはよく寡黙《かもく》で、みんにつれられて、よくこの檜谷で畑をつくったが、肥え持ちの日は苦手だったとみえ、嫁にきた当座、眉根をしかめた。朽ちかけた小橋を、姑《しゅうとめ》のうしろから、天秤《てんびん》で二つ桶をかついで、ギイコギイコ調子をとりながら、わたるかんのくびれた胴と、尻《しり》の出た健康なうしろ姿をみていると、まだ若かった清右衛門は性欲をおぼえて、姑が家へもどったスキに山へつれこんで犯したことがある。陽あたりのよい櫟《くぬぎ》林だった。他人目《ひとめ》につかぬところで、もんぺをぬがすと、かんは下着もつけておらず、白い太腿《ふともも》をだして恥ずかしがった。その下腹へ頬ずりしていると、肥えもちしたかんの着物からは肥えの臭《にお》いがしたが、しかし、雪のように白い股間《こかん》はかんが上気してくると湯気がたち、抱きしめるとそれは、硬くしまって、仰向いたのどのあたりや、眼を閉じてよろこぶ二十そこそこの顔には、こちらを有頂天にさせる魅力があった。それからちょくちょく、ふたりきりで、檜谷へくることをおぼえて、薪づくりや、大根ひきと、用もないのに用をつくり、午《ひる》すぎの時間を清右衛門は楽しんだものだった。そんな若い日の、あふれ出ていた性欲もなつかしい。かんはとにかく、自分に、うってつけの恋女房だったような気がしてならなかった。清右衛門は、いま、村の連中から、気ちがいだといわれても、強引にここに堂を建てて眠る理由がかんと一しょに眠れる喜びにかさなることにもあると思っている。

だが、そんな思い出で、夜をあかす場合は楽しいけれど、反対に、かんの死や、父の死や母の死や、清の死やらがかさねて思いだされてくる夜は淋しかった。四人の死の枕《まくら》もとにすわって、死に水四つとった当時の光景が、四人四様にちがっていたせいもあって、克明にうかび、山の音は蕭々と凩とともにまだ四分の一しか張ってない床下を這って、冷たく軀を押しつつむのである。清右衛門は、何ども寝がえりを打って、御池のめぐみの笑顔を抱いて寝ようとつとめるのだが、そのめぐみは、神武スタイルの達之の、腕に抱かれて眼を細めているかのようだった。

めぐみが、檜谷へきたのは、それから間もない一日だったが、大柄なカンナ屑模様の袖《そで》なしブラウスに超ミニの、これも股間が透けてみえるようなスカートをはいてきた。小橋をわたって、ちょうど、清右衛門が壁下の芯竹《しんだけ》を格子縞《こうしじま》にいちいち細手の棕《しゅ》梠《ろ》縄でくくりつけている時である。以前から、図面も見、建て前の時には、手つだいにもきていたから、仕上りは想像もしていたらしいめぐみは、二重桷《たるき》のそり棟が出来あがって、いよいよ壁ぬりが近づいているその方形堂の全体を眺めわたしながら、女だてらに宮大工の血が多少は入っていたものか、

「お父ちゃん、ええ姿に出来あがったなア……こっちからみると、がわは虫かごみた

いやけど……屋根が何ともいえん……神々《こうごう》しいかんじがするわア」といった。

「そうか……お前の眼にも神々しゅう見えるかい」

「壁がぬれたら、もっと重々しいかんじがして……中にどんな立派な仏さんがまつったァるやろ思えるようやけど……お父ちゃんが住んではるのやさかい、中見たらがっかりや」

「阿呆」

と清右衛門は一服しようと焚火《たきび》のよこにくると、木っ端をおいて、その上に、めぐみをすわらせる。そのめぐみは、ミニだから、ちょっとはずかしげに電車にでも乗ったみたいに、股間をあわせている。父親の前ながら半身にかまえて、

「お父ちゃん、うちな、顔が変に思えへんか」

と、とつぜん訊《たず》ねた。

「変て……べつに何とも思わんが」

と清右衛門がキセルにきざみをつめこんで、火箸《ひばし》でオキをはさんで火をつけ、煙をはきながらちらと、顔を眺めやったが、めぐみは一瞬、羞恥《しゅうち》をその眼の内に走らせて、

「うちなア、また出けたんやね」

といった。清右衛門はごくりとつばをのみ、思わずキセルのヤニもついでにのみこ

んでしまった。口の中のものをぺっと吐くと手の甲でふき、

「それで……どないするつもりや」

怒ったように、後は返事を待ったのである。

「達之さんにいうたら、こんどは産めいわはるねんや……うち、せやさかい、飛んできてンや、お父ちゃん喜ばしたげよ思うて」

清右衛門は、背中をふきぬける風をおぼえた。めぐみの声が耳をぬけ、谷の空へ吸われて、風の音だけがしているかんじである。

「……わしを喜ばそと思うて……それを云いにきたんか……」

沈静な面持でいっている。

「お前の気持は、ようわかる。けど、赤子はわしの子やない。お前らの子や」

「そらそうや。勿論《もちろん》うちらの共同作品え」

めぐみはいった。

「ほしたら……お前らが二人で……力あわせ、産めばええやないか」

めぐみは不服そうな顔をした。あれほど、北白川にいた時は、掻爬をしらせにゆくと泣いて怒ったくせして、このたびの吉報へは、喜びも顔にみせぬ父の変化だった。

不思議に思ったか、

「お父ちゃん、なんや、ちいとも嬉《うれ》しないような顔すんねやなア」という。

「嬉しゅうないわけでもないが、しかし、まんだ、うまれてもおらんお前のふくれ腹みて……嬉しい顔せえいわれたって出来んがい」

清右衛門はわらった。川端道喜のちまきだといって、めぐみはもってきた包みを解いて、木っ端の上にならべる。清右衛門は立ちあがり、谷奥の椎《しい》の根に出る清水《しょうず》の穴へ水汲《く》みにゆこうとすると、

「お父ちゃん、うち汲んできたげる」

ヤカンをうけとって走りだした。その超ミニのスカートの前丈を心もちたくしあげたようにみえる、いまにも股裏《またうら》がのぞきそうな下腹のあたりが、目立つはずもないのに、清右衛門には大切なもののように思えた。清右衛門は、やがて、走りもどってきためぐみが木材の上にすわるのを眺めやっていった。

「産むも、産まぬも、お前らの子やから自由やとは思う。しかし、これだけのことはいうておく。せっかく、妊《みご》った子を堕《おろ》すということは、自然にそむくことや。自然にそむけばどこかが狂うてくる。たとえば、谷の流れをくいとめて、よそへ水を引くことは出来ても、いつかは水は狂わせた堰《せき》をのりこえてもとの流れにもどりよる。躯が狂うてこなければ、心が狂いよる……そうやないか。お前らの二人だけの生活が、子

をうめば邪魔になるというのでは、真の夫婦者とはいえん。そこのところや。まあ犬の親でも、うまれる子はかわいがるぞ」

　めぐみは、頬張った道喜のちまきを、そのまま口から半分だして、くるりと目玉をうごかすと、

「わかってるわいさ。お父ちゃん。達之さんも、こんどこそは、うちを入籍するいうてくれてはるさかい……大丈夫や」といった。

「入籍するて、ほれでは式はどないするねんや」

「式は省略や」とめぐみはいった。

「お腹大きして結婚式でもあらへんし、式につかうようなお金があったら、お父ちゃんにお金あげた方がええ」

「そらまあそうや」

　清右衛門は達之が返してくれた百万の金のおかげでどうやらいまの普請《ふしん》にかかれているのだが、いざ建ててみると、瓦も木材も、セメントも、べらぼうに値上りしているので、ちょっと心淋しい気もしているのだった。だからめぐみのそんなことばを嬉しく聞いた。めぐみは、かつらをかぶって、不良娘らしい装《なり》をしているが、御池での苦労の稔《みの》った気配が感じられる。心なし、表情のどこかに翳《かげ》のようにそれはほのめい

ていて、ことばこそぞんざいで甘えるふうだが、顎《あご》の下あたりに所帯じみた落着きがある。

「そうすっと、お前、いつまでも、『猫』へはつとめておれんのやないのんか」

「はあ、産ましてくれるいう達之さんの気持が変らんいうことがわかったら、うちはやめまっせ。支配人《マネージャー》にもいうてあるさかい……いつでもやめられる」

「いつでもて……まんだ、やめるつもりになってエへんのやないか」

清右衛門はきろっと眼をひからす。

「目立つまでは、店へ出てでもかめへんいわはるねん。常連さんもいやはるしな。うち指名客はふえるばっかしやさかい、ここんとこ、支配人さんにはうけがええのんよ」

めぐみは自信たっぷりにそういった。いったい、夫をもちながらの夜のキャバレーづとめで、酔客が常連としてやってきて、指名されることを喜ぶ娘に、いま、清右衛門はいやなものを感じないではおれない。

「指名というのは、お前を目あてにくる客のことやろが」

「そうや。うちが、テーブルにすわると、歩合制やさかい、呑《の》まはったぶんの五分の一がうちのぽっぽへ入るねん」

「それを、達之がだまってゆるしてるのがわしにはわからん」

「そら、あの人にはあの人の独自な考え方があるのんよ。お金は少しでも多い方がええし、うちが、アパートにおっても、邪魔になるいわはんねやな」

「子供が出来たら、尚《なお》、邪魔になるやないか」

「そら、子ォが出来たら、しかたがない……邪魔になるというのんは、そんなことやないのよ。お父ちゃんにはわからんことよ。つまり、子ォもおらんのに、毎日、せまいとこで、鼻つきあわせてるのがいかん、ぶらぶらしてるより共稼ぎしてた方が、夫婦の刺激にもなってええいわはんのよ」

　めぐみは、ふふふとわらい、こんどは、達之もつれて、清右衛門の堂の仕上りを見にくるといった。小橋をわたって帰ってゆく後ろ姿を清右衛門は、梨畑の手前まで出て見送り、白い肩が梨棚に消えるまで佇《たたず》んでいた。何かに云っても、やっぱり、あれは娘や、と清右衛門はそう思った。いま、世の中で、血をひく子はめぐみ一人しかなかった。めぐみのうしろ姿が、かんが肥桶をかついで橋をわたっていく時の、あの腰のひねり方に似ているのを見て、清右衛門はふと瞼《まぶた》がぬれたのである。

28

白壁がぬり終り、天井がふけて、高床の板が張られてみると、梨棚の手前からのぞく村人の眼には、方形の堂があたかも大昔からそこに存在していて、中にはまごうかたなく、毘沙門《びしゃもん》様か、阿弥陀様が鎮座しているおごそかな古堂のように思われた。こまかい格子が上下二枚にはめこまれた蔀戸《しとみど》は黒ニスがぬられてにぶく光り、中央の観音びらきの扉ともよく調和して、三尺のはり出し縁はいわゆる「ぬれ縁」だけれど、これに四隅宝珠の手すりがつくと、どこの寺院にあってもはずかしくない祠堂《しどう》である。戸がはまる頃には、静平の村じゅうは何かの事件が進行してゆくような、一種の奇妙な雰囲気が生じ、女子供までが梨棚まで見物にきた。人びとの眼は、たしかに、堂の姿を立派だとみた。それは、この辺の誰もが信仰している、菩提寺《ぼだいじ》の万願寺の本堂よりも庫裡《くり》よりも、荘厳な風格をただよわせて檜谷の中央に端然として輝いてみえた。男らは仕事している清右衛門のわきへきて、何かと普請の苦労や、清右衛門の技術の生かされている長押《なげし》の彫り物や、檜をつかっての二重桷《たるき》など、さらに、内部の床のどっしりと重く、柱も丸く、それらがトゲ一つたたぬすべすべにけずられた艶《つや》光りなのに、感心して見入るのに、清右衛門は、これといった自慢顔もみせず、宮大工の手仕事というものは、これがふつうであり、彫り物や、丸物の切口に模様づくりするなど、みな愛情があれば出来ること、心さえあれば、技術は下手でも自ずから調和するものだとこまごまと講釈してみせた。誰がきいても、清右衛門は最後にこうつけ加えた。

「万願寺の本堂には、アルミサッシュのガラス戸がしまっとる。庫裡には、合成板の縞タイルがはられてある。あれはいったん火がつくと、猛毒が出て、煙を吸うただけで死んでしまう代物《しろもの》や。いまの建材商は、いうてみれば、地獄の鬼の使い人《ど》で、人口増加の日本の国をみるにみかねて、なまけ者の寄り集まりをこらしめるために、毒で殺したがよいと鬼から命じられて、あのような材料を大工にすすめておるんや。心ない大工は、金儲《もう》けが先決やから、鬼の心も知らず、自分の手でカンナをかけるのも省き、古材も、古板も洗ってけずれば新品同様になるのをわすれ、手間を省く。いきおい、材料屋から有毒板を仕入れるようになる。それで、また金にもなる。よろこぶ寺もあるからや。気の毒なのは、そんな寺へきて集会をひらいたり、葬式にきたりする人らで、もし万一、あすこに火がふいたら、みんな毒でやられてしまうやろ。和尚もそれをよしとして……もっとも、大勢の病人が出て死ぬと、葬式代も入る勘定やから、このところ、本堂も庫裡も合成板にすっかりつくりかえとる。知ってのように、あの板には、木の目の印刷がしてある。あれは木でのうて、木のようにみせかけた代物やさかい。つまりは、寺の建物が、見せかけものになると、そこに住んでおる和尚やだいこくの心までが、それに染まってしまうのや。無我無欲の坊主が金がほしい人間に化けたのはそのためや。最初は村八分までしてわしと一しょに憎んだはずの、剃刀《かみそり》工場の工場長に、いまはお世辞をいうて、寺を仏の道場とするどころか、女子社員の茶の会や花の会に貸すのはまだいいとして、職員がいっぱい呑《の》む会にも貸したり……麻雀《マージャン》、囲碁に貸し、いまのところ、あれは寺でのうて、貸し席屋になってしもうとる。こんなところに位牌《いはい》をあずけておっても、仏さんらは、ゆっくり眠りもでけんじゃろ。わしは、そのために、この堂をつくったんや。わしのお父、お母、家内や息子の位牌をここにみんなまつって、死ぬまでに一本造りの阿弥陀様も彫り、正面の須弥壇にすえたいと思うとる。生意気なことをいうようやが、わしは、いま、銭がほしいとも、名誉がほしいとも、子をアメリカへやりたいとも、血縁親族のために、思い悩む一切はない。この堂建立《こんりゅう》に一心をこめられるわけや。天海和尚は何ぞ普請をというと、寄付をつのる。自分の手をよごさんとやりよる。托鉢《たくはつ》一つせんで屋根をふきかえたのをみてもそれはわかるが、これは仏の教えにそむく行為や。あれに比べたら、まあいうてみりゃ、わしの方が、仏の弟子に近かろう。わしはわしの力で堂を建ててるのや。あした死んでもちっともこの世にみれんはない。わしの境地に比べたら、まだ、金を欲しがり、女を欲しがりして、悩んでおる天海和尚の方が、あんたらにふさわしい出家人やと思う。万願寺さんを信仰しなさるのも自由やけど……仏はもうあの寺から逃げてしもとるぜ」

清右衛門は、このことばを、べつにしたり顔をして、息張っていったわけではなかった。ぬれた土壁のうわ塗りをしつつ、板の上でコテを器用にうごかしながら、ゆっくりとしゃべったのである。村人たちはふんふんとうなずいていたけれど、どの眼にも、清右衛門をみるに一種の怯《おび》えをふくんだ光を発していたのは、清右衛門がすでに、噂《うわさ》のように、気ちがいの一歩手前か、それとも、すでに、気ちがいの世界に住んでいる人物だと思えたからだった。

「清右衛門さん、そんなら、あんたは、自分でお経をよみなさるのけ」

誰かがからかい半分にきいた。

「ああ、毎朝読経《どきよう》は欠かしたことがない」

と清右衛門はいった。

「あんたらは、遅寝《おそね》をするで、朝早う眼がさめんから知らんやろが、万願寺の本堂で、朝の読経がきこえたことがないのを知っとるか。たまに磬《けいす》の音がきこえることがあるが、あれは、かみさんが、めしをそなえる時に、ネグリジェ着てカンと一つ鳴らす音や。そのめしも、電気釜《がま》で焚《た》いたもんやし、仏さまのさ湯も、ジャーに、寝かせておいた夜の湯でつくったるやろ。和尚はまんだその頃は口をあけて、寝てよる……寺から経がきこえるのは人の死んだ時ぐらい……あの和尚は生きた人間を済度する力はなく、死んだ人間のとむらいして銭を儲けるすべしか知らん男になり下った……あれを、合成坊主ちゅうねんや」

わらいながら清右衛門は村人の顔さえ見ずにゆっくりとそういって、

「わしは、本さえあれば、今の坊主よりは、ていねいに経はよむ」

といって、いっしんちょうらい、まんとくえんまん、しゃーかにょうらい、しんじほっしん……と、子供の頃に父から教わった舎利礼の冒頭を節まわしよくやってみせた。尚更のこと男たちは、清右衛門も気ちがいになった、と確信の眼をギラつかせて去ってゆくのであった。不思議だった。そんな清右衛門の眼には、おかんのかけ渡した橋の下の水ほど澄んだ透明度があり、柔らかな眼ざしは、円満な慈悲心にあふれて、心もち肉づきよくなった下顎のあたりに、ゆたかな微笑がやどっていた。反対に清右衛門の顔をみている村人の眼には、変に狐か鳶《とんび》のようにつりあがった歪《ゆが》みがみられ、おだやかな眼は誰にもなく、橋をわたってくるあたりから皮肉なことながら、それらの眼は狂気じみていた。清右衛門の建立する堂へのそれは讃美のせいというより、清右衛門の尋常さを確定し得ない、いらだちの光であった。

九月七日。まだ残暑のきびしい一日のことだったが、午後二時から、この堂にささやかな竣工《しゅんこう》の集まりが催された。会する者七名、清右衛門のほかに朽木の文蔵、弟子の太一、紋治（これは建て前にきた連中で）、めぐみ、達之、村からたった一人、隣人の貞之助が、一升瓶をさげてきている。方形の堂の北側に、つきだされた巴瓦《ともがわら》ぶきの台所、便所の別棟から、タタキになって堂へ裏から入れる仕組みになっていて、台所には瀬戸の水壺をおき、奥の谷の椎の洞《うろ》から竹樋《たけひ》がやり水を導いてきた。流し水も縁にそうた小溝《こみぞ》をながれ、あたかもそれは、庭をゆく小川の如《ごと》く、ゆくゆくは堂前に清右衛門は白砂の石庭をつくって、そこらあたりの谷から石をはこんで、つつじも、もちも、楓《かえで》も、松も植えてみせると楽しげにはなしながら客をもてなした。めぐみのはこんだ、「いずう」の鯖《さば》寿し、「川しげ」の「幕の内」をみんなに配ると、盛大なといえぬまでも、檜谷では開闢《かいびゃく》以来の祝宴を張った感じがした。谷は村からはなれていたので、大声だして歌ってもよい。朽木の文蔵は、酒がまわるとみごとな堂の竣工に舌をまきつつ、得意の木やりくずしを唄い、清右衛門は音痴ながら、おっ母のうとうてくれた子守唄が思いだされてならぬ、久しぶりにうとうてみると前置きし、少し下腹の目だちはじめためぐみが、眼をうるませて達之のそばで聞き惚《ほ》れるのへ、ときどき眼をやりつつ、つぎのようにうたった。

げんげの花よ、なぜ泣くぞ、なぜ泣くぞ、
親ないか、子ォないか、
親はあれども雁《かりがね》よ。
かかは川原でななを摘み、ととは丹後の金掘りに、
げんげの花よ、二つ寝りゃ、八つ九つはや十がくる。

清右衛門の唄をきいたのは、めぐみのほかは最初の者ばかりで、貞之助も、朽木の文蔵も、達之もびっくりし、その都々逸《どどいつ》とも御詠歌ともつかぬふしまわしの奇妙な子守唄に耳をかたむけた。小さい頃に、めぐみだけは、母にうたってもらったことがあり、たしかにこんな唄をきいたことがあった、あの唄は、三つ四つの頃できかずじまいになっていたけれど、あれは、お父ちゃんがお母ちゃんにおしえた歌やったのかと、めぐみは頬をぬらして、蔀戸の外へとび出ている。

夕焼空の美しい黄昏《たそがれ》だった。梨畑の棚が海のようにひろがって、静平の村は、茂った葉うらで目かくしされ、万願寺の屋根もかすみの後方に消えていた。六尺四方のも

り土の上にばらまかれた堂前の白砂が、めぐみの眼に半紙のように白くうき、いつまでも化粧をくずす涙が切れなかった。
堂内の清右衛門は、気をよくしてか、文蔵のお世辞のアンコールにこたえて、もう一度うたっていた。

げんげの花よ、なぜ泣くぞ、なぜ泣くぞ、
親ないか、子ォないか、
親はあれども雁よ。
かかは添寝で乳まくら、ととは高木でうるしとる、
げんげの花よ、二つ寝りゃ、八つ九つはや十がくる。

29

宴会によばれたので気をよくしたか、村の者で貞之助だけが隣人になり、翌日から、仕上げ仕事に余念のない清右衛門の堂へ毎日のようにあそびにきた。九月がすぎると、清右衛門は、めったに村へも出ず、堂のしあげに憑《つ》かれたように精を出した。自然と貞之助は、新聞でよんだり、村できいた噂やらを報《しら》せる役目もひきうけている。

「繁次郎の妹が、いまごろになって色づきよってのう。とうとう弥伍の子をはらんで堕したという噂や……五十ちかくになっても子が出来るもんかいの。女ごの軀《からだ》というもんは不思議なもんや……」

焚火《たきび》にきてそういうのだ。清右衛門は耳をたてていた。子を堕すことには神経がとがるのである。

「そらまあ、どういうこっちゃ」

たしかに、去年の夏だったか清右衛門が村にいた頃、繁次郎の死後すぐに、杉垣の穴をのぞくと、そまが、男とならんで縁で寝ていた光景を忘れていない。あのままふたりは出来て、そんな浮き名をながすようになったかと驚きもするのだが、しかし、子を堕すのはめぐみのような若い娘にかぎらず五十ちかい後家の世界にもあるのかと感慨をおぼえる。清右衛門は、貞之助が教育者上りの、しかめつらをいっそうしかめて、あたかも、隣家がヘドロの家のように汚れているのはけがらわしいといわぬげなのが面白い。

「そら、女やから、しかたがないなア。繁さんもあの世で、びっくりしとるこっちゃろて」

と清右衛門はいってわらった。すると、貞之助は、ちょっと顔つきをかえて、

「これはけさの新聞やが……東京で、また、かなしい年よりの話が出とった。清右衛門さん。なんでも、その婆《ばあ》さんは七十三で、身寄りがない。どこかで間借りしよったのやが、年金だけでは喰えんので、間代がたまって、追い出しをくった。東京というところは薄情なところとみえて、家主はその婆さんを放り出してしもた。婆さんゆくところがないんで、物置の板の間にふとんを敷いて眠っとる。それがまた新聞の写真にでかでか出とるねんや……都会もふくめて、六十一万人の老人が、子もなく、親類もなく、助けてくれる人が無《の》うて……養老院ゆきを行列して待っとるそうやが……その養老院が、どこも満員で、……長寿時代を反映して、いっこうに死人が出よらんで、まあ、行き倒れの老人がいっぱい出てくるわけやな……中には、子がおっても喧嘩《けんか》して面倒をみるのがいややいう、名のりにも出てこんのがおるそうや……えらいことになったぜ。六十一万というたら、京都の人口の半分ぐらいとちがうかいな。えらいことぞ、高度成長や何やと世間は騒いどるけど……国は六十一万の老人を面倒みてやる国営施設の大きなの一つもってよらん。もっとも、六十一万養うとなると、京都の町の半分ぐらいのが一ついるわけやでなア」

と、貞之助は、自分のことのように蒼《あお》ざめた心配顔をしてみせる。清右衛門はこの時ばかりは手すりづくりのくわえ釘《くぎ》をくわえたまま、眼をすえていた。

「それに比べると、あんたとこのめぐみちゃんは立派や。もうすぐ、お目でたやそうや……あんたも、もう堂が出来たで、後生楽やないか。やっぱり……息災で、働けたからこそ、こうして、あんたは、自分の世界にたてこもれたんで……」

とお世辞とも、何ともいえぬ顔つきで眼をほそめている。清右衛門は、ふと、淋しい気持を味わった。全国に六十一万もの老人が、ゆくあてもなく救済の手をまっている。生んだ子はどうしたのか。兄弟はどうしたのか。人間である以上は、在所があるだろうに。その在所の縁筋の者さえも、みんな老人を放ったらかすようになったのやろか。思いめぐらすと、手すりが完成すれば、もう思いどおりの祠堂《しどう》が出来上り、それがわが住家となるこの建物に清右衛門は随喜したい、激しい愛着を感じて戸惑うのである。

そんな話をきいた夜であったか、急に山が音をたてはじめて、清右衛門は、一人寝のふとんの中で、背中の強《こわ》ばる痛みを感じた。おや……と思って、眼をさまし、手をふとんから出して、右肩を少しあげてみると電気を消しているので、蔀戸《しとみど》の小格子《こごうし》から、うっすら空あかりはあるが、堂内は妙にかすんでいる。眼にセロファンが一枚かかったようなもどかしさだった。山が轟々《ごうごう》となっている。背中は痛く、鉄板のように冷えてくる。壁がまだかわかぬうちに秋に入ったからだろう。谷の夜はもう冷え冷えして、清右衛門はじっと背中の痛みにたえつつ眼をつぶった。すると、昼間の疲れがすぐ押しよせて、死んだ背中へ、まるで、温腹《ぬくばら》を冷たい甲羅につつんだカニみたいに、じっと足をまげてまどろんだ。

夢とも、幻ともつかぬ、奇妙な根の国の世界をみたのは、それからまなしだった。

檜谷の隅にある大桜と椎《しい》の抱きあった巨木の根かとも思われる、箒《ほうき》をさかさまにしたような根が天井から一つぶら下っていて、こまかい、無数の根に、里芋でもぶら下ったかと思われるように、虫とも、何かの幼虫とも形容しがたいうごくものがみえた。よく眼をすえていると、それらは、みな人間であることがわかった。底知れぬ、深い深い地の底の国でしずかに根を張っている巨木の下に、人間はしがみついていた。何やら声をだし、唄うているのか、さわいでいるのか、こっちへむけて、手をあげているのもいて、それらの音がわんわーんわーんわんわーんと高いところできく、ひくい雑踏の音とも何ともつかぬふうに耳にとどく。おやと、一人に眼をすえると、それは父親の清右衛門である。清右衛門は棺桶《かんおけ》へ入れた時の、白かたびらの上に、信濃の善光寺の土産物だったが、あのわすれもしない霊場参りの襟かけちゃんちゃんこを着て、南無阿弥陀仏と背中に染めぬいた笈摺《おいずり》をはおっていた。「清《せい》よ、清よ、わりゃ、何しよるぞ。早よこんかい……ここにゃ、みんもおる、かんもおる、清《きよし》もおる……ほらみんかい……みんな手をあげてわれのくるのを待っとるに……」と叫んでいる。清右衛門は、びっくりして耳をすまし、父のわきをみた。すると、そこには少し太目の根にしがみつくようにして、こっちをみているかんがいた。かんもやはり、白かたびらを着ている。髪には三角紙をつけ、藁《わら》しべでそれを結んで、卍《まんじ》とかいた墨字がまだはっきりよめる。「かん」清右衛門はよんだ。かんは、こっちをふりむいた。「あんたア」と例の、鼻にかかったカナキリ声で清右衛門にいうのであった。「あんたア……早よきてエのう。こっちはみんなそろうてのう、待っとるに……あんた、なんで、あんただけが、そんなんそこで足ぶみしとるんねんや。早ウうちらの方へきておくれよオ」うしろには清がいて、これも、もたせた大工道具もちゃんともち、前かけ腹巻姿で、にっこりわらっている。洞谷村の清光寺のシタミ打ちの普請場からまっさかさまに落ちたあの時の身なりだった。「お父《とう》。早よ、こっちへきて……わいと一しょに仕事せいや。こっちの国は、住みよいぞ……お父、お母もお婆もいる……みんな息災で働いとるぞ。お父も早よこいや……」手をあげてよぶのである。はて、父も、かんも、清もおるなら、母親のみんはそれでは、どこにおるのかと、そこらじゅう、虫のようにとまっている人間をみて歩くのだが、どれもこれも、のっぺらぼうで、人相はよくわからない。よくみれば、それは、坂下の繁次郎のようにも思え、いや北白川のアパートで、あの心教学会のさわがしい念仏におくられて、死んでいった首つりきんの姿にも似ているではないか。待てよ、こんな不思議なことがあってたまるものか、近よって正気の眼をみはってみるのに、誰もかも、のっぺらぼうで、顔かたちのはっきりしないものばかり。

大根《おおね》にぶら下った人間の下には、何やら大きな空洞があって、その向うに黒い口があいている。細い道が、古知谷の阿弥陀寺参道のように吸いこまれて、遠くにぺしぺしと火がもえている気配である。そういえば、黒い口から、煙がすこしずつ出ている。生しきびの葉の焦《こ》げる臭《にお》いもする。清右衛門は、洞口に近い地べたへきて、ふとうしろから風の吹きぬける寒さを感じた。ふりむいた。と、そこへのっぺら棒の白かたびら男が四人担架をかついでくる。担架はみな青竹でつくられてまだぬれている。担架の上には、シャレコーベのような肉のそげ落ちた人間が、寝ている。足をたてて、首だけつき出したその男は朽木の文蔵のようにもみえる。「いややア、いややア、ゆくのはいややア」と叫んでいる。のっぺら棒の男らはだまってその男をかついで洞口から奥へ奥へと吸いこまれてゆく。遠い遠い道である。けれども、四人の足は小さくこまめにうごいてゆくのがわかるのだった。天井の岩から、ぴしり、ぴしりと滴《しずく》が落ちてくる。

とう、とう、とう——とう、とう——。

というような、遠くから風の音とも人声とも、誰のこえともわからぬ音がして、それにまじってなま竹のはじける激しい音とぺしぺししきび葉の燃える音がまじった。

「いややア、いややア」といっている、文蔵に似た男の声がつづき、やがて、ぽおっと火のあがる中へ男は捨てられた気配。清右衛門は、立ちすくんで、しばらく、その洞内をみた。と、やがて、音はしずかにやみ、風がふくのでうしろをふりかえると、いままで頭上にあった巨木の根は、どこへいったやら見えず、父も、おかんも、清もみえない。

「お父ッ、おかんッ、お父、おかん、きよし」

大声で叫んだ。その大声で、清右衛門は眼をさましたのである。蔀戸の外から声がして、誰だろうか、寝ぼけまなこをこすって、軀びっしょりの汗をおぼえつつ、やんおらと眼をそっちへむけてみると、

「清右衛門さんやア……えらいこっちゃ。橋が落ちとる……よんべの雨でよオ……橋が落ちとる」

ときこえた。貞之助の声であった。清右衛門ははっとして、とび起きた。蔀戸をこ

じあけ、外をみると雨どころか快晴で、そこには貞之助がぽつんと一人立っていて、夢ではなくて現実に、いつもの定年退職した教育者の顔があった。

「えろうめずらしゅう寝とったのう……もう何時やおもとる、どこぞ調子でもわるいのかえ」

貞之助は案じながらいう。

「ううん」

と清右衛門は首を振った。みると、深夜にそれほどの大水が出たとも思えぬ快晴の畑下《はたしも》に、川音だけが轟々と大きかった。おかんのかけた古橋は、こっち側のつけ根をのこして、水へ頭をつっこみ、水がそれをくぐり、草がいっぱいひっかかっていた。貞之助は、どこからとびこえてきたたか、長靴姿だった。

「ちいとも知らなんだわ」

清右衛門は、まだ、昨夜の背中の痛みののこっている感覚をもてあましていたが、しかし、それは感覚だけであって、現実に痛みはなかった。あれも夢だったか。すると橋の落ちた時があの夢の最中だったか。

「あんな大雨を知らずにのう」

と貞之助はいった。

「この建物はよっぽど瓦《かわら》がしっかりしよって、床が高いせいや。まるで、お前《まん》は、あぜくらの御殿に寝とるようなもんやのう」

貞之助はわらったが、しかしちょっと不安な眼で、清右衛門をチラとみてから、そんではゆくでエと、どこへゆくのか裏へまわる様子であった。

清右衛門は、橋の落ちた川をしばらく眺めやり、今日は、これから久しぶりの橋ぶしんか、と思った。顔を洗いに裏にまわると、青竹の樋《とい》の上へさらさらと流れこんでくる清水が、晴れあがった陽をうけて、黄金色に輝いているのへ、まばゆい眼をむけて、若者のようにその竹樋《たけひ》へ口を近づけた。

解説

福田宏年

『越前竹人形』でも『しがらき物語』でも『湖《うみ》の琴』でも、水上勉の作品では関西弁の響きが会話の中で見事にとらえられている。関西弁の持つ独特の柔らかい響きを作品の中に生かした人は、谷崎潤一郎など何人かの人がいる。しかし谷崎が作品の中で女性に使わせた関西弁には、関東人の関西文化に対する憧《あこが》れのようなものが感じられるが、水上勉の使う関西弁には、土着の人間にしか出せないような独特のリズムと響きがこもっている。特に『静原物語』では、京言葉がこれほど美しく作品の中に生かされた例を知らないと言ってもいい。

ここに収められた『櫻守』にも、

「へえ、木挽《こびき》どす。父は、大工でしたけど、祖父《じい》は、木挽で、年じゅう山どした。冬は炭焼き、春秋は木イ伐《き》り、木イ出し。一日家にいたことはおへんどした」

「遠慮はいらん。気イのある女なら、もろとけ、もろとけ」

「仙人やおへんでエ……こんな色けのおすとこがざらにおすかいな」などと言った言葉が出てくる。「木イ伐り、木イ出し」とか、「気イのある」とか、「おへんでエ」と言った言葉は、水上氏独特の表現であって、関東人には少々煩《わずら》わしいかもしれないが、文章にアクセントを付けられないのが残念なほど、関西言葉のリズムをあざやかに捉えている。関西言葉の柔らかさは、ひとつには、「木」とか「手」とか「血」とかの一字母から成る言葉を長く発音することにあるのだが、水上氏はそれを「木イ」とか「手エ」とか「血イ」と言った表記で生かしている。これはほんの一例にすぎないが、これに限らず、水上氏は作品の中で関西言葉の響きとリズムを生かすために、常に細心周到な注意を払っている。言うまでもなく、それは育った土地の土着の言葉に対する水上氏の愛着と誇りのせいであろう。

私はもともと関西文化に対しては擁護派を以て任じているつもりで、日本語の文章言葉が現在のようにギクシャクとして味も素気もないものになってしまったのは、百年前に東京言葉が標準語に定められたせいであると思いこんでいる。もちろん水上氏にすれば、そんな大げさな関西文化擁護意識があってのことではなく、ただ単に自らの生い育った土地の言葉に対する愛着のために言葉をいとおしんでいるのであろう。

しかし、水上勉の作品を仔細《しさい》に読んでみると、単に会話の文章にかぎらず、地の文章でも、出来うる限り、頑《かたく》なまでに堅い漢語を避けて、なつかしい在来の土着の言葉を使おうとしていることが容易に読みとれる。たとえば、『凩《こがらし》』の中に次のような文章が見える。

「静平《しずひら》には、村なかを流れる大川へ、北から、いくつもの支流がそそいでいる。谷が多いのである。家々は、その細川をいくつも軒下へながれこませて、むかしは、洗濯したり、茶碗《ちゃわん》洗ったりするほど、どの川も清流だった。ところが、清右衛門が五十九の秋だったかに、大きな台風があり、奥山がくずれて、小谷は赤土のむけた山崩れで大水が出た。細川は土砂でうまり、下《した》の大川まであふれて、田圃《たんぼ》の畝《うね》まで埋まった」

これだけの文章を見ても、「大川」「細川」「奥山」「小谷」「大水」「田圃」と言った、在来の固有のなつかしく美しい言葉が細心に選ばれている。作中にはこのほか、「清《しょう》水《ず》」とか「若苗松」などの美しい言葉が随所に使われている。もちろん、これらの言葉も、単に「やまと言葉」というだけではなく、水上氏が幼い時から聞き慣れた土着の言葉であり、土着の言葉への愛着がこれらの言葉を選ばせたということは疑いようがない。しかし、会話における関西言葉の響きやリズムの忠実な再現への努力を見ても、また地の文章における漢語の忌避や在来語への愛着に鑑《かんが》みても、水上勉の文学に、言葉に対するある種の頑固なまでの保守主義が窺《うかが》えるのを否定することはできない。

それはやはり言葉を替えて言えば文化に対する保守的な姿勢と言うほかない。

ここに収録された二つの作品、『櫻守』と『凩』は、一方は桜を愛し、日本固有の桜を守り育てようとする人間を描き、他方は古い木造建築とそれにまつわる古い生活様式を固守しようとする老いた宮大工を描いて、いずれも作品の中に文化的な保守主義の姿勢を貫いたものである。『櫻守』は、昭和四十三年八月から十二月にかけて、「毎日新聞」が代表的現代作家二十人を選んで企画した「現代日本の作家」の一環として発表されたものであり、『凩』は、昭和四十五年から四十六年にかけて「小説新潮」に五回断続的に分載されたものである。昭和四十三年から四十六年にかけての時期は、戦後の高度経済成長が頂点に達して、その余波としての公害や自然破壊を嘆く声が漸《よう》く《や》高まりかけた時であった。二つの作品は一見そうした時流に符節を合わしているかに見えかねないが、水上勉にもともと文化的な保守主義の姿勢があることは、その文章からも充分窺えることである。

『櫻守』に出てくる竹部庸太郎は、作者自身の「あとがき」によれば、神戸市の桜学者、笹部新太郎氏がモデルとなっている。『櫻守』の中の竹部は、学生時代から桜にとり憑《つ》かれ、生涯を桜の保護育成に捧《ささ》げている。作中の竹部の言葉によれば、現在全国にはびこっている染井吉野は最も堕落した品種で、本当の日本の桜というのは山桜、里桜であるという。竹部は私財を投じて、こうした日本固有の桜を育成すると同時に、水底に沈む御母衣《みほろ》ダムの寺の樹齢四百年の桜を移植するという、世界植林史上稀有《けう》の業績を果す。実在の笹部新太郎翁《おう》も、恐らく作中の竹部と同じことを果した人なのであろう。

しかし、『櫻守』という小説を書くに当って、桜学者の竹部庸太郎を敢《あ》えて主人公とはせずに、竹部に教えられながら、竹部の感化を受けて桜の保護育成に目覚めて行った一人の庭師を主人公に選んだところに、水上勉の水上勉たる所以《ゆえん》がある。つまり、竹部の桜に寄せる情熱には敬意を払いながらも、然《しか》るべき学識を以《もっ》て、学問的、組織的に桜の育成につとめる竹部は、水上勉の感性には究極のところで馴染《なじ》まないものがあったのであろう。竹部の学問的ともいうべき情熱を、一介の庭師の姿を借りて、土着的、感性的なものに移し替えたところに、水上勉の本領があるということである。

主人公弥吉の桜に寄せる愛情の根底にあるものは、幼い時に祖父と母が相擁しているのを遠目に見た時、その上に開いていた桜のイメージである。満開の桜の下で、かわいた地べたに白い太股《ふともも》を見せて、のけぞるように寝ていた母の傍に祖父がいた。その華やかで、哀切で、暗いイメージが、生涯弥吉について廻る。このイメージは、謂《い》わば『櫻守』という作品のライトモチーフになっている。従って、弥吉が園と結婚した時も、幼い時のイメージに誘われるように、新婚の初夜を満開の桜林の中の小屋で迎える。

弥吉は竹部の感化で桜への愛情を覚まされはしたが、もともと自然や樹木への愛情は祖父譲りのものとして持っている。「爺イは、毎朝、鉈《なた》を砥《と》ぎながらわいにいうた。山の自然の美しいのんは、蔓《つる》を伐って木挽が木を守ったからや。山は放っておくと、つるがはびこって木は枯れてしまう」と、弥吉は言う。だから弥吉の樹木への愛情は、木挽の祖父から受けついだ世襲の感覚である。それは近頃出来の自然保護論とは全く別種のもので、弥吉が、「そんな自然なんてあるもんか」と怒るのも当然である。従って、弥吉が死んで海津の桜の巨木の下に葬《ほうむ》られることを願ったのも、当然の道筋と言えよう。

『凩』の主人公である宮大工倉持清右衛門も、一切の思考や行動が、土着的、感性的なものに根ざしているという点で、『櫻守』の弥吉と全く同じ姿勢の人物と言ってよかろう。清右衛門は静平谷で、一人親譲りの土地と家を守って、周囲との交際も断ち、頑なとも見える暮しをしている。しかし、それは単に土地を守っているのではなく、土地にまつわる古い感性や生活様式を守っているということである。

清右衛門は娘のめぐみの短いスカートに嫌悪《けんお》を感じ、京に出ては、娘の亭主のインテリア・デザインというあやしげな仕事にうさん臭いものを覚え、安直に腹の子供を始末する娘夫婦に怒りを覚え、さらには京の街の薄汚れたビルの林立や、寺院の観光商売にひとしなみに嫌悪と怒りを覚える。いかにもこの程度の批判は、毎日の新聞を賑《にぎ》わせ、茶の間の話題にも出てくる、今日では既に常識的な社会批判かもしれない。しかし清右衛門の場合は、これがすべて土着の世襲の感覚から自然に滲《にじ》み出ているという点が、こざかしい文明批判とは異っている。そのことは、清右衛門の生き方に、はっきりと表われている。

清右衛門が檜谷《ひのきだに》にお堂を建てようと願うのは、文明批判でも、世間に対する反抗でもない。その願いの底には、深い死の想念と、死への恐れが根ざしている。

「死がせりあがって来る。どこを向いても人間はいない。風の音と、トタンに吹きつける雨の音がするだけで、真っ暗な雨の中の闇であった。ああ、もう自分は死ぬ、とふと思った。だが、その時も、たった一人で死ぬことの淋しさと恐ろしさがおぼろげにわかっていた。涙がながれた。涙はとめどもなく、頰をつたって耳に入った」

清右衛門は夜毎《よごと》にこのような死の想念に襲われ、悩まされる。こういう文章を読むと、水上勉という作家が、元来は川端康成と同じ死の作家であり、その創作衝動の奥に死の想念を秘めていることを感じさせる。『凩』という作品では、この死の想念がライトモチーフとなっている。従って、清右衛門のお堂建立《こんりゆう》は、宮大工としての永生への救済の祈念であり、同時にそれは、世襲の古い生活様式や感性の再確認であり、完成である。この小さいお堂は、謂わば宗教的祈念と、世襲的土着的感性と、伝統的な職人倫理が、ひとつに凝り固まったものと言ったらよかろうか。『凩』という作品が、時流に乗った自然保護論や文明批判と異っている点は、ここにあるといってよかろう。つまり、水上勉という作家に保守的な文化意志は認められるが、それが常に土着的、感性的なところに還元して捉え直されているということである。

『凩』にも桜のことが出てくる。清右衛門の父親の言葉として次のような言葉がある。「桜というもんは、大きゅうなれば、自分の身を喰うて空洞になりよる。五十年目ごろから、皮だけになって生きはじめよる。ひとりでに、若木が根をはる。皮の力におぶさった若木は、次第に親の根を喰うて、親は子に根をあたえ、生きてゆくうちに一体になって幹はさらに太くなる。百年の樹齢を生きる桜は、どれが子やら親やらわからんものとなる」

この言葉は、水上勉の文学の秘密を解き明して余りある。水上氏の文学が世襲的、土着的なものに根ざしていることを象徴的に語ると同時に、その作品にひそむ、世襲の悲しみとも言うべき奥深い悲哀の秘密をも語っているように思われる。

（昭和五十一年二月、文芸評論家）

「櫻守」は昭和四十四年五月、「凩」は昭和四十六年八月、ともに新潮社より刊行された。

水上勉著　雁の寺・越前竹人形　直木賞受賞

少年僧の孤独と凄惨な情念のたぎりを描いて、直木賞に輝く「雁の寺」、哀しみを全身に秘めた独特の女性像をうちたてた「越前竹人形」。

水上勉著　ブンナよ、木からおりてこい

椎の木のてっぺんに登ったトノサマがえるのブンナは、恐ろしい事件や世の中の不思議に出会った……。母と子へ贈る水上童話の世界。

水上勉著　土を喰う日々

京都の禅寺で小僧をしていた頃に習いおぼえた精進料理の数々を、著者自ら包丁を持ち、つくってみせた異色のクッキング・ブック。

水上勉著　飢餓海峡（上・下）

貧困の底から、功なり名遂げた樽見京一郎は、殺人犯であった暗い過去をもっていた……。洞爺丸事件に想をえて描く雄大な社会小説。

宮本輝著　流転の海　第一部

理不尽で我儘で好色な男の周辺に生起する幾多の波瀾。父と子の関係を軸に戦後生活の有為転変を力強く描く、著者畢生の大作。

宮本輝著　道頓堀川

大阪ミナミの歓楽の街に生きる男と女たちの、人情の機微、秘めた情熱と屈折した思いを、青年の真率な視線でとらえた、長編第一作。

有吉佐和子著

紀ノ川

小さな流れを呑みこんで大きな川となる紀ノ川に託して、明治・大正・昭和の三代にわたる女の系譜を、和歌山の素封家を舞台に辿る。

有吉佐和子著

開幕ベルは華やかに

「二億用意しなければ女優を殺す」。大入りの帝劇に脅迫電話が。舞台裏の愛憎劇、そして事件の結末は――。絢爛豪華な傑作ミステリ。

有吉佐和子著

華岡青洲の妻

女流文学賞受賞

世界最初の麻酔による外科手術――人体実験に進んで身を捧げる嫁姑のすさまじい愛の葛藤……江戸時代の世界的外科医の生涯を描く。

有吉佐和子著

悪女について

醜聞にまみれて死んだ美貌の女実業家富小路公子。男社会を逆手にとって、しかも男たちを魅了しながら豪奢に悪を愉しんだ女の一生。

有吉佐和子著

複合汚染

多数の毒性物質の複合による人体への影響は現代科学でも解明できない。丹念な取材によって危機を訴え、読者を震駭させた問題の書。

有吉佐和子著

恍惚の人

老いて永生きすることは幸福か？　日本の老人福祉政策はこれでよいのか？　誰もが迎える〈老い〉を直視し、様々な問題を投げかける。

川端康成著　古都

祇園祭の夜に出会った、自分そっくりの娘。あなたは、誰？　伝統ある街並みを背景に、日本人の魂に潜む原風景が流麗に描かれる。

川端康成著　掌《てのひら》の小説

自伝的作品である「骨拾い」「日向」、「伊豆の踊子」の原形をなす「指環」等、著者の文学的資質に根ざした豊穣なる掌編小説122編。

川端康成著　山の音

62歳、老いらくの恋。だがその相手は、息子の嫁だった——。変わりゆく家族の姿を描き、戦後日本文学の最高峰と評された傑作長編。

川端康成著　千羽鶴

亡き父のかつての愛人と、愛人の娘と、美しき令嬢……時代を超えて受け継がれていく茶器と、それを扱う人間たちの愛と哀しみの物語。

川端康成著　眠れる美女
毎日出版文化賞受賞

前後不覚に眠る裸形の美女を横たえ、周囲に真紅のビロードをめぐらす一室は、老人たちの秘密の逸楽の館であった——表題作等3編。

川端康成著　少年

彼の指を、腕を、胸を、唇を愛着していた……。旧制中学の寄宿舎での「少年愛」を描き、川端文学の核に触れる知られざる名編。

幸田文著

父・こんなこと

父・幸田露伴の死の模様を描いた「父」。父と娘の日常を生き生きと伝える「こんなこと」。偉大な父を偲ぶ著者の思いが伝わる記録文学。

幸田文著

流れる

新潮社文学賞受賞

大川のほとりの芸者屋に、女中として住み込んだ女の眼を通して、華やかな生活の裏に流れる哀しさはかなさを詩情豊かに描く名編。

幸田文著

おとうと

気丈なげんと繊細で華奢な碧郎。姉と弟の間に交される愛情を通して生きることの寂しさを美しい日本語で完璧に描きつくした傑作。

幸田文著

木

北海道から屋久島まで木々を訪ね歩く。出逢った木々の来し方行く末に思いを馳せながら、至高の名文で生命の手触りを写し取る名随筆。

幸田文著

きもの

大正期の東京・下町。あくまできものの着心地にこだわる微妙な女ごころを、自らの軌跡と重ね合わせて描いた著者最後の長編小説。

森下典子著

日日是好日

—「お茶」が教えてくれた15のしあわせ—

五感で季節を味わう喜び、いま自分が生きている満足感、人生の時間の奥深さ……。「お茶」に出会って知った、発見と感動の体験記。

白洲正子著
日本のたくみ
歴史と伝統に培われ、真に美しいものを目指して打ち込む人々。扇、染織、陶器から現代彫刻まで、様々な日本のたくみを紹介する。

白洲正子著
西　行
ねがはくは花の下にて春死なん……平安末期の動乱の世を生きた歌聖・西行。ゆかりの地を訪ねつつ、その謎に満ちた生涯の真実に迫る。

白洲正子著
白洲正子自伝
この人はいわば、魂の薩摩隼人。美を体現した名人たちとの真剣勝負に生き、ものの裸形だけを見すえた人。韋駄天お正、かく語りき。

白洲正子著
私の百人一首
「目利き」のガイドで味わう百人一首の歌の心。その味わいと歴史を知って、愛蔵の元禄時代のかるたを愛でつつ、風雅を楽しむ。

白洲正子著
ほんもの
—白洲次郎のことなど—
おしゃれ、お能、骨董への思い。そして、白洲次郎、小林秀雄、吉田健一ら猛者と過ごした日々。白洲正子史上もっとも危険な随筆集！

牧山桂子著
次郎と正子
—娘が語る素顔の白洲家—
幼い頃は、ものを書く母親より、おにぎりを作ってくれるお母さんが欲しいと思っていた——。風変わりな両親との懐かしい日々。

瀬戸内寂聴著

夏の終り

女流文学賞受賞

妻子ある男との生活に疲れ果て、年下の男との激しい愛欲にも充たされぬ女……女の業を新鮮な感覚と大胆な手法で描き出す連作5編。

瀬戸内寂聴著

手毬

寝ても覚めても良寛さまのことばかり……。雪深い越後の山里に師弟の契りを結んだ最晩年の良寛と若き貞心尼の魂の交歓を描く長編。

瀬戸内寂聴著

場所

野間文芸賞受賞

「三鷹下連雀」「塔ノ沢」「西荻窪」「本郷壱岐坂」……。五十余年の作家生活で遍歴した土地を再訪し、過去を再構築した「私小説」。

瀬戸内寂聴著

命あれば

寂聴さんが残したかった京都の自然や街並み。時代を越え守りたかった日本人の心と平和な日々。人生の道標となる珠玉の傑作随筆集。

なかにし礼著

長崎ぶらぶら節

直木賞受賞

初恋の研究者と、長崎の古い歌を求めて苦難の道を歩んだ芸者・愛八。歌と恋と無償の愛に生きた女の人生を描いた、直木賞受賞作。

吉田修一著

長崎乱楽坂

人面獣心の荒くれどもの棲む三村の家で、駿は幽霊をみつけた……。高度成長期の地方俠家を舞台に幼い心の成長を描く力作長編。

南直哉著

老師と少年

生きることが尊いのではない。生きることを引き受けるのが尊いのだ――老師と少年の問答で語られる、現代人必読の物語。

南直哉著

なぜこんなに生きにくいのか

苦しみは避けられない。ならば、生き延びるまで。生き難さから仏門に入った禅僧が提案する、究極の処生術とは。私流仏教のススメ。

三浦哲郎著

忍ぶ川

芥川賞受賞作

貧窮の中に結ばれた夫婦の愛を高らかにうたって芥川賞受賞の表題作ほか「初夜」「帰郷」「団欒」「恥の譜」「幻燈画集」「驢馬」を収める。

三浦哲郎著

ユタとふしぎな仲間たち

都会育ちの少年が郷里で出会ったふしぎな座敷わらし達――。みちのくの風土と歴史への思いが詩的名文に実った心温まるメルヘン。

三浦綾子著

泥流地帯

大正十五年五月、十勝岳大噴火。家も学校も恋も夢も、泥流が一気に押し流す。懸命に生きる兄弟を通して人生の試練とは何かを問う。

三浦綾子著

続 泥流地帯

家族の命を奪い地獄のような石河原となった泥流の地に、再び稲を実らせるため、鍬を入れる拓一、耕作兄弟。この人生の報いとは？

新潮文庫最新刊

宮木あや子著
手のひらの楽園
長崎県の離島で母子家庭に生まれ育った友麻。十七歳。ひた隠しにされた母の秘密に触れ、揺れ動く繊細な心を描く、感涙の青春小説。

中山祐次郎著
俺たちは神じゃない
―麻布中央病院外科―
生真面目な剣崎と陽気な関西人の松島。確かな腕と絶妙な呼吸で知られる中堅外科医コンビがロボット手術中に直面した危機とは。

梶尾真治著
おもいでマシン
―1話3分の超短編集―
クスッと笑える。思わずゾッとする。しみじみ泣ける――。3分で読める短いお話に喜怒哀楽が詰まった、玉手箱のような物語集。

彩藤アザミ著
エナメル
―その謎は彼女の暇つぶし―
美少女で高飛車で天才探偵で寝たきりのメルとその助手兼彼氏のエナ。気まぐれで謎を解く二人の青春全否定・暗黒恋愛ミステリ。

百田尚樹著
成功は時間が10割
成功する人は「今やるべきことを今やる」。社会は「時間の売買」で成り立っている。人生を豊かにする、目からウロコの思考法。

穂村弘
堀本裕樹著
短歌と俳句の五十番勝負
詩人、タレントから小学生までの多彩なお題で、短歌と俳句が真剣勝負。それぞれの歌と句を読み解く愉しみを綴るエッセイも収録。

新潮文庫最新刊

D・キーン
角地幸男訳
正岡子規
俳句と短歌に革命をもたらし、国民的文芸の域にまで高らしめた子規。その生涯と業績を綿密に追った全日本人必読の決定的評伝。

G・ルルー
村松潔訳
オペラ座の怪人
19世紀末パリ、オペラ座。夜ごと流麗な舞台が繰り広げられるが、地下には魔物が棲んでいるのだった。世紀の名作の画期的新訳。

J・カンター
M・トゥーイー
古屋美登里訳
その名を暴け
―#MeTooに火をつけたジャーナリストたちの闘い―
ハリウッドの性虐待を告発するため、女性たちは声を上げた。ピュリッツァー賞受賞記事の内幕を記録した調査報道ノンフィクション。

L・ホワイト
矢口誠訳
気狂いピエロ
運命の女にとり憑かれ転落していく一人の男の妄執を描いた傑作犯罪ノワール。あまりに有名なゴダール監督映画の原作、本邦初訳。

茂木健一郎
恩蔵絢子訳
生きがい
―世界が驚く日本人の幸せの秘訣―
声高に自己主張せず、調和と持続可能性を重んじ、小さな喜びを慈しむ。日本人が育んできた価値観を、脳科学者が検証した日本人論。

今村翔吾著
八本目の槍
吉川英治文学新人賞受賞
直木賞作家が描く新・石田三成！　賤ケ岳七本槍だけが知っていた真の姿とは。歴史時代小説の正統を継ぐ作家による渾身の傑作。

櫻《さくら》守《もり》

新潮文庫　み-7-9

昭和五十一年四月三十日 発行
平成十九年二月二十五日 二十一刷改版
令和四年五月三十日 二十八刷

著者　水《みず》上《かみ》勉《つとむ》

発行者　佐藤隆信

発行所　株式会社 新潮社
郵便番号　一六二―八七一一
東京都新宿区矢来町七一
電話　編集部(〇三)三二六六―五四四〇
　　　読者係(〇三)三二六六―五一一一
http://www.shinchosha.co.jp

価格はカバーに表示してあります。

乱丁・落丁本は、ご面倒ですが小社読者係宛ご送付ください。送料小社負担にてお取替えいたします。

印刷・錦明印刷株式会社　製本・錦明印刷株式会社

ISBN978-4-10-114109-1 C0193